# La
# Muette de Portici

ou

## Le Soulèvement de Naples.

P<small>AR</small>

G<small>EORGE</small> B<small>ORN</small>.

*3e partie*

ZURICH & LIÉGE

R<small>OBERT</small> D<small>ANCKER</small>, L<small>IBRAIRE</small>-É<small>DITEUR</small>.

# La
# Muette de Portici

ou

## LE SOULÈVEMENT DE NAPLES

PAR

### GEORGE BORN

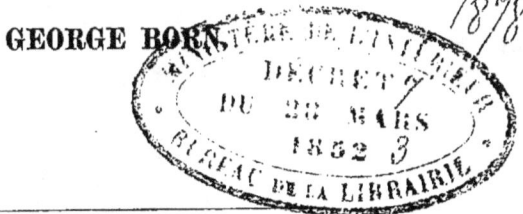

TROISIÈME PARTIE

ZURICH.
ROBERT DANCKER
LIBRAIRE-ÉDITEUR.

LIBRAIRIE ROBERT DANCKER
21, Quai de l'Horloge
PARIS

# LA MUETTE DE PORTICI.

## TROISIÈME PARTIE.

### CHAPITRE I.

### La Compagnie de la mort !

On trouvait autrefois dans la rue Muraglia, l'une des rues les plus étroites et les plus sombres de Naples, une taverne qui servait de rendez-vous habituel aux marins en séjour sur terre ferme.

Le bâtiment, de médiocre apparence, faisait face à un vieux mur auquel la rue devait son nom. Le reste de la rue était occupé par quelques demeures chétives, asiles de la misère et du vice, véritables repaires où les rixes, les scènes de vol et de meurtre n'étaient point chose rare.

L'équivoque réputation de la rue Muraglia n'empêchait point que la taverne ne fut assidûment fréquentée. Matelots et marins la remplissaient chaque soir. On y trouvait également des pêcheurs, des bateliers, des voyageurs en quête d'un navire en partance, ou des marchands à l'affût d'une cargaison.

L'émeute qui venait d'ensanglanter Naples n'avait pas fait

diminuer les recettes de l'établissement. La taverne n'avait pas désempli durant ces jours de trouble et d'effervescence populaire, et ses salles basses et enfumées avaient vu germer maint projet destiné à satisfaire quelque rancune particulière ou quelque convoitise.

L'hôtesse, forte et puissante créature, ne le cédait à aucun homme pour le courage et la vigueur. Elle servait elle-même ses hôtes dont la plupart lui étaient connus, et veillait à ce que l'ordre ne fut pas troublé dans l'intérieur de la taverne. Ce qui se passait au-dehors ne la regardait pas.

Elle était aidée dans sa besogne par un valet, long et maigre personnage à l'air chétif et souffreteux. Ces dehors étaient singulièrement trompeurs. Luallo, c'était le nom du domestique, cachait sous cette frêle apparence une vigueur peu commune. Ses mains osseuses, attachées à de longs bras, maniaient aisément les futailles les plus lourdes, et semblaient se jouer de ces fardeaux. S'il s'agissait d'éloigner quelque ivrogne ou quelque querelleur, il suffisait à Luallo d'un signe de sa maîtresse, et l'importun, poussé par une main de fer, se trouvait à la rue avant d'avoir eu le temps de résister.

Ce factotum de l'hôtesse affichait une ardente dévotion. Il ne manquait pas une messe, et se confessait régulièrement. Ces pieuses pratiques lui avaient gagné l'estime et la considération du curé, du vicaire, de tout le personnel attaché à l'église de sa paroisse, et lui avaient été singulièrement utiles dans un cas où tout autre eut été livré au bourreau.

Un joaillier romain, de passage à Naples, et logeant à la taverne de la rue Muraglia avait été trouvé égorgé dans son lit. Les soupçons étaient tombés sur le valet qui avait eu seul accès auprès de la victime, et Luallo avait été arrêté.

Le cas était grave, mais l'assassin avait été si adroit qu'il fut impossible de rassembler des preuves suffisantes. Luallo se défendit énergiquement; il jura, par ce qu'il y a de plus sacré, qu'il était innocent, appela le curé, le vicaire et jusqu'au sacristain en témoignage, et fit tant qu'il fut enfin acquitté faute de preuves.

L'affaire était tombée dans l'oubli et Luallo se trouvait encore à la taverne. Cet horrible attentat n'avait pas même servi d'avertissement à d'autres voyageurs. L'auberge offrait à bas prix le vivre et le couvert; c'en était assez pour y attirer de nombreux hôtes.

Pendant un des jours d'émeute, un vieux Juif, accompagné de sa fille, se présenta à la taverne afin de se renseigner sur le moyen d'atteindre Gênes où il désirait retourner le plus promptement possible.

Le voyageur portait une lourde besace. Son extérieur et celui de sa fille offraient l'empreinte de la misère et des privations, mais une opinion généralement répandue, attribuait les dehors besogneux de beaucoup d'Israélites à l'avarice et à la crainte plutôt qu'à la pauvreté.

Le vieux Juif, qui avait interrogé un matelot, apprit à son grand désappointement que l'émeute avait arrêté tout trafic, et qu'il n'y aurait pas de navire en partance pour Gênes avant une semaine.

Le père et la fille éclatèrent en lamentations à cette nouvelle. Ils finirent par supplier l'hôtesse d'avoir pitié d'eux et de leur procurer un asile pour le temps qu'ils devaient passer encore à Naples. Tous deux étaient pauvres comme Job et se contenteraient, disaient-ils, de la plus misérable couche.

Luallo regardait le Juif avec méfiance; il affirmait à sa maîtresse que cette misère était feinte, et que le vieux coquin était assez riche pour payer un logis convenable, mais l'hôtesse se laissa gagner par les plaintes des voyageurs, et leur promit, moyennant quelques soldis, la jouissance d'une petite étable où tous deux pourraient coucher sur la paille. Cet arrangement parut déplaire à Luallo, mais il ne dit rien, et le fils d'Israël, qui versait des larmes de reconnaissance, gagna avec sa fille l'étable écartée où tous deux devaient passer la nuit.

La taverne contenait, ce soir-là, outre de nombreux matelots, des lazarones, des mendiants et quelques individus de la pire espèce, gens mal famés et toujours à l'affût de quelque coup de main. Le jeune pêcheur Carlo, que nous avons vu à Portici faisant l'aveu de ses sentiments à la Muette, s'y trouvait également.

Carlo n'était point un des habitués de la taverne. Il y avait été entraîné, ce soir-là, par un ami d'enfance, revenu depuis peu d'un voyage au long cours, et tous deux vidaient, tout en causant, une cruche du meilleur vin de l'hôtesse.

L'ami de Carlo, jeune et joyeux matelot, avait adressé quelques plaisanteries au vieux Juif et avait fini par lui offrir un gobelet de vin. Le fils d'Israël accepta avec reconnaissance. Il partagea le contenu du gobelet avec sa fille, jolie brune de quatorze à quinze ans, puis tous deux quittèrent la salle pour aller chercher la paille de l'étable.

Deux hommes entraient au même instant dans la taverne. Ils suivirent des yeux le voyageur, courbé sous sa besace. Carlo, qui avait remarqué les nouveaux venus, s'efforçait de mettre des noms sur leurs figures qui ne lui paraissaient pas complétement étrangères. Un instant de réflexion lui fit reconnaître dans ces deux personnages le chef de brigands Cesare et son fidèle compagnon Alessandro. Les bandits profitaient, en effet, du trouble et de la confusion, inséparables de ces jour d'émeute, pour se montrer ouvertement à Naples et dans les environs, et leurs repoussantes figures n'y étaient que trop connues.

Quelques minutes plus tard, deux autres hommes entrèrent à leur tour dans la taverne, et prirent place dans le voisinage des deux brigands qui ne remarquèrent pas ces nouveaux hôtes.

Ces derniers venus étaient vêtus de noir des pieds à la tête. Carlo les examinait attentivement.

— Vois-tu ces deux hommes qui viennent d'entrer, dit-il tout bas à son ami Antonio, sais-tu qui ils sont?

— Comment le saurais-je, répondit le matelot en haussant les épaules. Je ne les connais pas. C'est à peine si l'on peut distinguer leurs traits sous ces vastes chapeaux!

— Ce sont deux des « hommes noirs! »

— Comment — deux des hommes noirs qui croisent à l'entrée du port?

— Oui! Ils appartiennent à une association secrète et doivent être fort nombreux. Il y en a une partie sur mer, les autres apparaissent tantôt ici, tantôt là dans la ville!

— Et quel but poursuivent-ils, en définitive?

— Je suppose qu'ils veulent maintenir l'ordre pendant ces jours de troubles et de combats. Je ne sais pas au juste ce qu'est leur association, mais il me semble qu'ils prennent à tâche de surveiller la ville, et d'empêcher qu'on ne profite dlus longtemps de nos luttes pour commettre des crimes et pes méfaits de tous genres.

— Leur but me paraît excellent! fit Antonio avec un geste d'approbation.

— Les choses allaient mal ces jours derniers! reprit Carlo. Les hommes noirs auront à faire s'ils veulent purger la ville de toute la canaille qui s'y est abattue.

— Je crois réellement qu'ils portent des masques! fit Antonio qui considérait attentivement les mystérieux inconnus.

— C'est possible! répondit Carlo. Je ne vois pas leurs figures. Je serais bien étonné s'ils n'étaient pas là pour surveiller leurs voisins!

— Quelques mauvais drôles, sans doute?

— Des coupeurs de bourse, des brigands!

— Rien que ça! Et ces dignes personnages ne craignent pas de se montrer dans la ville? fit le matelot surpris.

— C'est justement ce que l'association des « hommes noirs » veut empêcher sur mer et sur terre!

Pendant cette conversation, les hommes qui en faisaient le sujet s'étaient fait servir du vin. Ils causaient à voix basse, mais d'un air si naturel et si dégagé que leurs deux voisins

ne firent aucune attention à eux et se crurent en parfaite
sûreté.

— Comment cela a-t-il fini? demandait justement Cesare
à son compagnon. Masaniello l'a-t-il arrêté lui-même?

— Certainement! Hassan a été surpris au moment où il
allait entrer dans la chambre de la vieille signora.

— Et personne ne lui est venu en aide?

— Chacun pour soi, capitaine! Le Maure n'avait qu'à ne
pas se laisser prendre! Masaniello l'a fait charger de chaînes,
et les pêcheurs l'ont emmené malgré ses cris et ses menaces.

— Et qu'en ont-ils fait?

— Ils l'ont fourré dans un des cachots de l'Hôtel-de-
Ville!

— Il n'y restera pas longtemps!

— Pensez-vous à le délivrer, capitaine?

— Certainement! — Mais que veut Luallo? Voilà deux
fois qu'il nous fait signe de l'œil!

— Il aura flairé quelque chose!

— Encore une cruche! cria Cesare pour donner au maigre
Luallo l'occasion de se rapprocher de lui.

— Le rusé compère! fit Alessandro, tandis que le factotum
de la maison s'empressait d'aller chercher le vin demandé.
Croirait-on, à voir son air dévot, qu'il expédie son homme
comme pas un? Le joailler romain pourrait en dire quelque
chose!

— Silence, grogna Cesare, il vient!

Luallo s'approchait de l'endroit où les deux brigands étaient
assis. Il posa la cruche sur la table, et tandis qu'il en recevait le paiement, il murmura tout bas:

— « Suivez-moi! J'ai à vous parler! »

Les lèvres seules avaient parlé; pas un son n'était sorti
de la bouche de l'adroit hypocrite, mais il avait été compris.
Il s'éloigna de nouveau et alla remettre à sa maîtresse l'argent qu'il venait de recevoir.

— Il faut qu'il y ait de la besogne pour deux, fit Alessandro en se penchant vers le capitaine. S'il pouvait faire
son coup seul, il ne vous aurait rien dit! Dois-je sortir?

— J'irai moi-même, répondit Cesare. Tu m'attendras ici!

Luallo quittait justement la salle. Cesare attendit quelques
minutes, puis il se leva, prit ostensiblement congé de son
compagnon, et s'éloigna.

Il sortit de la taverne par la porte principale et se trouva
dans la rue, mais il n'y fit que quelques pas et se glissa
dans la cour de l'établissement.

Tandis qu'il y entrait, et s'approchait vivement de Luallo
caché dans l'ombre du portail, un des hommes masqués quittait également la salle et se perdait dans l'obscurité qui
régnait autour de la maison.

Luallo reçut le capitaine avec une grimace significative.

— Eh bien, qu'y a-t-il? demanda Cesare.

— Plus bas, capitaine! Un bon coup!

— Voyons!

— Il est arrivé un vieux Juif de Gênes avec sa fille; un
vieux gredin qui porte une lourde besace!

— Où est-il?

— Là-bas, dans la petite étable! Il s'est donné pour un
pauvre diable, la vieille l'a cru, et lui a permis de passer
la nuit sur la paille. Il dort déjà!

— Ça vaut-il la peine de se déranger?

— Les Juifs gênois sont cousus d'or, capitaine; ils portent
toujours leur fortune avec eux!

— Et pourquoi ne fais-tu pas l'affaire seul, hé?

— D'abord parce qu'il a sa fille avec lui, ensuite...

— Oui, oui; tu te rapelles l'autre fois!

— On ne peut pas savoir — le moment est bon puisqu'il
n'y a plus ni lieutenants, ni juges — mais c'est égal, il
vaut mieux être deux!

— Tu penses que les soupçons pourraient bien tomber sur

toi, si l'on trouvait encore le Juif et sa fille égorgés demain matin! Tu as raison!

— Faisons l'affaire en commun! Nous partagerons le profit!

— J'en suis! Mais ce sera toujours dangereux pour toi!

— J'ai mon plan! fit Luallo en se frottant les mains. Nous ferons passer l'affaire sur un autre! Le tout est de s'y prendre adroitement. J'ai déjà avisé un jeune pêcheur qui est assis là-bas avec un matelot. Tous les deux ont causé avec les voyageurs.

— Et comment t'y prendras-tu pour le rendre suspect?

— Laisse faire! répondit Luallo dont les traits sournois et hypocrites revêtaient une expression de sauvage férocité; je m'y connais! Je mettrai du sang à mon tablier, et, tout en servant mon monde, je me frotterai contre le pêcheur. L'affaire faite, nous porterons les deux cadavres à la rue. Le pêcheur les trouvera sur son chemin en s'en allant et fera du tapage, comme un innocent qu'il est! Ce sera le moment de découvrir les taches de sang qu'il aura à sa chemise et de rappeler qu'il s'est entretenu avec le juif. Nous l'entortillerons là-dedans, de façon à ce qu'il ne puisse plus s'en sortir...

Des pas retentissaient dans la rue. Luallo interrompit ses explications et s'enfonça dans la cour de la taverne avec son digne associé.

Un homme en manteau noir s'approchait de la porte du cabaret. Il allait l'ouvrir, lorsqu'une forme sombre surgit à côté de lui et l'arrêta brusquement. C'était l'homme masqué qui venait de sortir de la taverne.

Les deux inconnus échangèrent quelques mots à voix basse, puis il entrèrent dans la salle et rejoignirent le camarade qui les attendait. Tous trois s'entretinrent un instant avec animation, mais sur un ton si bas que leurs plus proches voisins ne pouvaient entendre leurs paroles. Au bout de quelques minutes, ils se levèrent, et quittèrent tous trois la taverne.

Au même instant, Cesare rentrait dans la salle et s'asseyait auprès d'Alessandro.

— Nous allons nous mettre à la besogne, lui dit-il. Il n'y a pas de temps à perdre, mais auparavant, verse-moi à boire !

Le bandit souleva la cruche et remplit le gobelet du capitaine.

— Dois-je vous accompagner ? demanda-t-il à voix basse.

— Tu resteras en sentinelle à la porte de la cour. Nous ferons bien l'affaire, Luallo et moi. Un vieux Juif et sa fille ! C'est un jeu d'enfant ! Viens !

Les deux bandits sortirent de la salle. Tout était silencieux et désert dans l'affreuse ruelle. Cesare et son compagnon y firent quelques pas, et se glissèrent dans la cour où Luallo attendait une lanterne sourde à la main.

Alessandro se blottit vers la porte cochère, tandis que le capitaine et le digne factotum de l'hôtesse se dirigeaient vers l'écurie où les deux voyageurs se livraient au repos.

La lourde besace qui avait éveillé la convoitise de Luallo servait d'oreiller au vieux Juif. Le fils d'Israël s'était assoupi après avoir fait sa prière. Sa fille, étendue à quelques pas, dormait du plus paisible sommeil, et reposait sur cette paille grossière comme sur la couche la plus moelleuse.

Tout à coup, la porte s'ouvrit doucement —

Le vieillard, réveillé en sursaut, se dressa avec épouvante.

— Qui va là — que me veut-on ? cria-t-il.

— Silence ! répondit une voix sourde. Au moindre bruit vous êtes perdus !

— Perdus — Dieu juste, que va-t-il arriver ?

— Rien, si vous vous tenez tranquilles, dit le personnage qui venait d'entrer dans l'étable et qui était suivi par deux autres hommes, absolument rien, mais si vous criez vous êtes mort !

— Miséricorde — dites-moi au moins ce que vous me voulez — ayez pitié de moi! murmurait le vieux Juif, tandis que sa fille, réveillée à son tour, cherchait à se rapprocher de lui, et mêlait ses lamentations aux plaintes de son père.

— Ne craignez rien, vous dis-je! reprit l'inconnu. Vous allez voir arriver trois brigands qui en veulent à vos ducats d'or, mais nous vous défendrons!

— Des ducats d'or! exclamèrent en chœur et le père et la fille, Dieu d'Abraham, des ducats d'or! Ayez pitié de nous, signor; nous ne possédons que quelques pauvres soldis...

— Silence — ils viennent — plus un mot!

Le vieux Juif se tut. Il entoura de ses bras sa fille plus morte que vive, et recommanda son âme à Dieu. L'obscurité ne lui permettait pas de voir à qui il avait à faire, mais il ne doutait pas que les trois personnages qui venaient de s'introduire dans l'étable ne fussent les brigands eux-mêmes.

Il y eut un instant de silence, puis la porte s'ouvrit avec précaution, et Luallo parut sur le seuil. Le misérable tenait d'une main une petite lanterne sourde, de l'autre, une courte et épaisse barre de fer. Cesare suivait immédiatement.

Luallo s'était arrêté pour ouvrir sa lanterne, mais au moment où il la tournait vers l'intérieur de l'écurie il reçut un coup de poignard en pleine poitrine et tomba sans pousser une plainte.

Cesare le vit chanceler — il voulut fuir, mais deux poings vigoureux le retinrent.

— Rends-toi, brigand! fit une voix sourde; au nom de la Compagnie de la mort, rends-toi!

Cesare avait tiré son poignard; il le faisait tourner devant lui tout en faisant entendre un sifflement aigu et prolongé qui devait avertir Alessandro resté en sentinelle à la porte de la cour, mais le son avait à peine expiré sur ses lèvres, qu'un coup violent l'étendait à terre privé de sentiment.

Le vieux Juif s'était réfugié avec sa fille dans un coin de l'écurie et ne saisissait que très-imparfaitement ce qui se passait à l'entrée. Il voyait et entendait la lutte, mais sans en comprendre la signification et sans distinguer les particularités du combat.

L'un des inconnus s'approcha enfin de lui.

— Si tu veux éviter des dangers, lui dit-il, quitte sur l'heure cette taverne! Passe sans crainte, il ne t'arrivera rien !

Le vieillard ne se le fit pas répéter. Il saisit la main de sa fille, et tous deux quittèrent l'écurie en enjambant sur le seuil le cadavre de Luallo, et Cesare, toujours évanoui.

Quelques instants plus tard, les trois hommes sortirent de l'étable et quittèrent la cour de la taverne, emportant le capitaine de brigands qui n'était pas encore revenu à lui.

Alessandro, averti par le sifflet de Cesare, avait gagné le large.

Le lendemain matin, l'hôtesse, étonnée de la disparition de Luallo, appela quelques voisins à son aide, et se mit avec eux à la recherche de son factotum. Elle n'eut pas à chercher longtemps. Un cri d'horreur et d'effroi la fit accourir vers l'étable. On venait de découvrir le corps de Luallo pendu à la porte de l'écurie. Le misérable avait un poignard dans la poitrine, et cette arme redoutable soutenait un petit écriteau portant ces mots :

« Au nom de la Compagnie de la mort! »

## Chapitre II.

### La délivrance.

Revenons à Tito qui, pour ne pas rester au pouvoir des rebelles, s'était précipité dans la mer.

Le fugitif avait cru pouvoir gagner facilement la terre, mais la chose s'était trouvée autrement dangereuse qu'il ne l'avait supposé. Ses retards avaient encore aggravé les difficultés de l'entreprise. Tandis qu'il hésitait et mettait en regard les dangers de la fuite et ceux auxquels l'exposait sa captivité, la marée montait et arrivait presque jusqu'au toit qui abritait la sortie du déversoir.

Le malheureux avait vainement lutté contre les flots. Ses efforts désespérés n'avaient pu lui faire quitter cette place dangereuse. L'eau bouillonnait sous le toit; elle se brisait avec rage contre la maisonnette dont Tito venait de sortir et repoussait impitoyablement le fugitif. Tito, à demi suffoqué, essaya alors d'atteindre l'ouverture qui lui avait servi d'issue, et qui lui permettrait, pensait-il, de se réintégrer dans sa prison. Vains efforts! Le flot montait de plus en plus et ressaisissait sa proie. Il atteignait presque le toit, et Tito n'avait plus qu'à mourir!

L'instinct de la vie le soutenait encore. Il fit une suprême tentative pour échapper à la mort qui l'attendait dans ce gouffre — mais ses forces le trahirent et le malheureux disparut dans les flots.

C'est un fait bien connu, que les personnes, sur le point de se noyer, reviennent par trois fois à la surface de l'eau. On dirait que l'onde compatissante, les engloutissant à regret, veut leur offrir un dernier moyen de revenir à la vie. Trois fois, elle les rejette de son sein et les fait remonter à la surface. La première fois, le malheureux qui se débat contre la mort peut encore appeler à son aide; la seconde, il ne lui reste plus que la force d'étendre les bras en signe de détresse, mais à la troisième, c'est un corps immobile et muet qui se montre pour disparaître aussitôt. Il n'est pas trop tard cependant, même à ce moment-là, pour arracher l'infortuné à la mort; et si sa bonne étoile veut qu'il soit aperçu et ressaisi, on peut, avec des soins intelligents, le rappeler à la vie.

Le fils adoptif du duc fut ramené sur l'eau, lui aussi, mais ses cris se perdirent sous le petit toit contre lequel sa tête avait heurté avec violence —

Il disparut une seconde fois et revint à la surface à quelque distance. Le flot l'avait poussé hors de ce tourbillon que ses efforts réitérés n'avaient pu lui faire vaincre. Cette fois, il reparaissait au large, et se débattait avec l'énergie du désespoir.

Une gondole approchait rapidement. L'homme qui la montait devait avoir aperçu, malgré l'obscurité, le malheureux qui luttait contre la mort. Il faisait force de rames et dirigeait visiblement son embarcation de ce côté.

— Courage! cria-t-il lorsqu'il fut assez près pour être entendu. On vient à votre secours! Soutenez-vous encore une minute sur l'eau!

L'instant d'après, deux bras vigoureux avaient saisi Tito et le hissaient dans la gondole.

Celui qui apparaissait ainsi, dans ce moment de suprême détresse, portait l'uniforme des gardes du corps, et la gondole qu'il montait devait appartenir à la petite flotille de promenade du vice-roi. Il réussit à faire passer sur le bord le malheureux qu'il venait d'arracher à une mort certaine, et reconnut alors le fils adoptif du duc. Tito pâle, épuisé et incapable de prononcer une parole, arrêtait des yeux égarés sur son libérateur. Il revint bientôt à lui, cependant, et se traîna sur les coussins abrités par le baldaquin. Il semblait avoir reconnu et son sauveur et l'embarcation dans laquelle il se trouvait.

Un instant de repos lui rendit la parole.

— Vous appartenez à la garde du corps, dit-il enfin d'une voix faible, me reconnaissez-vous?

— Comment ne vous reconnaîtrais-je pas, don Tito!

— Il m'est arrivé un accident — ramenez-moi bien vite sur le rivage, au bas du parc, afin que je puisse regagner la citadelle.

Le soldat ne répondit pas.

— Comment vous appelez-vous? reprit Tito après un instant de silence.

— Domenico!

— Et comment vous trouvez-vous ici avec cette gondole?

— Je viens du parc!

— Aviez-vous quelque ordre à exécuter?

— Je devais faire une reconnaissance dans le voisinage!

— Pour le compte du duc?

Le soldat se tut de nouveau. Il avait repris ses rames et les maniait vigoureusement. La gondole glissait sur l'eau noire et unie, et Tito, toujours étendu sur ses coussins, ne doutait pas qu'elle n'eût pris la direction du rivage.

Le temps lui paraissait long, cependant. Il avait hâte de se retrouver au château. Au bout d'un instant, il se souleva et regarda autour de lui.

— Où me conduisez-vous? demanda-t-il.

Le soldat ne parut pas entendre. Il faisait toujours force de rames.

— Domenico! cria le favori, Domenico, où diable allez-vous?

— Patience, don Tito, patience, répondit le soldat. Vous le verrez tout à l'heure!

— Mais vous ramez vers la pleine mer, au lieu de me conduire au rivage! Ne vous en apercevez-vous pas?

Le soldat fit un signe affirmatif.

— Mort et damnation, qu'allez-vous faire au-dehors du port? s'écria Tito avec épouvante. C'est là, au bas du parc, que je veux aborder; retournez immédiatement en arrière!

Le soldat secoua la tête.

La patience de Tito était à bout. Il voulut se lever, mais ses membres brisés lui refusaient tout service, et son pourpoint mouillé l'écrasait de son poids.

— Le drôle est ivre, se dit-il; il faut l'intimider! Voyons, coquin, cria-t-il d'une voix qu'il s'efforçait de rendre menaçante, où vas-tu? Pourquoi ne fais-tu pas ce que je t'ordonne? Je m'en plaindrai à don Selva!

— Soyez tranquille, don Tito! répondit tranquillement le soldat; nous sommes sur le bon chemin!

— Sur le bon chemin? répéta Tito exaspéré, mais nous nous éloignons de plus en plus! Ramène-moi immédiatement au rivage, scélérat!

En cet instant, un grand bateau apparut à quelque distance. Il marchait droit sur la gondole. Les quatre ou cinq hommes qui le montaient maniaient si régulièrement et si discrètement leurs rames que l'embarcation semblait glisser sur l'onde. Elle avançait avec la rapidité d'une flèche sans qu'aucun bruit trahît son approche.

Tito avait quitté ses coussins et s'efforçait de se traîner, en s'appuyant sur le bord de la gondole, jusque vers le soldat. Il voulait se rendre compte enfin de ce qu'était cet étrange personnage qui affectait de ne pas entendre ou de ne pas comprendre ce qu'on lui disait.

Le bateau n'était plus qu'à quelques pas. Tito l'aperçut tout à coup. Il frissonna. Etait-il le jouet de son imagination? Ce bateau-fantôme existait-il réellement?

Le favori passa la main sur son front, comme pour en effacer quelque mauvais rêve, mais ce fut en vain, ses yeux ne l'avaient pas trompé. La mystérieuse embarcation était toujours là! Elle avançait sans bruit! Tito distinguait déjà les figures étranges qui la montaient. C'étaient quatre hommes, vêtus comme l'était le comte Almaviva : chapeaux noirs et larges manteaux de même couleur à demi rejetés en arrière. On eût dit qu'ils avaient la figure couverte d'un masque noir.

Que signifiait cette rencontre ? Il y avait là un danger, et un danger sérieux. Tito le devinait, bien qu'il ne fût pas au clair sur les intentions de ces hommes vêtus de noir.

Chose surprenante, le soldat ne paraissait nullement effrayé, et n'essayait pas même d'esquiver l'approche de ces mystérieux croiseurs. Il allait droit sur eux, comme un insensé. Tito poussa une imprécation. La colère lui rendait des forces. Il allait se jeter sur son rameur, et le forcer à changer de direction, lorsqu'il s'arrêta court en l'entendant interpeller les hommes qui montaient la barque.

— «Au nom de la Compagnie de la mort!» criait le soldat.

Tito pâlit. Le sang se glaçait dans ses veines. Que signifiaient ces mystérieuses paroles, et quel rapport y avait-il entre ce soldat de la garde du duc et ces menaçants inconnus.

Le bateau arrivait sur la gondole. Les quatre hommes qui le conduisaient paraissaient étonnés, eux aussi, de cet appel inattendu. L'un d'eux se leva, et Tito sentit ses terreurs s'accroître subitement. On eût dit qu'Almaviva en personne venait de se lever dans la gondole! Ce fantôme était debout, la tête haute, l'air menaçant et ferme, et le fils adoptif du duc se sentit perdu.

— Rendez-vous! criait-on du bateau. Qui êtes-vous?

— Micco *) répondit le soldat.

— Et qui nous amènes-tu? demanda l'homme noir debout dans son bateau.

— Le fils adoptif du duc!

---

*) Diminutif de Domenico.

— Don Tito?

— Lui-même, comme vous voyez!

Le favori fixait des yeux hagards sur ce bateau fantôme et son noir équipage. Le soldat, au contraire, restait tranquillement assis sur le banc de la gondole, et tenait les rames élevées pour ne pas gêner l'abordage.

C'était ce même soldat que les hommes de Selva avaient laissé tranquillement sortir du pavillon, et qui s'était ensuite emparé de la gondole amarrée au pied des rochers.

— Passez dans notre bateau, dit l'un des hommes masqués en s'adressant à Tito Silvestre.

— Je n'ai rien à y faire! répondit le favori d'une voix tremblante de colère. Je veux retourner au rivage. Pourquoi m'en empêchez-vous?

— Pas de résistance! fit impérieusement l'homme noir. Montez immédiatement dans ce bateau si vous ne voulez pas y être forcé!

Tito comprit qu'un refus ne ferait qu'aggraver la situation. Il frappait du pied; ses mains crispées cherchaient involontairement une arme avec laquelle il put se venger du traître qui le livrait ainsi. Le soldat l'avait sauvé, mais c'était pour le remettre en des mains ennemies, pour le faire jeter dans quelque prison plus dangereuse et plus sûre que celle dont il venait de s'échapper au péril de sa vie, pour le livrer enfin à ces mystérieux inconnus dont la vue seule glaçait le sang.

Qu'étaient-ils ces hommes masqués? ces hommes qui portaient tous un costume pareil à celui du comte Almaviva, et qui surgissaient tout à coup dans les endroits les plus divers? Ils formaient sans doute quelque association secrète et redoutable dont le soldat faisait partie, mais comment ce traître avait-il pu s'emparer d'une gondole appartenant à la flotille du vice-roi?

Ces questions se présentaient en foule à l'esprit de Tito,

mais avant qu'il eût pu les résoudre, le soldat s'était levé et s'approchait de son passager.

Une fureur insensée s'empara de Tito.

— Meurs, misérable traître! cria-t-il en se jetant sur son libérateur, et en essayant de le précipiter dans la mer, meurs!

Le soldat ne broncha pas. Il reçut bravement le choc, et repoussa vivement Tito qui roula au fond de la gondole. Le favori était d'ailleurs incapable de se défendre, la colère lui prêtait des forces factices, mais passagères, que cette chute allait briser. Il ne lui restait plus qu'à se soumettre à son sort!

— Vous êtes singulièrement reconnaissant! fit le soldat en contemplant Tito qui essayait vainement de se relever. Holà, des cordes! Je vais brider cet aimable oiseau!

En un instant le favori fut lié et transporté dans le bateau des hommes noirs où on lui banda les yeux, puis la mystérieuse embarcation se remit en mouvement, tandis que le soldat et la gondole disparaissaient d'un autre côté.

Six rames frappaient l'eau en cadence! Le bateau volait sur l'onde, mais Tito, étendu dans le fond, ne pouvait se rendre compte de la direction suivie par les rameurs. Où le conduisait-on? Sans doute, il était au pouvoir des mystérieux vengeurs d'Almaviva, mais qui étaient-ils? Que feraient-ils de leur prisonnier?

Un quart d'heure s'était à peine écoulé que le bateau abordait entre les rochers, au-dessous de la terrasse, à l'endroit même où Selva et ses gens avaient mis pied à terre quelques heures auparavant.

Tito, toujours les yeux bandés, fut amené sur le rivage, et conduit dans le parc dont l'un des inconnus avait ouvert d'avance la petite porte.

Le fils adoptif du duc cherchait en vain à reconnaître l'endroit où il se trouvait. Peine inutile! Son bandeau était solidement attaché; ses bras liés ne lui permettaient aucune reconnaissance sur les objets environnants. Il sentait cependant les feuilles sèches crier sous ses pieds, mais cette indication était trop vague pour qu'il pût en tirer quelque conclusion.

Tito se sentait d'ailleurs absolument épuisé; il chancelait. Ses guides l'enlevèrent alors sur une civière qu'ils avaient fait chercher et quelques minutes plus tard, la petite troupe arrivait au pavillon.

Tito fut porté dans une étroite cellule et jeté sur un misérable grabat, puis ses conducteurs se retirèrent en laissant un des leurs en sentinelle à la porte du prisonnier.

Cette même nuit, trois autres hommes également masqués, également vêtus de noir, amenèrent Cesare au pavillon. Ce redoutable chef de brigands et de contrebandiers était lié et baillonné. Il fut enfermé dans une pièce pareille à celle où se trouvait Tito, étroite et sombre retraite dont l'entrée était gardée de jour comme de nuit.

## Chapitre III.

## Le cardinal.

La Muette de Portici, toujours armée de sa lance, continuait à faire bonne garde devant la maisonnette où les pêcheurs avaient enfermé Tito. Elle n'avait pas bougé, et attendait, à son poste, les hommes auxquels elle devait livrer son prisonnier.

C'était une nuit d'émotions et d'angoisses que celle qu'elle venait de passer. Sa lutte avec Tito, lutte dans laquelle elle avait vu la mort de près, sa délivrance et enfin la prise du misérable, eussent suffi pour troubler longtemps une âme moins forte que ne l'était celle de Fenella, mais ces événements disparaissaient pour la Muette devant le souvenir de son entrevue avec Elvira.

Elvira, la rivale détestée, mais non la rivale heureuse! Elvira avait réussi à s'emparer d'Alfonso, mais c'était à peine si l'on pouvait lui envier cette conquête. Le duquecito l'avait épousée — et cependant il aimait encore Fenella! Son cœur appartenait à la Muette de Portici, à l'humble fille de pêcheur, et non à la belle et fière princesse dont la grâce et l'éclat l'avaient enivré un instant.

Ces deux femmes s'enviaient mutuellement, et ni l'une ni l'autre, cependant, ne possédait le bonheur rêvé. Elvira était malheureuse, elle aussi. Fenella l'avait compris, et cette découverte avait éteint dans son cœur tout sentiment d'amertume et de haine contre sa rivale. Elle se l'était représentée heureuse, souriante, émue, et la fière princesse lui apparaissait tout à coup sous de tout autres couleurs, et se montrait aussi malheureuse que Fenella l'était elle-même!

C'était à peine une consolation. Le duquecito n'en était pas moins perdu pour elle. Il était l'époux d'une autre, et l'image d'Elvira se placerait éternellement entre elle et lui !

Cette pensée torturait la pauvre Fenella. Elle aimait encore Alfonso de toutes les forces de son âme, et ne devait plus le revoir. Aimer à jamais l'infidèle et en être à jamais séparée, c'était là le triste avenir qui s'ouvrait devant la Muette.

L'infortunée se consumait dans cet indicible tourment. L'image d'Alfonso la hantait. Elle eût donné sa vie pour se retrouver avec lui dans l'humble chaumière où tous deux avaient passé de si douces heures; pour s'asseoir à ses pieds comme alors, et s'enivrer de sa présence. Ces souvenirs d'un bonheur trop vite envolé passaient et repassaient devant son âme. Fenella s'en repaissait, mais elle était fermement résolue à s'en contenter désormais et à ne pas chercher à revoir le duquecito. Dût-elle en mourir, elle ne voulait pas d'un bonheur illicite !...

Le jour était venu, et la Muette était encore à son poste, bien décidée à ne pas le quitter avant qu'on ne vînt l'en relever. Borella reparut enfin. Il était accompagné de quelques pêcheurs, et venait chercher Tito pour le transporter en lieu sûr.

Borella montra de loin à ses compagnons la vaillante gardienne.

— Regardez, s'écria-t-il, c'est Fenella, la sœur de Masaniello qui fait sentinelle devant la prison de l'Espagnol !

— Brave fille ! s'écrièrent les pêcheurs. C'est une bonne Napolitaine. Vive Fenella !

— C'est elle qui nous a livré le fils adoptif du duc, continua Borella. Sans elle, don Tito courrait encore. Bonjour Fenella !

La Muette répondit amicalement au salut du pêcheur.

— Eh bien, tout a-t-il été tranquille? demanda Borella. L'oiseau est-il toujours dans sa cage?

Fenella fit un signe affirmatif.

— Nous venons te relever de tes fonctions, reprit le pêcheur. Tu dois être lasse de monter ainsi la garde!

La Muette répondit, par signes, qu'elle était heureuse de servir son pays et que sa vie n'avait plus d'autre but.

— Allons, on ne désespère pas de la vie à ton âge, fit Borella. Prends courage, enfant; les mauvais jours passeront, eux aussi, et le bonheur te reviendra!

Fenella sourit tristement.

— La belle fille! murmura l'un des pêcheurs. Quel dommage que la parole lui manque. On trouverait difficilement une plus belle créature!

— En avant! dit Borella. Nous allons faire sortir l'illustre Tito! Veux-tu ouvrir, Fenella?

La Muette fit tourner la clef dans la serrure et poussa la porte.

La lumière du jour pénétra alors dans la pièce obscure et l'éclaira de tous côtés — elle était vide!

Borella sourit d'un air malin et s'avança avec précaution pour aller regarder derrière la porte — personne! Tito avait disparu!

— Sang de la Madone! hurla le pêcheur, on dirait que l'oiseau s'est envolé!

— Envolé? répétèrent en chœur les hommes qui l'accompagnaient.

Fenella se précipita dans la maisonnette et promena des yeux égarés dans cette pièce vide. Tout à coup, elle aperçut dans un coin le chapeau et le manteau délaissés par le prisonnier. Elle se jeta sur ces objets, et les souleva vivement comme s'ils avaient pu cacher le favori.

— Malédiction, il a filé! exclama le pêcheur. Comment s'y est-il pris? Il faut qu'il ait passé près de toi, Fenella?

La Muette répondit par de vives dénégations et fit entendre qu'elle n'avait pas quitté son poste un seul instant, et qu'il était impossible que Tito fut sorti par la porte.

Tout à coup, ses regards tombèrent sur l'ouverture en demi-cercle pratiquée dans le mur. Elle y courut en la montrant du doigt à Borella.

— Mille tonnerres! s'écria le pêcheur, il aura filé par ce trou!

Les compagnons de Borella s'étaient rapprochés et examinaient à leur tour l'ouverture.

— Il est impossible qu'il s'en soit tiré, dit l'un d'eux. Je parierais ma tête qu'il n'a pu vaincre le courant. Il doit y avoir un effroyable remous, là-dehors!

— Je ne crois pas qu'il se soit enfui par là, observa un autre pêcheur; l'ouverture est trop basse et trop étroite!

— Cependant, Fenella assure qu'il n'a point passé par la porte, dit Borella, et moi, j'ai foi en ses paroles.

— Et vous avez raison, disaient les gestes passionnés de la jeune fille. Je jure . . .

— Tu n'as pas besoin de jurer, enfant; fit Borella d'un ton sérieux et bienveillant. Je te crois, sans que tu prennes la sainte-Vierge à témoin. Tito est maigre et chétif, il a parfaitement pu passer au travers de cette ouverture. C'est par là qu'il a filé, en nous laissant sa défroque.

Tandis que les pêcheurs se consultaient et mesuraient l'ouverture, Fenella s'approcha de l'ami de son frère, et lui fit comprendre, par signes, qu'elle voulait se rendre auprès de Masaniello et lui faire part de ce qui venait de se passer, afin qu'il prît quelques mesures, pour ressaisir, si possible, le prisonnier. Borella voulut retenir la Muette. Cette démarche lui paraissait inutile, mais Fenella s'était éloignée sans attendre la réponse, et se dirigeait, à grands pas, vers l'Hôtel-de-Ville.

Elle atteignit bientôt l'antique bâtiment où le tribun avait élu domicile. Masaniello s'y trouvait en ce moment. Fenella courut auprès de lui et l'informa de ce qui venait de se passer, mais sa communication fut mal reçue. Masaniello avait pris un air sérieux et mécontent. Il semblait irrité contre sa sœur; il ne lui fit cependant aucun reproche, et se borna à lui ordonner formellement de retourner au plus tôt à Portici, et d'y attendre la fin du soulèvement.

La Muette obéit. Elle regagna son village et l'humble chaumière où elle avait passé de si douces heures, mais l'inquiétude la ramena à Naples au moment où son frère allait recevoir l'hommage des Napolitains.

Nous avons vu comment l'heureux vainqueur reçut les avertissements de Fenella. Les acclamations du peuple les effacèrent bientôt de sa mémoire. Masaniello, ivre d'orgueil et de joie, repoussa les sages avis de sa sœur; il imposa silence à la voix prophétique qui venait troubler son triomphe, mais il ne réussit pas à l'oublier complètement. Elle revint forte, impérieuse, au moment où le tribun aperçut la Muette pleurant au bout de la vaste place.

Tout était joie et allégresse, tout retentissait de bruits de fête — et Fenella pleurait. Seule, à l'écart, elle cachait sa figure dans ses mains pour ne pas laisser voir ses larmes. Un douloureux pressentiment lui disait que des jours de détresse succéderaient à ce jour de triomphe, et, nouvelle Cassandre, elle prévoyait que la chute suivrait de près cette soudaine élévation. Les cris de cette foule en délire lui causaient une angoisse indicible — c'était son frère que l'on acclamait, son frère que les pêcheurs portaient autour de la vaste place — son frère, qui recevait en roi l'hommage de la multitude — — — ce frère bien-aimé, aujourd'hui le dieu du peuple, que serait-il le lendemain?...

Quelques jours s'étaient écoulés.

Masaniello s'était rendu à Portici pour y haranguer les habitants de son village natal, et recevoir aussi leurs témoignages de reconnaissance et d'attachement. Il venait de rentrer à l'Hôtel-de-Ville, et, seul dans une vaste salle, il contemplait cette ville étendue à ses pieds, et dont il tenait le sort entre ses mains.

Ses regards s'arrêtèrent enfin sur la sombre forteresse du

tyran. La fière citadelle dressait encore vers le ciel ses tours massives et ses murailles séculaires — mais, ces témoins de l'oppression d'un peuple, Masaniello pouvait les renverser d'un mot, d'un signe de sa main!

Ce signe, il ne l'avait pas donné! Le duc d'Arcos habitait encore le château, mais il y était prisonnier; il n'avait plus un ordre à donner à Naples, et subissait toutes les tortures de l'inquiétude et de l'attente. Toujours dans l'indécision sur son sort, il attendait son arrêt en calculant les chances favorables sur lesquelles il pouvait compter. Elles n'étaient pas nombreuses. Le vice-roi et son entourage devaient s'estimer heureux si le peuple leur laissait la vie et consentait à entrer en arrangement avec eux.

Masaniello, debout devant sa fenêtre, contemplait cette ville sur laquelle il régnait en maître, ce pays, qui, aussi loin que la vue pouvait s'étendre, lui avait prêté serment de fidélité. Naples était à ses pieds! Le tribun savourait cette orgueilleuse certitude et repassait en pensée toutes les phases de son élévation. Il se revoyait simple pêcheur, puis chef populaire et souverain. Le pouvoir et la force du tyran s'étaient brisés devant sa vaillance. Il avait triomphé des ennemis de Naples, et peu de jours avaient suffi pour faire de l'obscur Masaniello le sauveur de sa patrie.

Le pêcheur de Portici avait le sentiment de sa valeur. Toute sa personne respirait une mâle assurance. Il était imposant et fier comme un vainqueur. Debout, la tête droite, les yeux étincelants, il aspirait à pleins poumons l'athmosphère vertigineuse qui l'entourait, et quiconque eût pu lire au fond de son âme, y eût vu croître d'heure en heure l'amour de la domination, la soif de la gloire et des honneurs, et tout le cortège de misères et de faiblesses qui accompagnent ces sentiments. Son front s'assombrissait. On eût vainement cherché sur les traits de cet homme un reflet du rayonnement intérieur que produit le dévouement et le sacrifice. L'égoïsme y gravait son empreinte. L'orgueil et l'ambition

prenaient possession de son âme. Ces ser... ...
étouffaient peu à peu tout noble sentiment ...
relâche les plus diaboliques suggestions — ...

Tandis que le tribun s'oubliait dans ses rêves, ...
traversait la place et venait s'arrêter devant l'hôtel...

Un valet richement galonné était descendu, ...
ouvrait respectueusement la portière. ...

Masaniello se pencha à la fenêtre et vit avec ...
...dinal Filamarino descendre de voiture et entrer dans...
...tique édifice.

Était-ce à lui que l'on en voulait? Le prince de ...
venait-il visiter le pêcheur de Portici?

Le cœur de Masaniello se gonfla d'orgueil à cette...
C'était plus d'honneur qu'il n'eût osé en espérer.

Il ne se trompait pas, cependant. La porte s'ouvrit et ...
passage au cardinal.

Masaniello s'avança au-devant du prélat, qui s'inclina respectueusement, tandis que le vénérable vieillard posait sa
main bénissante sur la tête du tribun.

— Nous sommes seuls, mon fils, dit enfin le cardinal après
un moment de silence. C'était ce que je désirais. Je puis te
dire sans crainte ce qui m'amène.

— Je ne m'attendais pas à l'honneur de votre visite, Monseigneur, dit Masaniello en avançant un grand fauteuil dans
lequel le cardinal prit place, tandis que Masaniello restait
debout à côté de lui et s'appuyait contre une table.

— J'avais besoin de te parler, mon fils, reprit le cardinal.
Tu en sauras la raison tout à l'heure, mais je voudrais m'assurer auparavant que mes paroles ne tomberont pas dans un
terrain stérile.

— Je vous écoute, Monseigneur!

— Tu es à la tête du peuple, Masaniello. Ta vaillance et
tes succès t'ont élevé aux plus grands honneurs. Le peuple
t'a porté en triomphe, les prêtres t'ont béni, mon fils —
mais n'oublie pas que la fortune est passagère. Le peuple est

inconstant, et celui qui veut s'attacher ses faveurs doit s'en montrer toujours digne!

— Je suivrai vos conseils, Monseigneur.

— Mes paroles ne doivent pas te blesser, mon fils! Elles partent d'un cœur paternel et sincère. Je tremble pour toi, Masaniello! On tombe d'autant plus bas qu'on est monté plus haut, et celui qui a beaucoup fait, doit faire davantage encore pour tenir ce qu'il a promis!

— Vous n'avez pas confiance en moi, Monseigneur?

— Je n'ai pas dit cela. Je crains seulement que l'amour de la gloire et l'ambition ne se glissent dans ton âme! Tu te détournes, mon fils — tu gardes le silence. — Malheur à toi, malheur à ton pays si tu ne fermes pas l'oreille aux suggestions de l'orgueil et de l'égoïsme! Naples met son espérance en toi! Naples te regarde comme son sauveur — tromperais-tu son attente! Si tu ne sais pas te vaincre toi-même et garder ton cœur, ni ta force, ni ta jeunesse, ni tes succès ne te préserveront de la chute. Tu tomberas, mon fils! L'ambition creusera un abîme devant tes pas!

— Me blâmez-vous, Monseigneur, d'avoir accepté l'hommage du peuple et la couronne de laurier qu'il me décernait?

— Non! C'est un autre sujet, une autre inquiétude qui m'amène! Je viens t'avertir, Masaniello. Là-bas — et le cardinal montrait du doigt la citadelle — là-bas l'intrigue et la ruse règnent en souveraines. On y prépare ta perte! On y forge déja des plans qui doivent te renverser et soumettre la ville!

Un sourire orgueilleux passa sur les traits de Masaniello.

— Me renverser et soumettre Naples, dit-il avec une fière assurance, on ne le peut pas! Le despote est impuissant! On lui a rogné les ongles!

— Illusion, mon fils, illusion! s'écria le vénérable vieillard d'un air inquiet et soucieux. L'Espagnol n'est pas impuissant. Il travaille à ta perte! Ne te fie pas aux discours hypocrites qu'on te tiendra! Repousse toutes les offres qu'on voudrait

te faire, ne te laisse pas éblouir par les présents du duel
Tu vas me dire que tu es incorruptible, que l'or ne te séduit pas. — Je le sais, mon fils, et les Espagnols le savent comme moi, aussi n'est-ce pas de l'or qu'ils veulent t'offrir! Ils sont trop rusés et trop habiles pour se tromper à ce point. Non, c'est en flattant ta vanité, ton orgueil et ton ambition qu'ils chercheront à te gagner! Sois sur tes gardes, Masaniello; refuse toutes les propositions!...

— Même les propositions de paix? demanda vivement le tribun. Votre Seigneurie ne me conseillerait pas même d'entamer des négociations?

Le vieillard se leva subitement, comme si ce mot de paix lui eût fait retrouver la force et l'élasticité de la jeunesse.

— La paix! s'écria-t-il en joignant les mains, la paix! Y a-t-il rien que je demande plus ardemment au ciel! C'est assez de sang versé, assez de trouble, de désordre et d'anarchie! Dieu veuille que tu emploies ton pouvoir et ton influence à procurer la paix à ce pauvre peuple de Naples. Ce serait le plus beau couronnement de ton œuvre! Aie pitié de ton pays, Masaniello! Souviens-toi de cette parole : «Bienheureux sont ceux qui procurent la paix.»

— Je ne la ferai que si le peuple y consent, répondit le tribun d'une voix ferme.

— Eh bien, écoute mes conseils, mon fils! Mets fin à ces jours de luttes et de combats. Somme le peuple de se choisir un gouvernement, et dépose ton épée! Tu l'as tirée pour le bien de ton pays — rentre-la maintenant dans le fourreau! Celui que la victoire n'enivre pas est seul un héros, un triomphateur! Montre-nous que tu peux être cet homme-là, Masaniello! Tu as goûté aux joies enivrantes de la popularité, tu as été porté en triomphe. Tu as rendu de grands services à ta patrie, Dieu s'est servi de toi pour accomplir des miracles et pour délivrer Naples — montre-toi plus grand encore! Renonce à tes rêves ambitieux et dépose ton épée!

Tu as une chaumière à Portici — tes filets et ta barque t'y
attendent — retourne à ton foyer! La reconnaissance d'un
peuple et l'admiration du monde t'y suivront!

Masaniello regardait fixement devant lui.

— Le peuple devrait se choisir un gouvernement, dites-
vous? fit-il d'une voix sourde. Tout ce que j'ai fait jusqu'ici
serait donc inutile?

— Remets l'avenir de ton pays entre les mains de Dieu,
ou fais la paix avec le duc si le peuple et toi vous y voyez
un avantage — mais n'oublie pas mes paroles! Le peuple a
confiance en toi; tu peux encore le guider — mais souviens-
toi que celui qu'il porte en triomphe la veille peut être lapidé le lendemain! La roche Tarpëienne est bien près du
Capitole!

Masaniello se taisait.

— Ta figure est sombre, mon fils, reprit le cardinal en
terminant l'entretien. Mes discours t'importunent — — ils
n'ont été dictés, cependant, que par mon amour pour Naples
et par mon sincère désir de te sauver de la ruine. Retourne
à tes filets avant que tu ne tombes dans les pièges nombreux
que l'on dresse sous tes pas. Il en est temps encore; aujour-
d'hui, ce serait un grand homme, un héros qui retournerait
à son patrimoine — demain, ce serait peut-être trop tard!
Mets fin au combat! Surmonte les tentations, et donne-nous
la paix!

Le vénérable vieillard salua paternellement le chef du peuple
et se retira. Arrivé près de la porte, il se retourna une dernière fois comme s'il eût voulu dire encore quelque chose —
mais le tribun était toujours immobile et muet. Ses traits
étaient mornes et sombres — le cardinal le regarda silencieusement et sortit en soupirant —

— « Retourne à tes filets, à ta chaumière! Remets ton
épée dans le fourreau! » Une voix intérieure, la voix de son
bon ange, répétait ces paroles dans le cœur de Masaniello.

« Retourne à Portici avant qu'il soit trop tard! Donne-nous la paix! »

Le pêcheur allait-il écouter cette voix bienfaisante?...

---

## Chapitre IV.

### Une exécution nocturne.

Il faisait nuit. Deux hommes, vêtus de noir, venaient de se rencontrer dans le chemin qui conduisait au vieux parc; ils causaient à voix basse.

— Et tu arrives d'Ischia? dit l'un d'eux après quelques phrases indifférentes.

— De Capri, Francesco, répondit celui qu'on venait d'interroger.

— C'est le capitaine qui t'envoie?

— Oui. J'ai un ordre important pour Ancillo!

— Et sais-tu où il est, Micco?

— Une des sentinelles du port m'a dit où je pourrais le trouver!

— Qu'y a-t-il pour cette nuit?

— Une exécution, Francesco!

— C'est pour cela que tu me cherchais — je comprends —

— Je crois, au contraire, que tu ne comprends pas encore. Le capitaine t'ordonne d'amener Marcos de gré ou de force sur la terrasse!

— Marcos — le bourreau espagnol?

— Oui! C'est lui qui fera l'exécution, mais il ne doit pas reconnaître l'endroit où elle aura lieu. Tu l'amèneras les yeux bandés!

— Bien! fit Francesco. Où sont Luigi, Vittore et Leonardo?

— Ils t'attendent là-bas, au bout du champ!

— Ont-ils un cheval pour moi?

— Tout est prêt!

— Adieu! — Et Francesco s'éloigna rapidement, comme s'il eût été pressé d'exécuter l'ordre qu'on venait de lui transmettre.

Celui qu'il avait appelé Micco continua son chemin, et s'approcha de l'antique portail qui n'était ni fermé ni gardé.

Il entra dans le parc, mais il y avait à peine fait quelques pas qu'il vit briller une lance dans l'épaisseur du fourré.

— Halte-là! Qui vive? criait-on à côté de lui.

— Vive la Compagnie de la mort! répondit-il d'une voix contenue, tout en faisant un signe de tête à deux personnages, vêtus de noir comme lui, et à demi cachés par les arbres derrière lesquels ils faisaient sentinelle.

— C'est Micco! murmura l'un d'eux, et le glaive menaçant disparut aussitôt.

Micco continua son chemin, et arriva enfin sur la terrasse.

Il s'approcha du pavillon, et entra, par la porte principale, dans la rotonde que nous connaissons déjà. Le cordon noir pendait toujours dans le fond de la pièce. Micco l'eut à peine tiré que la paroi s'entr'ouvrit, et livra passage à un homme masqué comme le nouveau venu et vêtu de noir comme lui.

Micco salua.

— Je viens de Capri, dit-il, en s'adressant à celui qui venait d'apparaître dans la rotonde. Le chef de brigands, Cesare, et l'Espagnol Tito Silvestre sont, sans doute, encore ici, sous ta surveillance?

— Certainement! Ils attendent leur sort. Qu'y a-t-il de décidé pour eux, frère?

— Je t'apporte leur sentence!

— De la part du capitaine?

— Oui. Il te salue! répondit Micco en tendant un parchemin à son confrère.

Ce dernier jeta les yeux sur l'ordre qu'on lui remettait.

— La mort par le glaive? dit-il.

— Oui. Francesco est allé chercher le bourreau Marcos!

— Et l'exécution aura lieu ici?

— Dans le plus épais du fourré et à la lueur des flambeaux!

— Le capitaine t'a donné, sans doute, les ordres les plus exacts, Micco; tu te chargeras donc de l'affaire?

— Je veux bien! Donne-moi quatre frères, et nous ferons tous les préparatifs nécessaires!

— C'est cette nuit que l'exécution doit avoir lieu?

— Cette nuit même!

— Attends les frères ici; je vais te les envoyer, dit le personnage auquel Micco avait remis l'ordre du capitaine.

Il quitta la rotonde. Quelques minutes après, quatre hommes, que leur costume faisait reconnaître pour des membres de la Compagnie de la mort, parurent l'un après l'autre.

Ils saluèrent Micco qui serra la main de chacun d'eux.

— Venez, frères! dit-il, et tous sortirent de la rotonde.

Lorsque les cinq membres de l'association secrète furent descendus dans le parc, Micco pénétra au plus épais du fourré et ne tarda pas à trouver un endroit qui lui parut remplir toutes les conditions nécessaires pour l'exécution projetée. C'était une petite place, fermée de tous côtés par d'inextricables taillis s'élevant à une hauteur prodigieuse et interceptant toute lumière. Un sentier, à peine visible, y donnait seul accès. Micco fit allumer des torches, puis il mit ses hommes à l'œuvre.

Un arbre, à demi mort, s'élevait seul au milieu de cette enceinte de verdure. Micco le fit abattre à deux pieds environ au-dessus du sol. Il aplanit ensuite le dessus du tronc resté dans le sol, et cloua des courroies sur ce billot d'un nouveau genre.

Il était près de minuit lorsque ces préparatifs furent terminés. Pendant ce temps, Francesco avait rejoint les trois compagnons qui l'attendaient à quelque distance du parc.

Tous trois montaient de superbes chevaux dont la robe noire se confondait avec le manteau de leur cavalier. Vittore, l'un des trois hommes, retenait à grand' peine, par la bride, le coursier fringant préparé pour Francesco.

— Où allons-nous? demanda Vittore lors qu'il eut salué le nouveau venu.

— Vers le canal. Nous allons chercher le bourreau espagnol, répondit Francesco.

— Marcos? Que lui veut-on? demandèrent en même temps les deux autres cavaliers.

— Il faut l'amener immédiatement au pavillon; nous aurons une exécution cette nuit même. En avant!

— Son tour ne viendra-t-il pas bientôt? demanda Vittore, tandis que Francesco enfourchait sa monture et la lançait en avant.

— Pas encore; nous avons encore mainte besogne à lui faire faire, mais il ne perdra rien pour attendre! L'heure viendra pour lui, comme pour les autres.

— As-tu un ordre pour Marcos? demanda Luigi, l'un des autres cavaliers.

— Non. J'ai seulement reçu, du capitaine, l'ordre de me rendre avec vous vers le canal et d'amener immédiatement le bourreau dans le parc. Micco y prépare tout pour l'exécution. L'affaire faite, nous devons reconduire Marcos dans sa demeure.

— Et qui sont les deux condamnés, cette fois?

— Cesare, le chef de brigands, et Tito Silvestre, le favori du duc, répondit Francesco.

— Bravo! s'écria Luigi — mais, j'y pense, nous aurions dû prendre encore un cheval pour Marcos!

— Tu plaisantes! fit Vittore. Ce chien d'Espagnol salirait nos bonnes bêtes. Voudrais-tu monter un cheval qui aurait servi à Marcos, hé?

— Il n'a qu'à trotter à pied à côté de nous! s'écria Leo-

nardo. C'est bien peu de chose en comparaison de ce
qu'il inflige à ses victimes!

Les quatre hommes, lancés au galop de leurs ... ,
approchaient du but de leur course. Ils ... ra-
pides que le vent, et quiconque les eût vus ... eût
cru voir de noirs fantômes échappés de l'enfer.

Ils atteignirent l'enceinte du domaine, et ... rent
alors de leurs chevaux qu'ils attachèrent tout près ...

Francesco pénétra le premier dans la cour. Ses compagnons suivaient silencieusement. Tout était ... tranquille. On n'apercevait pas même de lumière dans la
maison habitée par Marcos.

— Il paraît qu'il est déjà couché; il est cependant
singulier. Il reste ordinairement assez tard levé ...

— S'il dort, nous le réveillerons, répondit Francesco ...
vous des cordes?

— Des cordes et d'épais mouchoirs noirs, dit Vittore.

Les quatre hommes étaient arrivés à l'entrée de la
veranda. Ils se placèrent des deux côtés de la porte de la
maison, et Francesco heurta.

Rien ne bougea ni dans la cour ni dans la maison.

Leonardo attendait, le poignard au poing, et prêt à se
servir de son arme au moindre signe de danger.

Francesco frappa plus fort.

Cette fois, ce ne fut pas en vain. Une faible lueur éclaira
la fenêtre voisine. On ouvrit une porte, et des pas furtifs se
firent entendre dans le corridor.

— Qui va là? cria une voix sourde. Que me veut-on à
pareille heure?

— C'est lui! murmura Vittore.

— Ouvre, Marcos! s'écria Francesco.

— Qui êtes-vous?

— Ouvre! Au nom de la Compagnie de la mort!

— Je ne connais pas cette compagnie!

— Tu mens! Tu la connais parfaitement! Ouvre! Je t'apporte un ordre pressant — as-tu peur?

Le bourreau tira ses verrous —

Au même instant, les quatre hommes se précipitèrent dans le vestibule.

Marcos, une lumière à la main, regardait avec épouvante ces quatre personnages masqués, et vêtus comme l'était habituellement le comte Almaviva. Il croyait rêver!

— Qu'est-ce que cela signifie? dit-il en reculant d'un pas. Que me voulez-vous?

— Nous venons te chercher! Suis-nous! fit impérieusement Francesco qui semblait le chef de la petite troupe, tandis que Luigi et Leonardo approchaient, le poignard levé, pour donner plus de poids aux sommations de leur confrère.

— Etes-vous des assassins que vous vous présentez ainsi? s'écria Marcos. Répondez! Que venez-vous chercher ici?

— Toi-même, Marcos; toi, en personne!

— Et que me voulez-vous?

— Nous désirons que tu nous suives immédiatement.

— Au milieu de la nuit? Où allez-vous?

— Tu le verras. Si tu te refuses à nous suivre ou si tu cherches à t'enfuir ou à appeler, tu es un homme perdu! Habille-toi promptement, et suis-nous!

— Un instant, seulement! — En prononçant ces mots, Marcos essayait de se glisser vers le cordon qui mettait en mouvement la cloche suspendue dans le hangar des valets, mais Vittore devina son intention. Il s'élança vers le bourreau, et lui saisit le bras.

— Arrière! cria-t-il; arrière, ou tu es mort!

Marcos était au pouvoir de ces mystérieux visiteurs. Il comprit qu'il ne lui restait qu'à se soumettre. De récentes expériences l'avaient d'ailleurs rendu singulièrement souple. Peu de jours auparavant, le peuple avait envahi son domaine et avait délivré, par la force, tous les prisonniers qui attendaient la mort dans la tour élevée sur le bord du canal.

Marcos et ses odieux valets avaient été ....... et n'avaient dû la vie qu'à une prompte .......

A la suite de cette agression, le bourreau ....... regagner l'Espagne, mais la fuite n'était pas ....... coûtait d'ailleurs à Marcos de quitter Naples ....... y restait encore et que son sort n'était pas ....... aussi, l'état des choses ne lui paraissait-il ....... désespéré — bref, il s'était résolu à rester, à Na ...... longtemps que son maître, et à y attendre .......

Il s'était enfermé dans sa demeure, et .......... L'apparition subite de ces quatre hommes ....... de noir l'arrachait brusquement à sa quiétude ....... de la Compagnie de la mort! » — avait dit l'un ....... Marcos se rappela tout à coup que, depuis quelques ....... ses valets ne s'entretenaient que des mystérieux ....... noirs » dont on faisait grand bruit à Naples. Ces ....... visiteurs devaient appartenir, sans doute, à cette ....... confrérie? Que lui voulaient-ils? Pourquoi étaient-ils ....... Pourquoi ce costume qui rappelait le ......... Ces « hommes noirs » formaient-ils quelque association ....... geresse?

— Dépêchez-vous! dit Francesco d'un ton bref en s'adres- sant à Marcos. Habillez-vous, et faites vite!

Tandis que le bourreau obéissait à cet ordre, deux des hommes masqués s'étaient placés près de lui, le poignard levé, et surveillaient tous ses mouvements. Lorsqu'il eut fini, Francesco lui ordonna de se laisser lier par Vittore qui s'a- vançait un paquet de cordes à la main.

— Épargnez-moi cet outrage, dit vivement Marcos. Il n'est pas nécessaire de me lier; je vous suivrai, je le .......

— Eh bien, vous aurez les mains libres, mais il faut vous laisser bander les yeux!

— A genoux! cria Vittore.

Le bourreau s'agenouilla. On lui enveloppa la tête d'un

mouchoir noir qui revenait s'attacher sur les yeux, puis on l'emmena.

Arrivé sur le seuil de la veranda, Marcos supplia ses conducteurs de lui dire s'ils le conduisaient à la mort, et, si c'était le cas, de lui accorder quelques instants de répit pour mettre encore une ou deux choses en ordre. Francesco lui assura que, vers le matin, il serait ramené sain et sauf dans sa demeure.

Pendant ce temps, Luigi s'était rendu à l'écurie, avait détaché le mulet du bourreau et l'avait amené dans la cour. L'animal s'était montré d'abord assez rétif. Il lui déplaisait d'être ainsi troublé dans son repos, mais quelques vigoureux coups de pieds lui firent bientôt comprendre qu'il fallait se soumettre.

Vittore et Leonardo conduisirent le bourreau vers sa monture et l'aidèrent à s'y hisser, puis la petite troupe se mit en marche.

Arrivés hors de l'enclos, les quatres hommes remontèrent sur leurs chevaux. Vittore et Leonardo se placèrent de chaque côté du mulet, l'attachèrent par la bride à leurs propres montures, et, après avoir ordonné à l'Espagnol de se tenir solidement à la crinière de sa bête, ils prirent le galop, enmenant ainsi, bon gré mal gré, et le mulet et son cavalier.

Francesco portait le glaive de Marcos et suivait avec Luigi pour empêcher toute tentative d'une fuite qui, d'ailleurs, eut été impossible.

La troupe atteignit ainsi la porte du parc et s'y arrêta. Les quatre hommes sautèrent alors à bas de leurs montures, obligèrent Marcos à en faire autant, puis ils attachèrent les bêtes en dehors du mur d'enceinte et pénétrèrent dans le parc. Quelques minutes plus tard, ils arrivaient avec Marcos, toujours les yeux bandés, sur le lieu préparé pour l'exécution.

La petite place, fermée par ses parois d'un vert sombre, ressemblait à une salle décorée de verdure. Le tronc d'arbre,

destiné à servir de billet, se dressait au milieu. Les
membres de la Compagnie de la mort, appuyés [illisible]
soutenaient des torches dont la lumière rougeâtre [illisible]
à demi cette place de justice.

Micco et ses compagnons venaient d'y amener [illisible]
Tito. Les deux prisonniers avaient les yeux bandés.
Francesco et ses hommes eurent introduit Micco et [illisible]
peler au pavillon celui qui semblait être le chef de la compagnie.

Il ne tarda pas à paraître. Toute sa personne était empreinte du sérieux et de la dignité. Vêtu de noir, comme ses
subordonnés, il ne se distinguait d'eux que par sa haute
taille et son air imposant. Il se plaça à côté du billot et
le mystérieux tribunal entra en séance.

C'était un singulier et sinistre spectacle que celui de
la petite place. L'étrangeté du lieu, la lumière fauve des
torches, ces hommes masqués et uniformément rangés
en cercle le long des parois de verdure, ces deux
condamnés, ce billot près duquel on voyait reluire le
glaive de Marcos, c'était plus qu'il n'en fallait pour saisir
d'horreur le spectateur le plus froid.

— Détachez les bandeaux des prisonniers, ordonna le chef
de l'association.

Micco et Francesco exécutèrent cet ordre. Ils commencèrent
par le bourreau dont les yeux se portèrent avec stupéfaction
sur le cercle formé autour de lui. Que signifiait cette scène?
Où se trouvait-il?...

Tandis qu'il promenait des regards effarés sur la sinistre
assemblée, le chef de brigands et le fils adoptif du duc, délivrés à leur tour de leurs bandeaux, considéraient, eux aussi,
leurs mystérieux gardiens, et passaient de la surprise à une
indicible terreur.

Tito fut plus prompt que son camarade à se rendre compte
de la situation. Cesare se demandait encore dans quelle forêt
on pouvait bien l'avoir conduit, que son compagnon d'infortune

avait déjà deviné qu'il se trouvait dans l'antique parc. La vue du billot et du glaive étincelant fit passer un frisson dans tous ses membres. Il comprit qu'il était perdu!

Un silence de mort régnait dans la lugubre assemblée. Les hommes noirs, immobiles et muets, considéraient leur chef qui venait de tirer de son pourpoint un rouleau de parchemin et lisait à haute voix ce qui suit :

— « Au nom de la Compagnie de la mort qui s'est donné pour mission d'appeler en jugement et de punir les malfaiteurs et les criminels de tous rangs et de toute condition, nous t'ordonnons, Marcos, de faire périr, par le glaive, les deux malfaiteurs Cesare et Tito Silvestre. Tous deux ont mérité ce châtiment par leurs crimes et leurs forfaits!

Donné à Naples et à Capri au nom du conseil

Le capitaine! »

Tandis que Marcos interdit regardait tantôt les hommes masqués, tantôt les deux condamnés qu'il devait exécuter, une terreur indicible s'était emparée du chef de brigands. Cette mort si prompte et si inattendue le trouvait sans force et sans courage. Tout son corps tremblait, et Tito, distrait de son propre sort par la vue de cette lâcheté, regardait avec mépris cet homme chargé de crimes, ce bandit redouté qui se montrait si faible en face de la mort.

Cesare était tombé à genoux devant celui qui venait de lire la sentence.

— Grâce! criait-il en se tordant les mains. Pourquoi veux-tu ma mort, chef inconnu? Retire cet ordre barbare, aie pitié de moi, et je jure de t'obéir! Je t'appartiendrai pour la vie!...

— Tais-toi! Nous n'acceptons pas tes pareils dans notre compagnie! interrompit le chef. Ta sentence est rendue! Fais ta prière!

— Grâce! Miséricorde! — que vous ai-je fait? pourquoi voulez-vous me faire mourir?...

— Pourquoi? Parce que tu as pillé et assassiné! Parce

que tu as profité du soulèvement populaire pour [...] des méfaits sans nombre! La mort seule peut [...] crimes! Je n'ai pas le droit de faire grâce! [...] tence!...

— Alors, conduisez-moi à celui qui [...] capitaine. Il aura pitié de moi!...

— Assez! Fais ta prière, te dis-je!

Tout en parlant, le mystérieux personnage [...] la main à deux des hommes placés le plus [...]

C'étaient Luigi et Vittore. Ils voulurent [...] sere, mais le chef de brigands s'était [...] cidé à se défendre. Il se jeta d'un bond sur [...] rassa, et voulut s'élancer dans [...]

L'entreprise était insensée. Le condamné [...] ques pas à peine qu'il était ressaisi par deux [...] hommes noirs et traîné vers le billot [...] médiatement attaché.

— Fais ton devoir, bourreau! ordonna le [...]

— Vous m'y forcez!

— Hâte-toi, si tu tiens à ta vie!

— Vous en porterez toute la responsabilité!

Cesare ne remuait plus. Il semblait [...] sance.

Macco brandit son large glaive. La lame [...] sina un sillon lumineux dans l'espace, puis elle [...] le billot...

Le sang jaillit avec tant de force que Tito [...] Le fils adoptif du duc frissonna et fit involontairement quel- ques pas en arrière.

Son tour était venu. Micco et Vittore s'approchèrent de lui et lui lièrent les mains derrière le dos.

Tout était fini pour le chef de brigands. Sa tête avait roulé sur le gazon et l'arrosait de sang — Matteo et Leo- nardo détachèrent le tronc et le jetèrent à l'écart. Le [...] n'attendait plus que Tito...

En cet instant, une rumeur assourdissante éclata subitement dans le lointain — des cris et des détonations se firent entendre, et un homme masqué s'élança sur la petite place. Il faisait des signes de détresse et parlait d'un danger pressant.

Ces mots suffirent pour électriser non seulement le chef, mais encore tous les membres de la confrérie, et jusqu'aux porteurs de torches. Tous s'élancèrent vers l'endroit d'où partait le bruit.

Micco et Vittore qui tenaient toujours le condamné, ne purent résister à la contagion de cette ardeur guerrière. Ils traînèrent leur prisonnier vers un arbre, l'y attachèrent solidement, et se jetèrent sur les traces de leurs compagnons.

La rumeur augmentait d'instant en instant. Elle venait de l'entrée du parc. Nul ne savait encore ce qui se passait et ce qu'était ce danger subit, mais tous les habitants du pavillon étaient remplis du désir de faire leur devoir et de défendre leur association au péril de leur vie. Tous marchaient comme un seul homme à la rencontre de l'ennemi. Cette résolution, ce dévouement absolu à la chose commune, cette obéissance passive aux ordres de leur capitaine étaient les traits distinctifs des « hommes noirs » et faisaient la puissance et la force de cette Compagnie de la mort que nous verrons encore à l'œuvre.

La petite place s'était subitement vidée. Tito était resté seul attaché à son arbre, mais avant que les porteurs de torche se fussent éloignés, il avait vu le bourreau espagnol debout à côté du billot. Y était-il encore?

Un rayon d'espérance se glissa dans l'âme de Tito. Ses persécuteurs avaient disparu. Il fallait mettre à profit cette chance suprême.

— Marcos! cria-t-il d'une voix étouffée, Marcos, êtes-vous là?

— C'est vous qui m'appelez, don Tito? répondit doucement le bourreau. Je suis ici!

— Eh bien, venez à mon secours! Vous couperez les cords qui m'attachent à cet arbre! Venez vite!

— Seigneur, où voulez-vous aller, don Tito? fit Marcos qui semblait encore singulièrement troublé. Comment vous trouver au milieu de ces ténèbres? Savez-vous seulement où nous sommes?

— Oui, je le sais, mais ne me faites pas attendre si longtemps! Venez vite — ou tout est perdu!

Marcos tenait encore son glaive. Il se dirigea en hâte au travers de la place, et finit par arriver près de Tito. Quelques secondes lui suffirent pour couper les liens qui tenaient le fils adoptif du duc.

— Dépêchez-vous, Marcos! dépêchez-vous, murmura le condamné dont la poitrine se soulevait convulsivement d'espérance et de crainte.

— Vous voilà libre, don Tito! fit Marcos en coupant le dernier nœud.

Il était temps! On entendait des voix à quelque distance. Les frères de la mort s'étaient-ils déjà débarrassés de leurs ennemis, et revenaient-ils déjà consommer leur œuvre de justice? Tandis que Marcos retournait en hâte auprès du billot, Tito se précipita dans le fourré sans songer que le parc était entouré d'une haute muraille et que la porte en était soigneusement gardée.

## Chapitre V.

### Hassan reparaît à l'horizon.

Tandis que Cesare, le chef de brigands, expiait par sa mort une vie de méfaits et de crimes, Teresita, sa maîtresse, l'attendait dans la vieille ferme qui dominait la route de Resina, ferme dont la compagne du bandit avait fait sa retraite favorite.

Teresita redoublait de prudence et de précautions lorsque Cesare était absent. Ce soir-là, elle avait placé de nombreuses sentinelles autour de la ferme. Elle-même avait fait une ronde, et elle venait de rentrer dans son gîte, lorsqu'un bruit de voix frappa tout à coup son oreille.

— Qui va là, Pepi? demanda-t-elle en rouvrant sa porte et en s'adressant à l'un de ses hommes posté à l'entrée de la ferme.

— C'est Alessandro, signora, répondit Pepi à voix basse. Il vous cherche, et dit qu'il a de mauvaises nouvelles!

— Qu'y a-t-il?

— Il n'a pas pris le temps de me le dire. Il était pressé et voulait vous voir. Tenez, le voici!

— Hé, Alessandro! cria Teresita.

— Sacro dio! fit le bandit en accourant, il est heureux que je vous trouve, Teresita!

— D'où viens-tu?

— De Naples! D'où voulez-vous que je vienne?

— C'est que tu as un air...

— Un air! Mille diables, on peut bien être un peu hérissé quand on sort des épines et des buissons. J'en ai fait du chemin depuis la nuit dernière!

— Qu'est-il donc arrivé? fit Teresita avec impatience. Qu'y a-t-il?

— Il y a que nous avons perdu notre capitaine, ni plus ni moins, et qu'il n'est guère probable que vous le revoyiez jamais, signorita!

— Cesare! Qu'en as-tu fait? Où l'as-tu laissé, malheureux?

— Allons, c'est ma faute, à présent, je m'en doutais! murmura Alessandro. Il a disparu; cherchez-le vous-même, si vous voulez le retrouver!

— Ne fais pas l'insolent, drôle! cria Teresita en saisissant son escopette. Crois-tu pouvoir me braver parce que le capitaine n'est pas là?

— L'ai-je jamais fait?

— Parle donc! Je veux savoir ce qui s'est passé!

— Eh bien, nous avons été la nuit dernière dans la rue Muraglia!

— A la taverne? demanda Pepi.

— Oui, chez Luallo — ah, celui-là, par exemple, il a son compte. Vous ne lui feriez bouger ni pied ni patte!

— Mort?

Alessandro fit un signe affirmatif.

— Le capitaine voulait boire un verre avec lui, et voir ce qui se passait à la taverne, continua le bandit. Luallo avait justement une petite affaire. Il s'agissait d'expédier un juif gênois qui devait passer la nuit avec sa fille dans la petite écurie, un vieux gredin qui se donnait pour un pauvre diable, et qui portait certainement une fortune sur lui! La taverne était pleine. Nous avions derrière nous deux ou trois individus vêtus de noir; il m'a même semblé qu'ils portaient des masques, mais nous n'avons pas fait autrement attention à eux.

— C'étaient probablement quelques-uns de ces hommes noirs qu'on a vu dans les rues pendant le combat, fit Pepi. Vous auriez dû vous méfier d'eux!

— Voyez-vous ce malin! ricana Alessandro. C'est bon à dire après coup, mais...

— Avez-vous fini de vous disputer? fit Teresita impatientée. Où est Cesare?

— Eh bien, Luallo nous demanda de lui venir en aide, continua Alessandro. Le capitaine y consentit, et vers minuit, nous sortîmes de la salle. Luallo attendait dans la cour. Cesare le rejoignit tandis que je restais en sentinelle à la porte. Je ne sais pas au juste ce qui se passa dans l'écurie. J'entendis tout à coup le sifflet du capitaine; je me glissai dans la cour pour voir de quoi il s'agissait — saint-Augustin, — c'était déjà trop tard; il n'y avait plus rien à faire! Trois hommes s'étaient jetés sur le capitaine, et Luallo était déjà étendu raide mort!

— Et tu n'as pu sauver Cesare?...

— Sainte-Vierge! qu'aurais-je fait à moi seul contre ces trois hommes? Le Juif quittait l'écurie avec sa fille — c'était dommage de laisser échapper une si riche proie... et je les suivis...

— Laissant Cesare à ses ennemis?...

— Oh, pour un instant, seulement; je voulais savoir de quel côté le Juif se dirigeait...

— Lâche coquin! cria Teresita exaspérée. C'est là ta fidélité à ton maître! Tu n'as pas même essayé de le défendre... il est donc mort?...

— Non, signorita, il n'est pas mort; écoutez donc la fin de mon récit. Les trois hommes noirs avaient seulement terrassé le capitaine. Je suivis le Juif et sa fille, mais ces chiens d'Hébreux s'enfilèrent dans des ruelles où je perdis leur trace, et quand je revins à la taverne, les hommes noirs avaient disparu en emmenant Cesare... Patience, signorita, patience; je ne suis pas au bout... ne vous fâchez pas — tout s'arrangera! Le jour approchait que je réfléchissais encore au moyen de retrouver la trace du capitaine — et depuis lors, je n'ai pas pris un instant de repos. Sainte-Vierge!

en ai-je fait des pas et des courses — mais enfin j'ai
trouvé . . .

— Où est-il? s'écria Teresita. Parle — où est Cesare ?

— Il est prisonnier des hommes noirs. Il n'y a pas deux
heures que j'ai découvert leur retraite. J'y ai pris peine, je
vous le jure !

— Où se cachent-ils donc ?

— Dans ce pavillon solitaire qui domine la mer. On y
arrive par un grand parc abandonné.

— C'est donc là qu'est Cesare, tu en es sûr ?

— Certainement !

— Eh bien, appelle une vingtaine de nos hommes !

— Que voulez-vous faire, signorita ?

— Tu le demandes — je veux délivrer le capitaine !

— Il vous faut plus de vingt hommes, dit Pepi.

— Faites ce que j'ai commandé !

— Pepi a raison, signora, dit à son tour Alessandro.
Suivez son conseil, et prenez une troupe plus nombreuse.

— Combien êtes-vous en tout ?

— Quarante-deux !

— Eh bien soit, mettons tout le monde sur pied! s'écria
Teresita. Appelle toute la bande, et dépêche-toi. Nous partons à l'instant. Il faut, à tout prix, délivrer le capitaine !

Pepi et Alessandro s'éloignèrent en toute hâte, et quelques
minutes s'étaient à peine écoulées, que les quarante-deux
bandits étaient réunis autour de leur maîtresse, et prenaient,
avec elle, la direction de Naples.

Teresita et quelques-uns de ses gens étaient à cheval. Le
reste de la troupe suivait au pas de charge. La compagne
de Cesare chevauchait en tête, excitant l'ardeur de ses
hommes et les encourageant de l'exemple et de la voix. Tous
semblaient animés d'une invincible bravoure, tous proféraient
d'horribles menaces contre les ennemis de leur capitaine,
mais pour la plupart de ces bandits, l'action ne répondait
pas à la parole. Ils excellaient dans les attaques fortuites,

dans les coups de main et les embuscades où la surprise paralysait le plus souvent les forces de leurs adversaires, mais une résistance sérieuse les mettait immédiatement en fuite et leur faisait abandonner le combat. A les entendre, cependant, on croyait avoir à faire à d'invincibles héros, et les menaces et les imprécations dont ils accompagnaient leur marche eussent épouvanté l'homme le plus courageux.

La troupe atteignit enfin le faubourg et le parc abandonné où régnait la plus impénétrable obscurité. Tout était silencieux et désert, et les bandits longèrent le mur du mystérieux domaine sans que le plus léger bruit leur révélât le drame qui s'y passait en ce moment.

Alessandro avait pris la direction de la troupe. Il voulait cerner le pavillon pour assurer le succès de son entreprise. Teresita marchait derrière lui, suivie de ses hommes, et la bande arriva ainsi jusqu'au portail qui se trouvait ouvert.

Les chevaux et le mulet qui avaient servi aux quatre frères de la mort et à Marcos étaient encore attachés en dehors du parc. Teresita ordonna à ses gens de laisser, pour le moment, ces animaux à leurs places, sauf à s'en emparer lorsque la troupe regagnerait son gîte, puis la courageuse créature pénétra silencieusement dans le parc avec sa bande.

Les brigands avaient à peine fait quelques pas sous les arbres qu'ils furent hélés par les sentinelles cachées dans le fourré. Teresita et ses hommes voulurent forcer le passage, mais il furent reçus à coups de fusils.

La compagne de Cesare ne songea pas à fuir. Elle appela bravement sa troupe autour d'elle et essaya de passer outre. Elle espérait être entendue de Cesare. La malheureuse ne se doutait guère qu'elle arrivait trop tard et que son amant venait de périr par la main du bourreau.

Une violente mêlée s'engagea, mais elle ne tarda pas à prendre une tournure fâcheuse pour les brigands. Les sentinelles recevaient à chaque instant du renfort, et ces noirs combattants repoussaient leurs ennemis avec une vigueur et une audace que ne possédait pas la troupe de Cesare. Plusieurs bandits gisaient déjà, sans vie, sur le gazon, d'autres étaient grièvement blessés, et tous eussent été faits prisonniers ou mis hors de combat si Teresita n'eût donné enfin le signal de la retraite.

Ce fut un sauve-qui-peut général. Le reste de la bande sortit en désordre du parc. Les plus lestes enfourchèrent les chevaux restés en dehors, et disparurent dans l'obscurité. Ce ne fut qu'à grand' peine que Teresita, aidée de Pepi et d'Alessandro, pût parvenir à rallier autour d'elle quelques-uns de ses gens.

L'échec était complet. Malgré son courage personnel, Teresita était forcée de s'avouer qu'il lui fallait renoncer à l'espoir de délivrer le capitaine. Impossible de renouveler, avec une vingtaine d'hommes, une tentative qui n'avait pu réussir lorsque la troupe en comptait quarante.

La compagne de Cesare gémissait de son impuissance et passait de la colère au désespoir le plus violent. Lorsqu'elle fut assez éloignée du parc pour se croire en sûreté, elle fit halte, et tint conseil avec Pepi et Alessandro sur ce qu'il y avait à faire.

— Ah, si nous étions encore au complet! fit Pepi; nous aurions facilement raison de ces hommes noirs du diable, mais la moitié de notre bande s'est dispersée à Naples ou s'est jointe à la bande d'Hassan.

— Le Maure est tombé entre les mains du pêcheur de Portici, mais il y est tombé seul, je crois, dit Teresita. Que sont devenus ses gens?

— Ils errent dans la ville et aux environs, sans direction et sans chef, répondit Alessandro. J'ai parlé à plusieurs d'entre eux; tous attendent la délivrance d'Hassan!

— Si nous pouvions les rassembler! murmura Teresita.

— A quoi bon? fit Pepi d'un ton découragé, nous n'avons

plus de chef à suivre. Le capitaine est prisonnier comme Hassan !

— Sang de Dieu! exclama Alessandro, c'est jouer de malheur. Si Hassan était en liberté, il aurait bientôt réuni sa bande; il nous aiderait alors à délivrer le capitaine!

Teresita réfléchissait.

— Eh bien, s'écria-t-elle tout à coup, d'un air de subite résolution, délivrons le Maure! C'est par là qu'il faut commencer! Sais-tu où il se trouve? continua-t-elle en s'adressant à Alessandro.

— Dans les cachots de l'Hôtel-de-Ville!

— Les connais-tu ces cachots? Sais-tu dans lequel Hassan a été conduit?

— Oui — je lui ai parlé hier par un petit soupirail grillé. J'ai longtemps rôdé autour de l'Hôtel-de-Ville pour savoir si le capitaine y était enfermé, et c'est ainsi que j'ai découvert le cachot du Maure.

— Ne peut-on l'en tirer?

— Hum — il est là comme une souris au fond d'un pot! répondit Alessandro en hochant la tête. Le cachot est profond, le soupirail est très-haut, et pas moyen de grimper le long des murs. De plus, la petite fenêtre est solidement grillée!

— Bah — je comprends qu'il ne puisse pas s'évader tout seul, dit Teresita, mais on lui aiderait. Vous enlèveriez les barreaux, cela se fait tous les jours, et pour peu qu'il eût un bout de corde, agile comme il est, il aurait bientôt atteint le soupirail. Essayez! Le jour n'est pas encore là! Vous avez le temps de courir à l'Hôtel-de-Ville et d'en faire sortir le Maure! Ce serait une honte de le laisser pourrir là-bas plus longtemps!

— Sur mon âme, vous avez raison, signora! fit Pepi, gagné par la conviction de sa maîtresse; viens, Alessandro, dépêchons-nous!

— Cherchez Matteo, et demandez-lui des limes et des cordes, ordonna Teresita.

Le susdit Matteo portait toujours sur lui les outils et les instruments les plus divers, mais son courage n'était pas égal à sa prudence. Il s'était enfui des premiers. Les deux bandits se mirent à sa recherche, et le trouvèrent enfin caché derrière un petit mur de briques. Matteo, rassuré par leur présence, se décida à quitter sa retraite. Il leur remit les objets dont ils avaient besoin pour leur entreprise, et rejoignit le quartier général, tandis que Pepi et Alessandro se dirigeaient vers l'intérieur de la ville.

L'heure était singulièrement favorable à leur projet. La ville entière semblait endormie. Quelques postes de sentinelles, établis par Masaniello, gardaient seuls les portes de la citadelle et de l'Hôtel-de-Ville.

Le cachot dans lequel se trouvait Hassan était situé sous la façade latérale de l'antique édifice. Les deux bandits se glissèrent prudemment le long des maisons, et arrivèrent, sans être aperçus, dans l'étroite ruelle sur laquelle donnait le soupirail qu'ils cherchaient.

C'était un premier point de gagné, mais le plus difficile restait à faire. Il s'agissait de limer les barreaux de l'étroite ouverture, et de le faire assez doucement pour que le grincement de la lime n'arrivât pas jusqu'à la sentinelle qui se promenait de long en large devant l'Hôtel-de-Ville.

Alessandro s'accroupit devant le soupirail, appuya sa tête contre les barreaux et appela doucement le prisonnier.

— Qui m'appelle? répondit une voix qui semblait sortir de terre.

— C'est moi, Alessandro! Je suis là, avec Pepi; nous voulons essayer de te délivrer.

— Vous avez là une fameuse idée, mes gars, fit joyeusement le Maure. Je me croyais déjà complétement oublié. J'ai réussi à me débarrasser de mes chaînes, mais tous mes efforts pour atteindre la fenêtre ont été inutiles.

— Nous allons t'aider, mais c'est à condition que tu nous aides à ton tour à délivrer notre capitaine!

— C'est entendu! Ce sera ma première affaire. Je rassemblerai mes gens et nous délivrerons d'abord Cesare — ensuite, guerre à mort à Masaniello!

— Bravo! Nous en sommes! murmura Pepi.

— Nous allons limer tes barreaux, reprit Alessandro toujours accroupi contre l'ouverture, après quoi nous te tendrons une corde pour t'aider à grimper le long du mur. Ce serait bientôt fait, mais il faudra y aller doucement. Il y a un maudit pêcheur qui monte la garde devant l'Hôtel-de-Ville; il ne s'agit pas qu'il nous entende!

— Est-il seul? demanda le Maure.

— Tout seul!

— Imbéciles! fit Hassan. Ne savez-vous pas vous en débarrasser?

Alessandro s'était retourné vers son camarade.

— Il pense qu'il faudrait commencer par tuer la sentinelle, murmura-t-il. Je crois qu'il a raison! C'est la première chose à faire!

— Hum — devant l'Hôtel-de-Ville! fit Pepi d'un air soucieux. C'est dangereux! Ce satané pêcheur pourrait bien appeler au secours.

— On ne lui en laissera pas le temps!

— Qu'avez-vous à consulter? fit Hassan avec humeur. Voulez-vous attendre qu'il fasse jour? Dépêchez-vous de vous débarrasser de cette sentinelle; le reste ira tout seul!

— Viens! fit Alessandro en se relevant et en se tournant vers Pepi: il faut en finir. Je ferai le coup pendant que tu l'entretiendras!

— Soit!

Les deux brigands tournèrent l'angle de l'Hôtel-de-Ville.

Le pêcheur se tenait, l'arme au bras, à côté du portail. Il vit approcher les deux hommes.

— Qui vive? cria-t-il.

— Amis! répondit Pepi en montant avec Alessandro les quelques marches qui conduisaient au poste. Masaniello se trouve-t-il à l'Hôtel-de-Ville? continua-t-il en approchant de la sentinelle. Nous avons une communication importante à lui faire!

— Une communication importante, répéta le pêcheur, saisi d'une subite défiance. Sur quel sujet?

— Sur les hommes noirs! fit Pepi en baissant la voix et en se rapprochant de plus en plus de la sentinelle.

— Les hommes noirs sont nos alliés, reprit le pêcheur. Que pouvez-vous avoir à dire sur leur compte?

— Bien des choses! fit mystérieusement Pepi. Ce sont vos alliés, si vous voulez, mais j'ai appris sur eux certains faits qu'il importe à Masaniello de connaître!

— Alors, allez à Portici! Masaniello ne veut pas jouer au grand seigneur; il couche dans sa chaumière comme auparavant. Vous l'y trouverez!...

Ces paroles expirèrent sur les lèvres du pêcheur. Le poignard d'Alessandro l'avait frappé par derrière. Le malheureux étendit convulsivement les bras, et tomba en poussant un cri étouffé.

— Il a son affaire! murmura Pepi.

L'arme que tenait le pêcheur était bruyamment tombée sur les degrés de pierre. Alessandro écouta un instant et regarda autour de lui avec inquiétude, mais rien ne bougea.

— Laissons-le là, dit-il, en jetant un dernier regard sur le malheureux étendu sans vie à ses pieds; nous n'avons pas une minute à perdre!

Tout en parlant il entraînait Pepi au bas de l'escalier. Tous deux se précipitèrent vers le soupirail et commencèrent à limer avec une fiévreuse activité. Un quart d'heure ne s'était pas écoulé que les deux barreaux avaient disparu et que l'ouverture était libre. Alessandro assujettit alors une corde aux tronçons de fer restés dans le mur, puis il lança l'autre bout dans le cachot où Hassan l'attendait avec impatience.

— Je l'ai, cria-t-il, je l'ai! Elle est assez longue!

Quelques minutes plus tard, la tête crêpue du Maure apparaissait à la fenêtre. Ses deux accolytes l'attendaient, et grâce à leur aide, Hassan se trouva bientôt à côté d'eux.

— Merci! fit-il en respirant à pleins poumons l'air pur et frais de la nuit. Voilà une affaire lestement faite, et maintenant gare à mes ennemis! Attention, Masaniello! Tu te crois maître et seigneur à Naples — je te montrerai qu'il faut compter avec moi!...

Un sourire diabolique faisait étinceler ses dents blanches et pointues.

— Sur mon âme, il fait meilleur ici que là-bas, reprit-il en se secouant pour faire tomber le plâtre qui s'était attaché à sa chevelure et à ses vêtements. On deviendrait aveugle et sourd dans ce trou, et je ne veux pas y retourner, ainsi, décampons! Ne nous laissons pas pincer de nouveau! Ce serait dommage!

Les deux brigands et le Maure s'éloignèrent à grands pas, et gagnèrent l'endroit où Teresita les attendait avec le reste de ses gens. Hassan fut reçu avec acclamation, et la maîtresse de Cesare sentit renaître son courage à sa vue. Le Maure était libre; il allait unir ses efforts aux siens et la captivité du capitaine ne pouvait durer longtemps.

Hassan n'était pas moins pressé que Teresita de se mettre à l'œuvre. La nuit même, il fit le tour des quartiers mal famés et des mauvais lieux où il pensait retrouver, une partie au moins, de ses anciens associés. Ses recherches furent couronnées d'un plein succès, et quelques heures s'étaient à peine écoulées depuis sa délivrance qu'il avait déjà réuni une bande aussi nombreuse que celle qu'il commandait avant son arrestation.

Cette prompte réussite fit germer dans son cerveau les espérances les plus insensées et le décida à se poser en adversaire déclaré de Masaniello. Il appela tous les Napolitains aux armes pour braver, avec lui, l'autorité du pêcheur de

Portici, et combattre les hommes noirs. Cet [...]
La troupe du Maure se renforça immédiate[...]
composait, il est vrai, que d'individus de la [...]
sans aveu que les ordonnances de Masaniello [...]
qui avaient tout à gagner à la prolongation [...]
mais Hassan tenait à la quantité plus qu'à la [...]
plus mauvais drôles étaient admis avec [...]
sa troupe. C'était justement le personnel qu'il [...]

Le programme du Maure était simple. Il [...]
d'abord délivrer Cesare. C'était là le plus [...] première affaire terminée, il se tournerait [...]
Masaniello, et emploierait toutes ses [...]
Il voulait se venger du pêcheur de Portici [...]
sa puissance, écraser cet orgueilleux, [...]
détrôné un piédestal pour devenir chef [...]

---

## Chapitre VI.

### Le chapeau ducal

Les conseils du cardinal Filamarino n'étaient pas [...]
absolument sans effet sur Masaniello. Le tribun [...]
les paroles du vénérable vieillard, mais il n'en [...]
ne voulait en comprendre qu'une partie, et ne prenait, dans
ces avis si sages et si désintéressés, que ce qu'il pouvait [...]
commoder à ses vues ambitieuses.

Les circonstances ne tardèrent pas, d'ailleurs, à peser [...]
le tribun qui se vit forcé de suivre, en partie du moins, les
conseils du prince de l'église. Tous les efforts tentés pour
ressaisir le Maure avaient été inutiles. Hassan défiait toute
surveillance, et sa horde répandait la terreur et l'effroi dans

la ville et dans les environs. Masaniello ne craignait pas ces bandits, mais il les trouvait gens trop misérables pour leur livrer bataille et entrer directement en conflit avec eux. Il était moins indifférent vis-à-vis de l'association mystérieuse des « hommes noirs ». La Compagnie de la mort devenait de plus en plus puissante, et son influence contrebalançait victorieusement celle de Masaniello. Le tribun en était-il jaloux ou craignait-il le pouvoir croissant de ces hommes qui, dans le fond, faisaient cause commune avec lui, et qui lui avaient aidé pendant la lutte? Ces deux sentiments se confondaient dans l'âme du tribun et lui inspiraient une sourde hostilité contre la mystérieuse confrérie.

Il fallut le concours de maintes circonstances pour décider Masaniello à convoquer une assemblée de représentants du peuple. Ces députés devaient écouter les propositions du tribun, et conférer avec lui sur le sort de Naples.

Les pêcheurs avaient envoyé à cette assemblée Borella, Pietro, Moreno et Cinzio. Le peuple s'y était fait représenter par trois hommes qui, une fois déjà, avaient été députés auprès de Masaniello et qui avaient trouvé en lui un fidèle défenseur des intérêts de Naples : Marza, Citadino et Rugetti.

Le tribun attendait les représentants dans la grande salle de l'Hôtel-de-Ville. Il alla au-devant d'eux, leur tendit une main qu'ils serrèrent tour à tour, et les fit asseoir.

— Je vous ai convoqués, mes amis, dit-il alors d'un ton sérieux et digne, afin de mettre un terme à ces jours de troubles et d'incertitudes. Vous vous consulterez sur ce qu'il y a à faire, et vous déciderez, au nom du peuple, la question de guerre ou de paix!

— C'est là une bonne résolution, Masaniello, s'écria Cinzio toujours prêt à la réplique. Elle réduira au silence ceux qui t'accusent de ne pas vouloir poser les armes!

Marza s'était tourné vers les députés.

— Ecoutez ma proposition, amis, dit-il avec feu ; Masaniello nous a appelés ; donnons-lui la parole, et laissons-le développer ses vues, mais tout d'abord, joignez-vous à moi pour acclamer notre sauveur : Vive Masaniello !

Tous les assistants, même Pietro et Cinzio, suivirent cette invitation ; ces deux derniers, cependant, ne le firent qu'avec une certaine retenue et sans enthousiasme.

— Je vous remercie, mes amis, dit Masaniello d'un air de visible satisfaction. Votre confiance me touche, mais ce n'est pas mon avis que je veux soumettre à votre décision, c'est celui du vénérable cardinal. Filamarino conseille la paix avec le duc !

— La paix ? Oh, oh, le cardinal a probablement passé aux Espagnols ! s'érièrent Cinzio et Moreno, tandis que Marza et Citadino se regardaient d'un air surpris et mécontent.

— La paix ? répéta Rugetti en hochant la tête ; la paix avec le duc ? Ce ne sera pas du goût de tout le monde, cependant, si le cardinal le conseille ...

— Vous vous emportez au seul mot de paix, mes amis, dit tranquillement le tribun. Si vous ne voulez entendre que ce mot, vous avez raison de vous récrier, mais il y a autre chose — il y a les conditions de la paix. Le cardinal est comme vous et moi un bon et fidèle Napolitain. Il pense qu'une paix, à de bonnes conditions, serait préférable à la continuation des hostilités, et je suis d'avis qu'il nous donne un conseil très-sage. N'oubliez-pas, mes amis, que l'Espagne enverra des troupes auxiliaires au duc aussitôt que la nouvelle du soulèvement sera arrivée à Madrid. Notre ville pourrait subir alors un triste sort !

Borella et Cinzio se consultaient à voix basse.

— Il me semble que cette réflexion vient un peu tard, dit Borella. Si nous avions eu peur des Espagnols, nous n'aurions pas pris les armes du tout !

— Borella a raison ! dirent en même temps Pietro et Moreno.

— Il n'est pas question de peur, fit vivement Masaniello. La crainte m'est étrangère, vous le savez tous; c'est pour le bien de Naples que je conseille la paix à des conditions favorables!

— Arrête, Masaniello, s'écria le vieux Pietro. Ce que tu dis là est bel et bon. Tu parles de paix, tu promets des conditions favorables — mais, ces conditions seront-elles tenues? As-tu songé à la ruse et à la déloyauté des Espagnols? A-t-on jamais pu se fier à leurs promesses?

— Il faut y penser, dit à son tour Moreno. Le duc consentirait à tout, sans doute; il accepterait toutes les conditions, sauf à n'en tenir aucune après la conclusion de la paix!

— Nous l'y forcerons, dit Rugetti. Qu'est-ce qui nous empêcherait de reprendre les armes? Notre brave chef ne sera-t-il pas toujours là pour nous conduire à la victoire?

— Ou à la défaite! s'écria Cinzio. Nous avons été vainqueurs une première fois — nous ne le serions pas une seconde. Le duc n'aura rien de plus pressé que de réparer ses pertes, et de s'entourer de forces assez considérables pour que nous ne puissions rien contre lui!

— Il en est bien capable! fit Borella.

— Vos appréhensions vont trop loin, mes amis, dit Masaniello. Ne serons-nous pas là, et n'aurons-nous pas l'œil ouvert sur les agissements du duc? On ne raffermit pas aussi facilement une puissance ébranlée. Nous ferons bonne garde et nous ne tolèrerons plus de troupes étrangères. Ne craignez rien, et laissez-moi vous faire connaître les conditions proposées. Le duc les signerait de son nom et jurerait, à l'autel, de les exécuter fidèlement!

Les bourgeois échangèrent des signes d'approbation.

— S'il jure, c'est autre chose, fit Moreno d'un ton radouci.

— Croyez-vous que le duc se chargerait d'un faux serment? reprit Masaniello. Non, mes amis! il peut être dur,

fier, rusé et habile, mais s'il signe la ........
Voici les conditions; je les ai fait rédiger, .........
pour lui et importantes pour nous.

— Nous écoutons! s'écrièrent les députés.

— Tout d'abord, suppression des impôts sur .......
poissons et les fruits!

— Bravo! C'est la première des conditions!

— Voici la seconde; amnistie pleine et entière ....
pourra être recherché ou puni pour participation ......
événements!

— C'est bien pensé! Après, après!

— La troisième condition est dure, ........
j'espère la faire accepter. Elle exige du duc ..........
livrer toute personne de son entourage dont le ........
manderait la mise en jugement pour crime de ......
Naples. Le tribunal serait composé d'un nombre .....
Napolitains et d'Espagnols. Je demande enfin, comme ..
mière condition, que la mémoire du comte ...........
habilitée, et que les hérauts déclarent en ...............
l'illustre martyr a été injustement puni!

— Bien, bien! s'écrièrent en même temps les trois bourgeois et Moreno, ces conditions sont sages et honorables. Vive
Masaniello!

— Si le duc les accepte, je vote pour la paix, dit à son
tour Borella!

— Il les acceptera, je vous le promets, mes amis, s'écria
vivement le tribun. Et maintenant, dites si j'ai agi dans mon
intérêt ou pour le bien de Naples en les faisant rédiger et
en conseillant la paix?

— Tu es aussi sage que vaillant! s'écrièrent les bourgeois
enthousiasmés.

— Nous ne sommes cependant pas tous d'accord, continua
Masaniello, il faut donc mettre la question aux voix, mais
je ne veux exercer aucune influence sur la décision, et je

m'abstiendrai de voter. C'est à vous à dire si vous voulez
la paix!

Borella, Moreno et les trois bourgeois répondirent par un
oui à la question qui leur était posée, tandis que Pietro et
Cinzio se consultaient, et votaient enfin négativement. La proposition de Masaniello fut donc acceptée par cinq voix contre
deux, ce qui semblait démontrer qu'elle n'obtiendrait pas non
plus dans le pays un assentiment unanime.

— Je négocierai ouvertement avec le duc, s'écria le tribun,
heureux de ce résultat qu'il souhaitait sans oser l'espérer.
Notre entrevue sera publique, et chacun pourra assister aussi
aux débats. Je ne veux pas qu'on m'accuse d'agir en secret
et contre la volonté du peuple! Vous, Moreno et Rugetti,
veuillez vous rendre au château pour informer le duc de notre
décision et lui assigner un rendez-vous! Invitez-le à se rendre
à l'église des Carmélites; j'y serai, et là, nous négocierons
à la face du peuple. Vous, mes amis, continua le tribun en
s'adressant aux autres députés, je vous remercie de votre
concours, et je vous invite à vous trouver aussi à l'église. Je
désire que vous assistiez à mon entrevue avec le duc!

Les députés prirent congé de Masaniello, et quittèrent
l'Hôtel-de-Ville. Pietro fit quelques pas comme pour les suivre,
puis il se ravisa et revint auprès du tribun. Les deux hommes
restèrent seuls dans la vaste salle.

Le vieux pêcheur s'était assis en face de Masaniello.

— Je crains que votre décision ne soit pas approuvée par
la majorité du peuple, dit-il enfin après un moment de silence. Tu agis droitement, je le sens; tu veux poser l'épée,
et remettre à qui de droit l'autorité dont tu disposes, mais
on pourrait chercher d'autres motifs à la démarche que tu
vas faire!

— D'autres motifs? répéta le tribun en regardant le pêcheur. Que veux-tu dire, Pietro? Parle franchement! N'es-tu

pas le plus ancien et le meilleur de mes amis, le seul qui
ait le droit de tout dire?

— C'est pour cela que je n'ai pas suivi les autres députés,
Masaniello, reprit le vieillard avec émotion. Je voulais être
seul avec toi, et t'avertir! Il y a des gens qui voient partout
le mal! ceux-là, mon fils, diront que Masaniello trahit ses
frères. Ils diront que tu as été acheté par l'Espagnol et que
tu lui livres le peuple!

Masaniello souriait.

— Nous les laisserons dire, Pietro, fit-il doucement. Je
supporterai cela, mon ami, mon bon vieil ami, et je me con-
solerai en pensant que j'ai fait ce que je devais faire!

— Sans doute — mais il faut être sur ses gardes, et éviter soigneusement tout ce qui pourrait nourrir ces soupçons.
Penses-y, Masaniello, penses-y pour moi, si tu ne veux pas
y penser pour toi-même!...

Masaniello contemplait silencieusement la figure inquiète et
soucieuse du vieux pêcheur.

— J'ai ma conscience pour moi, dit-il enfin d'un ton sérieux et digne, cela me suffit. Je suis l'avis du cardinal, non
le mien — et, faut-il le dire, Pietro, si j'écoutais mon sentiment ce n'est pas ainsi que j'agirais. Je resterais ce que
je suis aujourd'hui — ce que je voudrais être toujours —
n'est-il pas glorieux et beau d'être à la tête d'un peuple —
mais je ne veux pas succomber à la tentation. Je déposerai
mon pouvoir, et je retournerai à Portici où je retrouverai mes
frères, mes amis, mes filets et ma chaumière.

— Loué sois-tu pour cette résolution, Masaniello! s'écria
le vieux pêcheur en étendant les bras. Tu m'enlèves un poids
de dessus le cœur! Je retrouve enfin le Masaniello d'autrefois, l'honnête et fidèle pêcheur en qui je ne voyais ni orgueil ni fraude!

— Tu as été l'ami de ce pêcheur-là, Pietro — veux-tu
l'être encore? dit le tribun avec émotion. Veux-tu te tenir
à ses côtés, lui dispenser fidèlement la louange et le blâme,

lui servir de guide et de soutien, et partager avec lui la joie
et la tristesse?

— Je l'ai toujours voulu et je le veux encore! s'écria
Pietro en embrassant l'ami qu'il lui semblait retrouver après
une longue absence. Tu es toujours le même — c'est un bienfait
pour mon pauvre cœur! Tu as accompli de grandes choses,
Masaniello, tu as conduit le peuple à la victoire, et maintenant tu reviens à nous! C'est bien, c'est grand, c'est digne
de toi, et ton nom restera en honneur à Naples!...

Les deux hommes s'étaient jetés dans les bras l'un de
l'autre —

— Eh bien, qu'y a-t-il? fit tout à coup Masaniello en
écartant la tête grisonnante de son vieil ami — tu pleures,
Pietro? Que signifient ces larmes?

— Laisser les couler — elles me soulagent. J'avais le cœur
oppressé!

— Et qu'était-ce qui t'oppressait ainsi, mon brave Pietro?

— Mon inquiétude, mes craintes! Je puis te les avouer,
maintenant qu'elles sont dissipées. Je tremblais pour toi,
Masaniello; je te voyais déjà perdu, traître à ton serment,
à ta patrie — je souffrais dans mon amour pour Naples et
dans mon affection pour toi — mais c'est fini, maintenant —
tes paroles m'ont rassuré! Tu déposes ton pouvoir et tu reviens parmi nous! Que le ciel en soit loué!

— Noble cœur! murmura Masaniello en regardant pen-
sivement son vieil ami dont les traits s'étaient illuminés d'une
joie indicible. Je suis heureux et fier de t'avoir pour ami,
Pietro!

— Tu n'en as pas de plus fidèle et de plus sûr, Masaniello! s'écria le vieux pêcheur. D'autres pourront te flatter,
te bercer d'hommages et d'adulations, mais nul ne t'aimera
comme moi!

Le tribun était ému. Il prit la main de Pietro et la serra
longtemps et silencieusement dans les siennes. On eût dit

qu'il écoutait une voix intérieure, et prenait avec lui-même l'engagement de ne plus contrister une aussi vieille amitié.

Quelques heures plus tard, les deux hommes sortirent de l'Hôtel-de-Ville, et se dirigèrent vers l'église des Carmélites. Le duc d'Arcos, obéissant à l'invitation des deux députés, s'y était rendu accompagné de Selva et de son chambellan. Debout, dans le voisinage du maître-autel, la tête couverte du chapeau ducal, il attendait le chef populaire avec lequel il était forcé de négocier, mais auquel il comptait bien faire expier un jour toutes les humiliations qu'il venait de subir.

Masaniello ne tarda pas à paraître escorté de Pietro. Le tribun portait son costume de pêcheur, ce costume dans lequel il avait vaincu les mercenaires du duc, et qu'il n'eût pas échangé contre un pourpoint de velours et de soie. Il s'était découvert en entrant dans l'église et tenait à la main son bonnet rouge. La chemise, ouverte sur le devant, laissait voir sa forte poitrine et l'amulette suspendue à son cou. Une ceinture rouge entourait sa taille et retenait l'ample et courte culotte qui laissait à nu des membres vigoureux et bien faits. Masaniello tenait à ce costume; il le portait avec orgueil, et régnait plus réellement ainsi que le vice-roi malgré toute sa pompe.

Moreno et Rugetti, témoins officiels de l'entrevue, suivaient immédiatement le tribun. Ils se placèrent à ses côtés, tandis que les pêcheurs et les hommes du peuple se massaient dans le fond de l'église.

Le duc salua Masaniello, et, avançant d'un pas, il se plaça de façon à cacher un peu son chambellan qui tenait un coussin de velours sur lequel on apercevait un objet soigneusement enveloppé.

— Vous me voyez prêt à entrer en négociations avec vous, dit-il gravement. Je désire, comme vous, rendre le repos et la paix à ce malheureux pays.

— Vous avez eu le temps de reconnaître que votre pouvoir était brisé, Altesse, répondit Masaniello. Votre présence ici me le prouve — mais occupons-nous de l'avenir, et laissons reposer le passé.

— Je consens à l'oublier aussi, et ma tâche ne sera pas la plus facile, fit le duc avec amertume, mais avant d'ouvrir les pourparlers, laissez-moi vous adresser une question. Qu'avez-vous fait de don Tito, mon fils adoptif, et du marquis Riperda? Tous deux ont disparu! Savez-vous ce qu'ils sont devenus?

— Je l'ignore, Altesse! Ni l'un ni l'autre ne sont entre mes mains, mais je m'engage, pour vous prouver mon bon vouloir, à faire les recherches nécessaires, et à veiller à ce que les deux personnes que vous venez de nommer vous soient rendues — si toutefois elles vivent encore!

— Je n'attendais pas moins de Masaniello! dit le duc en faisant effort sur lui-même pour entrer dans le rôle qu'il s'était tracé. Vos paroles sont dignes de vous, et je crois de mon devoir de déclarer hautement, dans ce lieu, que la noblesse de sentiments, la valeur et l'habileté dont vous avez fait preuve m'ont contraint à l'admiration! Oui, continua-t-il en s'animant, je reconnais en vous toutes les qualités qui font le gentilhomme! Votre costume rapelle seul le pêcheur de Portici, et cette âme d'élite qui a fait de vous un héros mériterait une enveloppe plus brillante!...

Masaniello savourait à longs traits ces hypocrites paroles, mais il eut cependant assez d'empire sur lui-même pour ne pas laisser voir l'intime satisfaction qu'elles lui faisaient éprouver, et pour en interrompre le cours.

— Venons au fait, Altesse! dit-il d'un ton qu'il s'efforçait de rendre digne et froid.

— Posez vos conditions. Je sais que vous ne demanderez rien d'injuste!

— Voici les conditions par écrit, Altesse, répondit Masaniello en élevant le document dont il avait fait lecture aux représentants du peuple. Vous en connaissez déjà les principales dispositions : suppression des impôts, amnistie générale, et remise de toute personne de votre entourage qui pourrait être appelée en jugement par le peuple. Enfin, réhabilitation de la mémoire d'Almaviva...

— Arrêtez! s'écria le duc — j'accepte les trois premières conditions — pour la quatrième — laissons reposer le passé — ce sont vos propres paroles! Vous avez accompli de grandes choses, Masaniello, vous êtes vainqueur, mais je vous montrerai que le duc d'Arcos sait apprécier le mérite jusque chez ses adversaires. Le peuple de Naples vous a acclamé; il vous a présenté son hommage — je veux y joindre le mien! Arrière les rancunes et l'hostilité! Arrière la jalousie et le soupçon! Masaniello saura que le duc d'Arcos veut la paix, une paix sincère et durable; il saura que son ennemi vaincu reconnaît son héroïsme et sa grandeur d'âme!

Tout en parlant, le vice-roi faisait un signe au chambellan. Celui-ci approcha. Le duc souleva alors l'enveloppe qui cachait l'objet déposé sur le coussin de velours, et découvrit aux yeux des spectateurs un magnifique chapeau ducal orné d'une grande plume blanche retenue par une agrafe d'or.

Un silence solennel régnait dans la vaste église. La foule, immobile et muette, attendait anxieusement ce qui allait suivre.

Le duc saisit le chapeau et se tournant vers le tribun:

— « Au nom de mon gracieux et tout-puissant souverain, dit-il à haute et intelligible voix, je vous fais, vous, pêcheur de Portici, vous, l'héroïque défenseur des droits et des libertés de Naples, vous que le peuple a acclamé, je vous fais *duc de San-Giorgio* et je vous remets ce chapeau ducal comme signe extérieur de votre nouvelle dignité! Veuillez le recevoir, et vous en parer, Excellence! Cette distinction extraordinaire ne pouvait échoir à un plus digne!

Masaniello resta un instant comme ébloui. Ses yeux s'étaient fixés sur l'étincelante agrafe et ne pouvaient s'en séparer. Un léger tremblement agitait ses membres et indiquait seul le combat désespéré qui se livrait en lui. La lutte fut de

courte durée, et ce ne fut pas le bon ange qui l'emporta.
Le tribun fit un pas en avant, il s'inclina devant le duc, et
laissa poser sur sa tête le chapeau ducal, signe de sa dignité
— et de sa servitude...

Masaniello était perdu! Le démon de l'orgueil tenait sa
proie et n'entendait pas la lâcher. Cette âme lui appartenait
désormais, et l'ange gardien qui s'était cru vainqueur quelques heures auparavant dut s'enfuir éperdu devant cette prise
de possession. Le fier tribun s'était donné un maître! Il ne
devait pas tarder à s'en apercevoir.

C'était un spectacle étrange que celui qu'offrait le nouveau
dignitaire, vêtu de son costume de pêcheur et paré du chapeau
ducal.*) Quel contraste entre ces membres demi-nus, cette
chemise grossière, cette tête puissante et rude, et cette coiffure princière décorée avec un luxe raffiné! Quel contraste
surtout entre ces deux ducs, debout tous deux à côté du
maître-autel de l'église des Carmélites. La foule les contemplait avec stupeur, et semblait se demander si tout ce qui
venait de se passer n'était pas un rêve...

Ce n'était que trop vrai. Le vice-roi fit un signe au chambellan et à Selva, et les deux Espagnols s'approchèrent respectueusement pour saluer le nouveau duc de San-Giorgio
et lui présenter leur hommage.

— Je ne vous ai donné que ce que vous auriez pu prendre
vous-même si vous l'aviez voulu, Excellence, dit le vice-roi.
Vous pouviez m'arracher le chapeau que je viens de poser
sur votre tête. Je suis heureux que vous ayez consenti à le
recevoir de mes mains!...

— Vous me voyez surpris — presque accablé par cette
faveur inattendue... balbutia Masaniello.

---

*) On trouve encore à Naples des tableaux et des gravures
représentant Masaniello en costume de pêcheur et coiffé du chapeau
ducal.

— Inattendue, mais non imméritée, duc de San-Giorgio! fit le duc d'Arcos en souriant. J'espère pouvoir vous saluer bientôt dans mon château! Je vous y rendrai, signé, le document que voici, et qui contient les conditions de notre traité de paix.

En cet instant, une rumeur soudaine éclata à l'entrée de l'église. Des voix animées s'y faisaient entendre. Masaniello se retourna pour voir ce qui se passait et resta frappé d'étonnement.

Tito venait de se précipiter dans l'église. Le fils adoptif du duc était horrible à voir. Il n'avait plus ni chapeau ni épée. Son pourpoint, couvert de poussière et de boue, était déchiré en maint endroit; sa fraise était sale et fripée. Le malheureux haletait. Il était livide. Ses cheveux rouges dressés sur sa tête, ses yeux démesurément ouverts, sa barbe hérissée, tout indiquait une fuite précipitée et l'existence de quelque terrible danger. Il traversa précipitamment l'église et vint tomber à genoux devant son père adoptif.

— Sauvez-moi — sauvez-moi! fit-il d'une voix entrecoupée en saisissant les mains du vice-roi — protégez-moi!

En cet instant, les deux hommes masqués qui venaient de pénétrer dans l'église à la suite de Tito, s'approchèrent de l'autel et de la place où se tenaient les deux ducs, et voulurent s'emparer du favori.

C'étaient deux membres de la Compagnie de la mort. Le duc d'Arcos pâlit visiblement en apercevant tout à coup ces deux hommes qui réveillaient en lui le souvenir d'Almaviva et de son fantôme, mais il surmonta bientôt cette première frayeur.

— Arrière! cria-t-il en repoussant d'un geste les mystérieux inconnus qui voulaient se saisir de Tito. Qui êtes-vous? Arrière, vous dis-je!

Les frères de la mort ne semblèrent nullement intimidés par les adjonctions du duc, et continuèrent leurs tentatives pour s'emparer du fugitif.

Le duc d'Arcos se tourna alors vers Masaniello et parut l'implorer du regard. Le tribun comprit ce langage muet. Mal disposé déjà pour cette association secrète qui lui opposait puissance à puissance, cette scène publique acheva de l'exaspérer. Il s'avança de l'air d'un dictateur, et se plaça résolument devant Tito.

— Qu'est-ce que cela signifie? dit-il d'une voix tonnante. Une poursuite jusque dans la maison de Dieu? Les violences et les meurtres n'auront donc pas de fin? Arrière! C'est moi qui vous l'ordonne!

Les deux hommes masqués avaient relevé la tête, et considéraient avec stupéfaction celui qui leur parlait. Ils venaient de reconnaître le pêcheur de Portici.

Masaniello ne leur laissa pas le temps de se remettre de leur surprise.

— Je vous rends provisoirement votre fils adoptif, Altesse, dit-il en montrant Tito. Si le peuple réclamait plus tard sa mise en jugement, je ne doute pas que, d'après nos conventions, vous ne satisfassiez à cette juste exigence!

— C'est toi, Masaniello? s'écria à haute voix l'un des mystérieux inconnus. Qu'as-tu fait? Qu'est-ce que cette coiffure d'aventurier que tu as sur la tête?

— Je fais ce que je veux et ce que je dois! répondit Masaniello irrité de ce langage hardi. Avez-vous à me demander compte de mes actions? J'agis ouvertement et loyalement; je suis prêt à donner ma vie pour la cause du peuple, mais j'exige en retour un peu de reconnaissance et de confiance. Je n'entends pas que l'on s'entoure de mystères, que l'on profite de la nuit et de ces temps de troubles pour commettre des méfaits de tous genres!

— Est-ce Masaniello qui parle? s'écria l'inconnu qui avait déjà interpellé le tribun. Es-tu bien ce Masaniello qui conduisit le peuple à la victoire, ce Masaniello que le peuple acclama? Le Masaniello dont je parle ne portait pas un chapeau ducal — il n'avait qu'un bonnet de pêcheur — et c'était le sauveur de Naples !...

— Je le suis encore ! s'écria le tribun de sa voix pleine et sonore. Ce même Masaniello qui punit les mercenaires espagnols saura punir aussi les sociétés secrètes qui abusent de leur pouvoir et du moment où nous vivons ! Allez, et dites-le à vos confrères !

Les deux hommes masqués s'éloignèrent silencieusement.

Le duc prit alors congé de Masaniello, et sortit de l'église en emportant le document. Tito, Selva et le chambellan le suivirent.

Masaniello quitta l'église à son tour. Ses traits étaient mornes et sombres. Ce dernier incident pesait lourdement sur son âme. L'apparition des deux hommes masqués, les paroles hardies de l'un d'entre eux lui semblaient le présage de nouveaux malheurs ...

Rugetti et Moreno suivaient à quelque distance. Tous deux paraissaient tristes et mécontents.

Lorsque Masaniello apparut sous le porche de l'église et que la foule rassemblée aux alentours aperçut son favori coiffé du chapeau ducal, d'unanimes acclamations remplirent la vaste place. Le tribun salua cette multitude en délire. Son front s'était rasseréné. Les cris de joie et les vivats du peuple lui faisaient oublier les préoccupations et les tristes pressentiments qui venaient de l'agiter. Il souriait ! Qu'importaient les menaçantes paroles de l'inconnu ! Leur souvenir se perdait au milieu des acclamations de la foule. Masaniello était encore le dieu des Napolitains !

Tout à coup, une femme se fraya un chemin au travers de la multitude, et vint tomber à genoux devant le tribun. C'était Fenella ! La Muette se tordait les mains de désespoir. Elle implorait son frère, et le suppliait, par signes, de jeter loin de lui le fatal chapeau dont il venait de se couvrir, et de retourner à Portici — —

Le duc de San-Giorgio n'était pas d'humeur à céder aux

sollicitations de sa sœur. Il repoussa la Muette — et passa comme un triomphateur au milieu des flots humains qui se pressaient sur son passage et qui l'acclamaient d'une commune voix ...

---

## Chapitre VII.

### La cachette de Tito.

Nous avons laissé Marcos coupant, à l'aide de son glaive, les cordes qui liaient le favori à l'un des arbres du parc. Cette besogne fut promptement terminée. Tito était libre. Sans perdre une seconde, il se jeta dans le fourré et disparut, laissant le bourreau seul au milieu de la petite place de justice.

Le fugitif savait où il se trouvait. Il connaissait le parc, et comptait bien y trouver une retraite jusqu'au moment où il lui serait possible d'en sortir.

Il se glissa d'abord du côté du portail. C'était là qu'avait commencé le combat. Tito espérait profiter du trouble et de la confusion qui régnaient en cet endroit pour gagner le large, mais son espérance fut déçue. Les frères de la mort avaient déjà repoussé les brigands jusque vers l'entrée du parc. Ils en gardaient les abords, et c'eût été folie que de s'y risquer.

Le fugitif resta caché sous les arbres, suivant de loin les péripéties de la lutte, et faisant des vœux pour la victoire des bandits, mais il lui fallut bientôt chercher une autre retraite. Les brigands avaient essuyé une défaite complète, et les hommes noirs, restés maîtres du terrain, relevaient les blessés et les morts, et plaçaient de nombreuses sentinelles à l'entrée du parc. La fuite n'était plus possible. Tito se rejeta dans

l'épaisseur du fourré, et s'y blottit pour _____
lui-même.

Il s'était caché dans des buissons dont les _____
l'enveloppaient de tous côtés, et le protégeaient _____
permettant de surveiller les environs. Cette _____
raissait heureusement choisie, lorsqu'une idée _____
troubler la satisfaction qu'il éprouvait. Les hommes _____
laient se mettre à sa recherche; il s'en pouvait _____
se servaient de lances pour écarter le feuillage, _____
infailliblement atteint. Cette pensée fit passer un _____
tous ses membres. Il quitta son asile, et se _____
les buissons pour trouver quelque retraite _____
qu'il venait d'abandonner.

Au bout de quelques minutes, il crut avoir trouvé _____
cherchait. Il avait rencontré un enfoncement _____
fougères et les serpentaires croissaient en telle _____
avaient acquis de telles proportions _____
leur ombre y eut été complètement caché.

Tito essaya de s'étendre au fond de cette _____
mais il se releva bien vite et passa outre. Il _____
tout à coup, que cette végétation luxuriante pouvait bien _____
briter des serpents ou d'autres venimeux _____
sa route et atteignit enfin la charmille qui entourait l'ancien
bassin de marbre. N'était-ce pas là ce qu'il lui fallait? Il
était leste, agile et grimpait comme un écureuil. Personne
ne songerait à le chercher dans cette paroi de verdure. C'était
une chance à tenter!

Le fugitif écarta prudemment les branches, et s'introdui-
sant dans ce labyrinthe de feuilles et de rameaux, il gagna
l'extrémité de l'épaisse charmille et s'accroupit sur des troncs
entrelacés formant une espèce de siège. C'était bien l'asile
qu'il cherchait! Rien ne l'empêchait d'ailleurs de redescendre
de son nid, et de gagner promptement le large si cette retraite
devenait insuffisante.

Pendant ce temps, Marcos, le bourreau espagnol, attendait le retour des frères de la mort.

Il n'attendit pas longtemps. Les porteurs de torches reparurent les premiers sur la petite place. Francesco, Micco, et d'autres membres de la mystérieuse confrérie suivaient avec leur chef. Ils revenaient achever l'exécution si subitement interrompue.

Vittore, qui s'était approché de l'arbre contre lequel il avait attaché Tito, poussa tout à coup un cri de surprise. Le prisonnier avait disparu, et les cordes coupées qui gisaient à terre ne laissaient aucun doute sur son évasion.

Marcos fut immédiatement interrogé sur ce qui s'était passé pendant qu'il était seul avec Tito, mais ni promesses ni menaces ne purent lui arracher une parole. Il semblait muet et sourd.

— Laissez-le tranquille! s'écria Francesco. Nous perdons notre temps à le questionner au lieu de nous mettre à la recherche du fugitif. Messire Tito n'est pas loin. Nous allons le trouver quelque part dans le fourré, et nous le ramènerons au billot qui l'attend! Il n'échappera pas à son sort!

— Les issues sont occupées, ajouta Micco; il est impossible qu'il soit sorti du parc. Cherchons-le!

— Cherchons-le! répétèrent en chœur les frères de la mort. Il n'a pas eu le temps d'aller loin!

— Prenez des torches et partez de deux côtés à la fois, commanda le chef. Vous vous retrouverez vers le bassin de marbre. Micco, Nicolo, Giorgio, Matteo et Bretto iront d'un côté, Francesco, Luigi, Vittore et Leonardo de l'autre!

Les frères ainsi désignés se séparèrent, et tandis que leur chef restait avec quelques hommes sur la place, les deux détachements partirent chacun de leur côté pour fouiller le parc.

Micco et Francesco se jetèrent dans les buissons avec leurs hommes. Ils avançaient avec leurs torches, portant la lumière au milieu de cette obscurité, et, comme le fugitif l'avait prévu, écartant le feuillage à l'aide de longues lances. Il était difficile que Tito pût échapper à ces minutieuses recherches, et cependant les deux troupes se rejoignirent vers le bassin de marbre sans avoir découvert le fugitif.

Micco voulait passer outre. Il lui semblait impossible qu'un homme pût trouver asile dans l'inextricable paroi de verdure qui entourait le bassin, mais Francesco ne partageait pas cette manière de voir. Il força ses hommes à percer de part en part la charmille, à en écarter les branches, et à éclairer les endroits les plus touffus, mais ces perquisitions restèrent sans résultat. Tito avait disparu. Impossible de retrouver ses traces.

Les deux détachements se dirigèrent alors vers la terrasse. Ils en explorèrent minutieusement les alentours — tout fut inutile. Le fugitif ne se trouva nulle part, et les deux petites troupes retournèrent sans lui sur la place de justice.

— Je commence à croire qu'il a réussi à gagner le large en escaladant le mur, dit Micco qui semblait assez mortifié de son insuccès.

— Impossible! Le mur est trop haut! répondit le chef. Les sentinelles n'ont vu passer personne, il faut donc que le fugitif soit encore dans le parc. Nous le retrouverons de jour. C'est grâce à l'obscurité qu'il a pu se soustraire à vos recherches! En attendant, il faut reconduire le bourreau dans sa demeure!

Francesco, Luigi et Vittore s'apprêtèrent à exécuter cet ordre. Ils s'approchèrent de Marcos, toujours immobile à côté du billot, lui bandèrent les yeux, et l'entraînèrent vers le portail.

Les brigands s'étaient emparés des chevaux et du mulet. Les trois compagnons furent donc forcés de reconduire le bourreau à pied jusque dans son domaine. Ils l'y laissèrent, et s'éloignèrent assez lestement pour qu'il fut impossible à Marcos et à ses valets de retrouver leurs traces.

L'aube blanchissait à l'horizon lorsqu'ils atteignirent le parc. Quelques heures plus tard, tous les frères de la mort présents au pavillon se remirent à la recherche de Tito, mais leurs perquisitions furent vaines. Le mystérieux enclos fut battu dans tous les sens, sans amener la découverte du fugitif. Tito n'était pas dans le parc, et les habitants du pavillon finirent par se persuader que leur prisonnier avait trouvé un moyen quelconque de tromper la surveillance des sentinelles, et de gagner le large.

Cette supposition n'était pas fondée. Au moment où Micco et ses gens approchaient du bassin de marbre, Tito, toujours caché dans la paroi de verdure, avait reconnu à temps le danger qui le menaçait. Il était descendu en toute hâte de la retraite aérienne qu'il s'était faite, avait gagné l'allée des pins, et tandis que ses persécuteurs fouillaient la charmille, il avait atteint les degrés de marbre conduisant sur la terrasse.

Où fuir? Où se cacher? Impossible de se risquer dans le voisinage du pavillon. Le fugitif regardait anxieusement autour de lui lorsque ses yeux tombèrent sur les arbres qui bordaient les marches. Des plantes grimpantes enchevêtraient leurs rameaux autour des troncs et des branches, et formaient un fouillis de verdure qui semblait s'étendre jusque sur les rochers.

Tito n'hésita pas. Il se glissa silencieusement vers ce fourré, s'y fraya un passage, et arriva enfin derrière les buissons. Des ronces et des arbres nains croissaient entre les pierres, plus loin on trouvait les roches nues qui descendaient jusqu'à la mer et dont le dessus portait la terrasse.

L'endroit était dangereux, mais Tito n'avait pas le choix. Il se fiait à sa bonne étoile, à l'agilité peu commune dont il était doué. Danger pour danger, il lui paraissait d'ailleurs moins effrayant d'être précipité du haut de ces roches que de retomber entre les mains des terribles justiciers auxquels il venait d'échapper comme par miracle. Il avança prudemment et atteignit enfin les masses abruptes qui dominaient la mer. Des murs jetés d'un rocher à l'autre supportaient la terrasse. Ils formaient autant de voûtes basses qui devaient offrir au fugitif une retraite assurée. Nul ne viendrait le chercher là.

Un pâle crépuscule montant de la mer jetait une faible lumière sur ces blocs gigantesques et permettait au fugitif de choisir les endroits les moins dangereux. Il allait, sautant de pierre en pierre ou se traînant sur quelque saillie étroite. Chaque pas lui coûtait un effort, mais il avançait, cependant, et bientôt il se trouva sous la terrasse.

Il s'introduisit, non sans peine, sous l'une des voûtes et se blottit dans un enfoncement du rocher. Il était là depuis quelques minutes lorsque le bruit des voix et des pas de ceux qui le cherchaient arriva jusqu'à lui. Les frères de la mort continuaient leurs perquisitions. Ils fouillèrent les buissons qui bordaient l'escalier et s'avancèrent jusque dans le voisinage des rochers, puis ils retournèrent sur leurs pas. Aucun d'eux ne supposa que le fugitif eût pu s'aventurer dans un pareil casse-cou.

Le danger le plus pressant était passé, et Tito se sentait accablé de lassitude. Il ramassa des branchages, de la mousse et des feuilles sèches, en rembourra le creux dans lequel il s'était blotti, et s'étendit de tout son long sur cette couche improvisée. Au bout de quelques minutes, il dormait si profondément que rien n'eût pu le reveiller.

Il était là, comme un mort, depuis une dizaine d'heures, lorsque la chaleur le fit sortir enfin de ce sommeil de plomb. Il était plus de midi. Les rayons du soleil pénétraient dans sa retraite. Tito ouvrit les yeux, regarda d'un air étonné autour de lui, et dut réfléchir un moment pour comprendre où il se trouvait.

Les événements de la nuit lui revinrent tout à coup en mémoire. Il se traîna jusqu'à l'ouverture de la voûte pour examiner à la clarté du jour l'endroit où sa fuite désespérée l'avait conduit. Cet examen fit passer dans ses veines une terreur rétrospective. C'était miracle qu'il fut arrivé jusque-là.

Il se trouvait au milieu d'un chaos de pierres et de rocs qui s'avançaient dans la mer, et sur lesquels la terrasse reposait à l'aide d'une maçonnerie hardiment jetée de rocher en rocher. De larges et profondes crevasses s'ouvraient devant ses yeux, abîmes béants, dans lesquels il eût infailliblement trouvé la mort si quelque faux pas l'y eût précipité. Jamais il n'eût osé s'aventurer en plein jour dans ces espaces vertigineux.

Plus sa cachette était difficile à atteindre, plus elle était sûre pour lui. Tito pouvait être certain que les frères de la mort ne viendraient pas le chercher dans cette retraite inaccessible. Il était en sûreté de ce côté-là — mais lui-même, qu'allait-il devenir? La faim et la soif commençaient à le tourmenter. Où trouver dans ce nid de rocher de quoi les satisfaire? Où fuir, pour ne pas retomber entre les mains des hommes noirs qui devaient être à l'affût de tous côtés?

Allait-il périr misérablement dans cet asile après l'avoir atteint au péril de sa vie? Allait-il succomber à la soif? Mieux eût valu mourir alors de la main du bourreau!...

La situation n'était pas réjouissante! Tito cherchait vainement les moyens d'en sortir. Son imagination, si fertile ordinairement, ne lui offrait aucun expédient qui pût le tirer de là, et tandis qu'il cherchait, la soif, plus terrible encore que la faim, lui faisait éprouver les plus cruelles tortures.

Le soleil s'inclinait à l'horizon lorsque le malheureux se décida enfin à quitter sa retraite. Il voulait essayer d'atteindre le bord des rochers pour s'assurer si la mer en baignait le pied. Peut-être la marée basse découvrait-elle une grève étroite ou quelque sentier rocailleux qui permit de fuir ce rivage inhospitalier.

Le fugitif sortit en rampant de son asile, et gagna de la même manière une petite plate-forme qui dominait la mer.

Il se pencha au-dessus de l'eau — ses espérances ne le trompaient pas! Le rocher, moins haut qu'il ne l'avait pensé, descendait en gradins jusqu'à la mer. Ses derniers contreforts, deux énormes blocs détachés quelque jour de la masse, s'avançaient dans l'eau et enfermaient une petite baie.

Une barque y était amarrée! L'idée de s'en emparer jaillit comme un éclair dans l'esprit de Tito. Il fallait descendre jusque-là! C'était une entreprise hasardeuse, mais tout n'était-il pas préférable aux tourments qu'il endurait? Il pouvait se rompre les os, mais en restant dans sa retraite il n'avait d'autre perspective qu'une mort lente et cruelle — de deux maux il choisissait le moindre!

Tito ne connaissait plus de peur. L'excitation du moment lui voilait les difficultés de l'entreprise. Il cherchait des yeux l'endroit le plus commode pour entamer sa périlleuse descente, lorsqu'il eut, heureusement, l'idée de regarder une fois encore au-dessous de lui.

Il tressaillit, et resta immobile —

Une seconde embarcation entrait dans la petite baie. Cinq hommes masqués la montaient, cinq hommes en manteaux noirs — c'étaient encore des membres de la mystérieuse confrèrie!

Le fugitif, étendu sur la plate-forme, se retira en arrière, de façon à n'avancer que juste ce qu'il fallait pour voir ce qui se passait au pied des rochers.

Les cinq rameurs avaient quitté leur bateau. Ils l'attachèrent à celui qui se trouvait déjà dans la baie, puis ils suivirent un instant l'étroite grève et gagnèrent enfin le chemin qui longeait le mur du parc.

Tito attendit que les cinq hommes noirs eussent disparu. Ils ne l'avaient pas découvert — c'était le moment de fuir! Le soleil allait disparaître dans la mer — il fallait profiter de ses dernières clartés pour risquer la descente. Elle n'eût pas été possible dans l'obscurité.

Tito se fiait à son adresse, à la bonne étoile qui l'avait sauvé déjà de tant de mauvais pas. Il commença à descendre prudemment, dévalant de pierre en pierre, et profitant de toutes les aspérités du rocher pour s'y cramponner solidement.

Il avait fait ainsi une bonne partie de ce chemin difficile, et s'était arrêté sur une étroite saillie lorsque le pied lui manqua. Une chute eût été fatale, mais il fut assez adroit et assez heureux pour se raccrocher des deux mains à une pierre.

Un saut hardi le porta alors jusque sur le dernier gradin du rocher. Instinctivement il leva les yeux — ô terreur — ce contrefort avancé était visible du pavillon. Quelques-uns de ses habitants se trouvaient sur la terrasse, et Tito crut s'apercevoir qu'il avait été vu et reconnu.

Il s'agissait d'arriver lestement jusqu'à la barque. Le salut n'était plus qu'une question de vitesse. L'angoisse poussait le fugitif. Quelques pieds le séparaient encore du rivage — il hasarda le saut pour être plus vite en bas, et tomba, sans se faire grand mal, sur le sable doux et humide de la grève.

Il se jeta dans un des bateaux, le détacha vivement, et s'éloigna du rivage à force de rames.

Tout était encore silencieux et tranquille dans la petite baie — et cependant les frères de la mort l'avaient vu et reconnu. Il leur fallait le temps de descendre au rivage; cela suffisait pour donner de l'avance au fugitif et lui permettre d'atteindre le port. Cette pensée relevait son courage et rendait la vigueur à son bras. Le bateau volait sur l'onde; il laissait les rochers bien loin derrière lui, et Tito se croyait déjà sauvé lorsqu'un rapide coup-d'œil lui montra la seconde embarcation en mouvement.

Trois hommes venaient d'y monter. Deux d'entre eux avaient saisi les rames tandis que le troisième s'asseyait au gouvernail. La poursuite commençait! Le bateau, conduit par des mains exercées, avançait avec une incroyable rapidité. La distance qui le séparait de celui de Tito diminuait de minute en minute.

Le fugitif ramait en désespéré. La sueur ruisselait sur son front — ses mains tremblaient — mais il touchait au port. Quelques vigoureux coups de rames l'y portèrent enfin. Il était temps — ses persécuteurs n'en étaient plus qu'à une faible distance.

L'escalier du port n'était pas encombré comme à l'ordinaire. Tito y sauta, repoussa du pied son bateau, et monta les degrés quatre à quatre. Quelques hommes, groupés au haut de l'escalier s'entretenaient des derniers événements. Au moment où Tito passa, l'un d'eux informait ses compagnons de l'entrevue qui avait lieu, à l'heure même dans l'église des Carmélites entre le duc et Masaniello. Cette nouvelle, saisie au vol, suffit pour indiquer au fugitif ce qu'il avait à faire. La chance ne l'abandonnait pas. Elle allait le sauver cette fois encore, et Tito ne put retenir un sourire en constatant cette dernière preuve de sa faveur.

Il s'élança dans la direction de l'église des Carmélites, mais il avait été vu, et la poursuite, commencée sur l'élément liquide, se continua sur terre ferme.

Tito dévorait l'espace, la terreur lui donnait des ailes. Ressaisi par les deux hommes noirs, il était perdu sans ressources; il fallait atteindre l'église avant eux — c'était l'unique chance qui lui restât.

Le sombre édifice lui apparut enfin. Tito se crut sauvé; il voulut s'arrêter pour reprendre haleine, mais un rapide coup-d'œil en arrière lui montra ses ennemis à quelques pas. Ce n'était pas le moment de respirer. Un bond désespéré porta le fugitif jusque vers l'entrée de l'église. Le portail était plein; une foule curieuse s'y était réunie et attendait anxieusement le résultat des pourparlers, mais cet obstacle n'arrêta pas Tito qui s'aida de ses coudes et réussit à se frayer rapidement un passage.

Les deux hommes masqués fendirent la presse à leur tour. Ils comptaient fermement se saisir du fugitif, mais leur espérance fut déçue. L'intervention de Masaniello leur arracha leur victime. Nous avons vu, dans un précédent chapitre, comment le tribun, irrité de l'audace croissante des hommes

noirs, prit ouvertement parti contre eux, et remit Tito à son
père adoptif au lieu de l'abandonner à la justice des frères
de la mort!

Tandis que les événements se pressaient ainsi, que faisait
Lucia?

Quelques heures avant l'exécution de Cesare, une femme,
enveloppée d'un manteau de couleur sombre, longeait le mur
du vieux parc, et suivait lentement le chemin dans lequel
Tito s'était débarrassé de l'enfant. Lucia — car c'était elle
— avait passé sa journée en recherches; elle avait tenu
toutes les chaumières et les fermes avoisinantes, mais ses
démarches avaient été inutiles; nul n'avait aperçu le petit
être qu'elle cherchait!

Cette dernière espérance avait fait naufrage comme les
autres, et Lucia, brisée de corps et d'esprit, épuisée par ces
courses incessantes, s'était laissé choir au bord du chemin.
La nuit approchait. Appuyée contre les buissons, la malheureuse mère regardait d'un œil morne autour d'elle — le
doux murmure du vent lui rappelait la plainte d'un enfant
— elle écoutait — illusion, chimère! L'enfant avait dû succomber depuis longtemps. C'était folie de le chercher encore
— un cœur de mère pouvait seul espérer contre toute espérance . . .

Lucia se releva enfin, et se dirigea vers la petite porte à
demi cachée dans le mur du parc.

Au moment où elle en approchait, un homme parut à
quelque distance. Il venait du rivage et semblait se préparer
aussi à entrer dans le parc. Il pressa le pas, et rejoignit
Lucia qui s'arrêta court en le reconnaissant.

— Ne craignez rien, signora, dit une voix grave et tendre,
ce n'est pas un étranger — reconnaissez vous Salvatoriello?

— Sans doute, signor!

— Cette rencontre vous est peut-être désagréable, continua
le peintre; pour moi, il y a longtemps que je l'appelle de

mes vœux! Vous vouliez rentrer dans le parc, je crois? continua-t-il d'un ton plus calme.

— C'était mon intention!

— Ne le faites pas, je vous en supplie!

— Et pourquoi? fit Lucia avec étonnement.

N'allez pas au pavillon! j'ai de pressants motifs pour vous le demander! Vous pouvez vous fier au meilleur ami de votre frère Ancillo, signora!

— Ancillo! Je ne l'ai pas revu!

— Le malheur vous a poursuivie, reprit Salvator Rosa dont la voix trahissait une profonde émotion. Vous souffrez — permettez que je vous conduise dans un endroit où vous serez mieux qu'au pavillon? Ne voulez-vous pas accepter mon assistance?

— A quoi bon? murmura amèrement Lucia. Ce que j'ai perdu, nul ne peut me le rendre, pas même vous, signor! O, vous êtes bon, je le sais, vous avez un noble cœur! Je n'ai pas oublié vos paroles — et j'aurais mieux fait de les écouter! Il est trop tard maintenant — il ne me reste que la douleur, la honte, le regret et la haine — une haine sans bornes contre ceux qui m'ont trompée et qui m'ont ravi ce que j'avais de plus précieux! Je n'ai pas secrets pour vous, Salvatoriello; vous connaissez l'histoire de ma vie!

— Je sais tout, Lucia, tout, mais j'espère en la miséricorde de Dieu! Prenez courage! Vous retrouverez, peut-être, ce que vous croyez perdu!...

— Que voulez-vous dire? J'ai perdu mon frère — on m'a enlevé mon enfant — me les rendrez-vous?...

— Fiez-vous à moi, Lucia, répondit évasivement le peintre. Vous ne pouvez rester plus longtemps au pavillon; laissez-moi vous conduire dans la demeure de votre frère! Elle est vide; les scellés que les Espagnols avaient mis sur les portes ont été brisés. Venez! J'ai hâte de vous ramener chez vous; vous y retrouverez un peu de calme et de paix!

— Vous êtes bon, Salvatoriello! répondit Lucia émue. Vous voulez me consoler — je redoutais cette rencontre!...

— Et moi je l'espérais! Fiez-vous à un ancien ami, et ne craignez pas d'accepter son aide! Je ne négligerai rien pour adoucir votre sort, pour cicatriser les blessures qui saignent encore! Je voudrais *tout* vous dire, Lucia! je vous raconterais *tout* si je n'étais retenu par un serment solennel — mais vous aurez confiance en moi! Espérez — je sècherai vos larmes — je vous vengerai — je vous — je vous rendrai votre enfant!...

— Vous, Salvatoriello! s'écria Lucia en joignant les mains. Soyez mille fois béni!...

— Ne me remerciez pas avant que j'aie tenu parole! répondit Salvator Rosa, et sans plus attendre, il prit doucement le bras que Lucia ne lui refusait plus, et conduisit la pauvre enfant dans la demeure d'Ancillo Falcone où elle devait trouver un abri, un asile après tant de jours d'orage.

## Chapitre VIII.

## A bas le pavillon!

— As-tu réussi, Andrea? demandait Hassan au brigand de ce nom qui venait de le rejoindre à l'auberge des Vautours.

— Sans doute, répondit Andrea. Au moment où j'approchais du parc, deux des hommes masqués en sortaient, et j'ai compris, à leurs paroles, que ça allait mal entre eux et Masaniello.

— Les hommes noirs se seraient-ils brouillés avec le pêcheur?

— Je le crois!

— Tant mieux! tant mieux! fit le **Maure** en montrant ses dents blanches et pointues. Si la division se met dans leur camp, nous sommes sûrs de la victoire!

— J'aurais voulu en entendre davantage, reprit Andrea, mais ces noirs personnages ont baissé la voix dès qu'ils m'ont aperçu!

— T'ont-ils reconnu?

— Impossible! Je leur tournais le dos et j'avais l'air de regagner tranquillement la ville!

— Après, après!

— Eh bien, après, je me suis laissé devancer par eux. Ils marchaient vite, et dès qu'ils ont été hors de vue, j'ai fait volte-face et je suis revenu vers le portail. Il fallait y aller prudemment! on ne sait jamais à quoi s'en tenir avec ces hommes noirs du diable; au moment où vous vous y attendez le moins vous recevez une balle ou un coup de poignard en pleine poitrine, aussi j'ai longuement inspecté le terrain avant de m'y risquer.

— On n'apercevait pas de sentinelle? demanda le Maure.

— Non! Tout était tranquille! Je suis entré dans le parc en ayant soin de laisser la porte ouverte derrière moi pour fuir à la première alerte, mais rien n'a bougé, et j'ai pénétré plus avant sous les arbres. Sacro dio, le bon coin pour une embuscade! On y cacherait un régiment, et si je n'avais pas pensé au capitaine, je ne m'y serais pas hasardé, je vous le jure!

— Et tu n'as pas découvert Cesare?

Andrea mit la main dans la poche de son manteau, et en sortit un petit objet qu'il tendit à Hassan.

— Un anneau? fit le Maure.

— Hé oui! l'anneau d'argent de notre capitaine! répondit Andrea. Il le portait toujours!

Hassan examinait la bague.

— Cet anneau a été écrasé, dit-il. Comment se fait-il qu'il ne soit plus au doigt de Cesare?

— Le capitaine l'aura perdu lorsqu'on le traînait au pavillon!

— Et tu n'as pas trouvé d'autre trace du prisonnier?

— Patience! J'arrivai sans encombre sur la terrasse où rien ne remuait non plus. Il faisait presque nuit. J'approchai du pavillon, et j'en fis prudemment le tour; je collai mon oreille aux deux portes qui étaient toutes deux fermées au verrou — rien ne bougea — on n'entendait pas le plus petit bruit dans cette bicoque!

— C'est curieux!

— Attendez la fin! Je tournai et retournai autour de ce pavillon — personne! Toujours même silence! Je me dis que les hommes noirs étaient sans doute occupés ailleurs, qu'il fallait profiter de leur absence, et, ma foi, je me risquai à appeler le capitaine. J'appelai d'abord tout bas — ensuite un peu plus fort — point de réponse!

— C'est miracle que tu n'y aies pas laissé ta peau! exclama Hassan.

— En effet! Cesare me devra un beau cierge! reprit Andrea en se rengorgeant, mais je ne suis pas au bout de mon récit. Je passai de l'autre côté du pavillon, j'appelai encore, et cette fois j'entendis résonner une voix sourde. On me répondait — c'était sans doute Cesare. — Est-ce vous, capitaine? criai-je plus fort. — C'est moi! répondit la voix. Je suis retenu prisonnier ici — mais ne crie pas si fort. Il y a des gardiens là-haut; ils pourraient t'entendre!

— As-tu reconnu la voix de Cesare?

— Autant qu'on peut reconnaître une voix qui sort de quelque cave et qu'on retient encore, mais je suis sûr que c'était Cesare qui me parlait. Quand j'eus dit que j'étais Andrea et que je le cherchais, il me demanda où étaient les autres. Je répondis que le Maure, Teresita et le reste de la bande attendaient mon retour pour décider ce qu'ils avaient à faire. — Venez me délivrer, m'a-t-il dit alors, mais venez cette nuit même. Les hommes noirs sont presque tous absents. Il n'y a là-haut que quelques gardiens qui dorment probablement à l'heure qu'il est, et dont vous feriez aisément façon s'ils venaient à se réveiller. Il n'est pas nécessaire que vous soyez nombreux. Reviens avec Hassan, Teresita et deux des hommes de la bande, mais ne tardez pas — demain ces bourreaux reviendront et me feront périr. — Je répondis que nous viendrions plutôt en nombre. — Non, non, dit-il, ça gâterait tout. Quatre hommes suffiront. Cours vers Hassan et Teresita et dis-leur que je compte sur eux. Ils ne vont pas me laisser dans cette maudite prison!

Le Maure avait écouté ce récit d'un air pensif.

— Hum! fit-il, ce qui me frappe là-dedans c'est qu'il ne se soit trouvé personne dans le voisinage, et que personne n'ait entendu votre conversation?

— Nous causions à voix basse. Cesare pensait, d'ailleurs, que les quelques gardiens restés au logis dormaient sur les deux oreilles!

— Ce n'est guère dans leurs habitudes!

Crois-tu qu'ils m'auraient laissé revenir, s'ils m'avaient vu ou entendu. Andrea n'est pas un imbécile! On ne le berne pas comme ça. Ne te figure pas, d'ailleurs, que je sois allé maladroitement en besogne — non — j'y ai mis toutes les précautions nécessaires. Je me tenais collé contre le mur, et j'ai traversé la terrasse en rampant et en me tenant dans l'ombre. Je suis revenu aussi prudemment que j'étais allé, et je n'ai rien vu! Je puis certifier qu'il n'y avait pas de sentinelles dans le parc.

— C'est singulier! dit Hassan d'un air préoccupé. Il faut qu'ils aient en à faire sur quelque point important.

— Ils surveillent Masaniello! Je te dis qu'ils veulent le renverser — ils le haïssent ou le redoutent! J'ai compris, au ton dont ils en parlaient, qu'ils étaient furieux et qu'ils préparaient quelque coup de main contre lui. Ils se seront tous mis en campagne, et n'auront laissé que deux ou trois gardiens au pavillon. — C'est le moment, continua Andrea en baissant la voix pour n'être pas entendu par quelques hommes qui venaient d'entrer dans la salle de l'auberge — il ne faut pas laisser passer une occasion aussi favorable; si le capitaine allait être tué demain comme il le disait...

— Il ne mourra pas sans que nous ayons essayé de le délivrer! répondit le Maure dont les doutes semblaient s'être dissipés.

Tout en parlant il avait porté à ses lèvres la cruche posée sur la table. Il la vida d'un trait et se leva. Andrea imita son exemple, et tous deux quittèrent l'auberge à la grande satisfaction de Filippo qui craignait toujours que la présence de ces mauvais drôles ne lui amenât quelque fâcheuse affaire.

Les deux bandits s'éloignèrent rapidement, et prirent, à travers champs, la direction du couvent en ruines où Teresita les attendait.

La maîtresse de Cesare surveillait impatiemment le chemin

qui conduisait à ce nouveau gîte. Elle aperçut enfin Andrea
et Hassan et s'élança au-devant d'eux.

— Enfin, vous voilà! s'écria-t-elle. Avez-vous découvert
quelque chose?

Andrea fit un signe affirmatif. Tous trois entrèrent alors
dans l'intérieur de la ruine où ils trouvèrent Pepi et Alessandro.

— A l'œuvre, mes braves! fit Andrea en interpellant ses
deux compagnons, nous allons délivrer le capitaine!

— L'avez-vous vu, lui avez-vous parlé? demanda vivement
Teresita.

— Il nous attend cette nuit même!

— Et vous prenez part à l'expédition, Hassan? dit Teré-
sita en se tournant vers le Maure.

— Sans doute! J'ai hâte que Cesare soit délivré, et que
nous puissions nous mettre ensemble à la besogne. Nous allons nous rendre au pavillon!

— Pepi, Alessandro! cria Teresita, rassemblez nos gens!

— Arrêtez, signora, fit Andrea, n'appelez personne. Le ca-
pitaine m'a crié que quatre hommes suffiraient. Puisque
Hassan est de la partie, nous ne prendrons que Pepi et
Alessandro!

— Et moi! ajouta Teresita.

— Et vous! dit le Maure; vous valez plus que maint de
. nos hommes! Partons. Nous reviendrons avec le capitaine!
Avant tout, il s'agit de prendre d'assaut le pavillon!

— A bas le pavillon! crièrent les brigands.

— Nous y mettrons le feu quand nous en aurons sorti
Cesare! s'écria Teresita.

— Bravo! C'est une bonne idée! fit Hassan en se frottant
les mains. A bas ce pavillon! Ces damnés hommes noirs ap-
prendront à nous connaître!

— Entendez-vous? ricana Alessandro. Le Maure qui jure
après les hommes noirs! M'est avis qu'il en fait partie!

— Il y a noirs et noirs, mon fils! cria Hassan d'un air de suprême dédain. Ces noirs-là ne sont pas de mes amis! Voilà longtemps qu'ils nous jouent de vilains tours. Nous allons détruire leur nid et délivrer Cesare, après quoi nous nous attaquerons à Masaniello! Ce damné pêcheur m'a fait mettre aux fers, et, sacro dio, sans les braves compagnons, ici présents, je crois que j'y serais encore. Nous voulons être libres d'ailleurs, et ce Masaniello qui ne parle que de liberté ne nous en laisse point! Il ne la veut que pour lui! A bas ce chien de pêcheur qui trahit le peuple! Je vous le demande, la liberté, n'est-ce pas le droit de faire tout ce qu'on veut?

— Oui, oui! Hassan a raison! crièrent les bandits groupés autour de leur chef.

— Hé, je savais bien que vous pensiez comme moi! fit Hassan encouragé par cette approbation. Masaniello ne s'avise-t-il pas de prendre les riches et les grands seigneurs sous sa protection? Est-ce de l'égalité, ça? Est-ce de la justice? Nous voulons le partage des biens, nous, et Masaniello veut l'empêcher! Il est vendu aux Espagnols — il trahit le peuple — nous le tuerons comme un chien!

— Mort à Masaniello! C'est Hassan qui sera notre chef! hurlèrent les bandits.

— Je vous montrerai ce que c'est que la liberté! s'écria le Maure. Vous n'aurez pas à vous plaindre...

— Eh bien, commençons par délivrer Cesare, fit Teresita en saisissant son escopette et en sortant de la ruine. Le capitaine ne sait plus ce que c'est que la liberté. Rendons-la lui au plus tôt!

— Partons-nous décidément sans nos compagnons? demanda Pepi qui semblait un peu inquiet du résultat de l'entreprise.

— As-tu peur? fit Andrea avec mépris. Je te dis qu'à nous quatre nous sommes encore trop!

— En route! cria le Maure en pressant le pas pour rejoindre la vaillante compagne de Cesare. Andrea, Pepi et

Alessandro suivirent, et tous prirent bravement le chemin du pavillon.

L'obscurité couvrait leur marche. Ils allaient d'un pas rapide, et bientôt ils virent se dessiner devant eux les masses noires formées par les ombrages du vieux parc.

Ils approchaient. Andrea recommanda la prudence, et les cinq personnes qui composaient la petite troupe s'avancèrent isolément, et dans le plus profond silence, à l'ombre des buissons qui bordaient le chemin.

Andrea marchait en tête. Arrivé à quelques pas du portail, il fit comprendre, par signes, à ses compagnons qu'il voulait aller en avant et reconnaître d'abord le terrain sur lequel ils allaient s'engager. Hassan et Teresita approuvèrent cette précaution, et l'audacieux bandit se glissa comme une couleuvre jusque vers l'entrée du parc.

Il s'arrêta devant la grille et prêta l'oreille, tandis que ses yeux de lynx sondaient ces ténèbres — rien ne remuait. Toujours même silence et même obscurité. Encouragé par ce succès, Andrea poussa la porte et pénétra dans l'intérieur du parc. Il soumit les arbres et les buissons voisins à un scrupuleux examen, écouta, attendit sans rien découvrir de suspect, et retourna lestement sur ses pas pour appeler ses compagnons.

Teresita, Hassan, Pepi et Alessandro avancèrent avec empressement. Andrea leur fit signe de le suivre et tous s'enfoncèrent, après lui, dans l'allée principale du parc.

— A bas le pavillon! murmura Hassan tandis que la maîtresse de Cesare levait son poing fermé et semblait en menacer les ennemis invisibles qui retenaient son amant.

— A bas le pavillon! fit-elle à son tour avec une sauvage énergie. Il flambera cette nuit, et nous danserons autour de ses cendres! A bas le pavillon! Mort aux hommes noirs!...

La petite troupe avançait avec précaution dans l'allée obscure. Andrea s'arrêtait de temps en temps pour écouter, mais tout restait silencieux et immobile, et les cinq personnages reprenaient résolûment leur marche un instant interrompue. Il fallait réellement qu'il n'y eût personne dans le parc et que les hommes noirs se fussent relâchés de leur prudence habituelle. Ils supposent, sans doute, pensait Teresita, que notre défaite a ète trop complète pour que nous hasardions une nouvelle tentative en faveur de Cesare. Ces hommes noirs se croient suffisamment gardés par la crainte qu'ils inspirent — nous leur apprendrons qu'il ne faut pas s'endormir sur une première victoire !

Tandis que la compagne de Cesare monologuait ainsi, le Maure suivait Andrea. L'oreille tendue, l'œil au guet, il avançait silencieusement derrière son guide. Ses yeux fauves étincelaient, ses narines dilatées semblaient flairer le danger, ses dents blanches et pointues s'aiguisaient sur une brindille accrochée en passant à quelque arbuste — on eut dit un tigre affamé suivant la piste qui doit le conduire vers la tente d'un voyageur.

Teresita suivait le Maure. Pepi et Alessandro formaient l'arrière-garde et semblaient peu satisfaits de cette expédition. Ils avançaient cependant, et la troupe atteignit ainsi le vieux bassin de marbre, et enfin les degrés conduisant sur la terrasse.

Andrea s'arrêta au pied des marches pour recommander à ses compagnons la plus grande prudence et pour leur ordonner de monter en suivant la balustrade —

En cet instant un coup sec se fit entendre dans le fourré —

Andrea et Teresita saisirent leurs armes, tandis que le Maure prêtait l'oreille —

Rien ne remuait — le bruit ne se renouvelait pas — c'était sans doute quelque branche sèche qui l'avait produit en tombant —

La petite troupe resta un instant immobile, puis Andrea commença à monter en redoublant de précautions. Ses compagnons suivirent son exemple. Ils avaient atteint déjà la moitié de l'escalier lorsqu'un coup de sifflet retentit au-dessus d'eux —

Le danger était là ! — Hassan se retourna brusquement, mais avant qu'il eût eu le temps de soulever son arme, trois hommes masqués sortirent du fourré et se rangèrent en bas de l'escalier. En même temps la porte du pavillon s'ouvrit sans bruit et livrait passage à plusieurs autres hommes.

— Rendez-vous ! cria une voix tonnante.

Impossible de fuir ! Le Maure et Teresita redescendirent quelques marches, tandis que les brigands, affolés de terreur, cherchaient vainement une issue.

— Rendez-vous ou vous êtes mortel répéta la voix.

Hassan répondit en soulevant son escopette et en se chargeant sur les ennemis qui lui barraient le passage.

Teresita suivit son exemple. Andrea, rappelé à lui par le coup de feu, rejoignit d'un bond sa maîtresse, et se prépara à la défendre. Pepi et Alessandro, cernés de toutes parts, se replièrent également vers le groupe formé par leurs compagnons et firent feu à leur tour.

Ce fut le signal du combat.

Deux décharges partirent à la fois. Teresita et Andrea, frappés de plusieurs balles, tombèrent les premiers.

Hassan, Pepi et Alessandro n'avaient pas été atteints, mais quelques-uns des hommes noirs montaient en brandissant leur épée. Les deux brigands se préparaient à se défendre à coups de crosse. Le Maure avait tiré son poignard ; il allait se jeter sur ses ennemis lorsqu'il s'arrêta subitement en voyant Pepi tomber à ses côtes et deux des hommes masqués approcher l'épée nue. Hassan était perdu, infailliblement perdu ; il le sentait, mais son esprit de ruse et de calcul ne l'abandonnait pas dans cette situation désespérée. Il se réveillait, plus vivace que jamais, et lui soufflait encore un expédient.

Deux des hommes masqués fondaient sur lui à la fois. Le Maure se défendit vigoureusement en reculant pas à pas jusqu'à la balustrade que les arbres couvraient de leur ombre.

Il y était à peine arrivé qu'il recevait un coup d'épée et tombait sur les marches en poussant un soupir étouffé et en pressant des deux mains sa blessure.

Pendant ce temps, Alessandro faisait des efforts désespérés pour atteindre le bas de l'escalier et se réfugier dans le parc. Il avait gagné du terrain et se croyait presque sauvé lorsque plusieurs balles partirent du haut de l'escalier. Le brigand, atteint par l'une d'elles, tomba grièvement blessé.

Le combat était terminé. Les cinq personnes qui composaient la petite troupe gisaient immobiles sur les marches de la terrasse, et le pavillon, doucement éclairé par la lune, semblait narguer les misérables ennemis qui avaient voulu l'anéantir ...

---

## Chapitre IX.

### Dans la grotte bleue de Capri.

Capri, autrefois Caprea, est la plus charmante des trois îles qui enceignent le golfe de Naples. Elle est fertile dans sa partie ouest, et ses beautés naturelles, ses ruines, et ses magnifiques points de vue la recommandent à l'attention des voyageurs. La petite ville de Capri offre un aspect aussi étrange qu'enchanteur. Blottie entre deux hauts rochers, elle a gardé ses murailles, ses tours, ses portes et ses ponts-levis. Un escalier taillé dans le roc et haut de six cents marches, à peu près, conduit au bourg d'Anacapri où l'on trouve encore un château du temps de Frédéric I.

La ville de Capri est l'unique port de l'île, si l'on en excepte toutefois quelques points isolés où les pêcheurs peuvent aborder. L'endroit existait déjà au temps d'Auguste et de

Tibère et devait offrir alors un séjour enchanteur. On y
montre encore les ruines du Forum, des bains, et des douze
palais que l'empereur Tibère y fit construire en l'honneur
des douze demi-dieux, et dans lesquels il passa les dernières
années d'une vie licencieuse.

Capri n'est plus habité maintenant que par des pêcheurs
et des bateliers qui gagnent péniblement leur pain quotidien.

La grotte bleue se trouve à un quart de mille environ
du port, sur la côte ouest de l'île. Sa longueur est de cent-
cinquante pieds environ sur quatre de large. Elle mesure dix-
huit pieds en hauteur, et ne reçoit de lumière que par
une ouverture si basse qu'on ne peut y pénétrer qu'à la
nage ou couché dans un bateau, et seulement lorsque la mer
est calme. Au premier abord on ne distingue rien, tout paraît morne et sombre, mais l'œil s'habitue peu à peu à cette
demi-obscurité et finit par percevoir une lumière magique,
d'un bleu-lapis, inondant et la grotte et l'eau qui en baigne
les parois.

Quelques voyageurs ont affirmé que la grotte bleue de
Capri avait été découverte, dans la première moitié de ce
siècle, par deux Anglais, d'autres disent par deux peintres
allemands. Ces deux assertions sont également erronées. La
grotte a été connue dès la plus haute antiquité. Tibère la
visitait déjà, et l'on a retrouvé les restes d'un ancien escalier
qui la mettait en communication avec son palais.

Ce qui est vrai, c'est que pêcheurs et bateliers, aux prises
avec les difficultés d'une existence précaire, se souciaient assez
peu des beautés naturelles de leur île, et que la grotte bleue
tomba quelquefois dans l'oubli. Elle eût, comme toute chose
en ce monde, ses hauts et ses bas; ses siècles de gloire, et
ses siècles d'indifférence où, connue encore, elle n'était plus
visitée que par quelques vrais amants de la nature ou par
les gens, plus nombreux, qui allaient y chercher un asile.

Les visiteurs de cette dernière catégorie n'étaient pas rares.
Il ne manquait pas de gens à l'affût d'un gîte où cacher

quelque peccadille. Notons, en passant, quelques observations de Stromer sur le caractère et les mœurs du peuple napolitain. Nous les trouvons dans l'ouvrage déjà cité : « Pompéi et ses environs. »

« Les anciens habitants de la Campanie se distinguaient, dit-il, par leur entêtement, leur mutinerie et leur irritabilité, et ces traits de caractère se sont conservés jusque chez les Napolitains de nos jours. En l'an 59 de notre ère, un romain fugitif, nommé Régulus, organisa un combat de gladiateurs dans l'amphithéatre de Pompéi. Grande fut l'affluence, non seulement de la ville, mais de tous les endroits voisins. Quelque prétexte futile fit surgir une querelle entre des Pompéiens et deux ou trois habitants de Nuceria. L'affaire s'envenima. On passa des injures aux voies de faits, des pierres à l'emploi des armes, et cette querelle particulière devint rapidement un combat général qui s'étendit de l'amphithéatre dans la ville et enfin dans toute la contrée environnante.

« Les Napolitains de nos jours sont restés irritables comme leurs ancêtres. Ils ont des yeux noirs et étincelants, des cheveux qui semblent noircis par le feu, et un teint plus brun que bronzé. Le nez, caractéristique, est toujours fortement accusé. La voix, singulièrement aigue et perçante dans les contestations, prend, chez les hommes, les modulations les plus diverses ; chez les femmes elle a quelque chose de rude et de guttural et paraît souvent voilée.

« La taille ne dépasse guère la moyenne, et le maintien, presque toujours nonchalant, n'indique pas une grande vigueur. Les campagnards sont plus robustes. Le citadin, en revanche, est paresseux ; il aime le doux *far niente*, et s'adonne tout au plus au commerce qui ne l'oblige pas à de trop réelles fatigues. Assis à son comptoir ou devant le seuil de sa boutique, il regarde à peine le chaland. Les Napolitains vivent sans grands besoins, sous un climat éternellement gai. Ils jouissent de la vie, rient, plaisantent, ne condamnent nullement la mendicité, et raffolent des bons mots un peu épicés.

« L'un des traits les plus saillants de [...] leur talent mimique. Ils ont une incroyable vivacité [...] sion, une souplesse et une précision admirable [...] mouvements du corps, une facilité surprenante pour [...] liser la pensée. Il y a harmonie parfaite entre [...] la parole. Rien ne leur est plus naturel que d'improviser [...] vers ou en prose, et l'éloquence est innée chez eux [...] pacin le plus ignorant déploie, dans ses discours, une [...] une puissance entraînante que l'on [...] nos plus illustres orateurs.

« Le golfe de Naples, dit encore [...] l'ancien Pompéi, le golfe de Naples était déjà, [...] la république, un lieu de plaisir pour les Romains [...] l'empire, ce fut le séjour de la [...]. Les Césars [...] l'exemple ; ils allaient y chercher, non le repos et [...] mais le plaisir, la débauche et les saturnales. Auguste [...] plusieurs fois la Campanie ; il mourut à Nola. Tibère [...] longs séjours à Capri où il passait pour la [...] bauchés. Caligula était connu dans le golfe de [...] eut une villa près de Pompéi, et Néron fit venir [...] cour dans la Campanie. Ce fut là qu'il commit le meurtre [...] dont on chercherait vainement le pareil jusque dans la tra[...] gédie grecque : le meurtre de sa mère. Le luxe le plus raf[...] finé pénétrait avec la corruption dans ces provinces, jusque-là [...] si heureuses. Les artistes suivaient le luxe. Une armée d'archi[...] tectes, de peintres et de décorateurs marchait à la suite des [...] Romains et faisait surgir de terre ces monuments magni[...] fiques dont les restes mutilés nous contraignent encore à l'ad[...] miration.

« Tel était le golfe de Naples dans l'antiquité. Partout [...] des montagnes dorées par le soleil, alternant avec des cam[...] pagnes fertiles — une mer sans rivale, baignant un rivage [...] enchanteur, de coquettes villas, des palais, des châteaux à [...] perte de vue ; partout le luxe et l'art s'unissant à la nature et formant un panorama, un tout qu'on n'eut pu comparer qu'aux rives du Bosphore!

« Au-delà de Pompëi, le golfe forme une baie profonde où l'on voyait autrefois l'ancien Stabiæ. C'est sans doute l'unique point de la côte qui ait été épargné lors des grandes catastrophes qui ravagèrent le pays. Ces redoutables phénomènes n'ont altéré en rien la beauté du golfe de Naples. L'eau n'en est plus troublée par la lave, les bords déchiquetés en sont plus pittoresques, et les poissons, dont Pline vantait déjà la variété et la beauté jouent, comme jadis, au milieu de ces flots limpides. On aperçoit, dans le lointain, les contours lumineux de Capri, et plus à l'ouest les îles d'Ischia et de Procida. C'est avec raison que les poètes ont placé là la patrie des sirènes; tout y est beau et jeune, tout semble fraîchement sorti de la main du Créateur. Un éther lumineux et transparent forme un arc immense au-dessus de la terre et de l'onde, et de frais et vivifiants zéphirs tempèrent l'ardeur du soleil — »

Le lendemain du jour où Masaniello avait accepté le chapeau ducal qui le faisait duc de San-Giorgio, la Muette de Portici remontait dans sa barque à la nuit tombante, et quittait lentement l'escalier du môle.

Fenella paraissait préoccupée. De tristes pressentiments pesaient lourdement sur son âme. Elle songeait aux paroles de la sorcière du Vésuve. La vieille Corvia n'avait-elle pas vu une couronne flotter au-dessus de la chaumière du pêcheur? N'avait-elle pas accompagné des plus terribles prophéties le récit de cette vision?

Fenella voulait retourner à Portici. Elle espérait, sans y compter cependant, que Masaniello ne passerait pas la nuit à l'Hôtel-de-Ville, mais reviendrait dans sa chaumière. La Muette le désirait vivement. Elle ne comprenait qu'à demi la position de Masaniello, mais un instinct secret lui en révélait les dangers. Quelque chose lui disait que son frère bien-aimé courait follement à sa perte, et la pauvre enfant

eût donné sa vie pour arrêter Masaniello sur cette pente
fatale.

Ses avertissements avaient été mal reçus jusque-là. La
veille encore, le tribun l'avait brusquement repoussée, mais
Fenella l'excusait et se reprochait à elle-même d'avoir manqué
d'égards et de discrétion en s'adressant à Masaniello en public. La Muette n'avait pu contenir sa douleur à la vue du
chapeau ducal qui couvrait la tête de son frère, mais ses
larmes et ses supplications s'accordaient mal avec les acclamations de la foule et n'avaient pu qu'irriter le tribun. Fenella le sentait. Elle se promettait d'éviter désormais toute démonstration publique. Si Masaniello revenait passer la nuit
dans sa chaumière, ce serait alors le moment et le lieu de
renouveler de fraternelles instances, et Fenella retournait à
tout hasard à Portici. Elle voulait être prête à recevoir le
tribun si quelque heureuse inspiration l'y poussait.

Le soleil se couchait dans une mer de feu lorsque la
Muette remonta dans son bateau, et s'éloigna du rivage. Le
port était presque désert. On n'apercevait que de rares bateaux
de pêcheurs. Trafic, mouvement, commerce, l'émeute avait
tout arrêté, et l'insécurité empêchait le retour aux conditions
normales de la vie.

Un vent léger ridait la surface de l'eau. Fenella déploya
la voile de son bateau, et s'assit à l'arrière, de façon à voir
autour d'elle. Une grosse boule d'un gris noir avait paru
depuis une heure à l'horizon. Elle s'était accrue peu à peu,
et formait alors un épais nuage, signe infaillible de quelque
tempête prochaine. Le danger n'était pas imminent, toutefois.
Fenella ne doutait pas qu'elle n'eût le temps d'arriver chez
elle avant l'orage, mais il lui parut plus prudent d'éviter la
côte, toujours dangereuse, par un gros temps. Elle se décida
à gagner le large pour avoir le vent en voile et couper ensuite droit sur Portici.

Elle était déjà assez éloignée du rivage lorsqu'elle aperçut
à quelque distance une embarcation montée par plusieurs

hommes vêtus de noir. La Muette reconnut immédiatement les frères de la mort, et sentit le sang se glacer dans ses veines. Ce bateau venait de Portici! Les mystérieux hommes noirs avaient donc eu a faire de ce côté-là?

Fenella pâlit. Une voix intérieure lui criait qu'il y avait tout à craindre de ces étranges justiciers, non pour elle — que pouvait-il lui arriver — mais pour Masaniello. Elle avait vu les hommes noirs dans l'église des Carmélites, et Fenella, l'ennemie jurée de Tito, comprenait mieux que personne l'irritation dont ils avaient dû être saisis en voyant le tribun, couvert du chapeau ducal, prendre ouvertement parti pour le fugitif, et le soustraire à leur vengeance.

La nuit s'abaissait — l'embarcation des hommes noirs filait comme un vaisseau-fantôme. Elle gagnait rapidement le large. Où donc allaient ces frères de la mort?

Fenella suivait de l'œil le mystérieux bateau. Tout à coup, elle saisit le gouvernail et fit prendre à sa barque la direction que suivaient les noirs rameurs — qu'allait-elle faire? La Muette le savait à peine elle-même. Elle obéissait à une impulsion irrésistible! L'orage approchait. L'eau avait déjà perdu sa transparence — elle devenait trouble et grisâtre — c'était folie de se risquer au-dehors dans une frêle embarcation et de braver ainsi les menaces du ciel, mais Fenella ne songeait pas au danger. Tout entière à sa sollicitude pour son frère, elle suivait, sans le discuter, l'instinct mystérieux qui la poussait sur les traces des hommes noirs.

Le vent s'était levé. Il s'abattait si violemment dans la voile que le petit canot était presque complétement couché sur le côté. Il n'en filait pas moins avec la rapidité de l'éclair. Le grand bateau des frères de la mort apparaissait dans le lointain comme un point noir. Il semblait se diriger sur Capri. Fenella suivit la même direction, en ayant soin de se maintenir toujours à une assez grande distance pour n'être pas aperçue.

Quelques bateaux de pêcheurs apparurent çà et là. Ils

regagnaient le rivage pour n'être pas surpris par la tempête.
Fenella ne songea pas à suivre cet exemple. Elle les dépassa
rapidement et continua sa course insensée. La mer était encore assez calme, mais déjà les mouëttes et d'autres oiseaux
de mer rasaient l'eau en criant. Le ciel s'obscurcissait de
plus en plus et prenait une teinte plombée pareille à celle
de la mer. On n'apercevait pas une étoile. Quelques instants
encore, et ce calme, précurseur de l'orage, allait faire place
à la lutte entre les éléments.

Les yeux perçants de Fenella lui permettaient cependant
de ne pas perdre de vue le bateau. Il approchait de l'île et
semblait se diriger vers l'endroit où l'on débarquait habituellement pour arriver dans la ville de Capri. Fenella se
maintint dans cette direction, et déjà elle approchait avec
précaution du port lorsque le bateau disparut tout à coup.

Fenella le chercha vainement des yeux. Elle poussa à
gauche, puis à droite, se hasarda jusque près du rivage —
peine inutile — on eût dit que la mer avait englouti l'embarcation et les hommes qu'elle portait.

Fenella ne put retenir une larme. Il lui en coûtait de renoncer à sa poursuite, mais où chercher le mystérieux bateau?
Il n'était pas dans le port; comment le retrouver sur mer
dans cette obscurité? Irritée, déçue, elle allait forcément
battre en retraite lorsqu'elle aperçut à quelque distance une
lumière rougeâtre.

Que signifiait cette flamme? Etait-ce un appel, un signal?
Brûlait-elle sur le rivage?

Impossible! Elle venait de la mer! Fenella dirigea son
bateau de ce côté. En cet instant, une seconde lumière s'alluma à quelques pas de la première, et ces deux clartés réunies permirent à la Muette de reconnaître les contours du
bateau et des hommes qui le montaient.

Deux d'entre eux tenaient des torches. Fenella tressaillit
de joie. Elle avait retrouvé les mystérieux personnages et
allait les observer. Quelque secret dessein les amenait sans

doute en ce lieu. La Muette allait pénétrer leurs mystères et s'assurer enfin si ses craintes étaient fondées !

Tandis que la lueur des torches éclairait vivement le bateau et les hommes noirs, la mer n'en paraissait que plus sombre autour d'eux. La Muette profita de cette circonstance pour se rapprocher de plus en plus. Elle rentra presque complétement sa voile, et fut bientôt assez près pour distinguer exactement ce qui se passait dans le bateau. Il était monté par six hommes, tous également vêtus. Chacun d'eux portait un chapeau noir à large bord et un manteau noir rejeté sur l'épaule. Ils s'approchaient de la partie rocheuse du rivage. Où allaient-ils donc ainsi? Il n'était pas, sur cette partie de l'île, un seul point où l'on put aborder. Que venaient-ils faire dans un pareil endroit?

Fenella, toujours attentive, suivait chaque mouvement du bateau. Elle le vit glisser avec précaution vers la rive — tout à coup, les deux lumières disparurent l'une après l'autre — tout redevint noir et sombre. On eût dit que le rocher s'était entr'ouvert, pour livrer passage à l'embarcation.

Plus rien! Rien que les ténèbres et l'obscurité! Fenella marchait de surprise en surprise. Tout ce que faisaient ces hommes noirs, tout ce qui les entourait était étrangement mystérieux. La Muette ne pouvait croire que les torches eussent été éteintes volontairement. Leur lumière était trop nécessaire dans ces parages dangereux. Il devait s'être passé quelque chose !

Fenella se rapprocha avec précaution de la rive. Elle aperçut alors, à quelques pas, une raie lumineuse qui se projetait sur l'eau et semblait venir du rocher.

La Muette rama sans bruit jusqu'à l'endroit éclairé et reconnut qu'elle se trouvait à l'entrée d'une caverne. C'était donc là que les hommes noirs avaient trouvé une retraite, un asile assuré où nul ne devait les poursuivre !

Fenella avança silencieusement jusqu'à l'ouverture qui se trouvait juste au-dessus de la mer, puis elle s'étendit dans le fond du canot, en poussa la pointe dans le trou qui servait d'entrée, et retint à peine un mouvement de surprise. Elle se trouvait dans la grotte bleue de Capri, et c'était là que les frères de la mort tenaient leurs mystérieuses assemblées.

La grotte « bleue » ne méritait pas son nom pendant la nuit. On n'y apercevait pas alors la clarté magique qui lui donnait de jour un aspect enchanteur. Les torches y répandaient une lumière incertaine et rougeâtre versant les teintes les plus fantastiques sur les parois rocheuses de la caverne et sur l'eau qui en faisait le fond.

Le bateau des hommes noirs s'était avancé jusqu'au milieu de la grotte. La lueur des torches n'atteignait pas jusqu'à l'entrée, et Fenella, blottie à l'avant de sa barque, pouvait tout entendre et tout voir sans crainte d'être aperçue. Les six hommes étaient debout dans leur bateau qui venait d'accoster un petit canot contenant un septième personnage. Celui-ci semblait avoir attendu les six compagnons dans la grotte. Il devait être leur chef ou le grand-maître de leur association.

Tous ces hommes étaient masqués. Fenella ne put donc voir leurs figures.

La mystérieuse assemblée offrait un aspect imposant et sinistre. Ces inconnus à la taille haute et raide, vêtus d'un pourpoint et d'un manteau noirs, d'un chapeau, noir également, et dont le bord cachait une figure déjà masquée, l'entourage, la lumière incertaine des torches, c'était plus qu'il n'en fallait pour impressionner vivement la Mutte et lui faire oublier le danger de sa position.

L'endroit était admirablement choisi. Impossible de trouver un cadre plus assorti à la scène et plus propre à en rehausser l'effet. Il semblait créé pour ces mystérieuses conférences, mais il offrait aussi de réels dangers, et des hommes hardis et déterminés pouvaient seuls s'y donner ces nocturnes rendez-vous.

Les hommes noirs avaient échangé avec leur chef de cordiales et sérieuses salutations.

— Je vous ai fait appeler, mes frères, dit le grand-maître d'une voix pleine et sonore, pour m'entretenir avec vous de l'état des affaires et du nouveau danger qui menace le pays !

— Signale-t-on l'arrivée d'une flotte espagnole ? demandèrent plusieurs voix.

— Non, mes frères ! Ce n'est pas de cela qu'il s'agit ! Vous savez tous, continua-t-il gravement, que Masaniello possède un pouvoir sans limites, et qu'il exerce sur le peuple une influence considérable. Tant qu'il s'en servait pour renverser le tyran et pour délivrer Naples, nous pouvions lui laisser en paix le gouvernement et la puissance, mais du moment où il en abuse, il devient notre ennemi, il doit succomber !

Un murmure d'approbation suivit ces paroles.

— Masaniello a abusé de son pouvoir ! cria d'une voix menaçante un des six compagnons debout dans le bateau ; il en a honteusement abusé en arrachant de nos mains le fils adoptif du duc !

— Il a trahi Naples et s'est vendu aux étrangers en acceptant le chapeau ducal, cria une autre voix. L'Espagnol est rusé, et Masaniello a donné tête baissée dans le piège qu'on lui tendait !

— C'est de la trahison ! C'est une honte pour Naples !

— La couronne ducale a ébloui le pêcheur ! reprit le grand-maître. Masaniello ne s'appartient plus ; il est livré au duc, et celui-ci croit retrouver la victoire en gagnant le tribun ou en le mettant hors d'état de lui nuire, et en semant la discorde parmi le peuple. Il sera donc nécessaire de surveiller Masaniello et de le mettre à l'épreuve. Il me paraît victime d'une ambition insensée !

— Nous le renverserons! Nous le ferons périr s'il trahit Naples pour un vain titre! s'écria l'un des frères de la mort. Il se croit tout-puissant; il gouverne à sa guise, et les hommages du peuple lui ont persuadé qu'il était maître et seigneur!...

— C'est un homme du peuple qui ne connaît pas le peuple! interrompit le grand-maître — hier la foule l'acclamait et le couronnait — demain elle le renversera; elle le foulera aux pieds quand elle verra sur sa tête le signe de la servitude!

— Un mot jeté parmi la foule suffirait pour le rendre suspect, s'écria l'un des hommes noirs. Il ne faut qu'un mot: « trahison » pour ameuter le peuple contre son chef — et ce mot, nous le prononcerons! Ce pêcheur-duc tombera! Il vend Naples à ses oppresseurs!

— Il fait la paix avec le duc! Il a passé aux Espagnols! Mort au traître! Naples doit être et rester libre!

Tandis que ces exclamations résonnaient dans la grotte, Fenella qui écoutait, haletante, sentit sa barque se soulever et s'abaisser violemment. Un bruit sourd annonça l'approche de la tempête, et les vagues, brusquement soulevées, vinrent s'abattre sur la frêle embarcation qui heurta en grinçant les parois de l'ouverture.

Les frères de la mort avaient sans doute entendu ce bruit. Tous s'étaient subitement tournés du côté de l'entrée, et essayaient de percer l'obscurité qui y régnait.

— Avez-vous entendu? Qu'était-ce? s'écria le grand-maître.

— La marée commence!

— Non! On aurait dit que c'était un bateau qui frappait le roc.

— C'est l'orage? Entendez-vous le fracas des vagues?

— Fuyons! s'écrièrent les hommes noirs en sautant sur leurs rames. Fuyons, avant que la mer ne nous enferme ici!

Quelques minutes encore, et l'ouverture ne sera plus pra-
ticable !

La Muette n'avait pas attendu la sortie des mystérieux
compagnons. Son bateau avait à peine heurté le roc qu'elle
avait mis tout en œuvre pour sortir de l'étroit passage dans
lequel elle était engagée. Elle y réussit, non sans peine, et
se trouva lancée au milieu d'une mer en courroux. L'obscurité
était complète ; la rafale hurlait, elle fouettait l'eau et couronnait les vagues d'écume. Le tonnerre grondait dans le
lointain, mais ses roulements se rapprochaient de minute en
minute. Quelques instants encore, et la tempête se déchaîne-
rait dans toute sa fureur.

Fenella, tout émue encore de ce qu'elle venait d'entendre,
se trouvait subitement en présence d'un danger qui réclamait
toute sa force et sa présence d'esprit. Il fallait quitter au
plus tôt ces dangereux parages, s'éloigner avant que les vagues
furieuses eussent brisé la frêle embarcation contre les roches
qui descendaient à pic jusque dans la mer.

La Muette saisit les rames et commença à lutter contre
l'élément en courroux sur lequel elle se trouvait. Les deux
bateaux des hommes noirs n'apparaissaient pas. Sans doute,
ils n'avaient pu quitter la grotte dont les lames inondaient
sans cesse l'entrée et la dépassaient en hauteur —

Le tonnerre et le fracas de la mer devenaient de plus en
plus forts, les vagues géantes se ruaient les unes sur les
autres et brisaient contre les rochers leurs crêtes écumeuses
— il fallait fuir, fuir à tout prix —

Fenella luttait vaillamment. Ses mains exercées maniaient
adroitement l'aviron, et de vigoureux efforts la portèrent enfin à quelque distance de l'île. C'était un premier succès,
mais les vagues, de plus en plus hautes, ne lui permirent
pas de ramer longtemps. Le bateau n'obéissait plus au gouvernail, et la rafale le poussait à l'aventure sur cette mer
enveloppée d'obscurité. La Muette ne pouvait plus distinguer la
direction qu'elle suivait. La barque, jouet des vagues, se

soulevait bien haut pour retomber l'instant d'après dans l'abîme en inondant la batelière qu'elle portait.

Fenella ne perdit pas sa présence d'esprit. Elle avait grandi sur l'eau, et ce n'était pas la première fois qu'elle luttait contre le vent et la tempête, bien, qu'à vrai dire, elle ne se fût pas encore trouvée en mer par un temps pareil à celui de cette nuit. Impossible de ramer. Elle dut rentrer ses avirons, et mettre toute son attention à offrir la pointe de son bateau aux vagues qui fondaient sur elle, et à n'être pas prise de flanc.

Les éclairs se succédaient presque sans interruption ; ils éclairaient incessamment cette mer dont la colère offrait un spectacle aussi grandiose que terrible. Le tonnerre roulait avec un fracas étourdissant, la tempête faisait rage, et l'on eût dit que les flots soulevés se préparaient à engloutir la terre.

Fenella se tenait cramponnée au gouvernail et essayait encore de le diriger. Ses cheveux flottaient au vent, ses yeux, grands ouverts, contemplaient avec effroi les vagues monstrueuses qui la couvraient de leur écume et menaçaient à chaque instant de l'ensevelir. Ses traits, bouleversés par la terreur et l'effroi, montraient clairement qu'elle ne se méprenait pas sur la situation. Elle regardait venir la mort. Toute lutte, toute résistance eût été inutile. Les éléments déchaînés semblaient jouer avec la chétive créature perdue au milieu de leur immensité. Il fallait céder à ces puissances surhumaines, renoncer à se défendre, et remettre son âme à Dieu.

L'horrible fracas de ces grandes eaux, l'obscurité de la nuit et l'impossibilité de se reconnaître eussent paralysé les efforts d'un marin vieilli dans les tempêtes. Fenella n'était qu'une femme, mais l'imminence du danger semblait exciter son courage. Elle ne tremblait pas, et n'avait perdu ni sa force ni sa présence d'esprit ! Battue par l'ouragan, ruisselante, elle tenait ferme, et semblait faire corps avec l'embar-

-cation jetée en tous sens par les vagues. Un pêcheur se fut signé en apercevant cette forme confuse; il eût cru voir quelque fantastique apparition évoquée du fond des eaux et trônant au sommet des lames.

La frêle barque se remplissait d'eau peu à peu. Tiendrait-elle longtemps encore? Fenella braverait-elle longtemps ces dangers qui croissaient de minute en minute? L'orage semblait s'éloigner, mais la rafale redoublait de violence. Les vagues s'avançaient plus serrées, plus compactes, et semblaient s'indigner de la résistance qu'une faible créature leur opposait. Elles voulaient engloutir la barque et précipiter la Muette au fond de leur humide domaine. Les naïades et les sirènes l'y attendaient. Leurs bras blancs s'étaient souvent tendus vers cette belle fille des hommes assise sur le rivage. Fenella croyait entendre leur chant — il lui semblait ouïr une musique mystérieuse, un chœur lointain d'orgues et de cloches —

Tout à coup, un craquement sinistre se fit entendre — Fenella fut précipitée dans le bateau, et l'eau se referma sur elle — —

Un choc violent avait mis l'embarcation en pièces. La Muette enfonça avec ses débris — mais l'instinct de la conservation lui fit faire un effort désespéré pour revenir à la surface. Elle essaya de nager — ses vêtements mouillés paralysaient ses mouvements. Il lui semblait qu'une puissance invincible l'entraînait au fond des eaux — elle luttait, cependant, l'angoisse de la mort ranimait ses membres engourdis — mais les vagues s'abattaient impitoyablement sur elle, le poids de ses vêtements l'écrasait — — —

Ses forces allaient l'abandonner lorsque ses mains rencontrèrent enfin un objet qui flottait sur l'eau — quelque débris de sa barque, sans doute! La Muette s'efforça de se raccrocher à cette épave — — peine inutile! Ce quelque chose qu'elle venait de rencontrer n'offrait qu'une surface arrondie et glissante où ses mains ne trouvaient rien à saisir — —

Une vague énorme la souleva tout à coup, et la jeta contre

un corps auquel elle se cramponna instinctivement avec l'énergie du désespoir. Etait-ce une corde ou une perche? Fenella ne s'en rendit pas compte tout d'abord. Elle sentit seulement que ses pieds reposaient sur un objet balancé par l'eau et que les lames heurtaient avec rage. Une cloche résonna tout à coup au-dessus d'elle, et Fenella comprit qu'elle se trouvait sur le *campanello vergato,* le fidèle avertisseur des bateliers et des pêcheurs !

Le campanello d'où le tribun avait harangué un jour les hommes de Portici allait-il sauver la sœur de Masaniello? La tonne qui portait la longue perche et sa cloche était ancrée au fond de la mer. Elle était assez forte et assez vaste pour que plusieurs personnes pussent s'y tenir debout, mais les vagues et l'ouragan la secouaient avec une telle violence que Fenella pouvait à peine se retenir à la perche. L'eau balayait incessamment la tonne et s'y jetait avec tant d'impétuosité qu'elle menaçait à chaque instant d'entraîner la pauvre naufragée.

L'aube blanchissait à l'orient et jetait une pâle lumière sur la mer en courroux. Les ténèbres allaient cesser enfin, le jour apporterait le secours, sans doute, mais Fenella tiendrait-elle bon jusque-là? Elle se cramponnait encore convulsivement à la perche, mais la lutte l'avait brisée. Ses mains crispées n'allaient-elles pas lâcher tout à coup l'unique soutien qui lui restât? — —

La position était désespérée, et la malheureuse enfant ne pouvait pas même crier pour appeler à l'aide! Le mugissement des flots eût d'ailleurs couvert sa voix, mais ses cris de détresse eussent apporté quelque soulagement à son angoisse. L'horreur de la situation ne fit pas monter un son à ses lèvres, et l'infortunée sentit qu'elle serait incapable de résister longtemps encore à la fureur des vagues.

Elle fit un effort désespéré pour se cramponner plus solidement à la perche et pour braver les lames qui balayaient le campanello — mais ses mains meurtries lui refuseraient biéntôt tout service. Fenella rassembla ses dernières forces — elle promena autour d'elle un regard éteint — le secours ne venait pas — et la pauvre enfant commença à réciter mentalement la prière des agonisants — — —

---

## CHAPITRE X.

### La sorcière et le vice-roi.

Les négociations entre le duc d'Arcos et Masaniello n'étaient pas encore terminées, et le peuple en armes gardait toujours la citadelle du tyran. Masaniello ne semblait pas pressé de supprimer les postes de sentinelles placés aux portes du château. Cette mesure publique et décisive ne pouvait d'ailleurs pas être prise avant que la paix eût été conclue et le traité signé en bonne forme.

La majorité du peuple ne voyait pas de bon œil les pourparlers entamés avec le duc. Beaucoup, cependant, se sentaient flattés de la distinction dont Masaniello avait été l'objet; ils subissaient, comme le tribun lui-même, le prestige d'un vain titre, mais l'entrevue de l'église des Carmélites causait, en somme, plus de mécontentement que de satisfaction.

Ce sentiment nouveau ne se traduisait pas encore en paroles. On acclamait encore Masaniello, mais l'enthousiasme dont il était l'objet était moins sincère, et l'incident le plus futile pouvait porter un coup mortel à sa popularité.

Les choses extérieures restaient provisoirement ce qu'elles étaient. Il n'en fallait pas davantage pour endormir le peuple et l'empêcher de se rendre compte des changements survenus dans la situation. Les Espagnols étaient encore enfermés dans leur citadelle, leur pouvoir était brisé, et la multitude s'eni-

vrait encore de cette liberté qui avait subitement succédé à
l'oppression. Bien peu songeaient que les choses ne pouvaient
rester longtemps ainsi et qu'il faudrait en revenir à un état
régulier et normal. L'idée de la liberté n'est, pour la plupart
des hommes, qu'une idée confuse, mal définie. C'était le cas
alors, à Naples comme ailleurs. Le peuple voulait échapper
au joug odieux de la tyrannie et de l'arbitraire; il voulait
redevenir maître de ses destinées, mais il ne voyait rien au-
delà. Quelques esprits sensés comprenaient seuls qu'un état
ne peut subsister sans gouvernement et sans loi. Ils allaient
répétant qu'il faudrait toujours obéir à un pouvoir quelconque;
ils demandaient l'établissement immédiat d'institutions régu-
lières, mais leurs voix isolées se perdaient au milieu du bruit
général, et nul n'écoutait ces sages raisonnements.

La majorité des citoyens se trouvait encore sous les armes.
Ces bourgeois armés fournissaient les postes nécessaires à la
garde de la citadelle et des portes, et menaient, en commun
avec les soldats napolitains et les pêcheurs, une vie qui les
arrachait à leur métier ou à leur négoce. Ils recevaient de
la caisse établie à l'Hôtel-de-Ville une paie qui suffisait à
leur entretien. Cette vie d'oisiveté plaisait singulièrement à
la plupart d'entre eux, mais elle devait tuer rapidement toute
vertu civique, et éteindre en peu de temps le patriotisme ex-
cité par la tyrannie et l'oppression.

Autant de têtes, autant d'avis! On parlait d'une façon dans
les tavernes et dans les rues — ailleurs, on exprimait des
opinions absolument opposées. Les uns approuvaient Masaniello; ils voulaient la paix à certaines conditions puisque
des troupes espagnoles arriveraient tôt ou tard au secours du
duc; les autres se refusaient à tout arrangement; ils voulaient
au contraire chasser le vice-roi et toute sa séquelle, et se
fortifier dans la ville.

La discorde, le meilleur allié que pût souhaiter le duc
d'Arcos, naissait ainsi parmi le peuple. L'influence de Masaniello était cependant encore immense. On discutait dans les

rues les derniers événements, on blâmait les projets du tribun, et venait-il à paraître, les mêmes hommes qui le chargeaient tout à l'heure oubliaient leurs griefs pour l'acclamer.

Le pêcheur de Portici était encore l'idole du peuple. Les hommages naissaient sous ses pas. Les femmes s'agenouillaient pour baiser les vêtements du chef invincible, fillettes et garçons semaient des fleurs sur son passage et les hommes saluaient avec enthousiasme le libérateur de Naples !

Masaniello s'enivrait de sa puissance. Son cœur se dilatait aux acclamations du peuple. Il vivait, il régnait ! Avait-il jamais pu penser à retourner dans sa chaumière, à suivre les conseils de Pietro et du sage Filamarino !

— Tu as rendu de grands services à ta patrie, lui avait dit le vénérable cardinal. Avec l'aide de Dieu, tu as accompli des miracles — montre nous maintenant ta véritable grandeur en renonçant à tout rêve ambitieux ! Retourne à Portici, à tes filets, à ta chaumière — retourne à ton foyer avant qu'il soit trop tard — — —

Ces paroles solennelles assiégeaient souvent encore le cœur de Masaniello, mais le tribun ne voulait pas les entendre. Il les repoussait énergiquement, et leur opposait les tableaux enchanteurs que l'orgueil et l'ambition faisaient passer devant son âme — —

Il avait essayé cependant de s'éloigner du théâtre de ses hauts faits. Un moment de découragement l'avait poussé à Portici. Il avait revu ses filets et sa chaumière, et était retourné sur mer dans sa barque de pêcheur — mais une puissance invincible l'avait promptement ramené à Naples. — Il n'avait trouvé ni repos ni paix à Portici — le village, la chaumière, tout était devenu trop petit pour lui, il étouffait dans ce cadre étroit ! Il lui fallait la foule, les rues dans lesquelles on l'acclamait, le bourdonnement flatteur qui s'élevait autour de lui, le pouvoir, l'action, la puissance — il voulait savourer l'enivrante certitude d'être le maître de Naples ! Les filets lui répugnaient — sa main préférait l'épée !

D'autres pouvaient s'occuper de la pêche — il avait, lui, à conduire le peuple. Ce rôle lui seyait — c'était le seul qui fut digne de lui — —

Le pêcheur qui si longtemps avait jeté ses filets ne s'apercevait pas qu'il donnait lui-même dans le piège tendu par d'autres pour le faire tomber. Il ne voyait pas que l'amour de la gloire et l'ambition lui faisaient quitter le bon chemin, le seul qu'il eût à suivre pour ne pas s'égarer — ses yeux hallucinés lui montraient une couronne étincelante et le malheureux suivait ce mirage trompeur. La route devenait raide — le vertige l'eût saisi s'il eût regardé en bas — mais il allait devant lui, les yeux fixés sur le but décevant qu'il poursuivait — il allait, sans s'apercevoir que ses amis, ses partisans, ses compagnons se séparaient de lui les uns après les autres et le laissaient gravir seul ces vertigineuses hauteurs — —

— Retourne à Portici — retourne à tes filets, à ta chaumière! Ces paroles résonnaient derrière lui; elles le rappelaient, mais le tribun n'écoutait pas et la voix suppliante s'éloignait de plus en plus — bientôt elle aurait cessé de se faire entendre.

Tandis que Masaniello suivait aveuglément son but, les avis les plus divers se partageaient le peuple. On redoutait l'arrivée d'une flotte espagnole, et ces craintes avaient fait germer dans la population l'idée de demander aide et assistance à la reine Anne d'Autriche et au cardinal Mazarin.

Naples avait déjà appartenu à la France. Les Français y étaient entrés sans coup férir en 1495 et avaient occupé le royaume, mais il n'y restèrent pas longtemps. Une alliance, conclue à Venise entre les Etats italiens, l'empereur d'Allemagne et le roi d'Espagne Ferdinand le catholique contraignit la France à abandonner sa conquête. Cette alliance ne fut pas de longue durée; Ferdinand le catholique s'en retira bientôt et s'unit au roi Charles VIII de France. Ils s'emparèrent en commun de l'Espagne et procédèrent au partage du pays, mais la désunion se mit entre eux. Les luttes recommencèrent. Le maréchal espagnol Gonzalve de Cordoue marcha contre ses anciens alliés, et la victoire de Garigliano, en 1503, chassa définitivement les Français du territoire napolitain. Deux ans plus tard, le roi Louis XII de France renonçait en faveur de l'Espagne, et contre une indemnité en argent, à tous ses droits sur Naples.

Dès lors, Naples et la Sicile, devenues provinces espagnoles, furent gouvernées par des vice-rois. Des impôts iniques écrasèrent le peuple et remplacèrent l'aisance par la misère et les privations de tout genre. La propriété passa peu à peu aux mains de la noblesse et du clergé, tellement qu'à la fin les deux tiers du sol étaient devenus biens d'église, et que le troisième tiers appartenait aux seigneurs espagnols.

Le mécontentement avait été croissant. Au moment où commence ce récit, la misère du peuple était à son comble ; elle avait amené enfin le soulèvement dont Masaniello avait été l'âme et le chef, et dont nous avons vu se dérouler les diverses péripéties. L'ivresse causée par la victoire commençait à se dissiper. Quelques esprits sensés prévoyaient l'arrivée de forces considérables. Ils comprenaient que Naples ne pourrait résister seule à une flotte espagnole, et l'idée de demander du secours à la France gagnait chaque jour du terrain.

Le lendemain du jour néfaste où Masaniello avait accepté le chapeau ducal, les trois pêcheurs Bertuccio, Giovanni et Ludovico de Portici étaient en faction à l'une des portes latérales de l'enceinte du château.

Les sentinelles avaient pour mission de surveiller exactement les allées et venues du personnel retenu dans la citadelle. Elles devaient empêcher l'entrée ou la sortie d'émissaires suspects, et s'assurer qu'il ne se faisait pas de préparatifs hostiles dans l'intérieur du château.

La nuit était venue. Le ciel s'obscurcissait de plus, on ne voyait pas à dix pas de soi, et les trois pêcheurs avaient allumé du feu pour éclairer leur campement.

— Nous aurons un orage cette nuit, Bertuccio, fit l'un d'eux en jetant quelques branches sèches sur les flammes qui crépitaient joyeusement. Entends-tu ce grondement lointain?

— C'est le précurseur de la tempête, répondit Bertuccio, vieux pêcheur à barbe grise. Il fait meilleur ici que sur mer! Ne mets plus de bois, Giovanni, on y voit suffisamment!

— Laisse-le faire, dit le troisième pêcheur; nous ne voulons pas nous trouver subitement dans les ténèbres!

— Je crois vraiment que Ludovico a peur, fit en riant le vieux Bertuccio.

— Peur? De qui et de quoi? grommela Ludovico. Il s'agit d'obéir à sa consigne, et comment y obéir si l'on ne voit pas à trois pas autour de soi?

— Nous y voyons toujours assez pour surveiller la porte!

— C'est bon, c'est bon, fit Giovanni en attisant le feu. La nuit sera orageuse. Le vent et l'obscurité pourraient nous empêcher de faire notre devoir!

— Tu as raison! dit Ludovico qui semblait avoir sur le cœur la plaisanterie de son vieux camarade. Bertuccio a l'air de croire que nous ne sommes ici que pour notre plaisir. Il oublie que le duc donnerait tout pour faire arriver une flotte espagnole et qu'il pourrait bien profiter de cette vilaine nuit pour expédier incognito au-dehors quelque cousin ou quelque confident. Où en serions-nous quand les vaisseaux ennemis bombarderaient la ville, que les troupes débarqueraient et que la tuerie recommencerait dans les rues?

— Sacro dio — la vilaine perspective! murmura Bertuccio.

— Ce serait notre fin à tous! reprit Ludovico avec animation.

— Allons, tu vas toujours au pire! s'écria Giovanni. Masaniello ne serait-il pas là?

— Masaniello! Hum — sans doute — — fit Ludovico avec hésitation.

— Eh bien, tant qu'il sera là, nous n'aurons rien à craindre. Les Espagnols auront toujours le dessous!

— Tu crois? Tu as une foi robuste — il y a des gens qui ne pensent pas tout à fait comme toi!

— Aurais-tu, par hasard, l'intention de dénigrer Masaniello? s'écria Giovanni.

— Le ciel m'en préserve! Masaniello a fait de grandes choses. Il a délivré Naples! Je ne veux pas diminuer ses mérites — mais il me semble qu'il a singulièrement changé!

— Tu as raison! fit Bertuccio qui s'était assis près du feu et qui suivait de là la conversation.

— On ne le dit pas tout haut puisqu'il n'y a encore rien de fait, reprit Ludovico, mais enfin — s'il nous trahissait? — — —

— Jamais! s'écria Giovanni avec feu. Cela n'arrivera pas, c'est moi qui te le dis!

— Doucement, doucement! fit Bertuccio, vous n'avez pas besoin de parler si fort!

— Quoiqu'il en soit, je maintiens que Masaniello lui-même ne nous sauverait pas, si le duc réussissait à appeler du secours. Le peuple se lèverait en entier qu'il ne pourrait rien contre des forces supérieures, et les Espagnols seraient sûrs de la victoire.

— Oui, oui, je crois bien qu'ils viendraient en nombre et que nous risquerions d'être battus, dit Giovanni un peu ébranlé. Ce ne serait pas drôle, j'en conviens, mais les choses ne vont pas si vite. Pour le moment, nul Espagnol ne peut sortir de Naples!

— Ne nous y fions pas! Le duc emploiera la ruse. Vous verrez qu'il trouvera un moyen de faire avertir la flotte! Il faut redoubler de vigilance par des nuits comme celle-ci, continua Ludovico, aussi nous attiserons activement le feu. On peut s'attendre à tout en fait de ruse espagnole! Ne sais-tu pas que Tito, le fils adoptif du duc, sortait de la citadelle à volonté?

— Je le sais, mais le parc est gardé maintenant!

— C'est bien heureux! Messire Tito y a pris ses ébats assez longtemps! Et dire que Masaniello a remis ce vilain drôle au duc au lieu de l'abandonner aux hommes noirs!

— Il a eu tort! fit Giovanni d'un air convaincu. Masaniello n'aurait pas dû protéger le favori — il est trop généreux!

— De la générosité vis-à-vis des Espagnols! s'écria Ludovilo — mais, c'est pire qu'une défaite! Cette générosité-là fera du tort au tribun! Il n'ignorait pas, je pense, que Tito est aussi détesté que Riperda, que tous deux ont causé la mort d'Almaviva! Masaniello pourrait payer cher sa faiblesse! Je ne parle pas du chapeau ducal — qu'il le porte, s'il tient à jouer au grand personnage; je ne lui envie pas cet honneur. Il aura beau s'appeler duc de San-Giorgio et n'être plus des nôtres, les nobles ne l'en tiendront pas davantage pour un des leurs, tellement qu'il finira par être complétement isolé! Qu'il s'en tire alors comme il pourra — — —

— Hé — qui va là? cria Giovanni en interrompant le discours de Ludovico. On dirait un fantôme!

Ludovico s'était levé et avait brusquement saisi son escopette.

— Qui vive? cria-t-il d'une voix menaçante en apostrophant une forme humaine qui se glissait le long du mur et s'approchait de la porte. Répondez! Pas un pas de plus ou vous êtes mort!

— Ta ta ta! voilà bien du bruit pour rien, enfants! fit une voix chevrotante tandis que l'ombre mystérieuse arrivait cahin-caha près du feu. Vous ne me connaissez donc plus? Je vous connais bien, moi, hé! Voilà le brave Bertuccio — puis Giovanni et Ludovico — — —

— Et toi, tu es la sorcière du Vésuve?

— Sans doute, mon fils, sans doute! Héhéhé! Je savais bien que vous connaissiez la vieille Corvia!

— Et tu ne pouvais pas te faire entendre? grommela Ludovico. Qu'as-tu à venir rôder furtivemennt par ici?

— Furtivement! répéta la vieille indignée, furtivement! Pour qui me prends-tu, mon fils? J'ai toussé deux fois pour vous avertir de mon arrivée, mais vous étiez tellement absorbés par votre conversation que vous n'avez rien entendu! Hé, si quelque autre avait entendu ce que vous disiez? — Masaniello ne plaisante pas, lui; il n'aime pas qu'on le critique!

— On peut toujours dire la vérité! fit Ludovico, apprends-le, si tu ne le sais pas encore!

— Seigneur! où en serions-nous s'il fallait t'en croire! s'écria la sorcière en frappant ses mains décharnées. Tu parles de la vérité, mon fils — mais c'est ce qu'on peut le moins dire — personne ne veut l'entendre! Il faut se taire, toujours se taire, tout ravaler, hihi!

— C'est bon! Que viens-tu faire ici, la vieille? demanda Giovanni.

— Hé, je vais te le dire, mon fils, répondit familièrement la sorcière, je veux entrer au château, voilà tout!

— Au château? Personne n'a le droit d'y entrer!

— Et pourquoi pas?

— Te faut-il encore des raisons, vieille sorcière? s'écria Ludovico avec humeur. On te dit que personne ne peut entrer! Cela suffit, je pense!

— Tu es devenu bien grossier, mon fils! ricana la vieille. Est-ce ton nouveau métier qui t'a changé comme ça?

Le pêcheur allait s'emporter de plus belle, lorsque le vieux Bertuccio intervint.

— Voyons, pourquoi veux-tu entrer au château? dit-il d'un ton conciliant en s'approchant de la sorcière.

— Pourquoi? Parce que j'y ai une petite affaire. Je voudrais aussi voir une fois le duc d'Arcos.

— Tiens, tiens — et qu'as-tu à lui dire à ce bon duc ?
fit Giovanni. Il me semble que tu as un accent étranger —
tu ne serais pas aussi de l'Espagne, par hasard ?

— Farceur ! Est-ce que je ne m'appelle pas Corvia ?

— Le nom ne prouve pas grand' chose, continua Giovanni
devenu méfiant tout à coup, on peut en changer ! Sait-on
seulement qui tu es et d'où tu viens ? Il faut que tu mé-
dites quelque secret dessein pour essayer de te faufiler de
nuit dans le château — mais tu n'y réussiras pas ! Nous ne
voulons pas fournir à nos prisonniers l'occasion d'envoyer des
messagers au-dehors !

Un rire strident s'échappa des lèvres de la sorcière.

— C'est donc pour cela que vous ne voulez pas me laisser
passer, dit-elle enfin. Vous pouvez être tranquille, mes gars
— ce n'est pas moi qui jouerai le rôle de messager !

— Ce n'est pas prouvé ! fit Ludovico. L'argent fait faire
bien des choses. Il ne faudrait qu'un signe donné à la flotte
pour mettre Naples à feu et à sang.

— Vous oubliez les hommes noirs ! s'écria la vieille. Soyez
tranquilles ; ils surveillent le port et personne ne leur échappe.
Ils ont des yeux d'Argus ! Savez-vous qui l'on a trouvé pendu
aux rochers, dernièrement ? Don Atenuado, le secrétaire du
duc, ni plus ni moins ! Les hommes noirs l'avaient attrappé
au moment où il cherchait à gagner le large. Voilà des gardiens vigilants, et qui comprennent leur affaire !

— Qui sont-ils, en définitive ? demanda le vieux Bertuccio.
Personne n'en sait rien !

— Qui sont les hommes noirs ? ricana la vieille — c'est
un secret, héhé — un secret !

— Un secret que tu connais, sans doute ?

— Pas plus que vous, mes gars ! Ce sont des hommes résolus, de braves et vaillants Napolitains — voilà ce que
nous savons tous ! Maintenant, pas tant de façons, laissez
passer la vieille Corvia ; elle porte un philtre à la belle princesse Elvira ! La pauvre princesse, c'est à faire pitié !

— Qu'a-t-elle donc?

— Ne le savez-vous pas? Ce qu'elle a c'est que le duque-cito qu'elle adore ne fait guère attention à elle bien qu'il l'ait épousée. Il a jeté les yeux sur la sœur de Masaniello! La princesse se désespère; elle veut essayer d'un philtre pour le guérir de sa passion pour la Muette!

— Allons, nous pouvons, je crois, laisser entrer la vieille, fit Giovanni. Elle n'appellera pas la flotte!

— Non, mon fils, elle n'appellera pas la flotte, tu as raison! ricana la sorcière. La vieille Corvia ne serait pas une mauvaise alliée de Masaniello; elle hait plus que vous tout ce monde de là-haut — mais n'en dites rien à personne. Il y a des choses qu'il ne faut pas crier sur les toits! Allons — voulez-vous que je jure — — —

— Bah! interrompit Bertuccio, laissons-la entrer!

— Soit! Je ne m'y oppose pas! dit Ludovico en approchant de la porte. Entre, la vieille! va porter ta fiole à la princesse et fais-toi bien payer. Les ducats d'or ne manquent pas dans le château!

— Grand merci, mon fils, grand merci, s'écria la sorcière. Elle s'avança clopin-clopant vers la porte que Ludovico venait d'ouvrir, et s'enfila dans la cour avec une hâte fiévreuse. On eût dit qu'elle craignait de voir les pêcheurs se raviser et lui refuser l'entrée qu'elle avait eu tant de peine à obtenir.

Elle cligna des yeux d'un air satisfait en entendant Ludovico refermer la porte sur elle, puis elle traversa rapidement la cour et s'arrêta en face du château dont les fenêtres étaient éclairées — l'ombre du vice-roi se détachait en plein sur la lumière, le fier despote, appuyé contre la porte ouverte d'un balcon, semblait regarder dans la nuit —

— C'est lui! murmura la vieille à part elle, c'est le duc! — il a vieilli, lui aussi! Il s'est passé du temps là-dessus, mon beau Léon — trente ans — presque une vie d'homme! Tu ne t'en souviens plus, peut-être! Tu as tout oublié, tout — Mercedes — la petite maison d'Aranjuez —

Juana — et tes chiens favoris — en attendant, le diable les a tous emportés — — —

— Hé, qui va là? fit tout à coup une voix rude, tandis qu'une grosse main saisissait le mouchoir de la sorcière.

La vieille Corvia se retourna, et se trouva vis-à-vis d'un soldat de la garde.

— Eh bien, mon fils, ne me reconnais-tu pas? dit-elle sans s'émouvoir.

— N'es-tu pas la sorcière du Vésuve?

— Tu l'as dit, mon fils!

— Et que viens-tu chercher ici?

— Toi, mon fils!

— Moi? exclama le soldat.

— Oui, toi — afin que tu me conduises auprès de son Altesse qui passe de bien mauvais moments ici!

— Comment — tu voudrais voir le duc?

— Ça t'étonne? Eh bien, monte — dis-lui que la vieille Corvia est là, et qu'elle demande un moment d'entretien!

— Es-tu folle?

— Don Tito n'est-il pas là? Appelle-le seulement; il me connaît et me fera bien vite entrer, lui! Ou bien, annonce-moi à Gomez et celui-ci m'annoncera à son Altesse! Va vite, mon fils; c'est une affaire importante qui m'amène!

— Voici justement le valet de chambre!

— Excellent! Parfait! s'écria la sorcière en s'avançant vers le corpulent Gomez toujours gonflé comme un paon. Votre servante, signor Gomez! Un petit mot, s'il vous plaît, un petit mot!

Le valet de chambre du duc considérait avec étonnement l'étrange vieille qui s'approchait de lui.

— Faites-moi le plaisir de m'annoncer à son Altesse, dit-elle tout bas. Je lui apporte une nouvelle importante qui ne lui parviendrait pas sans cela. J'ai eu toutes les peines du monde à arriver jusqu'ici. Vite, signor; je vous suis!

— Dites-moi votre nouvelle; je la communiquerai au duc.

— Impossible, signor Gomez, impossible ! C'est un secret que je ne puis révéler qu'à son Altesse. Conduisez-moi vite là-haut, il n'y a pas de temps à perdre !

Gomez toisa du regard la sorcière et réfléchit un instant — il se pouvait, en effet, qu'en un moment pareil elle eût quelque chose d'important à communiquer au vice-roi.

— Le duc est-il seul ? demanda la vieille.

— Oui ! Venez, répondit Gomez. Suivez-moi !

— Grand merci ! C'est une affaire importante, signor !

Le valet de chambre monta les degrés qui conduisaient au portail ; la sorcière clopinait derrière lui. Il se faisait tard. Les domestiques s'étaient déjà retirés et la galerie était silencieuse et déserte.

Gomez introduisit la vieille dans une somptueuse antichambre où il la laissa seule.

Elle resta debout au milieu de la vaste pièce, promenant autour d'elle des regards hostiles et curieux.

— Il faut que je le voie — ce sera un baume pour moi ! murmura-t-elle.

Le valet de chambre revenait. Il fit traverser plusieurs appartements à la vieille, et lui ouvrit enfin la porte de la salle où se trouvait le duc. C'était la salle des aïeux. Debout, près de la porte du balcon, le duc considérait les bras croisés l'étrange visiteuse. La vieille Corvia s'introduisit dans la salle dont elle ferma la porte au nez de Gomez, laissa retomber la portière, et fit quelques pas en avant, puis elle s'arrêta pour regarder les vieux portraits de famille qui couvraient les murs. Les ancêtres du duc d'Arcos étaient là réunis, et les bougies du candélabre posé sur la table versaient une lumière indécise et vacillante sur ces grandes figures de chevaliers ou de nobles dames.

La sorcière ne semblait nullement intimidée par la présence du vice-roi. Elle allait de l'un à l'autre des portraits, et les considérait en branlant la tête, tandis que le duc la suivait de l'œil et se demandait, avec un étonnement croissant, s'il n'avait pas à faire à quelque folle. Elle arriva enfin devant le portrait, de grandeur naturelle, de la défunte duchesse, l'examina un instant, fit un signe de tête comme pour indiquer qu'elle le reconnaissait, puis elle tourna vers le duc un œil interrogateur, et montrant du doigt la place restée vide à côté du portrait :

— Ne manque-t-il pas quelqu'un là? dit-elle d'une voix sourde.

Le duc rompit enfin le silence qu'il avait gardé jusque-là.

— Qui es-tu, femme, et que me veux-tu? fit-il avec humeur.

— Ne me connaissez-vous pas, Altesse? Ce que je veux? — eh bien, je veux vous voir dans le malheur, héhé — je suis curieuse de savoir comment il vous sied!

— Qui es-tu — réponds, ou — —

— Ou — ou, ne répétez pas ce mot, Altesse, fit la vieille qui s'avançait en boîtant vers le duc — ne le répétez pas! Vous l'avez dit autrefois — vous en souvient-il? Sors d'ici! disiez-vous; sors d'ici ou mes chiens te mettront en pièces — et vous excitiez ces bêtes maudites — —

Le duc avait reculé d'un pas. Ses yeux hagards semblaient rivés à ceux de l'étrange créature qui se tenait devant lui.

— Qui es-tu? D'où te viennent ces paroles? dit-il d'une voix sourde.

— Savez-vous, Altesse, savez-vous qui manque là, à la paroi? fit la vieille sans répondre à la question du duc. Je vais vous le dire; c'est la pauvre Cedilla! La belle Cedilla!

— Cedilla! murmura le duc. Où as-tu appris ce nom, malheureuse? Réponds — qui es-tu?

— Grâce, Altesse, ayez pitié de la vieille Corvia que les gens du pays appellent la sorcière du Vésuve parce qu'elle connaît le passé, le présent et l'avenir, et qu'elle prépare toutes sortes de boissons magiques, fit la vieille d'un ton humble et soumis. Grâce, Altesse; en entrant ici j'ai cru voir un portrait — un portrait qui n'y est pas — celui d'une

belle jeune fille d'Aranjuez. Il y avait au-dessous : « Cedilla »
— c'est sans doute en espagnol le diminutif de Mercedes —
et je croyais vous voir exciter vos grands chiens contre une
femme qui se tordait les mains de désespoir. Je croyais
voir ces bêtes furieuses se jeter sur la pauvre Espagnole, la
mère de Cedilla... Il me semblait — je voyais tout cela
en esprit, car la pauvre Corvia a le malheur de voir et de
savoir tout ce que d'autres cachent! C'est un cruel malheur,
Altesse! Grâce — faites grâce!

Le duc avait passé alternativement de la colère à l'effroi.

— Que me veux-tu? murmura-t-il.

— Vous voir, Altesse — ayez pitié de Corvia! Quelque
chose me poussait ici — je ne sais moi-même quoi, mais je
n'ai pu faire autrement — il m'a fallu venir. Grâce, Altesse
— dites, la sorcière du Vésuve peut-elle vous aider — vous
être utile à quelque chose?

— Tu m'expliqueras tes discours! s'écria le duc pâle de
colère et d'émotion. On ne se joue pas de moi! Je veux savoir ce que signifient tes histoires! — —

Tout en parlant, le duc s'approchait de la table et tendait
la main vers la cloche posée à côté du candélabre.

— Que vous servirait la vie de la vieille Corvia, Altesse?
Ayez pitié de la sorcière du Vésuve. Chacun la connaît à
Naples — et chacun vous dira que ses yeux voient ce qui
est caché aux autres hommes!

— C'est bon, c'est bon! s'écria le duc d'une voix menaçante. Je te ferai mettre en un lieu où l'obscurité sera trop
complète pour que tu aies encore de semblables visions!

— Ne le faites pas, Altesse, ne le faites pas! Ce serait
votre perte! La vieille Corvia porte avec elle le malheur et
la malédiction! Ne m'attachez pas à vous! Le peuple sait
que je suis venue au château — et le malheur vous attein-
drait plus tôt que vous ne le pensez!

— Tu me menaces je crois!...

— Pardonnez, Altesse — Je ne voulais que vous voir dans

l'infortune! continua la sorcière avec un singulier mélange dehar-
diesse et d'humilité. Le malheur m'attire! Il s'est abattu sur
cette demeure — ne l'aggravez pas en m'y retenant! Il s'attache à mes pas et s'introduit partout où je m'arrête — —

Le duc semblait faire fi de ces avertissements. Il voulait
sonner et faire arrêter l'horrible vieille, mais une vague ap-
préhension le retenait malgré lui.

— Laissez reposer la cloche, mon auguste maître, reprit
la sorcière — je m'en vais — je pars, il est inutile d'appeler! Je vous reverrai peut-être! Pensez à la pauvre Cedilla
— à la belle enfant qui donna sa vie pour vous — n'est-ce
pas vrai? Ne mourut-elle pas la rose d'Aranjuez?

Les souvenirs évoqués par la sorcière semblaient exercer
une influence étrange sur l'impassible vice-roi — son bras
était retombé inerte à son côté, et ses yeux, grands ouverts,
suivaient avec effarement la sinistre créature qui s'approchait
à pas lents de la porte.

— La voyez-vous encore, la pâle Cedilla, reprit-elle en
dardant sur le duc son œil d'oiseau de proie — la voyez-
vous étendue ruisselante à vos pieds — et belle jusque dans
la mort? Entendez-vous parfois ses paroles de tendresse?
Oui, oui, elle vous aimait, la pauvre insensée — elle vous
aimait — et c'est pour cela qu'elle est morte — morte —

La vieille arrivait à la porte.

— Ah, si la belle Cedilla pouvait ressuciter et vous voir
dans ce moment! cria-t-elle d'une voix aigüe en soulevant la
portière. Pensez à la pauvre Cedilla, Altesse, pensez-y — —

Ses paroles s'éteignirent derrière la draperie, et l'énigma-
tique vieille disparut laissant le duc pâle, et comme écrasé
par quelque puissance magique.

## Chapitre XI.

## Carlo.

Tandis que Fenella poursuivait le mystérieux bateau monté par les hommes noirs, et s'introduisait, à sa suite, dans l'ouverture servant d'entrée à la grotte bleue de Capri, le jeune pêcheur Carlo ramenait ses filets et sa barque à Portici.

Le pauvre garçon n'était pas guéri de son amour pour la belle Muette, et ses traits pâlis semblaient indiquer que toute joie était morte pour lui. Il n'avait pas revu Fenella depuis le soir où, la trouvant seule sur le rivage, il lui avait fait l'aveu de ses sentiments et s'était retiré le désespoir dans le cœur. La Muette ne pouvait l'aimer! Elle souffrait de sa douleur, mais son cœur n'était pas libre — tout ce qu'elle demandait au malheureux Carlo c'était de l'oublier, et de reporter sur une autre la tendresse qu'il lui avait vouée et qu'elle ne pouvait lui rendre.

Carlo avait d'abord pris part au combat. Le patriotisme lui avait fait oublier quelques jours le chagrin qui remplissait son âme, mais, la victoire obtenue, il était rentré à Portici et y avait retrouvé ses tristes pensées. Il s'était remis activement à son travail de pêcheur, et s'efforçait d'y trouver l'apaisement et l'oubli, mais son cœur fidèle et dévoué se prêtait mal à ces tentatives. Il aimait sans espoir, mais il aimait encore et ne pouvait aimer que Fenella.

Cet échec eût facilement aigri une âme vulgaire. La nature généreuse de Carlo le préservait de ce danger. Le jeune pêcheur souffrait sans maudire celle qui lui brisait le cœur. Il la savait malheureuse, et parfois il se surprenait à oublier ses propres souffrances pour ne songer qu'à celles de Fenella.

Tandis qu'il regagnait Portici, d'énormes nuages s'étaient amoncelés à l'horizon. La chaleur était étouffante. Carlo rentrait à temps pour éviter l'orage. Il sauta à terre, tira sa barque sur le rivage et l'y amarra solidement avec l'aide de ses compagnons. Resté seul, il jeta encore un regard sur la mer et sur le ciel qui s'obscurcissait rapidement.

L'eau avait pris des teintes sinistres. Carlo la considéra un instant en formant intérieurement le souhait que ni pêcheurs ni bateliers ne fussent surpris dans le golfe par l'orage qui s'avançait.

Il allait rentrer dans sa chaumière, lorsqu'une inquiétude subite le saisit. Il s'arrêta court — il lui semblait voir Fenella dans le lointain — elle flottait sur l'onde — tout à coup elle étendit les bras vers lui comme pour lui demander du secours — puis tout disparut. Carlo passa la main sur son front. C'était une chimère, un fantôme créé par son amour et son imagination, mais cette vision rapide avait été si saisissante, si terrible que le jeune pêcheur en frissonnait de tout son corps.

L'angoisse l'oppressait de plus en plus, et, pour la première fois depuis le soir de l'aveu, il résolut de passer devant la chaumière de Fenella pour s'assurer qu'elle s'y trouvait et qu'elle était en sûreté. Il ne voulait que se procurer une certitude. Si la Muette était chez elle, il s'éloignerait immédiatement sans l'importuner de plaintes et de propositions qu'elle ne pouvait écouter.

Il monta au village, et arriva près de la chaumière de Masaniello. L'humble demeure était silencieuse et déserte. Les filets, suspendus aux poteaux, n'avaient pas été touchés. La petite fenêtre était obscure. Carlo s'en approcha, l'ouvrit, et prononça tout bas le nom de Fenella.

Rien ne remua dans la chaumière.

Carlo appela plus fort — inutile. La maisonnette était vide et le silence le plus profond y régnait.

Une horrible certitude fit tressaillir le jeune pêcheur. Il redescendit en toute hâte sur le rivage et inspecta les bateaux qui y étaient amarrés — celui de Fenella manquait!...

La Muette était donc encore à Naples — ou sur l'eau — sur l'eau qui faisait entendre déjà le grondement sourd et lointain annonçant l'approche de l'orage.

— Sainte mère de Dieu, elle est perdue! murmura le jeune homme en joignant les mains. Sa barque ne résisterait pas à la tempête — il faut aller à son secours, il faut la sauver! La pauvre enfant ne peut pas même appeler à l'aide! En avant — et que Dieu m'assiste! — — —

Carlo n'hésita pas. Il détacha son bateau et réunit toutes ses forces pour le pousser dans la mer. Les vagues l'y aidèrent. Le hardi pêcheur sauta alors dans l'embarcation, et s'éloigna du rivage à force de rames.

Il avait à peine quitté le bord qu'il croisa un bateau de pêcheur, revenant en toute hâte.

— C'est toi, Carlo? cria une voix étonnée. Où vas-tu donc par un temps pareil? N'entends-tu pas le tonnerre? La nuit sera terrible!

— Avez-vous vu la sœur de Masaniello? demanda Carlo sans répondre aux questions qu'on venait de lui faire.

— La Muette? Sans doute. Elle nous a croisés il y a une ou deux heures — elle se dirigeait vers Capri!

— Sainte Vierge — vers Capri —

— Oui. Nous l'avons bien reconnue. Elle était seule dans son bateau. Ce ne pouvait être qu'elle!

— Et vous ne l'avez pas revue depuis?

— Non! Vas-tu à sa recherche, Carlo?

Le jeune homme ne répondit pas. Il mit le gouvernail sur Capri, et tendit sa voile. Le vent s'y engouffra et entraîna l'embarcation qui disparut dans l'obscurité, tandis que les pêcheurs hochaient la tête et se hâtaient de gagner le rivage, heureux qu'ils étaient d'y arriver encore à temps.

Le tonnerre et les éclairs se succédaient sans interruption. L'orage éclatait. Carlo fut bientôt obligé de replier sa voile. Les rames lui étaient également inutiles, le danger croissait d'instant en instant, mais le hardi pêcheur n'essaya pas même de regagner la rive. Une puissance irrésistible le poussait en avant et lui faisait braver cette mer en courroux. Il voulait retrouver Fenella, l'arracher au danger qui la menaçait, ou périr, lui aussi, dans ces flots qui l'auraient engloutie.

Carlo se maintint aussi longtemps qu'il le pût dans la direction de Capri, mais il dut bientôt quitter le gouvernail, et mettre tous ses efforts à lutter contre les vagues et à empêcher qu'elles ne vinssent s'abattre tout entières sur le flanc de son bateau. C'était tenter Dieu que de se risquer ainsi dans une barque de pêcheur sur cette mer furieuse. Carlo le sentait; il comprenait tout le danger de sa position, mais ce cœur simple et sublime ne songea pas même à regretter de s'y être volontairement exposé.

La tempête semblait augmenter de violence — l'obscurité allait croissant. Le jeune homme s'efforçait vainement de percer les ténèbres pour chercher l'embarcation de Fenella — ou peut-être ses débris. Il faisait entendre de minute en minute le cri d'appel des pêcheurs pour avertir la Muette de son approche, mais ses cris se perdaient dans la rafale et ne dépassaient pas l'endroit où il se trouvait.

Impossible d'imprimer une direction quelconque au bateau. Les lames le soulevaient sur leur crête pour le plonger l'instant d'après dans l'abîme. Carlo se cramponnait d'une main au mât, tandis que de l'autre il maniait activement l'écope pour empêcher que la barque ne s'emplît d'eau.

Enfin l'orage s'éloigna et la rafale parut diminuer de violence, tandis qu'une pâle lueur se montrait à l'horizon.

Carlo respira. Le jour lui permettrait enfin de reprendre

sa course vers Capri et d'y commencer ses recherches. Il tremblait pour Fenella. Si les pêcheurs avaient dit vrai, elle était perdue; le voisinage de l'île était dangereux par le gros temps, et la frêle barque de la Muette se serait brisée cent fois contre les rochers.

La lueur s'étendait peu à peu, et bientôt un pâle crépuscule dissipa les ténèbres de la nuit. Jamais jour ne fut salué par un cœur plus reconnaissant et plus heureux de revoir la lumière. La mer s'agitait encore avec une sauvage impétuosité bien que la tempête s'apaisât de plus en plus. Il faut du temps pour que l'élément déchaîné rentre dans son repos. Une ligne rouge à l'horizon annonça enfin le lever du soleil. Les nuages se déchirèrent, et l'astre du jour inonda tout à coup de ses feux la vaste mer et ses lames aux crêtes blanchissantes.

C'était un spectacle grandiose. Le jeune pêcheur, saisi, oublia un instant les dangers qu'il venait de courir pour admirer l'œuvre de Dieu. Son cœur s'éleva vers le souverain Auteur de toutes choses, lui rendit grâces pour ses bienfaits, et lui demanda avec confiance la vie de Fenella. Raffermi par cette prière, il reprit courageusement les rames, et essaya de se reconnaître au milieu de cette immensité.

Les vagues et la tempête l'avaient rejeté bien loin de Capri. Il se trouvait en avant dans le golfe et ne devait pas être fort éloigné du campanello vergato, bien qu'il n'entendît pas encore le son connu de la fidèle cloche.

La mer grondait encore, mais les vagues diminuaient de minute en minute. La brise matinale soufflait doucement. Carlo en profita pour hisser sa voile, afin d'arriver le plus lestement possible à Capri.

Ses calculs ne l'avaient pas trompé; il aperçut bientôt, à quelque distance, la cloche amie des pêcheurs. Il la salua du regard et s'en rapprocha pour prendre, de là, la direction de Capri.

Tout à coup, ses yeux s'ouvrirent démésurément — quelque

chose flottait autour de la perche — on eût dit une chevelure dénouée — Carlo fixa plus attentivement ce quelque chose dont il distinguait à peine les contours, et poussa un cri d'effroi.

— Sainte mère de Dieu! murmura-t-il en se signant, Fenella — — c'est elle   Le ciel nous soit en aide! — —

Il dirigea sa barque vers le campanello, et arriva enfin dans le voisinage de la tonne. Il saisit alors la corde qui y pendait et attira prudemment son bateau vers l'endroit où Fenella presque évanouie se tenait ou plutôt se suspendait à la perche. L'entreprise était difficile. Les vagues se brisaient contre la tonne et repoussaient violemment l'embarcation, mais Carlo ne se décourageait pas, il était vigoureux et adroit, le désir de sauver la malheureuse enfant doublait ses forces, et bientôt il se trouva assez près de la tonne pour atteindre la naufragée.

— Fenella — voici du secours! cria-t-il. Lâche la perche et tends-moi la main!

La Muette obéit machinalement. Carlo réussit à la saisir au moment où elle abandonnait son point d'appui, et l'attira vivement dans le bateau. Elle était sauvée, mais ce mouvement semblait avoir épuisé ses dernières forces. Elle tomba comme une masse inerte sur la poitrine du jeune pêcheur qui venait de l'arracher aux vagues. Carlo la retint une seconde sur son cœur, puis il l'étendit avec précaution sur une voile jetée dans le fond de la barque.

Fenella s'était évanouie. On eût dit une morte, mais Carlo n'avait pas le temps de s'occuper d'elle et de chercher à la ramener à la vie. Il fallait aller au plus pressé. Les vagues secouaient encore l'embarcation et la jetaient contre la tonne. Carlo réunit toutes ses forces pour s'éloigner du campanello. Il y réussit enfin, puis il rassujettit sa voile et mit le gouvernail sur Portici. Ce ne fut que lorsque le bateau eût pris une marche régulière qu'il pût revenir à Fenella dont l'évanouissement durait toujours. Le jeune pêcheur s'agenouilla auprès d'elle ; il lui prit la main, humecta longuement son front et ses lèvres et poussa un soupir de soulagement en la voyant donner enfin quelques signes de vie.

Fenella ouvrit les yeux et regarda avec effroi autour d'elle.

— Tu vis — tu es sauvée ! dit Carlo avec une indicible émotion. Dieu soit loué. Il a exaucé ma prière !

Les yeux éteints de la Muette se ranimaient peu à peu. Elle arrêta sur le jeune homme un regard empreint d'une profonde reconnaissance et pressa doucement sa main.

La figure du pêcheur s'était illuminée. Il resta un instant immobile, les yeux fixés sur celle qu'il aimait et qu'il venait de sauver au péril de sa vie, puis il frissonna tout à coup.

— Sainte Vierge ! murmura-t-il, quelle nuit tu as dû passer, Fenella ! Que tu as dû souffrir ! C'est miracle que je t'aie trouvée et que tu aies pu tenir sur la tonne du campanello !

Il raconta alors à la Muette comment il avait cru la voir tendre les bras vers lui, et comment il s'était mis à sa recherche après avoir appris par les pêcheurs qu'elle avait été vue du côté de Capri. Fenella écoutait avec émotion. Elle le remercia par quelques gestes qui exprimaient la plus profonde gratitude, puis elle le mit au courant, en quelques signes, de ce qui lui était arrivé.

Pendant ce temps, le soleil avait quitté l'horizon et versait ses rayons sur la vaste mer. Il réchauffait la Muette et séchait ses vêtements mouillés. Les vagues soulevaient encore le bateau, mais elles n'étaient plus assez fortes pour offrir quelque danger et pour effrayer Fenella et son sauveur, tous deux enfants des côtes et grandis sur mer tous les deux. Un vent léger poussait rapidement l'embarcation vers Portici. La Muette s'était relevée et avait pu s'asseoir sur le banc des rameurs.

— Tu n'as personne qui puisse te soigner et t'aider, Fenella, dit tristement le pêcheur, tandis qu'il dirigeait sa barque vers l'endroit du rivage où se trouvait la chaumière de Masaniello.

La Muette répondit, par signes, qu'elle n'avait besoin de personne, et qu'il ne lui fallait qu'un peu de repos pour se remettre de l'émotion et de la fatigue qu'elle venait d'endurer.

— Ton frère n'est pas encore revenu à Portici? reprit le jeune homme. Ce n'est pas pour moi que je le demande, continua-t-il en répondant à un regard interrogateur de Fenella; je ne pensais qu'à vous — il vaudrait mieux pour Masaniello qu'il revînt dans sa chaumière!

La Muette répondit par un signe affirmatif.

— Essaie de l'y décider, Fenella! reprit Carlo.

Les yeux de la pauvre enfant se remplirent de larmes.

— C'est inutile! disaient ses gestes. Masaniello n'écoute pas mes prières. Parle! Tu sais quelque chose, tu connais quelque danger —

— Je sais seulement que les pêcheurs ne se fient plus à lui, et s'ils l'abandonnent — —

Fenella écoutait avec désespoir — l'horizon s'obscurcissait. Il devenait menaçant et sombre, les dangers s'accumulaient autour de Masaniello, et la tendresse fraternelle de la Muette lui faisait deviner la gravité de la situation.

— Les pêcheurs se défient de ton frère, continua le jeune homme, tandis qu'il sortait du bateau avec la Muette et l'accompagnait vers sa chaumière. Il faut avertir Masaniello! Repose-toi d'abord, Fenella, tu dois être brisée après la nuit que tu viens de passer, mais ensuite rappelle ton frère; décide-le, si possible, à revenir à Portici avant qu'il soit trop tard!

Ils étaient arrivés devant la chaumière. La Muette remercia de nouveau son sauveur, le salua amicalement, et disparut dans son humble demeure tandis que le jeune pêcheur s'éloignait le cœur plein de joie et de tristesse; heureux d'avoir sauvé Fenella, et malheureux de n'être pas aimé — — —

## Chapitre XII.

## Le duc de San-Giorgio.

Masaniello était fermement convaincu de la bonté de ses intentions ; il croyait la paix si bonne et si désirable, qu'il était fermement décidé à en forcer la conclusion et à réduire au silence quiconque essaierait de s'y opposer.

En attendant il était encore à la tête du peuple, et son pouvoir lui paraissait encore grandi depuis que le vice-roi lui avait conféré le titre de duc. Cette élévation l'avait ébloui. Elle le rendait sourd à toutes représentations et le disposait singulièrement en faveur du duc d'Arcos. Masaniello se complaisait dans sa nouvelle dignité. La soif du pouvoir et des honneurs s'emparait insensiblement de son âme et l'enlaçait dans d'inextricables filets — — —

Tito ne s'était pas trompé. L'adroit Espagnol avait deviné qu'une ambition insensée se mêlait, comme un ver rongeur, aux grandes et belles qualités de Masaniello. Il avait formé son plan en conséquence, et ce plan réussissait mieux que Tito lui-même n'eût osé l'espérer.

Peu de jours après l'entrevue de l'église des Carmélites, Masaniello, debout près d'une table, dans une des pièces de l'Hôtel-de-Ville, dictait à un secrétaire quelques ordonnances qui devaient être placardées sur la porte de l'antique édifice. Elles concernaient le rétablissement de l'ordre, et la contribution imposée à tous les citoyens au profit des caisses vides de l'état.

Sa besogne terminée, le secrétaire passa la plume au tribun. Celui-ci apposa son nom au bas des ordonnances et le fit suivre du titre fatal dont chaque lettre lui causait un éblouissement. Quelques heures plus tard, les copies étaient terminées, et le peuple lisait sur toutes les places publiques les ordres de Masaniello, duc de San-Giorgio !

Le pêcheur de Portici venait de signer ces ordonnances, lorsqu'un factionnaire se présenta à la porte de la salle et annonça une visite.

— C'est une signora vêtue de noir et voilée, dit-il. Elle désire parler sans témoins à Masaniello !

— Ne lui as-tu pas demandé son nom ?

— Elle s'est refusée à le dire — la voici, d'ailleurs.

Une femme, au port majestueux et fier apparaissait en cet instant à l'entrée de la salle. Elle portait des vêtements noirs. Un voile noir cachait ses traits et retombait sur une taille élégante et pleine.

— Vous •désirez me parler, signora ; dit Masaniello en s'avançant.

La visiteuse inclina la tête.

— Entrez alors dans cette chambre, reprit le tribun en ouvrant la porte d'une pièce voisine.

La signora obéit à cette invitation.

— Sommes-nous seuls ici, et personne ne nous écoute-t-il ? demanda-t-elle lorsque Masaniello eut refermé la porte sur lui.

— Personne ne peut nous entendre, signora. Qui êtes-vous ?

— Ne me le demandez pas — je ne puis vous le dire ! Le nom ne fait rien à l'affaire. Vous me permettrez également de ne pas relever mon voile. Il m'est interdit de montrer mes traits.

— Soit ! Qu'est-ce qui vous amène, signora ?

— Mon inquiétude pour vous !

— Votre inquiétude pour moi ! fit le tribun avec ironie. Je vous cause donc du souci, signora ? J'étais loin de me douter, je l'avoue, qu'on s'inquiétât pareillement de mon bonheur, et surtout qu'on le crût menacé !

— Vous dites cela en souriant comme si vous ne croyiez pas à la possibilité d'un danger — et cependant, je vous jure, par tout ce qui m'est sacré, que deux périls également redoutables vous menacent, répondit la visiteuse. Vous marchez en aveugle à votre perte

Le pêcheur de Portici s'était redressé et considérait d'un œil scrutateur la mystérieuse étrangère.

— Quiconque veut servir le peuple ne doit reculer devant aucun danger! répondit-il d'un ton ferme.

— Vous dites vrai! Le pays tout entier reconnaît votre courage et votre vaillance. Vous avez les qualités d'un héros — et cependant vous vous laissez entraîner dans des voies où vous succomberez infailliblement.

— J'obéis à mes convictions!

— Dites plutôt que vous cédez à la tentation! Ce chapeau ducal, c'est un piège que vous tend l'Espagnol — un hochet dont on vous amuse, et vous l'acceptez au lieu de le repousser avec horreur! L'invention était bonne, paraît-il; elle vient de Tito. C'est lui qui a conseillé au duc de vous offrir ce vain titre. Vous figurez-vous peut-être que ces Espagnols orgueilleux voudraient réellement vous élever, vous conférer des honneurs et des dignités? Etes-vous assez aveuglé pour ne pas voir les sourires moqueurs dont ils vous accompagnent et pour oublier la prudence et l'habileté dont vous avez donné tant de preuves! Ce vice-roi que vous avez vaincu, dont vous avez brisé la puissance, vous distinguerait-il ainsi s'il n'y trouvait pas son avantage! Jetez ce chapeau ducal, Masaniello, c'est un présent funeste; rendez-le aux Espagnols auxquels vous auriez dû le laisser!

Masaniello écoutait silencieux et immobile. Les paroles inspirées de l'étrangère semblaient faire quelque impression sur lui, mais il se raidissait pour n'en pas reconnaître la justesse.

— Il est trop tard! dit-il enfin d'une voix sourde. J'ai accepté le chapeau ducal — je ne puis le rendre!

— Est-il jamais trop tard pour bien **faire**! s'écria la visiteuse. Jetez loin de vous ce signe de servitude, mais faites-le sur l'heure si votre vie vous est chère!

— Qui êtes-vous pour me parler ainsi?

— Qu'importe! Ne le demandez pas — exaucez ma prière avant qu'il soit trop tard. Naples aura encore besoin de vous. Ce serait grand dommage si vous veniez à tomber victime de la duplicité espagnole!

— Le chapeau ducal ne m'empêche pas de servir mon pays!

— Ne vous y trompez pas! Ce présent d'un ennemi vous aliène la confiance du peuple; il gène votre liberté!

— Ce sont d'audacieuses paroles, signora! — Viennent-elles de vous?

— Le peuple parle par ma bouche!

— Ce n'est pas là son langage accoutumé. Vous méconnaissez le peuple! Il me suivrait au premier signal!

— Ne vous faites pas d'illusions sur votre pouvoir, Masaniello! Il peut s'effondrer en une nuit. Deux partis puissants, vos alliés jusqu'ici, sont sur le point de vous abandonner!

— Que voulez-vous dire?

— Rédoutez la vengeance des hommes noirs! La Compagnie de la mort est puissante. Ses membres ont fidèlement combattu avec vous — maintenant ils vous accusent de trahison.

Masaniello se redressa comme si une vipère l'eût piqué.

— De trahison! fit-il avec une colère contenue. Pensez-vous à ce que vous dites, signora?

— Je pense que je suis votre amie et celle de Fenella; je pense que je veux vous sauver!

— M'accuser de trahison! répéta le tribun d'une voix tremblante. L'envie peut seule parler ainsi!

— N'en croyez rien! Tant que vous étiez chef du peuple, les hommes noirs faisaient cause commune avec vous — maintenant leur confiance est ébranlée — ils vous soupçonnent, avec raison peut-être, de prêter une oreille trop favorable aux promesses tentatrices du duc!

— Je me suis toujours défié de ces hommes noirs!

— Naples a confiance en eux, cependant — Naples les estime!

— Qu'ont-ils fait pour cela?

— Peu de bruit et beaucoup de besogne. Ils ne se prodiguent pas en paroles, mais leurs actes tendent uniquement au bien du pays. Ils auraient été heureux de t'aimer, de t'honorer et de t'obéir si tu étais resté le Masaniello d'autrefois — mais ils n'ont plus confiance en toi. Ils te mépriseront autant qu'ils t'ont admiré s'ils ont un jour la certitude que tu te laisses gagner par les flatteries du duc, et si tu conserves ce chapeau ducal présent d'un ennemi détesté! — Mais ce n'est pas tout. J'ai été à Portici, à Amalfi, je sais maintenant ce que pensent les pêcheurs, tes frères, et j'ai vu germer partout la méfiance et le soupçon! Tremble, Masaniello. Redoute la vengeance du peuple?

— Les pêcheurs et les hommes noirs forment-ils le peuple?

— Les pêcheurs ont été les plus fidèles et les plus vaillants de tes compagnons. Ne les méprise pas, Masaniello!

— Sur mon âme, on croirait entendre ma sœur Fenella, exclama le tribun impatienté. La Muette de Portici a trouvé un éloquent interprète!

— J'ai vu Fenella, en effet. Je lui ai parlé, et ses gestes, ses signes douloureux m'ont laissé deviner l'angoisse qui torturait son âme. La Muette de Portici souffre et tremble pour toi! Elle te supplie, par ma bouche, de déposer ton pouvoir et de retourner à Portici! Ne reste pas sourd à ses prières! Ne repousse pas cette voix salutaire — c'est la dernière fois que tu l'entends sans doute! Retourne à tes filets — il en est temps encore! Défais-toi de cet oripeau qui couvre ta tête

— reste ce que tu étais et ce qui te faisait grand : le chef, le sauveur et le héros de Naples ! . . .

Masaniello regardait devant lui d'un air sombre. Il portait l'élégant chapeau ducal orné d'une étincelante agrafe — et c'était cette coiffure dont on lui demandait le sacrifice ! . .

— Advienne que pourra ! dit-il enfin d'une voix lente et ferme. Masaniello ne commet aucun mal ! Malheur à quiconque se poserait en ennemi !

— Je voulais te sauver, mais tu méprises mes avertissements ! s'écria la visiteuse. Eh bien, cours à ta perte ! Précipite-toi dans l'abîme ! Tu l'as voulu — Naples se détourne de toi ! . . .

Tout en parlant, l'étrangère gagnait lentement la porte. Masaniello fit un geste de la main comme pour repousser une voix importune, puis il resta un instant immobile, les yeux fixés sur le parquet où l'on eût dit qu'il lisait sa déstinée — quand il releva la tête, la visiteuse avait disparu — il était seul dans la pièce — seul avec les menaçants fantômes évoqués par cette mystérieuse inconnue.

— Partie ! murmura-t-il en regardant autour de lui. Elle est partie, mais ses paroles me seront une leçon ; je me méfiais déjà de ces hommes noirs, je sais maintenant que j'ai à les craindre ! Les craindre ! répéta-t-il avec un rire amer. Le contraire serait plus vrai ! Vous apprendrez à craindre Masaniello ; vous lui paierez vos injurieux soupçons, et vous ne pourrez pas dire que Masaniello ne sait pas récompenser chacun selon ses mérites ! D'où sortent-ils ces noirs compagnons ? Qui sont-ils ? Je le saurai — je leur arracherai leurs secrets ! A bas les masques, signori ! Voici Masaniello ! Avancez et répétez ce mot de trahison que j'entends encore ! Votre règne est fini — vous ou moi !

Le tribun, toujours couvert du chapeau ducal, se dirigea vers la porte et rentra dans la salle où travaillait le secrétaire.

Pietro et Cinzio s'y trouvaient. Masaniello les salua légèrement, puis il fit appeler le chef de la garde civique établie à l'Hôtel-de-Ville. Celui-ci ne tarda pas à paraître, et resta debout à quelques pas de la porte.

— Combien as-tu d'hommes à ta disposition? lui demanda Masaniello.

— Une trentaine environ!

— Y a-t-il des pêcheurs dans le nombre?

— Sans doute. Les pêcheurs forment au moins la moitié de la garde.

— Eh bien, fit impérieusement le tribun, on m'apprend que des hommes masqués, généralement connus sous le nom d'hommes noirs, occupent le port et le golfe, et s'y livrent, de leur autorité privée, à des actes que je ne puis approuver! Je suis las de cet abus de pouvoir, et je veux savoir enfin ce qui se cache sous le masque. Prends un nombre d'hommes suffisant, choisis les meilleures embarcations du port, et mets-toi à la recherche des hommes noirs. Tu les sommeras de se rendre à l'Hôtel-de-Ville et tu useras de violence, s'il le faut, pour les y amener.

Le chef de la garde écoutait avec stupéfaction et semblait se demander si le tribun avait bien tout son bon sens.

— Les hommes noirs, Masaniello? dit-il enfin en hésitant — mais, le peuple les honore — ils maintiennent l'ordre!

— Qui te parle du peuple, imbécile! s'écria Masaniello. Tu as entendu mon ordre? Exécute-le! —

— Et si les hommes noirs nous sont supérieurs en nombre?

— Tu feras chercher du renfort. Fais ce que je t'ai commandé! Va!

Le chef de la garde quitta la pièce —

Pietro et Cinzio avaient assisté silencieux à ce débat. Tous deux se regardaient avec inquiétude.

— As-tu mûrement réfléchi à ce que tu vas faire, Masaniello? dit enfin le vieux pêcheur dont l'émotion faisait trembler la voix.

— Est-ce une question ou un avertissement, Pietro? —

— Comme tu voudras! Les hommes noirs sont citoyens napolitains!

— Oui — des citoyens qui se cachent sous le masque! s'écria Masaniello avec humeur. Quiconque joue franc jeu n'a pas besoin de se déguiser!

— Tu as raison, Masaniello, dit Cinzio; nous sommes tout à fait de cet avis, et à ce propos, tu nous diras, je pense, qui est ce duc de San-Giorgio dont nous venons de voir la signature au-dessous d'une ordonnance assez impérieuse adressée aux habitants de Naples. Pour ma part, je ne connais pas de duc de ce nom!

— Ni moi non plus! murmura Pietro.

— Nous avons bien connu un duc qui nous donnait autrefois des ordres, qui nous accablait d'impôts — c'était un duc espagnol — qui sait, en définitive, si ce duc de San-Giorgio ne serait pas Espagnol aussi — — —

— Pas un mot de plus, Cinzio! s'écria le tribun d'une voix tremblante de colère.

— Laisse-le parler, et écoute-le! dit sévèrement le vieux pêcheur. Cinzio sait ce qu'il dit, je pense!

— Je dis seulement qu'il y avait autrefois un duc qui donnait des ordres au peuple, reprit Cinzio avec ironie. Ce duc là, Masaniello l'a battu — ce n'est donc pas de lui qu'il s'agit — mais voici qu'il en surgit subitement un autre — et voici, en outre, que ce même Masaniello qui a défait le duc d'autrefois, ce même Masaniello, dis-je, se montre maintenant avec un chapeau de duc! Sur mon âme, on dirait une farce de carnaval! Tout à l'heure, sur la place, d'honnêtes bourgeois — des pêcheurs aussi — m'ont demandé s'il était vrai que Masaniello portait un chapeau ducal. — C'est bien possible, mes braves, ai-je répondu; il aura dépouillé le duc d'Arcos de son couvre-chef et se le sera posé lui-même sur la tête pour braver le tyran! — Non, non, se sont-ils écriés, ce chapeau ducal lui a été offert par le vice-roi; il l'a accepté et l'on prétend qu'il le porte! Masaniello n'est plus le pêcheur de Portici, le guide et le chef des Napolitains! Ce n'est plus le vainqueur, le héros, l'idole du peuple — c'est le duc de San-Giorgio!

Cinzio s'arrêta pour reprendre haleine et pour constater les effets de son éloquence. Masaniello écoutait d'un air sérieux et sombre. Il n'avait pas essayé d'arrêter ce flux de paroles, mais il semblait plus irrité que confus.

— Parle, Masaniello! dit Pietro en se tournant vers le tribun, parle; est-ce vrai, ce qu'on dit dans le peuple?

— Et quand ce serait vrai? fit Masaniello en levant un regard provoquant et hautain sur le vieux pêcheur.

— Quand ce serait vrai! répéta lentement Pietro. On ne peut pas dire sur l'heure tout ce qui en résulterait, mais il me semble que Masaniello, s'il acceptait les faveurs de l'ennemi, ne serait plus ce Masaniello qui fut mon ami jadis, qui, jadis aussi, jura fidélité au peuple de Naples!

— Qui ose parler ainsi?

— Moi! répondit fermement le vieux pêcheur en se plaçant devant le tribun et en frappant du poing sa poitrine demi-nue. C'est moi, Pietro, qui ose parler ainsi!

— Et Pietro n'est pas seul de cet avis! s'écria Cinzio en prévenant la réponse, un peu vive sans doute, qui allait échapper au tribun. Bien d'autres pensent et parlent comme lui! Que disait-il ce serment prêté par le pêcheur de Portici? Tu en as passablement oublié la teneur, ce me semble, mais d'autres ont meilleure mémoire. D'autres te rappelleront ce que disait Masaniello debout sur le campanello. — « Dictez-moi le serment que vous exigez de moi, s'écriait-il, je le prêterai, et que Dieu me punisse si je le romps jamais! » — N'est-ce pas là ce qu'il disait, le pêcheur de Portici?

— Oui, ce furent ses paroles! dit solennellement Pietro.

— Et voici les tiennes, continua Cinzio, voici le serment proposé par Pietro à son ami Masaniello: « Jure de nous conduire à la victoire et à la vengeance. Jure de ne faire ni grâce ni quartier sans notre consentement — — —

— Tu l'entends! interrompit vivement le vieux pêcheur. As-tu tenu parole, Masaniello? Tu nous as bien conduits à la victoire, mais tu as arrêté la vengeance, tu as montré une pitié déplacée, tu as fait grâce sans notre consentement?

— A quoi tend ce reproche?

— Tu le demandes! Et Tito, l'infâme Tito, ne lui as-tu pas fait grâce?

— L'aviez-vous fait prisonnier?

— Pas de faux-fuyants! Es-tu toujours le Masaniello d'autre fois, dis? s'écria Pietro avec véhémence. L'es-tu toujours?

— Il n'y paraît guère! ricana l'impitoyable Cinzio. L'habit fait le moine, et Masaniello a changé avec sa coiffure — mais ce n'est pas tout! — « Tu seras notre chef et notre guide, disait encore Pietro dans cette nuit solennelle, mais jure de ne jamais donner accès dans ton cœur à des pensées ambitieuses. Jure de ne pas chercher à dominer! » — Et Masaniello jura! Il l'a oublié sans doute depuis qu'il est duc de San-Giorgio et qu'il porte la plume et la couronne! Respect au chapeau! Je propose qu'on le promène dans les rues au bout d'une hallebarde, et que tous les Napolitains soient tenus de se découvrir et de s'agenouiller sur son passage! Qu'en dis-tu, Masaniello?

Le pêcheur de Portici tremblait de colère et de rage. Sa main se tendait convulsivement vers l'épée qui reposait sur la table.

— As-tu tenu ton serment, Masaniello? dit Pietro en posant lourdement la main sur l'épaule du tribun. Parle, regarde-moi en face — c'est Pietro, le vieux Pietro qui te demande si tu as tenu le serment qu'il te dicta jadis?

— Etait-ce le rompre que d'accepter le chapeau ducal et de rendre Tito à son père adoptif? Vous êtes venus pour m'insulter et m'humilier, mais si vous pensez pouvoir le faire impunément, vous avez oublié que je suis Masaniello!

— Ne disais-tu pas tout à l'heure que tu avais accepté le chapeau ducal? fit ironiquement Cinzio.

— Oui, tu l'as dit! s'écria douloureusement Pietro. Tu es donc duc de San-Giorgio, duc par la grâce du vice-roi — mais tu n'es plus Masaniello!

Cinzio s'était reculé d'un pas, comme pour mieux juger de l'effet que produisait le fatal chapeau toujours posé sur la tête du tribun.

— Il n'y a rien à dire, c'est joli! fit-il en ricanant et en poussant Pietro. C'est joli, et nouveau surtout! Un pêcheur napolitain coiffé d'un chapeau de grand d'Espagne, ça ne s'est jamais vu! Quel dommage de n'avoir pas un peintre sous la main! Mes compliments, Altesse! Nous sommes les très-humbles serviteurs de votre Excellence et nous n'attendons pour nous retirer que le gracieux coup de pied — — —

— Te tairas-tu, langue de vipère! cria Masaniello incapable de se contenir plus longtemps. Un mot de plus et je vous fais jeter comme traîtres et rebelles dans les cachots de l'Hôtel-de-Ville!

Pietro bondit comme s'il eût été frappé en plein visage.

— Qu'as-tu dit? cria-t-il d'une voix menaçante. Traîtres — rebelles — et c'est à nous que tu parlais? Insensé! pour qui te prends-tu depuis que tu portes la livrée espagnole? Ne vas-tu pas frapper à mort le vieux radoteur qui te rappelle tes serments — tu en serais débarrassé une fois pour toutes! Dans les cachots de l'Hôtel-de-Ville — — sang de Dieu, c'est trop fort! Elle se montre à nu cette fois ton ambition — cette ambition maudite qui t'éloigne de tes amis et du peuple et qui te pousse à ta ruine...

La voix du pêcheur s'éteignit dans un hoquet convulsif. Le vieillard tremblait de tout son corps et retenait à grand' peine ses larmes prêtes à couler.

— Hé Masaniello, il me vient une idée, s'écria Cinzio qui voulait laisser à Pietro le temps de se calmer; prends-moi pour ton coureur, Masaniello — voilà bien longtemps que je désire une place de ce genre! Achète-moi une blouse bariolée et une marotte. Place à son Altesse sérénissime le duc de San-Giorgio! Faites place! A genoux, fainéants, bourgeois et pêcheurs qui avez versé votre sang pour votre patrie! A genoux! Vive le duc de San-Giorgio qui nous a délivrés du duc d'Arcos — pour nous fourrer sous sa propre pantoufle — hahaha — —

Cinzio riait d'un rire sauvage et jouissait de l'effet produit par ses paroles. On eût dit qu'il voulait provoquer le tribun, le pousser à quelque acte de violence ou voir combien de temps il supporterait ce sanglant persiflage.

Masaniello avait pâli de colère. Ses mains tremblaient.

— Hors d'ici! cria-t-il d'une voix sourde en étendant le bras vers Cinzio. Hors d'ici! Enmène-le, Pietro! Ma patience est à bout. Enmène-le — ou, sur mon âme, je le tue comme un chien!

— Va, Cinzio! fit impérieusement le vieux pêcheur. Tes paroles envenimées ne peuvent faire que du mal. Va — te dis-je!

— Ne viens-tu pas avec moi? Il me semble que nous n'avons plus rien à faire ici!

— Va toujours! Tu m'attendras sur la place!

Cinzio n'osa résister. Il sortit lentement en jetant un regard haineux sur le tribun.

Masaniello, pâle et tremblant d'émotion, s'appuyait contre la table sur laquelle il avait posé son épée. Le chapeau ducal couvrait encore sa tête. Pietro, debout à quelques pas, semblait en proie à de violents combats intérieurs. L'honnête pêcheur luttait entre l'irritation et le chagrin. Il comprenait enfin que Masaniello était perdu pour lui, perdu pour le pays, et cette certitude lui faisait éprouver une poignante douleur.

Un silence pénible régnait dans la vaste salle.

— Masaniello, s'écria tout à coup le vieux pêcheur entraîné par le désir de sauver son ami, Masaniello, reviens à nous. Regarde — c'est Pietro, ton vieux Pietro qui te tend la main. Reviens — il en est temps encore!

Masaniello saisit la main que lui tendait le vieillard et la serra vivement tandis qu'il contemplait avec émotion les larmes qui coulaient goutte à goutte sur les joues ridées de son vieil ami.

— Enfin, je te retrouve, Pietro! murmura-t-il.

— Je n'ai pas changé, moi; reprit tristement Pietro; c'est toi qui n'es plus le même! Défais-toi de cette parure suspecte, de ce vain titre que les ennemis de Naples t'ont conféré et que tout bon citoyen repousserait avec horreur! Tu laisses là ce nom de Masaniello, ce nom cher au peuple, pour signer duc de San-Giorgio, et tu échanges ton bonnet de pêcheur contre la coiffure détestée de l'Espagnol! Toi, Masaniello, le libérateur de Naples, le héros vainqueur, toi que le peuple a acclamé, tu te parerais d'oripeaux étrangers? Insensé! Tu te laisses séduire par de trompeuses promesses! Reviens à nous, Masaniello — reviens pendant qu'il en est temps encore!

— Je ne me laisse pas séduire, Pietro, tu peux m'en croire! Je poursuis énergiquement et sincèrement la reconnaissance des droits et des libertés de Naples!

— C'est ton intention, sans doute, mais l'ennemi est rusé et habile! Il multipliera sous tes pas les pièges et les embûches, et, sans que tu t'en aperçoives, tu perdras chaque jour du terrain! Ce titre de duc n'est qu'un vain leurre, un appât offert à ton ambition — repousse-le, Masaniello — tu hésites, je le vois! Dieu du ciel aide-moi à le sauver, à le rendre à sa patrie qui a besoin de tous ses enfants! N'auras-tu pas pitié de toi-même, Masaniello? Plus d'oripeaux, plus de titre, plus de compromis avec l'étranger! Reste ce que tu fus et ce qui fit ta gloire! Viens avec moi à Portici! Nous reprendrons les armes, si c'est nécessaire! Viens, Masaniello — suis-moi — —

— Pietro — — c'est mon bon génie qui parle par ta bouche! — —

— Merci, mon Dieu — il est sauvé! s'écria Pietro en joignant les mains et en contemplant avec une joie indicible le tribun qui s'était découvert et qui lançait loin de lui le chapeau ducal — bien, mon fils — maintenant il n'y a plus de duc de San-Giorgio, mais en revanche, Naples a retrouvé son héros. Tout s'arrangera maintenant!

— Emmène-moi — ramène-moi à Portici — murmura Masaniello — aide-moi! — et le tribun se jeta dans les bras ouverts du vieux pêcheur, comme pour lui demander de le sauver de lui-même.

— Partons! Vive notre beau pays! Vive Masaniello! s'écria l'ardent patriote qui croyait avoir sauvé Naples d'un danger pressant. Dieu m'a accordé une grande grâce; il m'a rendu un ami et la patrie a retrouvé le plus cher d'entre ses fils! Partons — — —

## Chapitre XIII.

### Le revenant du château.

On était au lendemain de l'entrevue qui avait eu lieu dans l'église des Carmélites. Tito, un peu remis des émotions terribles par lesquelles il venait de passer, s'était déclaré prêt à essayer de se rendre à Palerme ou dans quelque autre endroit d'où l'on pût avertir la flotille espagnole. L'audacieux favori ne redoutait pas le danger. Echappé, comme par miracle, à des périls sans cesse renaissants, il se croyait certain d'y échapper encore. Peut-être n'était-il pas éloigné de se croire sous la protection de quelque puissance occulte.

Le duc avait écouté silencieusement les offres de Tito et n'avait pas encore pris de décision à cet égard. Il se sentait de plus en plus sombre depuis que la sorcière du Vésuve avait réveillé en lui des souvenirs depuis longtemps ensevelis. Cet homme au cœur dur, en qui tout sentiment semblait éteint depuis la mort de la duchesse, cet homme avait dans son passé une époque fatale qui longtemps avait fait ombre sur sa vie. Le monde n'en avait jamais rien su, peut-être — seul, le morne tyran y songeait encore — puis l'oubli était venu — et cette page semblait à jamais fermée lorsque les sinistres paroles de la vieille l'avaient brutalement rouverte.

Le duc, assis à sa table de travail, avait déroulé devant lui le parchemin contenant les propositions de paix. Il le contemplait en silence, lorsque la porte s'ouvrit et livra passage au duquecito qui s'inclina respectueusement devant son père.

Le duc leva à peine les yeux.

— Qu'est-ce qui t'amène? demanda-t-il d'un ton glacial.

Don Alfonso réprima un soupir. L'accueil froid et presque méprisant de son père lui causait toujours une vive douleur,

— Je vous dérange, mon père, dit-il tristement, mais la communication que j'ai à vous faire est de la plus haute importance et ne souffre aucun retard.

— Qu'y a-t-il?

— Don Lorenzo del Anguila a quitté secrètement Naples dès le second jour de l'émeute.

— Je l'ignorais — est-il parvenu heureusement où il voulait aller?

— Oui, mon père! Dès qu'on a pu prévoir l'issue de la lutte, don Lorenzo s'est déguisé en moine. C'est sous ce costume qu'il a réussi à quitter le château, puis la ville, pour aller chercher du secours.

— C'est très-bien! Don Anguila a fait là une belle et bonne action! As-tu de ses nouvelles?

— Il vient d'arriver en personne après avoir couru les plus grands dangers, mais il n'a rien de bon à nous apprendre!

— Encore un message de malheur!

— Je vous en supplie, mon père, ne repoussez pas les propositions de paix qui vous ont été faites, reprit Alfonso qui semblait hésiter à communiquer au duc les nouvelles apportées par don Lorenzo. Nous n'avons aucun secours à attendre du dehors!

— Que s'est-il passé? Parle! Je veux le savoir!

— Eh bien, après avoir quitté Naples, don Anguila a réussi à se procurer un cheval, et, malgré des périls sans cesse renaissants, il a pu gagner le sud. Il est arrivé heureusement en Sicile, mais il a trouvé Palerme soulevé comme Naples!

— Soulevé — la rebellion aurait éclaté là-bas en même temps qu'ici?

— C'est probable! Quoi qu'il en soit, la garnison avait fort à faire à réprimer l'émeute, et l'on ne peut songer à du secours de ce côté-là!

Le duc regardait devant lui d'un air sombre.

— Je n'avais pas pensé à cette possibilité! murmura-t-il à part lui.

— Ce n'est pas tout, mon père! La flotille qui croisait depuis longtemps devant les côtes a pris le large pour faire des manœuvres. Elle se trouve maintenant en pleine mer!

— Sang de Dieu! — ces chiens de Napolitains le savaient lorsqu'ils ont osé me présenter leurs conditions! s'écria le duc — n'importe, ma résolution est prise et je n'y changerai rien!

— Puis-je la connaître, mon père?

— Je suis décidé à faire traîner les négociations en longueur jusqu'à ce que le secours arrive.

— Vous ne voulez donc pas la paix?

— La paix qu'on me propose serait une honteuse humiliation! Il suffit de gagner du temps et d'en profiter pour semer la discorde parmi les ennemis et pour écarter ce pêcheur qui se pare du chapeau ducal! C'est le plan de Tito, et je ne doute pas qu'il ne réussisse!

— Le plan de Tito — j'aurais dû m'en douter, murmura Alfonso — un plan méprisable — qui ne pouvait surgir que dans cette âme vile et basse! — — —

— Qu'est-ce que cela veut dire? Tu oublies que j'ai adopté ce plan et que je l'exécute! Quand on n'a pas la force pour soi il faut employer la ruse! Ce n'est pas ton avis, je le sais, mais tes rêves insensés, tes folles idées de générosité ne feraient qu'accroître les exigences des rebelles — et ces insolents émeutiers n'ont certes pas besoin d'être encouragés! La suppression des impôts et l'amnistie ne leur suffisent plus — — —

— Ces concessions auraient suffi, mon père, si vous les

aviez faites dès le commencement de la révolte — aujourd'hui, il est trop tard !

— Aussi n'en ferai-je aucune ! J'attendrai ! C'est là tout ce qu'il y a à faire pour le moment ! La discorde ne peut tarder à se mettre parmi les rebelles. Il est impossible, en outre, que la flotille ne revienne pas ici tôt ou tard !

— Sans doute — mais il est douteux que le peuple consente à attendre aussi longtemps une décision. Le cardinal Filamarino est venu me voir aujourd'hui. Il affirme qu'un traité de paix — mais un traité loyal et sincère — peut seul mettre fin à l'état de choses actuel et empêcher le retour des hostilités !

— C'est bon, c'est bon ! Filamarino veut se faire bien venir du peuple. Qu'il m'épargne ses conseils !

— Ils sont plus sages et plus désintéressés que vous ne semblez le croire, mon père. Le cardinal m'a prié de les appuyer auprès de vous et je le fais d'autant plus volontiers que je suis convaincu de leur excellence. Je crois, avec Filamarino, que de réels sacrifices de votre part empêcheraient seuls une nouvelle effusion de sang !

— Encore ! Tu seras donc toujours l'avocat des Napolitains ?

— Si je plaide pour eux, c'est que j'ai la conviction qu'ils ne se sont pas soulevés sans raisons.

— Autant dire qu'ils ont été poussés à la révolte !

— C'est ce qui a eu lieu en effet, mon père ! Vous m'en voudrez, je le sais, mais je ne puis taire ce que mon cœur ressent ! Eh bien, le peuple ne se serait pas soulevé sans cette fatale exécution du comte Almaviva et sans les nouveaux impôts que de perfides conseils vous représentaient comme absolument nécessaires — — —

— Assez ! Je n'écoute pas plus les conseils perfides dont tu parles que les tiens propres ! s'écria le duc avec colère. Tu n'es qu'un rêveur juvénile, un enfant — et je ne tiens pas à entendre débiter plus longtemps de pareilles utopies.

Va — et change de manière de voir afin que je n'aie pas
à regretter que tu sois mon fils et mon successeur! Va!

Alfonso voulait répliquer, mais son père s'était levé et lui
montrait du doigt la porte. Le duquecito se détourna et sortit
en soupirant.

— Un rêveur! murmura le duc lorsqu'il fut seul; la man-
suétude de sa mère a passé en lui. Patience, il changera lui
aussi! Il veut prendre parti pour le peuple — il veut la
paix — insensé — heureusement, que ton père ne donne
pas dans de pareilles folies et qu'il n'est pas prêt encore à
te céder le pouvoir. J'ai été jeune comme lui, mais jamais
je n'ai connu les rêves humanitaires, les enfantillages dont
son imagination se repaît! C'est presque un miracle que cet
Alfonso soit mon fils! Il n'a rien de moi, rien qui m'attire
et me réjouisse! Tito m'est plus sympathique, sur mon âme!
je me retrouve en lui, et certes, il pourrait être bien plutôt
mon fils que ce duquecito mis au monde par la duchesse!
Pauvre femme, continua le duc, on dirait que je doute de sa
fidélité et elle était incapable de commettre une faute. C'est
le seul être que j'aie aimé — après la malheureuse Cedilla — — —

Deux domestiques parurent en cet instant. Ils venaient allumer les candélabres. Lorsqu'ils se furent éloignés, le duc
recommença son monologue.

— Elle mourut, elle aussi, murmura-t-il — il le fallait,
peut-être, pour que j'appartinsse tout entier, et sans influence
étrangère, à ma vocation vis-à-vis de l'humanité — cette
humanité que je n'ai jamais aimée et qui n'est, à mes yeux,
qu'une réunion de créatures mauvaises et méprisables! Oui,
des créatures qu'il faut écraser pour n'en être pas foulé aux
pieds — Naples vient d'en donner une nouvelle preuve. J'ai
été trop doux, je n'ai pas su terrasser le dragon, mais votre
tour viendra, insolents rebelles, vous sentirez ma main, je le
jure! Vous avez vu, jusqu'ici, le régent débonnaire — vous
apprendrez à connaître le tyran, le despote devant lequel

vous devrez ramper dans la poussière! Et ce pêcheur de Portici! Je le vois encore ce type de héros populaire, de chef rebelle — je le vois avec sa chemise ouverte, ses membres nus et le chapeau ducal sur la tête! Sang de Dieu, le plaisant spectacle! Tu nous a fait jouer là une étrange comédie, Masaniello, mais si tu ne tombes pas sous les coups de tes propres frères, tu paieras cher un jour et cette farce et les insolentes conditions que tu as osé me présenter! Meneurs, simples combattants, hommes noirs et soldats napolitains, vous expierez tous votre audace! Je me repaîtrai de vos râles et de vos convulsions! Il me faut un pêcheur pour chaque lettre de ce manuscrit, un bourgeois pour chacune des heures d'angoisse que vous m'avez fait passer, un membre de la Compagnie de la mort pour chaque soldat espagnol tombé dans la lutte — il me faut surtout un soldat napolitain pour chaque barbe de la plume qui flotte sur le chapeau ducal de Masaniello! Vous apprendrez à me connaître — ce n'est pas en vain que vous m'aurez appelé le tyran de Naples! J'en jure par mes ancêtres, la tuerie recommencera dans les rues et durera jusqu'à ce que vous ayez payé avec usure chaque goutte du sang que vous avez versé! — — —

Tout en parlant, le duc avait saisi le document qui contenait les conditions de la paix. Il le froissa avec colère, et le lança violemment sur le tapis.

— Vous avez vaincu, mais cette victoire vous reviendra cher, je le jure! s'écria-t-il d'une voix tonnante. Le chevalet de torture et l'échafaud fumeront de sang napolitain, et moi, j'applaudirai à vos souffrances. Vous n'aurez pas le dernier mot, mes maîtres! Le massacre de Naples n'est pas terminé, préparez-vous — la seconde et la plus belle partie va suivre! — —

La nuit était venue pendant ce long monologue. Le duc jeta un regard sur l'horloge de son cabinet et sonna.

Le valet de chambre parut et s'arrêta d'un air obséquieux à quelques pas de l'entrée.

— Gomez!

— Altesse?

— Vois-tu ce papier en torchon, là?

— Pour vous servir, Altesse!

— Prends-le, et mets-le sur le tapis, devant moi!

Gomez ramassa le papier et vint le poser devant son maître. Celui-ci contempla un instant le document froissé, puis il mit le pied dessus.

— Sais-tu ce que contient ce parchemin, Gomez? dit-il avec un sinistre sourire.

— Je l'ignore, Altesse!

— Eh bien, ce sont les conditions des rebelles, ni plus ni moins!

— Seigneur, quel baume pour mon âme! s'écria le bouffi personnage. Quelle satisfaction pour moi que de voir ce document impie sous les pieds de votre Altesse!

— Prends ce candélabre! ordonna le duc.

— Que faut-il faire de ce parchemin froissé, Altesse? Faut-il le clouer aux murs de la citadelle?

— Brûle-le et jette sa cendre au vent!

— Ces misérables rebelles! Ils ne respectent rien!

— S'est-il passé quelque chose de nouveau?

— Je crois bien! Don Miguel Riperda...

— L'ont-ils tué?

— Non, Altesse, c'est bien pire! Le Maure l'a d'abord traîné des journées entières à sa suite, puis don Riperda a été jeté dans un des cachots de l'Hôtel-de-Ville, mais ces monstres ne l'y ont pas laissé. Ils l'ont chargé de chaînes, ensuite, le noble marquis, le neveu du puissant prince Talima, a été cousu dans une peau de bœuf à laquelle on avait laissé les cornes. Il les a maintenant sur la tête, et qui pis est, on y a attaché des sonnettes qui carillonnent à cœur joie dès que le malheureux fait un mouvement.

— Quelle infamie! C'est une honte qui rejaillit sur l'Espagne entière!

— Ce n'est pas tout. Le noble marquis a été traîné dans cet accoutrement au travers de la ville. On l'a promené comme une bête curieuse, et voilà deux jours qu'il est attaché au pilori sur la place publique et exposé à cet ardent soleil. Dieu sait combien de temps ils l'y laisseront encore ! Il est là, avec ses cornes et ses sonnettes — on dirait un animal fabuleux — c'est à faire pitié !

— Ne pourrait-on le délivrer pendant la nuit ?

— Impossible, Altesse ! Il est soigneusement gardé ! Faut-il que ce noble seigneur, le neveu du prince Talima, supporte un pareil traitement ?

— Eclaire-moi, Gomez, ordonna le duc. Je veux me rendre au repos !

Le valet de chambre prit un candélabre et précéda son maître au travers de plusieurs pièces somptueuses. Ils arrivèrent enfin dans la chambre à coucher. Gomez offrit alors ses services au duc, mais celui-ci déclara qu'il se coucherait à moitié habillé, comme les nuits précédentes, puis il congédia son valet de chambre qui s'éloigna avec un sensible plaisir, heureux qu'il était d'aller enfin chercher le repos.

Personne ne veillait dans les pièces voisines. La chambre occupée par Gomez se trouvait à quelque distance de celle de son maître, mais une cloche les mettait en communication et permettait au duc d'appeler à toute heure son obèse valet.

Les candélabres accrochés au mur versaient une lumière mate dans la vaste pièce où se trouvait le duc. Gomez avait remporté le chandelier à bras dont il s'était servi pour précéder son maître, et le fond de la chambre n'était éclairé que par une petite lampe d'or brûlant devant une admirable madone peinte dans une niche.

Le duc d'Arcos avait détaché son épée. Il allait se jeter sur ses coussins de soie lorsque son regard tomba sur la madone — —

Le sanguinaire tyran, le sombre despote dont l'âme ne

connaissait ni compassion ni pitié, le vice-roi au cœur dur traversa la pièce, plia le genou devant l'image de la mère des affligés et marmotta rapidement quelques mots de prière — —

En cet instant, la porte qui s'était refermée sur Gomez s'ouvrit avec impétuosité et le valet de chambre parut sur le seuil. Il était pâle, ses traits altérés trahissaient l'épouvante et l'effroi, et ses mains tremblantes ne soutenaient qu'avec peine le chandelier qu'il avait emporté quelques minutes auparavant.

Le duc s'était relevé et considérait avec une surprise mêlée de colère l'importun qui faisait irruption dans sa chambre au mépris de toute étiquette. Il allait l'apostropher vivement lorsque Gomez se jeta à ses pieds en laissant tomber le candélabre, les bougies s'éteignirent sur le tapis et la pièce se retrouva dans une demi-obscurité.

Le gros valet de chambre, si fier et si gonflé à l'ordinaire, offrait en cet instant un aspect digne de pitié.

— Grâce, Altesse — grâce, murmura-t-il d'une voix éteinte, tandis qu'il regardait tantôt le duc, tantôt la porte — grâce !

— Qu'est-ce que cela signifie ? répondit sèchement le vice-roi. Que s'est-il passé ? Parle !

— Le revenant — le revenant du château — balbutia Gomez.

— Le revenant du château ? Que veux-tu dire, imbécile ?

— Le comte — Almaviva — Altesse ; le comte ! soupira Gomez en montrant la porte. Il est là — dans le corridor — je l'ai vu, de mes yeux vu — et ce n'était pas une ombre — c'était Almaviva en chair et en os — grâce !

— Lève-toi ! Rallume les bougies et suis-moi ! fit impérieusement le duc.

— Au nom des saints, Altesse — permettez-moi plutôt de verrouiller la porte !

— Suis-moi ! répéta le duc en se dirigeant vers une table sur laquelle il prit son épée.

— Miséricorde, Altesse, cela finira mal — Gomez se tut, les paroles expiraient sur ses lèvres. Il s'était levé et reculait en chancelant tandis que son bras raidi montrait l'entrée de la chambre.

Le duc tressaillit à son tour et fit involontairement un pas en arrière. Il avait aperçu dans la pénombre de la porte les contours obscurs d'un homme portant un ample manteau noir rejeté sur l'épaule et un chapeau noir à large bord. On eût dit Almaviva en personne. Le duc d'Arcos avait pâli, mais il réprima bientôt un premier mouvement de frayeur et s'avança résolûment au-devant de son mystérieux visiteur.

— Encore! s'écria-t-il avec colère. Encore ce mauvais plaisant qui vient jouer au revenant dans la citadelle! Je suis las de ces farces! A bas ce déguisement de comédie! Qui êtes-vous?

— Regardez et voyez! fit une voix sourde. En même temps, l'étranger soulevait son chapeau et enlevait le masque noir qui lui couvrait la figure.

Gomez poussa un cri étouffé — et le duc lui-même recula d'horreur et d'effroi — il avait reconnu le peintre Ancillo Falcone — le peintre mis à mort par Marcos! — — c'était donc lui, c'était le supplicié qui hantait le château, lui qui reparaissait comme une ombre vengeresse dans la demeure du tyran qui l'avait livré au bourreau!

Le fantôme s'était arrêté à quelques pas de la porte et fixait un œil menaçant sur le duc d'Arcos dont les cheveux se dressaient d'épouvante.

— Fais ta paix avec le peuple! dit-il tout à coup d'une voix lente et basse qui résonnait étrangement au milieu du silence. Accepte les conditions contenues dans le traité de paix, et jure, à l'autel, de les remplir fidèlement — sinon ta perte est certaine! — —

— Le peintre Falcone! murmura le duc en faisant un effort désespéré pour retrouver son calme et sa présence d'esprit, et pour se mettre en état de défense. Impossible de s'y tromper, le duc n'était pas le jouet de son imagination ou de quelque vaine ressemblance. Ce pâle Napolitain, aux cheveux noirs et flottants, c'était Falcone ou son ombre. Il fallait s'en emparer, mettre enfin en lieu sûr cet être mystérieux qui semait la terreur sur ses pas, et, cette fois, le duc n'avait qu'à faire cerner l'aîle où se trouvait la chambre à coucher pour que l'audacieux revenant ne pût lui échapper.

Il se tourna vers Gomez qui se tenait, pâle et tremblant, derrière lui, et, lui montrant une seconde porte donnant accès dans une pièce attenante, il lui fit signe d'aller chercher du renfort.

Cet ordre muet était à peine donné que Gomez, heureux d'en être quitte pour la peur, se précipitait hors de la chambre à coucher et disparaissait en criant dans les salons voisins.

— Ombre ou fantôme, retire-toi d'ici! s'écria le duc qui avait retrouvé son assurance. Je ne puis rien contre un esprit, mais si tu es de chair et d'os, tu paieras cher ton audace, je le jure!

— Cesse tes menaces insensées, répondit le revenant de sa voix grave et creuse. Tu es en ma puissance et le moindre coup de ma main te serait mortel!

— Eh bien, reçois toujours celui-ci — et le duc, ivre de colère, fondit, l'épée nue, sur l'étrange visiteur toujours immobile près de la porte.

La lame, dirigée sur la poitrine de l'inconnu, heurta bruyamment un corps sec et dur et vola en éclats. Un de ses morceaux frappa le duc à la tête. Il fit quelques pas en arrière, chancela, et s'affaissa sur le tapis tandis que le sang sortait à flots de sa blessure.

Le fantôme le considéra un instant, puis il fit entendre un ricanement sinistre, et disparut dans les corridors de l'antique château.

Quelques minutes plus tard, Gomez reparaissait courageusement dans la chambre à coucher du duc avec le capitaine Selva et dix de ses hommes — plus de fantôme — l'apparition s'était évanouie, mais le duc gisait sur le tapis au milieu d'une mare de sang. Sa main droite tenait encore convulsivement la poignée de l'épée dont un des éclats, souillé de sang, était tombé à quelques pas.

Les domestiques relevèrent leur maître et le placèrent sur son lit, tandis que la garde se mettait à la recherche du fantôme. Le médecin, appelé en toute hâte, pansa la blessure qui ne présentait aucune gravité, et réussit, après quelques efforts, à rappeler le duc à la vie.

Pendant ce temps, Selva et ses hommes fouillaient vainement le château. Les perquisitions les plus minutieuses n'amenèrent aucun résultat. Le revenant avait disparu comme il était venu, et chacun resta persuadé qu'une ombre vengeresse hantait l'antique citadelle et devait y porter tôt ou tard la malédiction et la mort.

## Chapitre XIV.

### Un mort ressuscité.

Revenons, une fois encore, à cette nuit où Hassan, Teresita et les trois brigands s'étaient rendus au pavillon pour y délivrer Cesare dont ils ignoraient la fin tragique.

Nous avons vu comment cette audacieuse entreprise fut déjouée. Les hommes noirs avaient été plus vigilants et plus rusés que ne le pensaient leurs adversaires. Ils se tenaient sur leurs gardes, et les cinq personnages qui avaient osé les attaquer expiaient par la mort cette folle témérité.

L'affaire terminée, les hommes noirs, pressés d'exécuter différentes missions, quittèrent en toute hâte le pavillon, remettant à plus tard le soin d'ensevelir les cadavres toujours étendus sur les marches de la terrasse.

Hassan, atteint par un léger coup d'épée, avait étendu les bras et s'était affaissé comme un homme mortellement frappé. Son adversaire, trompé par cette habile manœuvre, ne douta pas un instant que le Maure n'eût cessé de vivre. Ce n'était nullement le cas. Les frères de la mort s'étaient à peine éloignés qu'Hassan relevait la tête et regardait prudemment autour de lui. Sa mort n'avait été que simulée, et l'adroit bandit échappait, une fois encore, à la punition que ses crimes lui avaient méritée.

La lune versait une lumière incertaine sur la terrasse et sur les marches, mais Hassan avait reculé en combattant jusque vers la balustrade de l'escalier. Les arbres la couvraient de leur ombre. Rassuré par cette obscurité et par le silence profond qui régnait autour de lui, Hassan se redressa peu à peu, promena de tous côtés ses regards perçants et inquiets, puis il examina longuement sa blessure. Il avait été frappé entre l'épaule et la poitrine et souffrait cruellement, mais aucune partie vitale n'avait été atteinte, et la blessure ne présentait aucun caractère dangereux.

Cet examen terminé, le Maure attendit quelques instants, l'oreille tendue au moindre bruit. Rien ne remuait. La terrasse et le parc étaient également silencieux. Hassan dirigea alors son attention vers ses camarades couchés à quelques pas dans les postures les plus diverses ; tous étaient bien morts ; lui seul avait échappé grâce à sa ruse et à son adresse.

Seul il vivait encore, mais il n'était pas sauvé pour cela. Le parc récelait sans doute quelques-uns de ces maudits hommes noirs ; surpris par l'un d'eux, le fugitif eût reçu immédiatement le coup de grâce. La position était singulièrement dangereuse, et Hassan ne se le dissimulait nullement.

Il écouta quelques instants encore, puis il se blottit à l'ombre de la balustrade et commença à se laisser glisser doucement d'une marche à l'autre. Rien ne vint interrompre sa descente. Il atteignit heureusement le bas de l'escalier, et quelques bonds le portèrent rapidement au plus épais des arbres et du fourré.

La chance le servait. Il retint à grand' peine une exclamation de joie sauvage, et voulut continuer sa route dans le parc, mais le mouvement irritait sa blessure. Les douleurs devenaient plus vives et Hassan fut forcé de s'arrêter pour les laisser se calmer.

Il profita de cet instant de repos pour réfléchir à ce qu'il avait à faire et pour sonder les ténèbres qui l'environnaient. Ni ses yeux ni ses oreilles ne découvrirent rien de suspect. C'était le moment de fuir. Il fit un violent effort pour oublier la souffrance et recommencer à marcher, et bientôt il se trouva au pied du vieux mur d'enceinte qui enfermait le parc.

Il lui paraissait dangereux d'utiliser le portail, mais comment escalader le mur? C'était cependant l'unique moyen qui lui restât de fuir cette verdoyante prison. Il fallait l'utiliser à tout prix! Il examina longuement les arbres du voisinage et en découvrit un dont les longues branches dépassaient le mur. C'était là ce qu'il lui fallait! Hassan grimpait comme un chat et sa soif de liberté et de vengeance lui faisait oublier sa blessure. Il se hissa sur l'arbre, et trouva la branche qu'il cherchait, mais là encore il fut arrêté par les violentes douleurs que lui causait tout mouvement du bras. Il se mordit les lèvres, murmura d'horribles imprécations et se promit de faire expier cruellement à ses ennemis tout ce qu'il souffrait en ce moment.

Au bout de quelques minutes il reprit sa dangereuse ascension, atteignit enfin l'extrémité de la branche et se trouva sur le mur. Le reste était facile. Il se suspendit en dehors par le bras qui n'était pas blessé et sauta légèrement sur le sable humide du chemin.

— Voilà ce qui s'appelle ressusciter d'entre les morts! fit-il en se secouant. Ces hommes noirs feront une drôle de mine quand ils ne trouveront plus que quatre cadavres! Attention, mes maîtres, le cinquième vous donnera encore du fil à retordre! Il vous fera souvenir de cette nuit, et ne se reposera pas, je le jure, avant de vous avoir en sa puissance, vous et ce maudit pêcheur de Portici! Mort et damnation — quelle torture! Ce bras me fait un mal d'enfer — mes jambes sont toutes tremblantes — Hassan, mon fils, pense à toi tout d'abord! Où aller pour te faire soigner?

Le Maure frappa sur sa poche qui rendit un son argentin.

— Bravo! Il me reste encore quelques bons petits ducats, fit-il avec une grimace de satisfaction — et je connais un endroit où je serai en sûreté. Allons, Hassan, un dernier effort — mille diables — on dirait le feu de l'enfer — —

Le Maure longea le mur, prit, en jurant, la direction de

la ville, traversa quelques quartiers déserts, et atteignit enfin la rue Muraglia.

Malgré l'heure avancée, la taverne où nous avons déjà conduit nos lecteurs était encore éclairée.

Hassan était prudent. Il approcha à pas de loup de la fenêtre la plus voisine et inspecta longuement l'intérieur du cabaret.

La vieille hôtesse occupait toujours le fond de la salle. Après la mort violente de Luallo, elle avait pris un nouveau factotum avec lequel elle semblait déjà en fort bons termes. Tous deux causaient familièrement, tandis que trois matelots assis à une table voisine remplissaient la taverne du bruit de leurs joyeux propos.

Tommeo, le nouveau domestique, gros joufflu à l'air hébété, quittait justement la salle pour aller chercher quelque chose dans la cour.

Hassan profita de l'occasion pour se dispenser d'entrer dans la taverne. Il se glissa dans la cour dont la porte était encore à demi ouverte et rejoignit vivement le domestique.

— Pst, l'ami, fit-il en s'approchant, pas si vite; j'ai quelque chose à te dire!

— Un Maure — murmura Tommeo — d'où venez-vous donc?

— Peu importe. Je cherche un gîte pour quelques jours!

— Un gîte?

— Eh oui! Il me faut un lit pour quelques jours et quelques nuits. Je suis un peu malade et je voudrais me soigner. Je paierai ce qu'il faudra!

— Adressez-vous à l'hôtesse!

— Pourquoi faire? Je ne tiens pas à entrer. Tu sais aussi bien que ta maîtresse si vous pouvez me loger!

— Si j'étais sûr que vous paierez — — dit Tommeo avec hésitation.

— Connais-tu ça, l'ami? fit le Maure en sortant un ducat d'or de sa poche et en le faisant étinceler à la lumière de la lanterne d'écurie que tenait Tommeo.

— Eh bien, venez! Voulez-vous loger là-haut ou là-bas? demanda le valet en montrant d'abord le haut de la taverne, puis les écuries situées dans la cour.

— Là-haut, là-haut! fit Hassan d'un air important. On a de quoi payer!

— N'êtes-vous pas le domestique du duquecito?

— Je l'ai été! Maintenant je suis libre. En avant!

Tommeo conduisit son hôte à l'étage supérieur de la maison et l'introduisit dans une pièce étroite et basse contenant un lit, une table et quelques chaises de jonc.

— Apporte-moi de l'eau fraîche, l'ami, dit le Maure qui se soutenait à peine et qui se laissa tomber lourdement sur le lit.

Le domestique sortit. Il revint au bout de quelques minutes, posa sur la table une cruche d'eau et une petite lampe et s'éloigna.

Hassan se mit alors en devoir d'ôter sa veste. Il y réussit, non sans peine, et commença à laver sa blessure qui lui faisait éprouver les plus vives douleurs. La fièvre le secouait, il frissonnait, et ses souffrances augmentaient encore son exaspération contre les hommes noirs.

Il ne put fermer les yeux, malgré sa lassitude. Ce ne fut que le lendemain que ses douleurs s'apaisèrent. Il s'endormit alors et si profondément qu'il n'entendit pas la porte s'ouvrir et livrer passage à la vieille hôtesse. Elle contempla curieusement ce nouvel hôte plongé dans le plus profond sommeil, puis elle disparut comme elle était venue.

Vers le soir Hassan se réveilla. Il se leva, appela Tommeo, se fit apporter de l'eau fraîche et quelques fruits, et recommença les compresses qui l'avaient si fort soulagé.

Le jour suivant les douleurs s'apaisèrent. La fièvre parut céder et la faim commença à se faire sentir. Hassan constata

avec une intime satisfaction que sa blessure commençait à
se fermer. Il mangea de bon appétit, et, la nuit venue, il
s'endormit en se disant qu'avant peu il pourrait se remettre
en campagne.

Le lendemain, il était presque complétement remis. Il
pansa sa blessure, répara de son mieux le dommage causé à
sa veste par le coup d'épée, puis il paya sa dépense, et vers
le soir il quitta la taverne en ruminant un plan éclos le
même jour dans sa fertile cervelle.

— Oui, c'est ça — murmurait-il à part lui, en suivant
lentement la rue Muraglia, ça réussira! Je ferai le repentant
auprès de Masaniello, et je m'offrirai à lui livrer ces hommes
noirs qu'il redoute et qui lui font obstacle. Il me vengera
de ces damnés compagnons, il les anéantira — après quoi
ce sera son tour! Il me sera facile de le renverser ou de le
tuer de ma main, s'il le faut! A l'œuvre, Hassan, vite en
besogne! Les hommes noirs et Masaniello écartés, qui pourrait m'empêcher de me mettre à la tête du peuple et de
conduire les révoltés! C'est tentant! Le domestique du prince
jouera son rôle à Naples, et un rôle qui vous fera trembler,
riches canailles! Hassan vous foulera aux pieds, vous autres
blancs qui faisiez de lui un esclave, un objet de mépris!
Vous apprendrez ce que c'est que d'obéir! Hassan remplira
ses poches de votre or et de vos richesses; il se parera de
vos vêtements les plus précieux — croyez-vous qu'ils ne lui
siéront pas comme à vous? L'esclave veut être maître un
jour — quoi de plus juste! A Masaniello d'abord! Mais il
s'agit de bien jouer son rôle, ce damné pêcheur y voit clair,
— s'il allait me faire jeter de nouveau dans les cachots de
l'Hôtel-de-Ville — ce serait fatal! Bah — je lui ferai venir
l'eau à la bouche en lui promettant de lui livrer les hommes
noirs — j'en ai joué de plus malins que lui — et finalement
je resterai vainqueur! — —

Tout en monologuant ainsi, Hassan était sorti de la rue

Muraglia et se dirigeait vers l'Hôtel-de-Ville où il espérait trouver Masaniello.

La nuit tombait. Le Maure se glissait avec précaution le long des maisons, évitant de se montrer et d'être reconnu. Il atteignit heureusement le but de sa course et monta les larges degrés qui conduisaient à l'antique édifice.

Un pêcheur en armes vint au-devant de lui et lui demanda ce qu'il voulait.

— Je veux voir le grand Masaniello, le chef du peuple, répondit Hassan. J'ai une communication importante à lui faire. Conduis-moi auprès de lui !

— Toi ? N'es-tu pas Hassan, le Maure, l'associé des brigands ? fit le pêcheur avec mépris.

— Chacun peut faillir, répondit Hassan d'un air humble. Je regrette ce qui s'est passé — sans cela je ne serais pas ici. J'y viens volontairement d'ailleurs ! Conduis-moi vers Masaniello — j'ai un message secret à lui transmettre !

— Masaniello n'est pas ici !

— Pas ici ? Et depuis quand ?

— Depuis hier au soir !

— Où est-il ?

— A Portici — dans sa chaumière !

— Comment — Masaniello est dans sa chaumière ? Et qu'est-il advenu du soulèvement du peuple ? Masaniello à Portici ? A-t-il renoncé à son poste ? N'a-t-il plus rien à faire ici ?

— Il reviendra quand il le jugera nécessaire, je pense !

— Oho — je comprends, fit le Maure en hochant la tête, le peuple veut être libre tout de bon !

— Va à Portici, si tu as vraiment quelque message important, répondit le pêcheur. Là-bas, comme ici, Masaniello est toujours le premier des Napolitains.

Hassan réfléchissait.

— Hum — aller à Portici, fit-il à demi-voix, ce n'est guère la peine. Masaniello n'y restera probablement pas long-temps; il pourrait se passer maintes choses en son absence.

— Que veux-tu dire?

— Eh bien, je veux dire que d'autres pourraient vouloir prendre sa place!

— Ce n'est pas tout que de vouloir, il faut pouvoir, fit ironiquement le pêcheur.

— N'as-tu rien entendu dire des hommes noirs, ces jours?

— Non, ils sont là-dehors, sur l'eau!

— C'est-à-dire qu'ils se rendent maîtres du port — ce n'est pas bête, ça, car enfin, qu'est-ce que Naples sans son port? Ils commencent par l'eau, peu à peu ils viendront sur terre ferme, et — — —

— Ça ne nous regarde pas! fit le pêcheur en se tournant avec indifférence et en recommençant sa promenade sur l'escalier.

Hassan quitta la place et prit immédiatement le chemin de Portici. Il pouvait, en bien marchant, arriver vers minuit au village des pêcheurs. Masaniello dormirait peut-être déjà — —

Les yeux du Maure étincelèrent — — —

Si Masaniello dormait, un ennemi rusé et habile pouvait s'en défaire sans danger. Il faudrait alors changer de plan, mais le tribun serait toujours écarté. Ce serait autant de fait! Hassan mit la main dans sa ceinture et se convainquit avec satisfaction que son poignard s'y trouvait encore.

Masaniello écarté, sa place serait libre. Le Maure se le répétait tout en cheminant à pas précipités vers Portici. Pourquoi lui, Hassan, n'essaierait-il pas de gagner le peuple et de se faire élever à son tour sur le pavois? La chose ne lui paraissait pas fort difficile. Quelques harangues en place publique, l'excitation au désordre et au pillage, au besoin, le meurtre de quelques prisonniers espagnols, en fallait-il davantage pour entraîner la populace et se faire acclamer par elle?

Hassan croyait entendre déjà les bravos et les cris de la foule; il s'enivrait à la seule idée de se trouver un jour à la tête du peuple, de ce peuple imbécile qui s'était laissé conduire par Masaniello et qu'il guiderait enfin, lui, Hassan, vers l'égalité et la liberté. Il se voyait à la tête de ses hordes, tuant, pillant, écrasant les riches et les heureux, et livrant le pays à l'anarchie la plus complète.

Tandis qu'il se repaissait de ces tableaux et que sa noire figure s'animait d'une joie diabolique, il avait atteint Portici.

La chaumière de Masaniello lui était bien connue — il l'avait examinée en tous sens alors qu'il était encore le domestique du prince et qu'il transmettait à la belle Fenella les messages du duquecito. La Muette, il le savait, occupait une petite pièce à l'écart; il n'avait donc pas à redouter sa présence; la seule circonstance fâcheuse c'était que le pêcheur de garde à l'Hôtel-de-Ville fut informé de sa visite à Masaniello, et pût le dénoncer comme coupable, si le tribun venait à être assassiné cette nuit-là.

La chose ne laissait pas que d'être embarrassante. Le pêcheur de Portici avait encore de nombreux partisans et son meurtrier courait grand risque d'être lapidé. Hassan ne se sentait aucun goût pour le martyre; il fallait donc trouver quelque moyen plus sûr de se défaire du tribun.

Tout à coup, le noir démon exécuta quelques joyeuses cabrioles. Volontiers, il se fut embrassé lui-même. Il avait une idée, mais une idée excellente et qui ne pouvait manquer d'être fertile en résultats.

Il voulait pénétrer silencieusement dans la chaumière, surprendre Masaniello pendant son sommeil et lui briser le crâne à l'aide de la hache toujours accrochée à la paroi. Avec un peu d'adresse et de sang-froid, le crime pouvait se commettre sans bruit, et sans que la victime eût le temps d'appeler au secours. L'affaire faite, Hassan ressortirait prudemment. Une

fois au-dehors, il frapperait à coups redoublés. Fenella viendrait ouvrir, sans doute, et le Maure lui expliquerait alors
qu'il avait vu quelques-uns des hommes noirs rôder dans le
voisinage et qu'il l'avait appelée pour qu'elle en avertît Masaniello. La Muette trouverait son frère assassiné et ce serait
alors pour Hassan le moment de jouer adroitement son rôle.
Il appellerait les pêcheurs à l'aide, accuserait les hommes
noirs, crierait, se démènerait et courait enfin à Naples pour
dénoncer le crime commis par les frères de la mort, et appeler sur eux la vindicte publique.

Le plan était habilement conçu. Il devait du coup porter
son auteur au but qu'il se proposait. Le tout était de le
faire réussir, mais Hassan se fiait à sa ruse et à son adresse
et le succès lui paraissait certain.

Minuit avait sonné aux horloges de Naples — c'était le
bon moment! Hassan pressa le pas. Il quitta la route, et se
glissa comme une ombre vers la demeure de Masaniello.

La maisonnette du tribun était à demi cachée par une espèce de veranda garnie de vigne et dont les perches servaient
parfois à étendre les filets. Le Maure n'en était plus qu'à
quelques pas lorsqu'il s'arrêta tout à coup ; il avait cru voir
un filet de lumière sortir de l'étroite fenêtre encadrée de
verdure —

Masaniello était-il encore debout ou bien avait-il oublié,
en s'endormant, d'éteindre la petite lampe à huile ou bien
encore, se trouvait-il sur mer, et Fenella l'attendait-elle?

Quelle qu'en fût la cause, cette lumière paraissait singulièrement importune à Hassan. Il se blottit sous les buissons,
près de la grosse pierre contre laquelle la Muette avait si
souvent attendu l'arrivée du duquecito, mais l'impatience ne
tarda pas à le chasser de cette retraite. Il se releva et s'approcha avec précaution de la veranda —

Ses yeux de lynx plongèrent avidement dans l'intérieur de
la chaumière —

Masaniello était assis près de la table sur laquelle brûlait la petite lampe. La tête appuyée sur sa main, il regardait devant lui d'un œil sombre. Le sommeil semblait fuir ce chef du peuple retiré du théâtre de la lutte — ses yeux noirs, étincelant d'un feu sauvage, montraient clairement que sa retraite ne lui avait rendu ni le repos ni la paix.

Que se passait-il dans cette âme? L'orgueilleux tribun regrettait-il d'avoir écouté les sages conseils de Pietro? Soupirait-il après l'équivoque parure dont sa tête avait été couverte et qu'il avait jeté loin de lui dans un moment d'entraînement?

La tête crépue d'Hassan s'était collée à la petite fenêtre. Le Maure examinait attentivement Masaniello et semblait deviner ses tourments.

Le pêcheur de Portici étouffait dans sa chaumière. Il n'attendait qu'une occasion pour retourner à Naples — et cette occasion, Hassan voulait la lui offrir. Le Maure revenait peu à peu à son premier projet consistant à se servir tout d'abord du tribun pour l'anéantissement des hommes noirs, sauf à le renverser ensuite.

Hassan quitta doucement la fenêtre, s'approcha de la porte à demi ouverte et y passa la tête.

— Masaniello! dit-il d'une voix contenue.

Le pêcheur tressaillit. On eût dit que cet appel répondait à ses plus secrètes pensées. Il releva vivement la tête et la tourna vers l'entrée, mais l'obscurité qui y régnait ne lui permit pas de reconnaître tout d'abord son visiteur.

— Qui va là — que me veut-on? demanda-t-il.

— Est-ce permis d'entrer, Masaniello? C'est quelqu'un qui regrette le passé et qui revient à toi — — —

— Le Maure? fit Masaniello avec humeur.

— Oui, Hassan, le Maure! répondit l'adroit coquin en se faufilant dans la chaumière. Hassan qui vient à toi pour te prouver qu'il est changé. Si ce n'était pas sérieux, je ne me livrerais pas ainsi entre tes mains. Je suis en ton pouvoir, tu le vois!

— Qu'as-tu à me dire?

— Une ou plusieurs choses — cela dépendra de toi. C'est, tout d'abord, une communication secrète, de la plus haute importance pour le chef du peuple — une communication concernant les hommes noirs. Tu les hais, je le sais, ces insolents personnages; tu les hais comme moi et comme beaucoup d'autres à Naples. Eh bien, si tu veux écouter tout ce que j'ai à te dire, il dépendra de toi de te débarrasser de ces frères de la mort; il est de ton devoir d'exterminer une société qui usurpe le pouvoir et qui, sous le voile du mystère, commet les actes de violence les moins justifiés! Masaniello, le héros vainqueur, le dieu du peuple, n'a-t-il pas pour mission de mettre fin à tant d'abus? Ce n'est pas tout — le peuple est inquiet et mécontent de ton absence! Masaniello à Portici? dit-on. Ce n'est pas vrai! C'est impossible! Notre Masaniello, le grand, le brave Masaniello nous délaisse?

Le pêcheur s'était levé brusquement.

— Qui dit cela? s'écria-t-il. Qui donc ose prétendre que je déserte lâchement la cause de Naples?

— C'est ce que j'ai demandé, moi aussi. La ville était agitée. Le peuple se rassemblait sur les places pour commenter ton départ et s'en plaindre. — « Vous vous trompez, ai-je dit à qui voulait l'entendre. Masaniello ne nous abandonne pas, il ne nous abandonnera jamais ; s'il est parti, c'est que vous ne remettez pas tout pouvoir entre ses mains, comme il le mérite, et comme il faut que cela soit si vous voulez qu'il maintienne l'ordre ! » — « Eh bien qu'il revienne, criait-on de tous côtés; qu'il revienne! continua le rusé personnage en observant attentivement le tribun. Nous voulons le ravoir. C'est notre chef, notre héros! Ramenez-le! Ramenez-nous le vaillant pêcheur de Portici! Que deviendrait Naples sans lui! »

— On a dit cela? fit le tribun avec émotion.

— Cent voix l'ont répété. On a dit bien d'autres choses — mais tu me traiterais de flatteur si je te les rapportais. Naples est dans le deuil et la tristesse. Naples pleure ton départ et te rappelle! Il faut que tu reviennes, Masaniello; tu ne peux pas laisser le pouvoir aux frères de la mort qui sont ravis de ta décision et qui mènent et gouvernent maintenant selon leur bon plaisir! Tu ne peux pas te livrer au repos avant que l'ordre soit rétabli et que la paix soit conclue! Veux-tu que ces maudits hommes noirs qui t'ont toujours été hostiles, qui t'ont fait obstacle partout où ils l'ont pu, recueillent les fruits de ton courage et de ta vaillance — veux-tu qu'ils portent tes lauriers, qu'ils se vantent d'avoir délivré Naples et qu'ils se parent de tes mérites? Si tu le veux, reste ici — mais ne te plains pas!

— Ils n'oseraient pas m'enlever ce qui m'est dû!

— Mais ils le font déjà! s'écria le Maure en s'approchant familièrement du pêcheur appuyé contre sa table. Ils jubilent de ce que tu leur abandonnes la place! Ne pas oser — tu les connais bien peu — mais je les connais, moi! Je connais leur gîte. Je connais également leurs plans — et si tu savais tout, tu n'hésiterais pas à les anéantir, à les écraser comme des serpents venimeux.

— Je me suis toujours méfié d'eux.

— Ils en veulent à ta vie, et, si tu tiens à le savoir, ils ont même essayé de trouver quelqu'un qui se chargeât de t'assassiner. Je le sais de source certaine, puisque c'est de moi qu'il s'agit. Ils ne sont pas bêtes ces hommes noirs. Ils savent que nous avons eu quelques démêlés, aussi, ils m'ont attiré dans leur tanière, et là, ils m'ont offert cent ducats d'or pour te faire disparaître. C'est la nuit dernière qu'ils m'ont fait cette belle proposition! J'ai eu l'air d'accepter, afin d'en apprendre davantage sur leurs projets, mais au fond j'étais parfaitement décidé à ne pas me laisser tenter, et à venir te révéler tout cela. Tu vois que je me suis tenu parole!

Masaniello arrêtait un regard scrutateur sur le Maure.

— Tu n'as sans doute pas trouvé leurs offres suffisamment

brillantes, dit-il froidement, sans cela, tu n'aurais pas regardé à un coup de poignard de plus ou de moins !

Hassan avait baissé la tête.

— Tu as une triste opinion de moi, Masaniello, dit-il d'un air humble et soumis. Je m'y attendais, mais cela ne m'a pas arrêté. Tu pourrais, cependant, me remercier autrement d'être venu t'avertir et t'offrir mes services. Je te répète que je puis te livrer toute cette noire confrèrie !

— Tu voudrais et tu pourrais le faire ?

— Je le puis — et je le veux, pour te prouver que je n'ai pas d'arrière-pensée, et que je suis sincère !

— Et pour me le prouver, tu trahis aujourd'hui ceux auxquels tu t'offrais hier — demain, tu trahiras celui que tu sers aujourd'hui — mais peu importe !... Où est le gîte des hommes noirs ?

— A Naples ! Je t'y conduirai, viens. Nous y serons avant le jour, et tu pourras faire vider ce nid de rebelles !

— Sais-tu leurs noms ?

— Non. Impossible de voir et de reconnaître leurs figures. Je crois qu'ils ne quittent jamais leurs masques. N'avais-tu pas donné ordre qu'on les arrêtât ?

— Je voulais opposer une barrière à leurs abus de pouvoir, mais les hommes envoyés contre eux n'ont pas su les trouver !

Le Maure sourit légèrement.

— C'était à prévoir, fit-il en se rapprochant de plus en plus de Masaniello. Vois-tu, continua-t-il familièrement, si tu veux prendre le renard avec ses petits, c'est dans son terrier qu'il faut aller le chercher !

— J'aurais mieux aimé savoir tout cela la nuit dernière !

— Pourquoi ? A cause de la garde ? Reviens seulement à Naples, et tu y trouveras autant de soldats qu'il t'en faut !

— Soit. Partons !

— N'est-ce pas un manteau, ça ? demanda le Maure en montrant un objet qui se trouvait sur le sol derrière Masaniello. Mets-le, il vaut autant qu'on ne te reconnaisse pas.

Tandis que le pêcheur se tournait sans défiance, et se baissait pour ramasser le manteau, Hassan arracha son poignard de sa ceinture et l'éleva pour en frapper Masaniello à la nuque —

La lame étincelante brillait déjà dans la main noire du bandit — il allait l'abaisser, et le noir démon riait déjà d'un rire satanique en contemplant sa victime lorsqu'il fut brusquement saisi par derrière. Une main de fer s'était abattue sur lui et le forçait à reculer — —

Cette attaque avait été si subite et si impétueuse que le Maure chancela et fut violemment séparé de sa victime —

La Muette de Portici venait d'apparaître à côté de lui. Fenella rentrait dans la chaumière. Hassan, tout entier à ses pensées de vengeance, n'avait pas entendu le bruit de ses pas, et la Muette était arrivée juste à temps pour repousser l'assassin et sauver ainsi son frère.

Debout, les yeux étincelants, pâle, menaçante, les mains levées vers le ciel comme pour en appeler à sa justice, elle foudroyait du regard le noir bandit qui reculait devant elle —

Masaniello s'était relevé et interrogeait des yeux la Muette —

Pendant ce temps, Hassan avait glissé comme une anguille jusqu'à la porte et disparaissait dans l'obscurité —

Fenella n'essaya pas de le poursuivre. Elle se retourna vers son frère, et lui fit comprendre, par signes, à quel danger il venait d'échapper. Masaniello, ému, passa son bras autour du cou de sa sœur, l'attira contre lui, et baisa tendrement le front de la pauvre enfant qui se serrait contre lui comme pour chercher dans ses bras secours et protection.

Sentait-elle que l'heure de la séparation approchait — quelque funeste pressentiment lui disait-il que le sort de son frère et le sien les poussait impitoyablement vers quelque catastrophe ? — —

Elle pleurait tout bas, tandis que Masaniello l'embrassait — puis, tout à coup, comme honteuse de sa faiblesse, elle s'arracha de ses bras et courut dans son réduit cacher sa douleur et ses larmes — —

## Chapitre XV.

### Brutus.

L'histoire ancienne et l'histoire moderne nous fournissent quelques exemples d'hommes animés d'un patriotisme si pur et si désintéressé que leurs noms seront éternellement répétés et éternellement offerts à l'admiration.

Brutus occupe une place à part parmi ces hommes de l'antiquité ; Brutus, le hardi Romain, qui, pour délivrer son pays d'un dictateur ambitieux, se fit le meurtrier de César, son bienfaiteur et son ami.

Amitié, reconnaissance, tout fut oublié ; les liens se rompirent, et le meurtre devint un devoir lorsque la patrie lui parut menacée par ce César qu'il avait si longtemps aimé. Ce fut de sang-froid que Brutus s'unit aux autres conjurés réunis au sénat ; de sang-froid aussi qu'il plongea son poignard dans le sein du dictateur, et le plus grand homme d'alors, le plus grand général de tous les temps tomba sous les coups de républicains aveuglés qui crurent servir leur patrie en immolant César.

Pietro, le vieux pêcheur était une nature semblable. Ame héroïque et pure, son patriotisme ne le cédait en rien à celui de Brutus. Une paternelle affection l'attachait au pêcheur de Portici. Il aimait et admirait Masaniello ; plus que personne il avait joui de ses succès et de sa gloire ; il l'avait fidèlement assisté de ses conseils, et les derniers événements avaient seuls troublé l'étroite amitié des deux pêcheurs.

Bien différent de Cinzio, Pietro avait vu sans jalousie l'élévation de Masaniello. Le pêcheur de Portici lui paraissait seul propre à conduire le peuple à la victoire, et c'était sans arrière-pensée qu'il l'avait acclamé et lui avait juré obéissance. Ce choix satisfaisait à la fois son amitié et son patriotisme, deux sentiments qui remplissaient seuls l'âme du vieux Napolitain.

Pietro était un ami loyal et fidèle, mais c'était surtout un ardent patriote. Pour lui, le pays passait avant tout, et lorsqu'il crut remarquer que celui qu'il avait aidé à porter au pouvoir se laissait aveugler par l'ambition et voulait abuser de sa puissance, l'indignation le saisit et le patriotisme fit taire l'affection.

Nous avons assisté à deux au moins des scènes amenées par ce désaccord entre Pietro et Masaniello, et nous avons vu que ce dernier, cédant aux représentations de son ami, avait fini par le suivre et par retourner avec lui à Portici.

Pietro avait été mal inspiré lorsqu'il avait cru que cet abandon suffirait pour rendre au tribun le prestige dont il avait joui jusque-là. Masaniello avait bien jeté loin de lui le chapeau ducal, source de tant de mécontentement et de méfiance, il avait déposé l'épée, mais le moment était mal choisi. Ce n'était d'ailleurs qu'une demi-mesure où beaucoup ne virent que du dépit. Pourquoi ne pas achever l'œuvre de la délivrance? Pourquoi ne pas chasser complétement les Espagnols? Pourquoi ne rien terminer? N'était-ce pas tout simplement parce que l'ambition du tribun s'était heurtée à quelque obstacle inattendu?

Masaniello avait bien déposé le chapeau ducal, mais il déposait en même temps l'épée, cette épée qu'il avait si glorieusement tenue et dont Naples avait encore besoin! N'était-ce pas une étrange conduite, et cette subite inaction n'était-elle pas due simplement à quelques accès de mauvaise humeur, à quelque caprice indigne d'un héros ?

Si le peuple, proprement dit, était encore attaché à Masaniello et voyait encore en lui son libérateur et son chef, le tribun ne manquait cependant pas d'envieux. Ses éclatants succès, son élévation subite lui avaient fait de nombreux ennemis. Longtemps obligés de se taire pour n'être pas lapidés, il était à prévoir qu'ils utiliseraient toutes les occasions pour élever la voix contre l'idole du peuple, et Masaniello leur fournissait lui-même des armes contre lui. Leur audace s'en accroissait, et les réclamations, d'abord sourdes et isolées, devenaient peu à peu un concert général.

Le lendemain de cette nuit où Hassan avait essayé d'assassiner le tribun et en avait été empêché par Fenella, les pêcheurs de Portici — autant du moins qu'ils n'étaient pas de garde à Naples — étaient partis de bonne heure pour la pêche. Rentrés vers midi au village, ils avaient pris quelques heures de repos, puis tous s'étaient rendus à Naples pour y vendre le contenu de leurs rets.

Le soir venu, les barques étaient rentrées les unes après les autres à Portici. Les pêcheurs avaient étendu leurs filets et tous regagnaient peu à peu leurs chaumières.

La nuit tombait. Moreno, assis dans sa demeure, prenait un frugal souper lorsque la porte s'entr'ouvrit doucement.

— Viens à minuit dans la chaumière de Pietro, dit une voix contenue. Il s'agit d'une délibération importante ; nul ne doit manquer au rendez-vous !

Moreno se leva, mais la porte s'était déjà refermée et le mystérieux messager avait déjà disparu dans l'ombre.

Borella avait causé longtemps avec sa femme sous le berceau de vigne qui abritait leur rustique maisonnette. La nuit venue, la femme se leva et passa dans la chaumière pour y allumer une lampe.

En cet instant, une main glissa au travers du feuillage,

en écarta légèrement les rameaux et l'on vit paraître une tête à cette ouverture.

— Borella! murmura une voix sourde, trouve-toi à minuit chez Pietro. N'y manque pas! Nous avons des choses importantes à débattre!

Borella se leva pour répondre à cette invitation, mais celui qui venait de la faire s'éloignait déjà à pas précipités et se dirigeait vers la chaumière du pêcheur Ludovico.

Ce dernier jouait avec un ou deux enfants demi-nus que leur mère allait coucher, lorsqu'une tête parut à la fenêtre ouverte.

— Hé, Ludovico! On t'attend à minuit dans la chaumière de Pietro! Il y aura réunion. Garde-toi d'y manquer!

L'invisible messager, profitant de l'obscurité, passa ainsi de chaumière en chaumière. Il convoqua ainsi une douzaine de pêcheurs. Masaniello seul n'était pas du nombre des invités.

Ses courses achevées, le mystérieux personnage se dirigea vers la demeure de Pietro. C'était une petite maisonnette située au bout du village, et cachée par une veranda spacieuse et ombragée.

Pietro l'habitait seul.

Au moment où le nocturne promeneur arrivait devant le mur du jardin, la lune, sortant de derrière un nuage, éclaira subitement le petit domaine de Pietro. L'inconnu n'étant pas assez grand pour regarder par dessus le mur il grimpa sur une pierre faisant saillie, et promena ses regards curieux et inquiets dans le jardin et dans le berceau de vigne qui précédait la maison. La clarté de la lune tombait également sur sa figure, et permettait de reconnaître les traits soucieux de Cinzio.

Le vieux Pietro, debout dans sa veranda, semblait peu disposé à se livrer au repos. Son front était sombre, et toute sa personne trahissait un profond chagrin. Il passa brusquement la main sur son front et sur ses yeux comme pour en chasser quelque image importune, puis il se laissa tomber sur un des vieux bancs de pierre qui garnissaient la veranda.

Aucun de ces mouvements n'échappa à l'observateur indiscret perché sur le mur du jardin. Il vit le vieux pêcheur courber sa tête dans ses mains et s'enfoncer dans un monologue dont le murmure parvenait jusqu'au mur sans qu'on pût toutefois en distinguer les paroles. Pietro se leva enfin et marcha avec agitation dans le berceau de vigne, puis il s'appuya contre le banc, les yeux fixés, sur la lune dont la lumière l'éclairait en plein, mais cette contemplation ne fut pas de longue durée. Au bout de quelques minutes, le vieux pêcheur recommençait sa fiévreuse promenade.

Cinzio quitta alors son poste d'observation et suivit le mur jusqu'à l'ouverture qui servait d'entrée et qu'aucune porte ne fermait. Il traversa silencieusement le jardin, et se trouva tout à coup vis-à-vis de Pietro qui ne l'avait pas entendu approcher.

— C'est toi, Cinzio? dit froidement le vieux pêcheur.

— Je te dérange, peut-être? fit Cinzio en entrant dans la veranda. J'ai vu que tu étais encore debout!

— Impossible de dormir par cette chaleur! répondit évasivement Pietro. Je me fais vieux, d'ailleurs, et l'âge chasse le sommeil !

— C'est bon à dire — mais je te comprends, Pietro! Crois-tu que je ne partage pas tes soucis?

Pietro ne répondit pas.

— Je ne sais ce que nous allons devenir, continua Cinzio. Ou je me trompe fort ou nous sommes trahis, vendus!

— Dis plutôt que nous nous trahissons nous-mêmes, s'écria Pietro en éclatant. Ne dirait-on pas que nous sommes des enfants incapables de nous conduire, que nous n'avons plus ni courage ni force pour l'action et que nous allons laisser perdre tous les avantages obtenus — — —

— C'est une misère — une honte — mais d'où cela vient-il ?

— De notre manque de fermeté, d'indépendance!

— Ne serait-ce point, plutôt, parce que nous nous sommes fiés à Masaniello, et parce qu'il a voulu nous conduire où nous ne voulions pas aller? Impossible de laisser les choses au point où elles en sont! Il faut agir!

— Il faut prendre une décision, et cela au plus tôt.

— Cette nuit même — si tu veux, insinua Cinzio.

— Cette nuit?

— Oui. J'y ai pourvu, Pietro!

— Que veux-tu dire?

— Je veux dire que Borella, Moreno et les autres sont avertis, et que nous tiendrons conseil cette nuit!

— Où?

— Ici même!

— Comment... tu as...

— Eh bien oui, je les ai convoqués pour minuit, et tous viendront, j'en suis certain. J'ai cru bien faire!

— Et si — Masaniello s'en apercevait?

— As-tu peur de lui? Il ne s'en apercevra pas, d'ailleurs; sois tranquille! Cinzio ne fait pas les choses à l'étourdie! Nous serons en sûreté ici, et nul, à l'exception des conjurés, n'aura vent de notre réunion!

— Tu parles de conjurés?

— Eh oui! Nous nous conjurons contre tout traître, tout ennemi de notre patrie. N'en es-tu pas?

— Jusqu'à un certain point. Il me semble que si nous nous unissions en secret contre Masaniello — car c'est là ce que tu veux dire, sans doute — il me semble que nous serions dans notre tort. Masaniello est encore notre chef, et nous lui avons juré fidélité et obéissance. Une réunion de ce genre...

— Voyons, ne te fais pas de scrupules inutiles, Pietro. Nous ne faisons que ce que nous devons faire!

— Masaniello a suivi nos conseils. Il s'est défait du chapeau ducal et il est venu à Portici!

— Sans doute. Ce que tu dis là est juste — en apparence — mais si les choses vont comme elles doivent aller pourquoi donc t'en fais-tu tant de soucis? Pourquoi le chagrin t'accable-t-il? Pourquoi t'effraies-tu de l'avenir réservé à notre patrie? Ne veux-tu pas t'avouer la vérité — ou bien, sacrifierais-tu tes devoirs de citoyen à tes sentiments?

— Jamais! Le ciel m'en préserve, Cinzio!

— Je connais ton affection pour Masaniello, mon pauvre ami, et la vérité vraie, c'est que tu ne veux pas reconnaître que cette affection ne peut plus subsister! Amitié par-ci, amitié par-là, on n'en finirait pas si l'on voulait s'arrêter à toutes ces faiblesses! Il s'agit de prendre une décision si nous ne voulons pas rester ainsi à mi-chemin. La position est intenable; il faut qu'elle change!

— Tu as raison!

— C'est pour cela que j'ai convoqué nos frères! Tiens, voilà Moreno avec trois autres. Je savais bien qu'ils viendraient!

Quatre pêcheurs apparaissaient en effet à la porte de la veranda. Tous entrèrent sans bruit et serrèrent vigoureusement les mains que leur tendaient Pietro et Cinzio. Borella et Ludovico arrivèrent peu après avec le reste des conjurés. La réunion était au complet. Elle comptait douze hommes, les plus résolus et les plus influents des pêcheurs de Portici.

Cinzio prit immédiatement la parole.

— Soyez les bienvenus, amis! dit-il avec animation. Il est temps que nous prenions enfin une décision qui mette fin à l'état actuel des choses. Cette incertitude nous mène à la misère! Il faut y remédier — c'est pour cela que nous vous avons appelés ici!

— Et vous avez bien fait! s'écria Ludovico. Nous nous consumons sans avancer à rien! Encore un peu et ça irait plus mal que du temps des Espagnols!

— A qui la faute? reprit l'insidieux orateur. Savez-vous quel est l'auteur de notre misère, dites; le savez-vous?

— Pourquoi n'a-t-on rien fini? cria un autre pêcheur.
Pourquoi les Espagnols n'ont-ils pas été complétement chassés?
Pourquoi ne pas établir un nouveau gouvernement? Que
signifient ces hésitations et ces délais?

— A qui la faute, je vous le demande? répéta Cinzio de
sa voix mordante et incisive.

— A celui qui veut conclure une paix suspecte avec l'Espagnol! fit sourdement Ludovico.

— Dites-le donc hardiment! s'écria Cinzio. Est-il besoin
de détours? Craignez-vous de prononcer le nom du coupable?
Eh bien, je n'ai pas peur, moi; j'appelle les choses et les
gens par leur nom, et je dis à haute voix que Masaniello est
coupable! Il abandonne la cause de Naples!

— Et pourquoi? Parce qu'il est persuadé que nous n'arriverons à rien sans lui, ajouta Ludovico.

— Doucement, vous autres, doucement; fit tout à coup
Pietro qui s'était renfermé, jusque-là, dans un morne silence.
Vous vous acharnez sur Masaniello et vous oubliez qu'il a
fait beaucoup pour Naples, qu'il a rendu d'immenses services
à notre cause!

— Il l'a fait, personne ne le lui conteste, s'écria vivement
Cinzio. Le peuple ne lui a pas marchandé son admiration et
sa reconnaissance, mais pourquoi Masaniello s'arrête-t-il tout
à coup? Pourquoi n'achève-t-il pas l'œuvre commencée?
Que veut dire cette subite inaction?

— Sur mon âme, on croirait qu'il se repent de ce qu'il a
fait, cria à son tour Moreno qui subissait facilement l'influence de Cinzio. On dirait qu'il a des intelligences avec les
Espagnols!

— Et qui donc a parlé de paix avant même que l'œuvre
de la délivrance fut achevée? reprit Cinzio en s'adressant
aux pêcheurs. Qui donc a refusé d'en finir avec nos tyrans
alors qu'il le pouvait, alors qu'une dernière attaque nous
eût délivrés pour jamais de la domination étrangère? Qui
donc a arrêté notre élan? Qui donc a parlé le premier de

négociations ? N'est - ce pas Masaniello , toujours Masaniello ?

— Le chapeau ducal devait payer son intervention !

— Il était en rapport avec le duc !

— Qu'a-t-il fait de son serment ?

— L'ambition l'aveugle ! Il veut régner !

— Vous l'avez dit ! s'écria Cinzio qui avait écouté ces exclamations avec une joie secrète. Vous l'avez dit ! répéta-t-il en étendant les bras, c'est là le fin mot de l'affaire ! Il veut régner, et il pense que vous serez assez bêtes pour ne pas vous en apercevoir et pour vous laisser mener partout où il voudra bien vous conduire !

— Oho ! Il se trompe ! s'écrièrent d'une voix les plus animés des pêcheurs. Il apprendra à nous connaître ! Nous devinons ses intentions, et s'il est habile, nous le sommes autant que lui !

— Qu'avons-nous à discuter, fit tout à coup Borella d'un ton grave. La chose me paraît parfaitement claire et simple. M'est avis qu'il faut aller de l'avant, et passer sur Masaniello, si c'est nécessaire, pour atteindre notre but !

— Bravo ! Avez-vous entendu ? Voilà une sage parole ! cria Cinzio en levant les bras d'un air d'oracle. Tu l'as dit, Borella, nous devons arriver au but, fallut-il pour cela passer sur Masaniello !

— En avant ! Pourquoi se met-il sur notre chemin ! En avant !

Les exclamations se croisaient, l'agitation était au comble, et Cinzio se frottait les mains d'un air satisfait, tandis que Pietro constatait avec angoisse les puissants effets d'une éloquence envenimée et comprenait que le tribun était perdu.

— Croyez-vous, mes amis, dit tristement le vieux pêcheur lorsque le silence se fut un peu rétabli, croyez-vous réellement que Masaniello se laissera faire sans résister ? Croyez-vous qu'il tolèrera cette révolte ?

— Nous ne lui demanderons pas son avis ! répondit Cinzio

en ricanant. Par qui est-il devenu chef? Par nous! Et maintenant qu'il trahit ses serments, par qui sera-t-il deposé — par nous! Il n'est rien que par nous et du jour où nous ne le soutiendrons plus, il tombera misérablement!

— Oui, oui! Il veut nous trahir! Qu'il tombe! A bas le pêcheur de Portici! A bas Masaniello!

C'était là ce que voulait Cinzio. Debout au milieu du cercle de ses auditeurs, il promenait de l'un à l'autre des regards satisfaits, et semblait heureux et fier de la victoire facile qu'il venait de remporter.

— Nous écarterons le tribun! s'écria Ludovico.

— Il s'y opposera!

— Qu'il tombe alors!

— Il nous a vendus aux étrangers!

— Nous ne voulons pas de paix!

— A bas le traître!

— Mort au duc de San-Giorgio!

Ces exclamations résonnaient étrangement dans le silence de la nuit. On criait, on gesticulait. Pietro seul se tenait à l'écart, ému, navré de l'explosion de haine et de ressentiment à laquelle il assistait.

— Arrêtez, dit-il enfin d'une voix forte en s'avançant au milieu des pêcheurs. Arrêtez! Vous criez tous ensemble et personne ne s'entend! Appelez-vous ça discuter? Vous oubliez que cette réunion est sérieuse! Qui d'entre vous veut accuser Masaniello?

— Moi — moi!

Dix voix s'étaient élevées en même temps.

— Laissez-moi la parole, amis, dit Cinzio. Je sais maintenant ce que vous pensez et ce que vous voulez!

— Oui, oui! Laissons parler Cinzio! Ecoutons-le! Il sait ce qu'il faut dire!

— Vous avez raison, amis! fit Cinzio d'un air important. Je vous remercie de votre confiance et je m'efforcerai de la mériter. Vous avez entendu Pietro! Ne prenez pas en mauvaise part ce qu'il vient de dire. Au fond, Pietro est parfaitement de notre avis; nul ne le sait mieux que moi, mais il est l'ami de Masaniello, et il croirait lui faire tort en s'unissant à nous pour le condamner!

Borella et Moreno se tournèrent alors vers le vieux pêcheur, et lui représentèrent avec vivacité qu'eux aussi avaient été amis du tribun, mais qu'une trahison rompait tout lien d'amitié.

— Pietro est un noble et brave cœur, reprit l'adroit Cinzio. Il est le meilleur d'entre nous, — je le répète, le meilleur d'entre nous tous! Je comprends sa douleur et ses luttes, bien plus, je les respecte, mais dites, vous frères et amis, ne faut-il pas faire quelques sacrifices lorsque la patrie le demande! Et n'est-il pas prouvé que Masaniello est aveuglé par l'ambition? N'est-il pas clair qu'il nous vendrait au duc si nous le laissions faire? Voyons, Pietro — la main sur la conscience — Masaniello a-t-il rompu son serment? A-t-il cédé aux suggestions de l'orgueil et de l'ambition? L'a-t-il fait? Silence — écoutez la réponse de Pietro!

— Il l'a fait — je suis forcé de le reconnaître, répondit lentement le Brutus napolitain. Il l'a fait. Ce n'est que trop vrai!

— Et tu voudrais encore le défendre?

— Je ne le veux pas! Dieu m'en est témoin! Je ne voulais que vous rappeler à des sentiments plus calmes!

— Ainsi, tu es d'accord avec nous? Tu reconnais que Masaniello doit être sacrifié au bien de la patrie?

Pietro ne répondit pas immédiatement. Les sentiments les plus divers luttaient dans son âme. L'ardent patriote comprenait enfin qu'il lui fallait abandonner Masaniello et le regarder désormais comme l'ennemi le plus dangereux du pays. Il comprenait enfin que l'heure était décisive et qu'elle allait creuser entre le tribun et lui un abîme que rien ne pourrait combler. La rupture se faisait, terrible, complète, mais si l'âme

du patriote la jugeait utile et nécessaire, le cœur de l'ami
en était cruellement déchiré.

Les conjurés attendaient en silence la réponse de leur
doyen d'âge.

— Je sens que Masaniello doit être écarté, dit enfin le
vieux pêcheur d'une voix lente et solennelle. Je le ferai moi-
même, s'il le faut!

— Vous avez entendu, s'écria Cinzio, cela suffit! Nous
sommes d'accord, Masaniello mourra! Il sera sacrifié au bien
du pays! Croyez-moi, lui vivant, Naples ne se relèverait pas ;
sa mort seule peut nous permettre d'atteindre notre but!

— Cinzio a raison! Masaniello est un traître! Qu'il meure!

— Et si nous faisions encore un essai avec lui? dit tout
à coup Moreno.

— Tu veux une épreuve — soit! répondit Cinzio. S'il ne
la surmonte pas ce sera sa mort. Cela vous va-t-il?

— Oui — oui!

— Eh bien, laissez-nous le reste, à Pietro et à moi, dit
Cinzio en terminant l'entretien. Nous saurons trouver une
épreuve appropriée aux circonstances, et Masaniello, s'il y
succombe, tombera par sa propre faute. Bonne nuit, amis!
Retirez-vous avec précaution afin que rien ne trahisse nos
plans. Allez! Tout pour notre belle patrie !

— Bonne nuit! répétèrent quelques voix, et les conjurés
s'éloignèrent silencieusement redisant dans leur cœur après
Cinzio : « Tout pour notre belle patrie! »

## Chapitre XVI.

## Le complot.

Y a-t-il torture plus cruelle que d'être lié pour la vie à un être que l'on n'aime pas?

« Oui, diront les malheureux qui connaissent une autre souffrance ; il est plus cruel encore de n'être pas aimé d'un être que l'on aime soi-même passionnément et auquel on est éternellement lié. »

Ces deux tourments se valent, nous semble-t-il. Tous deux ruinent tout bonheur terrestre, tous deux empoisonnent à jamais toute jouissance. Les malheureux qui souffrent de l'un ou de l'autre traînent une existence décolorée; ils appellent la mort — mais l'inhumaine fait la sourde oreille et leur laisse volontiers le temps de vider la coupe de leur misère.

L'épreuve est terrible et peu de caractères y résistent. Ceux-là seuls qui se confient en Dieu ressortent purifiés et plus forts de cette crise redoutable ; pour eux seuls, l'amour trahi devient charité, eux seuls peuvent regarder sans jalousie et sans haine les bienheureux qui possèdent un bonheur dont eux-mêmes sont privés !

L'épreuve est terrible! Déçues dans leurs espérances, les natures vulgaires en deviennent haineuses, mauvaises. Leurs cœurs jaloux et aigris leur montrent partout de joyeux fiancés, de tendres époux, d'heureux parents, et cette vue bienfaisante n'est pour ces âmes vides qu'une source d'amers retours sur leur propre destinée.

Le bonheur si pur de deux jeunes époux, ni la princesse Elvira ni don Alfonso ne devaient le connaître.

Le duquecito avait fait de vains efforts pour se trouver heureux dans sa nouvelle position. Il n'avait pas d'amour vrai pour la princesse. Sa grâce, son éclat et surtout la pensée qu'il était aimé d'elle l'avaient entraîné et séduit. Pressé de toutes parts, ébloui, fasciné, il était devenu le fiancé d'Elvira, mais pour reconnaître — trop tard — qu'il ne l'avait jamais sérieusement aimée. C'était l'image de Fenella qu'il avait devant les yeux. L'humble et gracieuse enfant qui lui avait révélé l'amour lui faisait oublier l'éblouissante et fière princesse à laquelle il était uni. C'était Fenella, dont il était séparé à toujours, Fenella seule qu'il aimait!

Il n'avait pas revu la Muette depuis que la volonté du duc avait mis fin à leurs relations. Plus tard, il l'avait aperçue à l'église — il avait entendu le cri fatal poussé par la malheureuse enfant, ce cri de détresse qui retentissait toujours à ses oreilles et qui s'élevait comme un mur entre Elvira et lui. Fenella l'aimait-elle encore ou le méprisait-elle comme il le méritait et comme elle en avait le droit?

Cette question hantait Alfonso. Elle le poursuivait sans relâche et sans qu'il pût en attendre la réponse! Pouvait-il espérer de revoir jamais la Muette, de lui parler, de plonger ses regards dans les yeux noirs et profonds qui le poursuivaient sans cesse?

C'était fini, bien fini — —

Il fallait maintenant traîner de jour en jour une pénible existence — il fallait vivre, vivre sans espérance et sans amour!

Et Elvira? N'était-elle pas malheureuse, elle aussi? Ne souffrait-elle pas cruellement, elle qui attendait vainement un mot, un signe d'amour? Moins éprise du beau duquecito, elle eût moins souffert; elle eût supporté plus facilement cette outrageuse indifférence, et n'eût pas consumé sa vie dans cette attente de tous les jours, mais la malheureuse aimait son époux, elle l'aimait avec toute l'ardeur de la jeunesse et mourait de douleur de se voir dédaignée! Elle savait qu'il ne l'aimait pas — mais l'espérance est tenace dans un cœur ardent et jeune — Elvira avait toujours espéré qu'il reviendrait à elle — elle avait attendu, soupiré, mais le temps passait; Alfonso restait insensible, et l'infortunée sentait le désespoir s'emparer de son cœur — —

Alfonso ne remplissait guère vis-à-vis d'elle que les plus impérieux des devoirs de la politesse, encore le faisait-il à peine, depuis que l'émeute et les dangers sans cesse renaissants avaient dérangé l'étiquette gênante qui régnait à la cour et qui y présidait à toutes les circonstances de la vie. Depuis la soirée fatale où l'émeute les avait brusquement séparés, Elvira n'avait pu réussir à voir un peu longuement son époux et à lui parler sans témoins. Alfonso trouvait toujours quelque prétexte pour s'éloigner dès qu'il l'avait saluée et avait échangé quelques phrases banales avec elle ou avec les dames de son entourage, et la malheureuse princesse commençait à désespérer d'obtenir jamais l'entretien qu'il lui fallait pour être fixée sur son sort, et savoir enfin ce qu'il lui restait à attendre.

Maintes fois elle avait songé à s'éloigner, à quitter Naples et à retourner à Madrid. Il lui semblait parfois impossible de supporter plus longtemps ces tortures, aggravées encore par les dangers de l'émeute; elle avait voulu fuir — puis elle avait senti que vivre loin d'Alfonso lui serait plus impossible encore — et elle était restée. Là, du moins, elle l'apercevait de temps en temps, là elle était au moins dans son voisinage et respirait le même air que lui !

Qu'Elvira eût été heureuse, si Alfonso eût répondu à son amour ! Ce bonheur, se disait-elle parfois, eût été trop grand pour cette terre ! C'était pour cela, sans doute, qu'il ne lui était pas accordé ! D'autres fois, sa tristesse se changeait en irritation, en colère sauvage. Elle maudissait alors la Muette de Portici, caressait les plans les plus aventureux et les plus coupables, et évitait son entourage pour le livrer sans contrainte à ses rêves insensés.

Peu à peu, cependant, une idée, une résolution se fit jour au milieu de ce chaos. Elvira la mûrit lentement et se décida enfin à l'éxécuter. Elle voulait savoir enfin si Alfonso aimait encore la Muette de Portici! Il lui fallait une certitude, et cette certitude elle voulait l'obtenir de la bouche même du duquecito! Il fallait le forcer enfin à faire lui-même l'aveu de ses plus secrets sentiments!

L'occasion ne tarda pas à se présenter. Le duc ayant réuni son entourage immédiat pour délibérer sur la situation présente, Alfonso et son épouse se rencontrèrent dans la salle du trône où la réunion avait lieu. La séance terminée, le duquecito reconduisit bien la princesse jusque dans ses appartements, mais, lorsqu'elle l'engagea à rester un instant auprès d'elle, il s'excusa en prétextant un ordre du duc et se retira aussitôt que la politesse le lui permit.

Elvira frémit de douleur, mais elle ne renonça pas à son projet. Les jours passèrent — jours de tourments et de fiévreuse impatience! La princesse se désespérait. Elle songeait à faire naître quelque incident qui lui permit d'appeler Alfonso auprès d'elle sans que sa dignité de femme en souffrît, lorsque l'occasion, si longtemps attendue, se représenta enfin.

Peu après l'entrevue de l'église des Carmélites, le duc réunit de nouveau son entourage dans la salle du trône. Bien convaincu que le chapeau ducal lui avait gagné Masaniello, il fit part à tous de ce qui s'était passé, et donna lecture des propositions de paix en expliquant ses intentions à ce sujet. Il termina enfin en assurant que l'état actuel des choses faisait prévoir une issue favorable et permettait d'attendre tranquillement les secours du dehors.

La princesse assistait encore à cette séance, mais, tout entière à ses projets, elle ne prêtait qu'une oreille distraite aux communications du duc qui lui paraissaient interminables. Elles prirent fin, cependant. Le vice-roi congédia cérémonieusement l'assemblée, et Alfonso offrit son bras à la princesse pour la reconduire chez elle.

Elvira avait pris ses précautions cette fois. Elle s'était assurée d'avance que son époux n'avait reçu aucun ordre du duc. Le couple princier se mit en marche avec sa suite, et, tout en traversant les galeries, Elvira renouvela gracieusement son invitation — que don Alfonso accepta avec quelques paroles polies.

La princesse respira — elle allait savoir enfin ce qu'il lui restait à attendre. La soirée ne se passerait pas sans qu'une heure décisive eût sonné pour elle et lui eût révélé les secrets sentiments d'Alfonso.

Le noble couple se rendit dans le salon brillamment éclairé de la princesse. Les dames et les seigneurs de leur entourage l'y suivirent, et, tandis que l'on servait les raffraîchissements les plus variés, les groupes se formaient, on causait, on riait, et chacun s'empressait autour des deux époux qui paraissaient, ce soir-là, de fort bonne humeur.

Cette heureuse disposition fut généralement attribuée aux bonnes nouvelles données par le vice-roi. La sécurité s'en accrût, et l'on affirma bientôt que tout danger était écarté et que les choses allaient rentrer promptement dans leur ancienne ornière.

Il ne fallait pas, sans doute, espérer un revirement subit dans la situation. Don Miguel, par exemple, se trouvait encore entre les mains des rebelles, et l'on n'eût pu songer sans imprudence, à le réclamer immédiatement, mais sa délivrance n'était que différée. Quelques jours encore, et l'on pourrait aisément le tirer de sa fâcheuse position. En attendant, on se reprenait à l'espérance, on faisait des plans et des projets, on se promettait de punir les coupables de façon à leur ôter l'envie de récidiver, on rêvait de plaisirs et de fêtes — et tout cela uniquement parce que Masaniello avait été gagné et que les négociations allaient donner le temps de se retourner et de faire face à l'orage.

Tandis que les conversations s'animaient, Elvira, prétextant un peu de fatigue, s'appuya sur le bras de son époux, et l'entraîna de l'air le plus naturel hors du salon.

Les dames d'honneur de la princesse se regardèrent en souriant et chuchotèrent entre elles. Les seigneurs, eux-mêmes, suivirent des yeux le jeune couple, et crurent voir dans ce désir nouveau de solitude, l'aurore de relations meilleures entre les deux époux.

Le duquecito n'eût pu, sans impolitesse, se refuser à suivre son épouse. Il se laissa emmener, et la princesse le conduisit dans sa chambre favorite dont les fenêtres ouvertes laissaient pénétrer les senteurs embaumées qui montaient des arbres du parc. Des lampes de cristal répandaient une douce lumière dans cette pièce meublée avec autant d'élégance que de confort.

— Asseyons-nous, dit gracieusement Elvira en s'adressant à son époux et en montrant quelques fauteuils placés près d'une table garnie de fleurs, nous avons à causer. Si je vous ai invité à me suivre, c'est pour avoir avec vous un entretien important pour tous deux !

Don Alfonso s'assit vis-à-vis de son épouse.

— Voyons ce que vous avez à me dire, Elvira, répondit-il en s'efforçant de sourire. C'est donc bien sérieux ?

Elvira prit une rose dans un vase placé auprès d'elle et en arracha les pétales l'une après l'autre.

— Oui, c'est sérieux ! répondit-elle lentement, sérieux et franc, Alfonso ! J'y ai longuement réfléchi, et je me suis décidée enfin à vous faire part de ce qui me préoccupe. Cela vaudra mieux pour tous deux ! Nous nous sommes trompés, Alfonso, nous nous sommes persuadés quelque chose qui n'était pas absolument vrai ! Les souvenirs du passé y ont été pour beaucoup...

— Où voulez-vous en venir, Elvira ?

— Soyons calmes, parfaitement calmes, Alfonso ! Je veux vous parler de nous, de nos relations ! Nous nous sommes dit, un jour, que nous aimions — c'était une illusion ! Je ne voudrais pas vous faire souffrir plus longtemps d'une gêne que vous vous efforcez de cacher, mais que je devine — et que je connais — pour l'éprouver moi-même !

— Ai-je bien entendu ? Vous dites — — —

— Mettons-nous tranquillement au clair sur notre situation, Alfonso ; soyons sincères, continua Elvira avec un calme imperturbable. L'idée de nous unir n'est pas venue de nous ; c'est dans l'esprit de nos parents qu'elle a pris naissance. Ils ont réussi à nous la faire adopter, mais au fond, nous sommes innocents de cette union dont nous souffrons tous deux !

Alfonso écoutait avec stupéfaction.

— Quel langage ! dit-il d'un air accablé. Est-ce bien vous qui parlez, Elvira ? Je ne m'attendais pas à cela !

— Laissez-moi aller jusqu'au bout, Alfonso, reprit Elvira. La princesse, mon auguste mère, savait que depuis longtemps, je désirais voir le monde. Je voulais voyager, apprendre à connaître les pays et les peuples étrangers, séjourner enfin dans les grandes capitales de l'Europe. On y consentit d'autant plus volontiers qu'on nourrissait en secret l'idée d'unir nos destinées. Il fallait pour cela m'amener à Naples, c'est ce qui eut lieu, et vous savez aussi bien que moi ce qui suivit. Pour ma part je conclus cette union sans me bien connaître et sans réfléchir suffisamment. J'ai eu tort, je m'en accuse, mais il est trop tard pour récriminer — le mal est fait ! Ne m'interrompez pas, Alfonso — il faut tout dire ! Je ne voudrais pas que notre vie fut empoisonnée à toujours — mais il faut pour cela que vous et moi nous redevenions libres — oui, libres, autant du moins qu'on peut l'être après ce qui s'est passé — —

— Quelle résolution, Elvira ? Je vous comprends à peine !

— Vous ne me comprenez pas — vous me trouvez extravagante ? Qui sait, continua la princesse dont la voix tremblait un peu, on pourrait peut-être trouver quelque moyen d'excuser cette résolution aux yeux du monde. Je voudrais vous délivrer de vos obligations, de vos devoirs envers moi, devoirs qui vous paraissent lourds, je le sais, Alfonso! N'essayez pas de le nier! Sans doute, je ne puis pas briser ouvertement un lien consacré par l'église, mais je puis cependant vous rendre vos serments! J'ai eu dernièrement un songe étrange, Alfonso, un songe qui n'a pas peu contribué à mûrir ma résolution!

— Un songe?

— Ecoutez vous-même! J'y ai trouvé matière à maintes réflexions — et, faut-il le dire, maints indices m'ont prouvé que ce songe n'était que trop réel et ne se rapprochait que trop de ce qui existait en réalité. Je vous ai vu en rêve. Vous paraissiez accablé de soucis; quelque chagrin secret plissait votre front — tout à coup, nous nous sommes trouvés sur le rivage; un bateau vous y attendait. Vous y êtes monté précipitamment comme pour fuir tout ce qui vous oppressait, et vous avez pris place à côté d'une jeune et charmante batelière assise au gouvernail! Tenez, continua la princesse en observant attentivement Alfonso dont l'agitation allait croissant, tenez, je vous vois encore la main dans la main, tandis que je suivais des yeux le bateau qui s'éloignait! J'étais cachée derrière un buisson d'orangers! Vous ne pensiez plus à moi — le bonheur avait reparu sur vos traits, si soucieux à l'ordinaire, vous étiez heureux et je vous entendais murmurer: « C'est toi seule que j'aime, toi que j'aimerai éternellement! » — — Je me réveillai alors. Ces paroles retentissaient à mon oreille. J'étais là, les yeux ouverts, et je vous voyais toujours devant moi, heureux et souriant à côté de cette pauvre fille de pêcheur! Jamais je n'oublierai ce rêve! Il fit germer en moi l'idée de vous rendre votre liberté, de ne pas troubler plus longtemps votre bonheur — et cette idée, longuement mûrie, est devenue une résolution. N'attristons pas plus longtemps notre vie! Je vous rends votre serment, Alfonso, je vous le rends à condition que vous soyez sincère vis-à-vis de moi! Vous ne m'aimez pas — — —

— C'en est trop, Elvira — vous ne pensez pas ce que vous dites — je ne vous crois pas — —

— De la franchise, mon ami ! Vous ne m'aimez pas —

— Je vous estime au-dessus de tout, Elvira — je vous estime plus encore maintenant que je sais quel sacrifice vous vouliez me faire !

— Nous autres femmes, nous ne sommes pas toujours aussi désintéressées qu'il le semble, dit Elvira en essayant de sourire ; nous ne voulons pas partager avec d'autres quelque chose qui n'est pas partageable, voilà tout ! Nous y renonçons plutôt !

— Mais ce renoncement est encore un sacrifice, Elvira — un sacrifice qui exige une âme forte !

— C'est possible. Ne disputons pas sur la générosité d'une femme qui veut tout ou rien, nous avons autre chose à faire, mon ami ! Je me suis trompée en croyant que vous m'aimiez, et cette illusion m'a fait croire à mon propre amour —

Alfonso s'était levé et se promenait avec agitation dans la pièce.

— Ai-je bien entendu ? s'écria-t-il en s'arrêtant subitement devant la princesse.

— Faut-il que je le répète ? murmura Elvira. Oui, continua-t-elle en raffermissant sa voix, oui, j'ai cru posséder quelque chose que je ne possédais pas en réalité. Votre cœur n'était pas libre lorsque vous m'avez revue — vous aimiez déjà — —

— Qui vous l'a dit ?

— Une voix qui ne trompe point — la voix de mon cœur ! Vous aimiez une fille de pêcheur — et vous l'aimez encore ! Ne vous détournez pas, vous voyez que je suis tranquille ! Craindriez-vous d'avouer la vérité ? Auriez-vous honte de reconnaître ce que vous n'avez pas honte d'éprouver ?

Le duquecito s'était laissé retomber sur son fauteuil.

— Eh bien, cette voix disait la vérité, Elvira, s'écria-t-il du ton d'un homme qui prend une résolution subite. Vous me facilitez ce pénible aveu en m'apprenant que vous l'entendrez sans douleur et sans déception ! Nous nous sommes trompés tous les deux, dites-vous, et vous voulez que je le reconnaisse à mon tour ! Vous voulez la vérité — la voilà : j'aime une pauvre fille de pêcheur ! J'aimais Fenella avant de vous avoir revue — et je ne puis l'oublier, je ne puis la bannir de mon cœur ! Vous savez tout maintenant, Elvira ! C'est un sort fatal que celui qui pèse sur nous — je sens qu'il ne nous conduira jamais au bonheur ou à la paix — quoiqu'il arrive nous sommes perdus — — —

Elvira luttait vaillamment contre elle-même — la respiration lui manquait — un nuage passa sur ses yeux, mais un effort surhumain la rappela au sentiment de la situation et lui permit de cacher l'angoisse et la douleur qui l'étreignaient.

— Vous l'aimez — — murmura-t-elle d'une voix qui n'était plus qu'un souffle.

— Que vous arrive-t-il, Elvira?

— Rien — rien du tout ! répondit-elle avec un sourire contraint. Vous voyez que je suis parfaitement calme, Alfonso !

— Je vous devais cet aveu, Elvira, vous avez raison, reprit le duquecito emporté par ses propres pensées. Puisque je ne rougis pas d'aimer cette fille du peuple, je ne rougirai pas de l'avouer. Je ne veux pas me rendre coupable de cette lâcheté, et je vous suis reconnaissant, Elvira, d'avoir provoqué cet entretien entre nous !

— A vous seul, vous l'auriez évité? Vous n'auriez donc pas eu le courage d'avouer votre amour ?

— Dites plutôt que je me serais tû pour ne pas vous attrister, mais en vous trouvant si forte, si préparée, et si dégagée vous-même de tout amour pour moi, l'aveu m'a été facile !

— Si forte, si préparée ! répéta lentement la princesse dont les lèvres pâlies ébauchaient un amer sourire — si dégagée moi-même de tout amour — — mais assez ! Nous savons tout maintenant, Alfonso — ou bien, auriez-vous encore quelque chose à me dire?

— Je ne sais — — vous me paraissez parfois si étrange — —

— Quelle idée! Je suis parfaitement calme!

— Une prière, Elvira! Nous nous sommes séparés par l'entretien de tout à l'heure — —

— La séparation n'existait-elle pas déjà auparavant? murmura Elvira qui semblait se parler à elle-même.

— Il s'est fait comme un abîme entre nous deux!

— C'est d'aujourd'hui seulement que vous vous en apercevez, don Alfonso! fit ironiquement la princesse. Ce sentiment vous vient un peu tard!

— Je voudrais voir cet abîme se combler, continua le prince d'un ton suppliant. Il m'est dur de le sentir entre vous et moi! Pardonnez, Elvira, si je vous ai fait de la peine, continua-t-il en tendant la main à son épouse. Je ne puis faire autrement — commande-t-on à son amour, à ses sentiments les plus sacrés? Vous me croirez cependant si je vous dis que je vous vénère et vous aime comme une amie sincère — c'est depuis notre entretien seulement que je sais tout ce que vous valez!

— Depuis que j'ai reconnu votre amour, voulez-vous dire!

— Donnez-moi votre main — il me semble qu'il existe encore dans votre cœur un levain d'amertume que vous vous efforcez de cacher! Je le sens dans votre voix! Chassez-le, Elvira, voulez-vous, et faisons un traité de paix! Il me faut votre amitié!

— Mon amitié? Qu'entendez-vous par ce mot? Expliquons-le pendant que nous y sommes! fit la princesse en s'efforçant de sourire et de rasséréner sa voix et ses traits.

— J'entends que vous restiez mon amie! Il me serait singulièrement dur de me voir complétement séparé de vous! J'espère que vous penserez à moi sans aigreur, et que vous garderez quelque compassion pour ma triste destinée!

— Je ne sais pas encore ce que je garderai! Mais il se fait tard et mes femmes attendent mes ordres, Alfonso!

— Bonne nuit, Elvira!

Le duquecito porta la main de la princesse à ses lèvres, puis il se dirigea vers la porte et après un dernier salut il disparut derrière le rideau —

Elvira était seule — seule avec le désespoir qu'elle n'avait contenu qu'au prix des plus cruels efforts — seule avec la colère qui grondait dans son sein. Elle se leva frémissante et pressa convulsivement ses deux mains sur son cœur qui battait à se rompre.

— Assez — murmura-t-elle — je sais tout maintenant, tout ce que je voulais savoir! Insensé! crois-tu pouvoir insulter aussi cruellement une Mendoza, une Espagnole, sans avoir à redouter sa vengeance? Te figures-tu réellement qu'il existe sur terre une femme qui pardonne à son époux d'aimer une autre qu'elle? Tu ne les connais pas, les femmes, mais patience, tu apprendras à les connaître — tu apprendras à me craindre — tu n'es pas au bout de tes surprises! Je m'admirais moi-même pendant l'heure qui vient de se passer — heure cruelle s'il en fut, heure amère, mais qui m'a prouvé du moins que je pouvais me fier à moi-même!

La princesse se tut — elle marchait fiévreusement dans la pièce — tout à coup, elle s'arrêta de nouveau et parut réfléchir.

— Oui, je le ferai, dit-elle en reprenant son monologue. Cela pourrait amener des scènes publiques — peu importe! Tu as déchaîné en moi des passions insensées, Alfonso, défends-toi comme tu pourras! Tu sentiras ma main, je le jure! L'amour que j'éprouvais pour toi est devenu de la haine, une haine sauvage qui frappera sans se lasser et qui me vengera de ta misérable complice! Plus d'hésitations, plus de retenue — tout est permis maintenant — on peut tout pardonner à une femme offensée! Tu n'hésiterais pas à me punir si tu étais à ma place — pourquoi ne le ferais-je pas, moi? Il me faut une vengeance — mais je la veux lente, sûre et cruelle — — —

Elvira passa rapidement dans son boudoir et s'enveloppa d'un long manteau de couleur sombre, puis elle jeta sur sa tête un voile épais et sortit de son appartement. Elle traversa d'un pas fiévreux quelques pièces désertes et se trouva enfin dans la galerie du château.

Au moment où elle y arrivait, un pas retentissant faisait résonner les voûtes de la salle d'en bas. La princesse s'arrêta. Elle se pencha sur la balustrade et reconnut Tito. Le favori arrivait à l'escalier. Quelques secondes encore et il se trouverait sur la galerie.

Elvira tressaillit. Le hasard jetait le fils adoptif du duc sur son chemin — fallait-il profiter de cette rencontre? Ne se vengerait-elle pas cruellement d'Alfonso en se rapprochant de cet homme qu'il méprisait du plus profond de son âme?

L'idée d'associer Tito à ses projets de vengeance fit bien passer un frisson dans ses veines, mais Elvira se railla elle-même et se dit qu'elle aurait raison de cette faiblesse. Le favori avait complétement rompu avec son frère, il le haïssait et cette haine s'étendait également à la Muette de Portici. Elvira savait tout cela — c'en était assez pour lui faire surmonter la répulsion que Tito lui inspirait!

Elle s'approcha de l'escalier — Tito arrivait justement à la dernière marche — il s'arrêta court — et parut reconnaître la princesse.

— Je ne me trompe pas, dit-il en saluant, c'est bien. . .

— Silence! interrompit Elvira. Ne prononcez pas de nom, les gardes pourraient vous entendre!

Tito ne s'était pas trompé.

— Vous — donna? reprit-il à voix basse d'un air de profonde surprise. Où donc allez-vous si tard — et seule? Sans une dame d'honneur, une camériste?

— Une suite est parfois gênante, don Tito!

— On dirait que vous songez à sortir, donna. Oubliez-

vous donc les dangers du dehors? Les portes de la citadelle
sont encore gardées; les émeutiers ont même occupé la porte
du parc, la dernière issue qui nous restât, et pour sortir incognito, il faudrait voler...

— Ou se déguiser! murmura Elvira.

— Y pensez-vous? Renoncez à un projet aussi dangereux,
je vous en conjure! Le duquecito est-il instruit de votre
dessein?

— Ma démarche doit rester secrète!

— Je m'en doutais — — tenez, vous piquez ma curiosité,
princesse. Permettez-moi une proposition — je la hasarde au
risque de vous paraître importun. Il est impossible que vous
vous exposiez ainsi, chargez-moi de la démarche que vous
vouliez faire!

— Ne disiez-vous pas tout à l'heure qu'il faudrait pouvoir
voler pour arriver incognito au-dehors?

— Je l'ai dit, mais on peut essayer — —

— Pas un mot de plus dans cette galerie!

— Vous pensez que les murs ont des oreilles! Où pour-
rais-je vous communiquer mes idées sur le sujet qui nous
occupe?

— Suivez-moi!

Tito s'inclina en souriant — ce qui allait se passer il
l'ignorait encore, mais il n'était point fâché d'entamer avec
l'épouse d'Alfonso une petite intrigue qui lui fournit l'occasion de se rapprocher de la princesse. Cela pouvait lui servir
tôt ou tard.

Elvira conduisit le favori dans son appartement et entra
avec lui dans un petit salon où tous deux s'assirent. La princesse avait rejeté son voile et paraissait si belle que Tito la
contemplait avec une admiration mal dissimulée.

— Bienheureux duquecito! fit-il d'une voix contenue, mais
de façon cependant à être entendu de son interlocutrice. Qu'or-
donnez-vous, auguste princesse? continua-t-il plus haut. De
quelle mission chargerez-vous votre serviteur?

— C'est un peu inconsidéré de ma part de vous recevoir ici, don Tito, répondit Elvira qui semblait regretter de voir le favori dans son appartement.

— Pourquoi dites-vous cela, donna? Est-ce parce que don Alfonso, votre époux, me voit de mauvais œil et qu'il me fait sentir son antipathie? Ou craignez-vous, peut-être, qu'il ne profite de l'occasion pour vous accuser d'infidélité? Votre noble époux en serait bien capable — ai-je besoin de vous dire ce qu'il est et ce que vous possédez en lui?

— Vous vous oubliez, don Tito!

— Ce n'est pas s'oublier que de dire la vérité! Vous gardez scrupuleusement votre foi à votre époux, et lui, il vous trompe! C'est même ce qui nous a brouillés! Laissez-moi tout vous dire, princesse! Je connais d'ancienne date les relations d'Alfonso avec Portici et tous mes efforts ont tendu à les lui faire cesser. J'ai tout fait pour amener une rupture et pour rendre Alfonso à ses devoirs — oui, je lui ai montré sans ménagements l'indignation que me causait cette intrigue avec la Muette de Portici — — —

— Je connais ces relations, dit Elvira d'un ton glacial.

— Vous les connaissez — mais cela ne change rien à la culpabilité d'Alfonso et au sort immérité qui vous frappe, donna! Votre vie est brisée, je le sens — mais tous mes efforts pour vous ramener votre époux ont misérablement échoué. Il aime toujours cette fille!

— Je voudrais la voir!

— Je le comprends, Altesse, c'est parfaitement naturel — et, serais-je arrivé, peut-être, au moment où vous cherchiez à satisfaire ce désir?

— Justement. Je voulais essayer d'aller à Portici!

— Impossible!

— Je compte sur votre silence, don Tito!

— Bien plus — vous pouvez compter sur mes services, princesse! Ordonnez! Je me mets à vos pieds! Que diriez-vous si je me chargeais de l'entreprise et si je vous amenais la Muette de Portici, ici, dans le château, chez vous?

Elvira tressaillit — un éclair de joie passa sur ses traits — allait-elle pouvoir se venger de Fenella et d'Alfonso — les humilier, les torturer tous deux?

— J'aimerais assez ça, don Tito! fit-elle d'une voix sourde.

— Eh oui — on pourrait alors arranger mainte petite scène, princesse, mainte rencontre, maint incident plaisant et cruel à la fois — ce serait divin!

— Comment feriez-vous pour quitter la citadelle, don Tito?

— Demandez-moi plutôt comment je ferais pour y rentrer avec la Muette de Portici? répondit Tito en riant. Ce ne sera pas facile! Songez que les portes sont gardées par des pêcheurs; songez surtout que cette Fenella est la sœur de Masaniello!

— Vous emploierez quelque ruse pour l'attirer ici?

— C'est ce qu'il faudra voir! Cette petite sorcière aux yeux noirs est singulièrement méfiante! On ne la trompe pas facilement! On pourrait essayer de l'attirer ici sous prétexte de quelque service à rendre à la cause de Naples ou à son frère, mais il est plus que probable qu'elle ne donnerait pas dans le piège. Je la connais; il faut s'y prendre autrement avec elle! Fiez-vous à moi, princesse! Puis-je vous demander le libre emploi de la litière dont vous vous serviez habituellement?

— Que voulez-vous faire de ma litière?

— Il me faudrait de plus un de vos châles, une robe et une coiffure avec un voile, continua Tito sans répondre à la question d'Elvira.

— Voudriez-vous par hasard vous déguiser en princese? Je crains que votre barbe ne vous trahisse malgré le voile!

— Permettez-moi de garder le secret sur mes intentions, répondit Tito. Remettez-moi seulement ce que je vous ai demandé et comptez sur moi! Cette nuit ou l'autre je vous livrerai la belle Fenella!

— Mais Fenella — vivante?

— Sans doute — ne craignez rien, Altesse, je n'oserais pas devancer votre volonté, fit Tito avec un mauvais sourire. Fiez-vous à moi! Je serais trop heureux de vous prouver que je ne mérite pas l'inimitié d'Alfonso et que je sais apprécier mieux que lui l'inestimable valeur d'un trésor qu'il dédaigne! — —

CHAPITRE XVII.

## La pourpre empoisonnée.

— Un manteau de pourpre! Rien que ça! Mais pour qui, diable, avez-vous pu le commander? disait Nicolo le bossu, petit personnage toujours prêt à faire la grosse voix et à dire son mot sur toute chose bien que sa profession de baigneur et barbier fut considérée, dans les idées du temps, comme vile et déshonorante.

C'était à Ludovico que s'adressait le baigneur.

— Tu veux savoir à qui nous destinons ce manteau de pourpre? fit le pêcheur d'un ton goguenard. Eh bien, c'est à celui qui l'a mérité et qui seul peut le porter! Devine!

— Serait-ce par hasard Masaniello?

— Comme tu dis!

Le bossu jeta un regard de travers sur son robuste interlocuteur comme pour s'assurer si celui-ci parlait sérieusement.

— Un manteau de pourpre après le chapeau ducal! dit-il en hochant la tête. Avez-vous donc envie que Masaniello crève d'orgueil et de vanité!

— Ce que c'est que d'avoir de l'esprit! fit Ludovico en riant. Tu vas de suite au fond des choses!

— Voyons, sérieusement, vous n'avez pas pu commander un manteau royal pour Masaniello?

— Et pourquoi pas?

— Parce qu'il n'en faudrait pas davantage pour le griser! C'est alors qu'il vous marcherait sur la tête et jouerait au tyran! Où donc l'avez-vous commandé, ce fameux manteau?

— Décidément, tu veux savoir à quoi t'en tenir? Eh bien, nous l'avons commandé chez Bramarbo, le premier tailleur de Naples!

— Vraiment?

— Si tu ne veux pas le croire, tu n'as qu'à venir avec nous. Tu verras le manteau de tes yeux. Il doit être terminé et nous allons le chercher ce soir même!

— Nous verrons! Qui attends-tu encore?

— Un de mes bons amis qui doit apporter de quoi payer le manteau — soixante ducats d'or, ni plus ni moins!

— Sainte Vierge! Quelle somme!

— C'est le prix! Bramarbo ne fait pas les choses pour rien!

— Et cet ami — qui est ce? demanda le baigneur toujours à l'affût des nouvelles.

— Cinzio!

— Oho, le petit Cinzio! Je le connais, dit le baigneur en se frottant les mains d'un air satisfait. C'est un malin — mais je m'étonne qu'il s'occupe de votre affaire. Je n'aurais jamais cru qu'il songeât à de nouveaux honneurs pour Masaniello!

— Pourquoi ça?

— Parce que Cinzio ne se fie pas au tribun; pas plus que moi et que beaucoup d'autres!

— Qu'est-ce que tu dis là?

— Je dis ce que je sais, parbleu! Et nous ne sommes pas seuls à ouvrir les yeux; le peuple tout entier commence à y voir clair et à se méfier du pêcheur de Portici! Une occasion, un rien, et ceux qui l'ont le plus acclamé fondront sur lui comme des éperviers ou des dindons furieux !

— C'est justement pour cela que nous voulons lui attacher un manteau rouge !

Le bossu recula d'un pas. Ses yeux démésurément ouverts s'étaient arrêtés sur le pêcheur avec une telle expression de surprise et d'attente que ce dernier partit d'un éclat de rire.

— Voyons — Ludovico — ai-je bien compris ? dit enfin Nicolo impatienté. Vous voulez lui attacher un manteau rouge afin — —

— Afin que les dindons et les éperviers le voient mieux et le reconnaissent bien ! As-tu compris cette fois, Nicolo ?

— Fameux ! s'écria le baigneur en se frottant joyeusement les mains, fameux ! Les dindons ont horreur du rouge, c'est connu ! Vous avez eu là une fameuse idée !

— Si Masaniello accepte la pourpre et s'en pare, chacun saura ce qu'il a à attendre de lui — et chacun saura ce qu'il a à faire !

— Tu as raison ! Mais écoute, je parierais ma tête...

— Parie plutôt ta bosse afin d'en être un jour débarrassé !

— C'est bon — je parierais ma tête que l'idée vient de Cinzio, fit le baigneur avec un petit rire malin. Un manteau royal — c'est bien trouvé, sur mon âme !

— Reste à savoir si Masaniello l'acceptera !

— Sans doute, sans doute, mais l'idée est fameuse ! On aura soin de la répandre dans le peuple. Si Masaniello accepte la pourpre, on saura que l'orgueil et l'ambition l'aveuglent — s'il refuse, c'est qu'il sera revenu à la raison ! Je le voudrais pour lui, mais, vois-tu, Ludovico, le pêcheur de Portici a beau avoir fait de grandes choses — son règne est passé ! Je le sais mieux que personne, moi qui vais partout et qui entend tout ce qui se dit. C'est fini — il n'a pas su mener les choses !

— Que veux-tu ? On ne fait pas toujours ce qu'il faudrait !

— Je ne dis pas le contraire, mais il aurait pu s'y prendre autrement. Le peuple est mécontent, il murmure! Beaucoup disent que Masaniello s'est trop avancé, qu'il a poussé Naples dans une fondrière et qu'il l'y laisse au lieu de l'en sortir — et, ma foi, ceux qui disent ça ont raison!

— Te voilà bien! Tu es de ceux qui crient, qui applaudissent le plus au commencement, et qui sont les premiers à jeter la pierre!

— Tu te trompes...

— C'est bon, voilà Cinzio avec l'argent!

Cinzio arrivait en effet. Il s'approcha vivement de Ludovico et aperçut alors le baigneur qu'il connaissait fort bien.

— Hé, l'ami Nicolo! dit-il en tendant la main au bossu qu'il paraissait tenir en grande estime et qui, de son côté, appréciait très-fort l'irascible pêcheur, eh bien, comment vont les affaires?

— Mal — plus mal qu'auparavant, répondit Nicolo. Ce n'est pas étonnant, d'ailleurs. Nous sommes là comme dans un étau sans pouvoir ni avancer ni reculer, et sans que personne sache ce qui va se passer!

— Et Masaniello?

— Ne m'en parle pas!

— Voyez-vous ça — et que t'a-t-il fait? ricana Cinzio.

— Autant de mal qu'à toi! Te voilà renseigné, je pense. Il n'est pas besoin de discours entre nous; nous nous entendons depuis longtemps!

— Et le peuple?

— Eh bien, le peuple commence à ouvrir les yeux — on l'y aide, aussi! Mais nous restons là au lieu d'aller chez le tailleur. Je tiens à voir ce magnifique manteau, moi! Ne partons-nous pas?

Cinzio releva la tête et jeta un coup-d'œil interrogateur à Ludovico.

— Sait-il?... murmura-t-il.

Le pêcheur fit un signe affirmatif.

— Une fameuse idée que tu as eue là, Cinzio, fit le bossu en clignant de l'œil et en se dirigeant avec les deux pêcheurs vers la rue de Tolède, une idée superbe et qui te fait honneur! Ce sera le coup de grâce!

— Crois-tu?

— J'en suis sûr! Masaniello est perdu s'il accepte le manteau!

— Peut-être — et cependant je ne voudrais jurer de rien! On ne sait jamais où on en est avec le peuple. Il faudrait quelque chose de plus certain!

— Tu as raison, fit Nicolo. Ce serait certainement plus sûr si le manteau se chargeait seul de l'affaire! Que dirais-tu d'une préparation qui le rendrait fatal à celui qui le porterait?...

Cinzio regarda le baigneur avec étonnement. Nicolo avait-il lu dans son âme? Avait-il deviné ses pensées les plus secrètes? Lui, Cinzio, il avait depuis longtemps la même idée au sujet du manteau de pourpre!

Les trois hommes arrivaient dans la rue de Tolède.

— Silence! murmura Ludovico.

— Nous en reparlerons! souffla Cinzio à l'oreille du baigneur.

La rue était encore fort animée et Nicolo qui paraissait connaître tout le monde saluait de droite et de gauche. Les trois hommes atteignirent enfin la demeure de Bramarbo, le tailleur à la mode, et tous trois s'enfilèrent furtivement dans l'allée de la maison.

Bramarbo, long et maigre personnage d'une cinquantaine d'années, était un travailleur assidu qu'on ne voyait guère à la rue et qui s'était acquis déjà une honnête fortune. A la vérité, l'ouvrage allait mal depuis que l'émeute avait éclaté, et le tailleur, plus intéressé que patriote, maudissait ces jours de trouble et d'incertitude, mais il ne se fut pas permis de le faire à haute voix. Il s'était habitué à garder pour lui ses opinions personnelles et à n'en exprimer d'autres que celles de ses clients. Toujours gracieux et poli dans sa boutique, l'obséquieux personnage perdait subitement ces qualités lorsqu'il se trouvait seul avec sa femme, pauvre créature plus habituée à l'aune qu'aux caresses de son époux.

Bramarbo venait encore de décharger sa mauvaise humeur sur sa compagne lorsqu'on frappa à la porte. Il ouvrit, et se trouva en présence de trois hommes du peuple qu'il reçut avec force révérences.

— Maître Bramarbo, dit Cinzio en secouant l'escarcelle qui contenait les ducats, nous venons chercher le manteau de pourpre !

— Bien, bien, signori, il est achevé ! répondit le tailleur, un vêtement de gala — vous allez voir !

— Apportez-le ici !

Le tailleur sortit en renouvelant ses courbettes. Il revint au bout de quelques minutes portant sur ses longs bras la royale parure destinée au pêcheur de Portici. Bramarbo n'avait pas volé ses clients d'occasion ; le manteau, bordé d'hermine, était digne d'un roi, et l'artiste, fier de son ouvrage, l'étalait avec complaisance aux yeux ébahis des trois Napolitains.

— Mille diables ! s'écria le baigneur en palpant l'étoffe riche et souple qui se déployait devant lui, en voilà de la pourpre ! C'est à vous donner le vertige !

Cinzio, lui, considérait en silence le manteau rouge dont l'éclat semblait se réfléchir dans ses yeux. Les traits de l'irascible pêcheur s'étaient animés d'une joie haineuse. On eût dit qu'il souriait à quelque vision intérieure ! Voyait-il déjà le tribun s'envelopper de cette pourpre fatale — —

— Je n'y ai rien épargné, signori, disait le tailleur en tournant et retournant le manteau de façon à le montrer sous toutes ses faces. J'espère avoir réussi à votre contentement ! Regardez cette magnifique garniture et sentez ce que le vêtement tout entier est léger — on dirait une plume !

— Il est superbe, dit Ludovico.

— Enveloppez-le de quelque étoffe sombre, maître Bra-marbo, fit Cinzio qui s'était approché de la table et qui y comptait les soixante ducats; voici le prix convenu!

— Bien obligé, signori, bien obligé! s'écria le tailleur qui multipliait ses révérences tout en pliant le manteau et en l'enveloppant de façon à ce qu'on pût le porter sans qu'il attirât l'attention. Bien obligé! Vous daignerez, je l'espère, me continuer votre pratique!

Ludovico prit le paquet, et les trois hommes s'éloignèrent tandis que Bramarbo les suivait jusqu'à la porte de la maison en continuant ses offres de service et ses courbettes.

Ils étaient à peine dans la rue que le baigneur tirait Cinzio par sa manche.

— Je te dis qu'il endossera ce manteau, fit-il à demi-voix. Il est trop orgueilleux et trop vain pour le refuser!

— Il ne le porterait pas longtemps, sois tranquille, répondit sourdement Cinzio. Son sort se déciderait sur l'heure!

— Comment? Votre plan est-il déjà fait? Pensez-vous à le frapper de suite?

— Nous verrons! On ne peut pas tout prévoir, mais nous n'aurons pas besoin de nous en mêler, je pense, dit Cinzio. La pourpre se chargera de le punir!

Les deux pêcheurs avaient enfilé une rue étroite conduisant à l'une des portes de la ville. Tous deux semblaient se diriger vers quelque but fixé d'avance. Nicolo, poussé par la curiosité, trottinait à côté d'eux sans que les deux hommes fissent rien pour l'en empêcher.

— Je n'y comprends plus rien; vous parlez par énigmes, dit enfin le bossu qui ruminait depuis un instant sur l'étrange réponse de Cinzio. Etes-vous vraiment décidés à ne pas porter la main sur Masaniello?

— Réfléchis, Nicolo! Qui cherche trouve, dit-on! Ne de-vines-tu pas comment nous pourrions nous y prendre pour laisser au tribun le soin de prononcer lui-même sa sentence?

Le baigneur ne répondit pas. Uniquement préoccupé de ce

qu'il venait d'entendre, il avait suivi les deux pêcheurs sans prendre garde à la direction qu'ils avaient prise, et le bossu s'apercevait tout à coup avec étonnement qu'ils arrivaient à la porte de la ville.

— Où allez-vous ? s'écria-t-il d'un air inquiet. Je crois vraiment que vous emportez ce manteau à Portici ?

— Laisse-moi ce baigneur tranquille, il est curieux en diable, grommela Ludovico qui ne semblait guère jouir de la société du bossu.

— Je suis de trop, à ce qu'il paraît, s'écria aigrement Nicolo. Croyez-vous donc que je ne sois bon à rien ? J'ai fait mes preuves, il me semble !

— Certainement, certainement ! Tu peux nous être fort utile, répondit Cinzio qui voulait ménager le bossu dont il comptait bien se servir. Si Ludovico parle ainsi, c'est qu'il ne connaît pas ta valeur comme moi. Il ne faut pas lui en vouloir !

— Tu as entendu, hein ? fit Nicolo en s'adressant au pêcheur. Cinzio me connaît, lui, il n'est d'ailleurs pas seul à m'apprécier ! Si je vous disais que les hommes noirs, eux-mêmes, reconnaissent mon importance !

— Les hommes noirs ? répéta Cinzio.

— Hé oui. L'un d'eux est venu hier au soir prendre un bain dans mon caveau. Je lui ai taillé la barbe — —

— Tu as donc pu voir sa figure ?

— La partie inférieure, seulement !

— Comment ? s'est-il baigné avec son masque ?

— Sans doute ! Le masque arrivait jusque sur le nez ; il ne l'a pas même ôté pour se faire raffraîchir la barbe. — Nicolo, m'a-t-il dit d'une voix profonde — une voix que je connais, j'en jurerais sur ma tête — Nicolo, tu n'es pas le premier venu et ton opinion a bien sa valeur. Que dit-on de Masaniello dans le peuple ? — Rien de bon, signor, ai-je répondu. — On a raison, a-t-il continué ; fais comprendre au peuple que ce Masaniello le trahit par ambition ! Répète-le

ici et là. A force de l'entendre, les gens finiront par y voir
clair!

— Il a dit cela? fit Cinzio qui était tout oreilles.

— Certainement! — Le mieux serait, ai-je répliqué, que
vous vous missiez à notre tête et que vous prissiez tout en
main, signor! — Le moment n'est pas encore venu! a-t-il
répondu gravement, puis il est parti. La curiosité me tenait,
et, ma foi, je l'ai suivi, mais j'y ai été pour ma peine. Il
s'est dirigé vers l'escalier du port, est monté dans un bateau
qui l'attendait, et au bout de quelques minutes il avait disparu! Impossible de pénétrer le secret de ces hommes noirs!
En attendant — où allons-nous donc — vous quittez le
chemin de Portici? Où portez-vous ce manteau?

— Nous voulons le faire bénir!

— Bénir? répéta le baigneur de plus en plus surpris. Que
voulez-vous dire?

— Tu ne comprends pas? ricana Cinzio. Nous voulons qu'il
profite à celui qui le portera.

— Avais-tu besoin de prendre le baigneur? murmura Ludovico. S'il nous trahissait — —

— Vous trahir! cria le bossu avec colère. Pour qui me
prenez-vous? C'est bon, je vous gêne, je le vois — j'aime
mieux m'en retourner!

— Viens seulement, mon fils, dit Cinzio en riant, tu nous
suivrais, d'ailleurs, comme tu as suivi ton client de hier au
soir!

— Non, non; vous vous figurez peut-être que je suis en
secret partisan de Masauiello, vous croyez que je vais vous
trahir — —

— Ludovico plaisantait!

— Il n'en avait pas l'air! Je vois bien qu'il se méfie
de moi!

— Eh bien, prouve-lui qu'il a tort et jure-lui de ne rien
révéler de ce que tu pourrais voir et entendre, dit Cinzio en
s'arrêtant auprès d'une madone qui reposait dans sa niche

au bord du chemin. Jure d'être avec nous et de travailler avec nous au bien de Naples!

— Je le jure! s'écria le baigneur en levant la main vers l'image.

— Et bien, tout est dit; tu peux nous suivre !

Cinzio et Ludovico s'étaient avancés à leur tour vers la madone et tous deux répétaient une courte prière. La démarche qu'ils allaient faire s'accordait mal avec cet acte de dévotion, mais, accoutumés dès l'enfance à remplir machinalement ces pieuses pratiques, ils pliaient le genou devant les saintes images sans que le cœur eût aucune part à ce culte. Ils priaient — mais cette prière ne les détournait pas de leurs criminels desseins!

Les trois hommes s'étaient remis en marche. Ils avaient à peine fait quelques pas que Nicolo s'arrêta tout à coup.

— Sur mon âme, je crois que vous montez vers la sorcière! dit-il.

— La connais-tu, la bonne vieille?

— Si je la connais! Voilà plus de vingt ans qu'elle fait son métier là-haut! Elle venait de loin, disait-on, continua le bossu; on assurait même qu'elle ne comprenait pas notre langue, mais elle s'y est faite maintenant, et chacun la croirait du pays. Elle était là-haut depuis peu, lorsque le duc d'Arcos est venu à Naples! Mais que lui voulez-vous donc à cette vieille sorcière ?

— On te l'a déjà dit! Nous entendons que cette pourpre royale soit en bénédiction à celui qui la portera. La vieille Corvia va nous l'ensorceler! Elle dansera autour, la cuira dans son chaudron et fera sabbat dans son antre! Viens, mon fils, viens, continua Cinzio avec un rire sauvage. Tu verras tout ça! Viens — mais tu t'arrêtes? Serais-tu fatigué, Nicolo ?

— Je n'en puis plus — vous allez trop vite!

— Alors, assieds-toi là, au bord du chemin, et attendsnous !

— J'aurais préféré vous suivre !

— Faut-il que la curiosité le tienne, marmotta Ludovico. Il aimerait mieux crever en route que de rester là !

— C'est pour Naples, amis ! haleta le bossu. Continuons ! Je finirai bien par arriver là-haut.

— Si nous nous reposions un instant, proposa Cinzio qui tenait décidément à rester en bons termes avec le baigneur ; rien ne presse. Nous trouverons toujours la vieille Corvia dans sa caverne ! Elle n'en bouge guère pendant la nuit !

Les trois hommes s'assirent au bord de l'aride sentier qui conduisait au haut de la montagne, et pendant un instant rien ne troubla le morne silence de ces lieux. Nicolo, ranimé par cette courte halte, se releva le premier. Ses deux compagnons l'imitèrent. Tous trois reprirent leur marche, et bientôt ils atteignirent la crevasse qui donnait accès dans l'antre de la sorcière.

Un feu vif éclairait la caverne, et faisait chanter le breuvage dont Corvia surveillait attentivement la cuisson. La vieille, avertie par le croassement inquiet du corbeau, enleva son chaudron de dessus le feu, le posa à l'écart et vint au-devant des visiteurs dont elle entendait déjà les pas dans la crevasse. Elle poussa une exclamation de surprise en apercevant les trois hommes qui ne lui étaient nullement inconnus.

— Eh, eh, quelle nombreuse visite à pareille heure ! fit-elle de sa voix enrouée qu'accompagnait le ricanement sinistre de la tourterelle. Approchez, signori, approchez !

Tout en parlant, elle avançait un vieux banc vers le feu. Ludovico et le bossu y prirent place, tandis que Cinzio, qui avait pris le paquet des mains de son camarade, s'asseyait sur le lit de mousse de la vieille.

— Eh bien, que m'apportez-vous là, mes enfants, dit la sorcière. Qu'avez-vous à demander à la vieille Corvia ? Cinzio, mon fils, délie ta langue, hi hi hi — qu'as-tu là dans ce joli paquet ?

— Un morceau d'étoffe, la vieille, répondit le pêcheur en écartant l'enveloppe qui couvrait le manteau.

La sorcière ouvrit de grands yeux et joignit ses mains décharnées.

— Seigneur — quelle magnificence! s'écria-t-elle — de la pourpre, de l'hermine et de l'or! Le beau manteau — vous le destinez sans doute à quelque duc ou prince?

— Impossible de te dire à qui il est destiné, répondit Ludovico. Nous-mêmes nous ne le savons pas encore!

— Il est destiné à celui qui le portera! ricana le baigneur.

— Voyez-vous ça! fit la sorcière en se tournant brusquement pour examiner le bossu; ce n'est toujours pas un barbier qui l'endossera, sois en sûr. Il y ferait trop facilement des taches!

— Nicolo a raison, dit Cinzio d'un ton conciliant. Nous ne savons pas encore qui portera ce manteau, et en attendant, tu le garderas ici!

— Moi?

— Toi! répéta Cinzio en baissant la voix. Tu dois bien avoir quelque boisson ou quelque poudre qui, sans altérer la couleur d'un tissu, le rende mortel à quiconque le porte! Eh bien, il s'agit d'empoisonner ainsi cette pourpre!

— Veux-tu le faire? demanda à son tour Ludovico.

— Sans doute, enfants, sans doute, s'écria la sorcière. Je ferai tout ce que vous voudrez — si vous payez — —

— Sois tranquille, nous paierons d'avance! répondit Cinzio. Tiens, continua-t-il, en lançant quelque chose à la vieille, voici deux ducats d'or. C'est un joli prix, je pense, et tu vas nous arranger consciencieusement ce manteau. S'il ne remplit pas son but, s'il ne tue pas celui qui doit s'en couvrir, c'est toi qui mourras! Tu es avertie!

— Oho, tu es diablement sévère, aujourd'hui, Cinzio!

— Nous en restons à nos conventions! fit ce dernier en se levant. Rappelle-toi, la vieille, que la couleur doit rester intacte et que le manteau ne doit avoir aucune odeur parti-

culière! Tu m'entends! Bonne nuit! Je reviendrai dans trois
jours!

— Tu seras satisfait, mon fils! répondit la sorcière en se
redressant. La vieille Corvia n'a jamais mécontenté personne.
Sois tranquille, celui qui portera ce manteau n'aura plus de
goût pour la pourpre et les grandeurs! C'est là ce que tu
demandes, mon fils! Encore un mot: ne le manie pas inutile-
ment; tu risquerais d'en périr plus tôt encore que celui à
qui tu le destines!

— Tu entends, fit Ludovico en s'adressant à Cinzio, il
faudra faire attention, et ne pas trop mettre les doigts sur
cette pourpre!

— C'est bon, c'est bon! Nous reviendrons dans trois jours,
conclut Cinzio. Tiens le manteau prêt pour ce moment-là!
Bonne nuit!

— Bonne nuit! répétèrent Ludovico et Nicolo en saluant
la sorcière.

La vieille salua de la main ses visiteurs, fit glisser les
deux pièces d'or dans sa poche, et retourna à son chaudron
tandis que les trois hommes disparaissaient dans l'obscurité.

CHAPITRE XVIII.

## Un duel.

Nous avons laissé Tito conférant avec la princesse, et lui faisant accepter des offres de services qu'il comptait bien se faire payer tôt ou tard. L'entretien terminé, le favori, enchanté de cette rencontre, quitta Elvira avec les marques du respect et de l'attachement le plus sincère, et se rendit en toute hâte dans l'appartement qu'il occupait au château.

Il se faisait tard. Les domestiques s'étaient retirés les uns après les autres. Seul, le valet de chambre du favori attendait encore son maître. Il est vrai de dire qu'il l'attendait en dormant. Resté seul dans l'antichambre, Ruiz avait senti la lassitude l'accabler. Il s'était laissé tomber sur un fauteuil. Sa tête s'était penchée sur sa poitrine, et malgré d'héroïques efforts pour se tenir éveillé, Ruiz n'avait pas tardé à s'endormir du sommeil le plus doux et le plus paisible.

L'entrée de son maître le tira brusquement de son repos. Le valet de chambre se leva d'un bond, se frotta les yeux, et s'avança d'un air embarrassé au-devant du favori.

Tito ne fit aucune observation. Ruiz était un serviteur éprouvé auquel on pouvait aisément pardonner une légère infraction à la règle. Le favori comptait d'ailleurs l'associer à l'expédition qu'il projetait pour la nuit même, il n'était donc point fâché que son valet de chambre eût pris d'avance un peu de repos.

— Le tailleur n'a-t-il pas livré ce soir un costume neuf pour Fedro? demanda-t-il vivement.

Ruiz regarda son maître avec stupéfaction.

— Mais — je le crois — répondit-il en hésitant.

— A-t-on déjà remis cette livrée à Fedro?

— Pas encore, don Tito! J'ai pensé qu'il n'en avait pas besoin ce soir et qu'il pouvait attendre à demain matin!

— C'est bon! Va me chercher ce costume!

— Comment — la livrée? — —

— Hé oui, la livrée destinée à Fedro. Va vite!

Ruiz s'éloigna précipitamment tandis que le favori se rendait dans son cabinet de toilette. Là, il sortit de dessous son manteau quelques objets qu'il posa avec précaution sur une ottomane. C'étaient les vêtements empruntés à Elvira : une robe, un voile, une riche mantille et une large fraise. Tito considéra en riant cette défroque, puis il commença à se déshabiller.

Ruiz revenait au même instant portant sur le bras le costume demandé.

— Tu vas m'aider à endosser cette livrée! ordonna Tito.

Le valet de chambre recula d'un pas.

— Sainte Vierge! Don Tito voudrait... balbutia-t-il.

— Je veux me déguiser — ce n'est d'ailleurs que le prélude d'autres métamorphoses pour lesquelles j'aurai besoin de ton concours. Pour le moment je vais devenir laquais. Je suis Fedro, souviens-t'en!

— Il y aura donc quelque entreprise cette nuit!

— Comme tu vois!

— Et mon gracieux maître n'aura-t-il pas besoin de mes services?

— Certainement! Tu m'accompagneras.

— Merci, don Tito, merci! s'écria joyeusement le valet. Je n'aime rien tant que les aventures! Une surprise, un duel, un enlèvement — y a-t-il rien de comparable!

— Tu as raison! Je sais qu'on peut t'utiliser en pareil cas! C'est bien d'une espèce d'enlèvement qu'il s'agit!

— Fameux! Excellent! Nous allons nous refaire un peu la main! Et tout en s'exclamant ainsi Ruiz aidait son maître à se transformer en laquais. La métamorphose s'accomplit

rapidement et réussit au-delà de toute attente. Les amis par-
ticuliers de Tito l'auraient seuls reconnu à ses traits et à sa
barbe, mais à le voir en passant on n'eût pas douté que ce
ne fût bien Fedro.

— Décidément, cette livrée me va, fit Tito en se mirant
avec complaisance. On la dirait faite pour moi !

— C'est admirable, don Tito ! Personne ne vous recon-
naîtrait !

— Hé bien, à l'œuvre ! Où tient-on la litière dans laquelle
la princesse se fait porter à l'église ?

— La litière ? Elle est là-bas, dans la grande remise !

— Va la chercher ! Mais tu ne pourras pas la porter seul ?

— Je me ferai aider, s'il le faut, par un des hommes de
garde.

— Monte-la dans la chambre à coucher, et appelle-moi
lorsqu'elle y sera !

Ruiz s'éloigna en toute hâte, et Tito ne tarda pas à entendre du bruit dans la pièce voisine. Le zélé serviteur avait
lestement accompli sa mission, et la riche litière se trouvait
dans la chambre à coucher du favori. Ruiz congédia le soldat
qui lui avait prêté son aide, puis il reparut dans le cabinet
de toilette pour annoncer à Tito que son ordre était exécuté.

Pendant ce temps, le fils adoptif du duc avait pris une
longue et épaisse couverture et en avait fait un rouleau qu'il
avait revêtu de la robe de la princesse. Il porta cette espèce
de poupée dans la litière et l'y appuya solidement contre les
coussins de velours. Il compléta ensuite la toilette de son
mannequin en lui mettant la fraise, la coiffure, le voile et
la mantille empruntés à Elvira, le tout à la grande joie de
Ruiz qui semblait s'amuser prodigieusement de ces préparatifs.

Tito s'était adroitement tiré de sa besogne. En soulevant
les rideaux de soie de la litière on apercevait une forme

voilée et blottie dans les coussins qui devait faire illusion à chacun.

— La princesse, la princesse en chair et en os, s'écria Ruiz enchanté quoiqu'il ne comprît pas encore le but de cette farce de carnaval.

— En avant, Ruiz! dit Tito. C'est le moment de nous risquer. Nous allons essayer de sortir ainsi du château. Nous portons la princesse au couvent de nonnes là-dehors. Elle veut assister à la messe de minuit. Tu iras en avant, moi derrière. Je te dirai le reste plus tard!

— Un drôle d'enlèvement! fit Ruiz en riant. Cette poulette-là ne fera du moins pas de résistance. Laissez-moi seulement faire, don Tito! Nous passerons, c'est moi qui vous le dis!

Les deux domestiques — dès cet instant, Tito n'était plus que Fedro le laquais — soulevèrent la litière et l'emportèrent au travers des antichambres et des corridors jusqu'à la galerie, puis ils commencèrent à descendre lentement l'escalier. Arrivés dans la cour ils s'arrêtèrent un instant, et Fedro constata avec satisfaction que la fausse princesse, toujours fière et immobile dans son coin, avait bravement supporté les secousses inévitables de cette descente. Tito s'était réellement distingué, et son mannequin unissait la solidité à la ressemblance.

Les deux porteurs se remirent en route. Les mercenaires placés en sentinelle à l'entrée de la cour intérieure les interpelèrent. Ruiz répondit, et la porte s'ouvrit sans difficulté devant la litière ducale. Les deux laquais se dirigèrent alors vers le mur d'enceinte et allèrent frapper à une petite porte latérale.

Les gardes vinrent ouvrir.

— Nous voulons sortir, signori, dit Ruiz d'une voix contenue.

— Vos noms? demanda l'un des bourgeois du poste.

— Ruiz et Fedro, deux laquais. Nous portons la litière de son Altesse la princesse Elvira!

— Qu'a-t-elle à sortir ainsi au milieu de la nuit?

— Elle se fait conduire au couvent!

— Va-t-elle par hasard prendre le voile? fit l'un des gardes en riant.

— Je l'ignore!

— Peut-être songe-t-elle à quitter Naples?

— Je n'en sais pas davantage!

— Alors, nous allons lui demander où elle compte aller à pareille heure!

— Laissez-y faire, mon brave, répondit Ruiz en arrêtant la sentinelle qui s'approchait déjà de la litière. La princesse vous comprendrait à peine. Elle veut assister à la messe de minuit, voilà tout!

— Et vous ne pouviez pas le dire, imbécile! cria le bourgeois. Cette valetaille espagnole fait encore ses embarras et croit n'avoir pas de compte à nous rendre! Si pareille chose se représente, je vous jure, sur mon âme, qu'on ne vous laissera plus sortir, fut-ce pour aller à l'église!

— Vous ne voudriez cependant pas empêcher la princesse de remplir ses devoirs religieux, fit Ruiz d'un ton de reproche.

— Ce n'est pas notre intention. Nous voulons seulement qu'on s'explique et qu'on obéisse!

Ruiz et Fedro avancèrent la litière. Au moment où ils allaient passer la porte, un des bourgeois souleva le rideau, jeta un regard dans la chaise et fit signe de la main que tout était en règle.

Les deux laquais n'en demandaient pas davantage. Ils s'éloignèrent silencieusement avec leur fardeau et gagnèrent la porte de la ville où ils répétèrent avec le même bonheur la scène qu'ils venaient de jouer pour sortir du château. Là, comme au premier poste, les gardes jetèrent un coup-d'œil dans l'intérieur de la litière pour s'assurer qu'on ne les trompait pas, et là, comme à la porte de la citadelle, nul ne s'aperçut de la supercherie.

Ces obstacles heureusement surmontés, les deux porteurs gagnèrent la route de Portici. Là, Tito proposa une halte. Il était haletant et la sueur ruisselait sur son front. Jamais il n'avait fait pareille besogne. Il lâcha avec bonheur les bras de la litière, l'ouvrit et s'assit sur le fond.

— Voilà qui s'appelle avoir de la chance, dit-il à Ruiz qui le regardait d'un air joyeux. Ça promet pour le reste de l'expédition, mais, avant d'en venir à l'aventure proprement dite, nous avons encore une rude besogne. Il nous faut porter cette machine jusque dans le voisinage de Portici !

— Ce n'est pas si loin ! Nous y arriverons, don Tito !

— Silence ! Veux-tu nous exposer à être reconnus, imprudent ! Je suis Fedro, et pas autre chose !

— Je ne l'oublierai plus, don Fedro !

— Encore ! T'appelles-tu *don* Ruiz, toi ? Si quelqu'un nous entendait, ne concevrait-on pas des soupçons à ce mot de don ?

— Vous avez raison — mais le respect — — —

— Appelle-moi Fedro tout court, je l'exige —

— Je tâcherai — Fedro ! Ça vous fait un singulier effet, tout de même !

— Tu t'y habitueras ! Maintenant écoute ! Nous allons en venir à notre aventure !

— Nous allons donc à Portici ?

— Oui. Là, nous cacherons la litière sous les arbres qui se trouvent à l'entrée du village. Il est à peine minuit, nous avons donc encore quelques bonnes heures devant nous — il s'agira de les bien employer ! Je compte sur ta résolution !

— Quoiqu'il arrive, don — — Fedro, veux-je dire, j'en suis !

— Il s'agit d'enlever une fillette et de l'amener au château, reprit le favori. Connais-tu la Muette de Portici, la sœur de Masaniello ?

— Sans doute! Je l'ai vue autrefois dans la citadelle.

— Bien! Nous nous emparerons d'elle par ruse ou par force, puis nous la fourrerons dans la litière où nous l'attacherons solidement, et, comme elle ne peut ni crier ni appeler au secours, nous pourrons facilement l'emporter sans crainte que ses plaintes ne nous trahissent! Elle est aussi muette que notre mannequin!

— C'est fameux! Impossible de trouver un plus joli tour, fit Ruiz en riant. Parlez-moi d'une muette! Ça ne vous assourdit pas de cris et de lamentations!

— En route! ordonna Tito. Me voilà frais, reposé et prêt à fournir une bonne traite.

Le maître et le valet reprirent leurs places et avancèrent avec la litière sur la route déserte de Portici. Tout en marchant, le favori réfléchissait au moyen le plus commode de s'emparer de la Muette. Il était décidé, si Masaniello se trouvait dans sa chaumière, à s'aller cacher avec Ruiz dans le vieux couvent dont on apercevait les ruines à quelque distance. Ils y monteraient la chaise à porteur, et attendraient là le moment d'exécuter leur dessein. Tito ne doutait pas qu'à eux deux, ils ne parvinssent à mettre la main sur Fenella. Il comptait bien la livrer à sa rivale, mais il voulait auparavant se donner la satisfaction de sentir la belle Muette en son pouvoir. Elle avait réussi jusque-là à déjouer toutes les tentatives du favori, mais il allait avoir son tour; il allait lui faire expier et ses dédains et la haine dont elle l'avait poursuivi!

Les deux porteurs arrivèrent enfin jusqu'à l'entrée du village. Ils cachèrent alors la litière sous les arbres touffus qui ombrageaient la route, et se dirigèrent à pas de loup vers la maisonnette du tribun.

C'était durant cette même nuit que les pêcheurs, réunis chez le vieux Pietro, juraient de renverser Masaniello.

Fenella s'était rendue dans la soirée au village et y avait rencontré Cinzio. Ce vindicatif personnage lui avait toujours inspiré une certaine méfiance. Elle devinait en lui un envieux, un ennemi. Les allures mystérieuses du pêcheur l'étonnèrent. Elle le suivit des yeux, et sa vue exercée le lui montra passant de chaumière en chaumière.

Préoccupée de ce qu'elle venait de voir, la Muette regagna lentement sa demeure. Masaniello s'y trouvait. Le tribun s'était jeté sur sa couche et dormait d'un sommeil agité. La vue de ce frère bien-aimé accrût l'inquiétude de la Muette. L'angoisse la saisit et elle résolut de retourner au village pour surveiller le jaloux Cinzio.

Une force invincible la poussait au-dehors. Que se passait-il à Portici? Que préparait-on contre son frère? Pourquoi Cinzio avait-il été vers les autres pêcheurs et non vers Masaniello?

Il était près de minuit lorsqu'elle ressortit de la chaumière et se glissa prudemment dans le village. Elle écouta — tout était calme et tranquille. Rien ne troublait le silence de la nuit.

S'était-elle trompée? Son imagination lui créait-elle des fantômes? Sa sollicitude pour son frère lui exagérait-elle les dangers dont il était entouré?

Elle passa doucement le long des chaumières toutes enveloppées de silence et d'obscurité — on entendait au loin le murmure des flots — la lune brillait au ciel et l'air pur et frais de la nuit faisait oublier la chaleur de la journée.

Fenella aspirait à pleins poumons cette brise rafraîchissante. Elle en oubliait presque le but de sa nocturne sortie, lorsqu'un bruit de pas la rappela brusquement à elle-même. Des voix contenues se faisaient entendre derrière elle. La Muette se jeta derrière un bouquet d'arbres qui se trouvait au bord du chemin et s'y blottit de son mieux. Elle y était à peine qu'elle vit passer quelques pêcheurs. Ils marchaient vite et causaient à voix basse. Peu d'instants après, d'autres hommes débouchèrent d'un chemin de traverse et passèrent à leur tour devant les arbres qui cachaient Fenella. Tous avaient pris la même direction. Où allaient-ils? Ce n'était pas à la pêche, puis qu'ils ne se dirigeaient pas vers le rivage et n'avaient avec eux ni filets ni utensiles quelconques.

L'angoisse de la Muette allait croissant. Elle quitta prudemment sa retraite, se glissa sur les traces des pêcheurs, et les vit bientôt s'enfiler les uns après les autres dans le jardin du vieux Pietro. C'était donc là qu'ils se rendaient! C'était là qu'ils avaient un rendez-vous secret! Fenella s'approcha du mur, et plongea d'avides regards dans le jardin. Elle ne se trompait pas. Les pêcheurs étaient réunis sous le berceau de vigne et discutaient vivement.

Qu'avaient-ils à débattre ainsi? Pietro, se disait Fenella, n'était-il pas le plus fidèle et le plus ancien ami de son frère? Elle-même, ne considérait-elle pas le vieux pêcheur comme un père? L'honnête Pietro ne pouvait prendre part à de sourdes intrigues — et cependant — pourquoi Masaniello n'avait-il pas été convoqué à cette réunion? Pourquoi se faisait-elle sans lui? Il ignorait qu'elle eût lieu puisqu'il était resté dans sa chaumière et s'était couché! Il y avait là quelque chose de louche — c'était un nouveau danger qui se préparait pour le tribun!

Fenella prêta vainement l'oreille; elle ne put distinguer ce que disaient les pêcheurs. Elle les voyait s'agiter; Cinzio, surtout, reconnaissable à sa petite taille, gesticulait vivement et s'adressait tantôt à l'un tantôt à l'autre de ses compagnons. C'était là qu'était le danger. La parole envenimée de l'orateur était une arme puissante, et cette arme, Fenella ne le devinait que trop, c'était contre Masaniello qu'il s'en servait!

Il fallait avertir le tribun de ce qui se passait, et l'avertir au plus tôt! Il verrait alors ce qu'il avait à faire! Peut-être sa résolution et sa fermeté écarteraient-elles le nouveau danger qui s'amassait sur sa tête? Fenella quitta le mur et reprit en toute hâte le chemin de sa demeure. Elle traversa rapidement le village endormi. La chaumière de Masaniello se trouvait un peu à l'écart; de vieux arbres en ombrageaient

les abords et la lune traversait à peine leur feuillage, mais
la Muette connaissait son chemin et l'eût retrouvé dans la
plus complète obscurité.

Elle avait laissé sa petite lampe allumée. Un pâle rayon
de lumière, sortant par la porte à demi ouverte, venait tomber dans la veranda. Fenella l'aperçut bientôt! Quelques pas
encore et elle était chez elle —

Elle quittait la route pour courir dans la chaumière lorsqu'il lui sembla que quelque chose remuait derrière les filets
suspendus devant la maison. Elle s'arrêta une minute, puis
elle approcha résolûment pour s'assurer que la brise du soir
avait seule produit le mouvement et le bruit qu'elle avait cru
entendre —

Au même instant, un léger appel la fit tressaillir et deux
hommes, sortant brusquement de la veranda, fondirent sur
elle avec tant d'impétuosité qu'elle essaya vainement de se
soustraire à leur attaque. La pauvre enfant ne pouvait ni
crier ni appeler à l'aide. Elle rassembla toutes ses forces
pour se défendre, mais elle ne parvint pas à échapper aux
deux laquais qui l'avaient saisie et qui luttaient silencieusement avec elle.

Ils la poussaient sur la route, lorsque la lune, éclairant
ses ennemis, permit à la Muette de reconnaître dans l'un
d'eux le rouge Tito. La malheureuse pâlit, un froid mortel
passa dans ses veines et paralysa un instant tous ses mouvements. Tito était vainqueur! Un sourire satanique crispa
ses traits. Il jeta un regard triomphant sur sa victime et
ordonna tout bas à Ruiz d'éloigner promptement la Muette.
Il fallait fuir au plus tôt le voisinage dangereux de la
chaumière !

Les deux misérables entraînèrent la pauvre enfant jusque
sous les arbres qui cachaient la litière ; et là, malgré sa vigoureuse résistance, ils lui lièrent les mains et les pieds avec
des écharpes dont ils s'étaient pourvus. La malheureuse, incapable de se défendre, fut alors mise dans la litière où ses

bourreaux l'attachèrent encore par surcroît de précaution. Ils lui passèrent ensuite la robe de la princesse, lui enveloppèrent la tête du voile et de la mantille qui avaient servi pour le mannequin, et se regardèrent en riant. La farce était jouée; elle avait réussi au-delà de toute attente; et Fenella se trouvait prise. Le rouge Tito la tenait et ne comptait pas la lâcher.

La prisonnière avait fini par comprendre que toute résistance était inutile. Elle essaya alors d'attendrir ses persécuteurs, mais elle n'y réussit pas davantage. Ses gestes suppliants et ses larmes n'eurent pas plus de succès que la violence. Il ne lui restait plus qu'à se soumettre à son sort.

— Cette fois, l'oiseau est en cage! dit Tito d'une voix contenue. En avant, Ruiz, il faut que nous rentrions au château avant le jour!

Les deux hommes soulevèrent la litière et reprirent le chemin de la ville.

Ils marchèrent ainsi quelque temps, mais la charge avait considérablement augmenté, et Tito ne tarda pas à reconnaître qu'il avait beaucoup présumé de ses forces en se chargeant de ce rôle de porteur. Il songea alors à s'arrêter dans quelque cachette sûre, et à y attendre paisiblement la nuit suivante en compagnie de la belle prisonnière. Cette idée lui souriait singulièrement, mais en y réfléchissant davantage il lui parut plus sûr de regagner le château la nuit même. Il rassembla tout son courage, continua à avancer à la suite de Ruiz pour qui cette besogne n'avait rien d'extraordinaire, et tous deux firent ainsi presque la moitié du chemin.

Enfin Tito réclama une halte. Il était à bout de forces. Les deux porteurs se débarrassèrent de leur charge et s'assirent au bord du chemin pour y prendre un repos dont le favori du moins avait le plus pressant besoin. La nuit était avancée; une raie lumineuse bordait déjà l'horizon, mais il devait bien se passer une heure encore avant que le soleil parût, et les rues de Naples étaient certainement plus désertes à ce moment là qu'au milieu de la nuit.

Au bout d'un instant, Ruiz se releva, et insista pour que l'on se remît en marche. Il tenait à rentrer avant le jour au château. Le favori se sentait un peu reposé. Il céda aux instances du valet de chambre et s'attela de nouveau à la chaise à porteur.

De vigoureux efforts, entrecoupés de quelques haltes, amenèrent enfin les dignes personnages et leur fardeau jusque dans le voisinage de la ville. Déjà ils approchaient de l'une des portes lorsqu'une forme noire sortit tout à coup de l'ombre et se dressa devant eux. Ruiz qui marchait en avant l'aperçut le premier et pâlit. Il venait de reconnaître dans ce noir fantôme un de ces mystérieux personnages vêtus à la façon du comte Almaviva, et qui appartenaient, disait-on, à l'association secrète des frères de la mort.

L'inconnu s'avança, l'épée haute, au-devant des porteurs.

— Halte — qui va là? cria-t-il.

— Peu vous importe! répondit Ruiz en s'efforçant de cacher son trouble. Avez-vous droit de surveillance sur les chemins?

— Répondez, au nom de la Compagnie de la mort! s'écria l'étranger en brandissant son épée. Je vous somme de décliner vos noms et qualités!

L'arrogance du valet de chambre tomba soudain. Il comprit immédiatement que l'affaire tournerait mal pour Tito et pour lui, si l'énergique personnage qui leur barrait la route venait à découvrir Fenella dans la litière. Ruiz voulut essayer de retarder cette découverte et se donner ainsi le temps de s'échapper. Quant à défendre son maître et à risquer sa vie pour lui, l'idée ne lui en vint même pas.

— Nous sommes des domestiques du château, répondit-il d'un air humble et soumis.

— Et que signifie cette sortie nocturne? D'où venez-vous avec cette litière? Est-elle vide?

— Vous y trouverez la princesse Elvira, répondit Ruiz en prenant un ton confidentiel. Ne l'effrayez pas — son Altesse a voulu entendre la messe de minuit au couvent ici proche, et nous l'en ramenons!

L'inconnu s'approcha de la litière et en souleva le rideau —

— Pendant ce temps, Tito, comprenant de quoi il s'agissait, avait songé à se mettre en défense. Il avait eu la précaution de se munir de son épée, mais cette arme ne convenant guère à un laquais, il l'avait cachée dans la chaise à porteur. Au premier signal du danger, il l'avait saisie, et tandis que l'homme noir se penchait vers la litière, Tito lui porta de sa place un coup violent.

Un mouvement instinctif de l'étranger lui fit éviter le coup. Il laissa tomber le rideau et se retourna vivement.

— Oho, gredin, cria-t-il, tu veux te défendre!

— Jusqu'à la dernière goutte de mon sang, hurla Tito en portant quelques bottes furieuses à son adversaire, tandis que Ruiz profitait de ce commencement de duel pour quitter la place et s'esquiver au plus vite.

Pendant quelques minutes, l'homme masqué se borna à parer adroitement les coups de Tito, puis, voulant sans doute attaquer à son tour, il fondit subitement sur le favori.

Tito recula et s'éloigna peu à peu de la litière qui resta sans porteurs et sans gardiens dans l'endroit solitaire où elle avait été posée.

Les deux combattants avaient changé de rôle. Tito, forcé de se défendre, reculait pas à pas devant son adversaire. Deux fois il essaya de le surprendre, en employant des feintes habiles, deux fois l'inconnu y répondit en s'en servant à son tour et en lui prouvant que l'escrime n'avait pas de secrets pour lui. La lutte se prolongeait, et, conduite des deux côtés avec un égal acharnement et une égale adresse, elle menaçait de durer longtemps. Un pâle crépuscule éclairait cette scène, et montrait, bien loin derrière les combattants, la litière,

mélancoliquement appuyée contre un des arbres qui ombrageaient la porte de la ville. Pas un bruit n'en sortait. La
malheureuse Fenella, incapable de faire un mouvement, passait de la terreur à un désespoir muet comme elle-même, et
nul, en voyant la litière, ne se fut douté de ce que renfermait
ce meuble silencieux et immobile délaissé par ses porteurs.

Les deux adversaires luttaient avec rage sans que la chance
parut se décider pour l'un d'eux, lorsque l'épée de l'homme
au masque noir heurta contre une branche d'arbre. Tito en
profita pour se découvrir et pour porter une botte furieuse à
son ennemi, mais celui-ci se tenait sur ses gardes. Il fit un
brusque mouvement et reçut au bras gauche le coup que Tito
lui destinait et qui devait frapper à la poitrine. Le sang
jaillit à flots de la blessure, mais l'étranger, furieux de cet
échec inattendu, fondit avec impétuosité sur le favori, lui
arracha son arme, et l'en frappa à coups redoublés. Tito
poussa un soupir étouffé et s'affaissa sous les arbres —

L'inconnu jeta un coup-d'œil rapide sur son adversaire,
puis il se dirigea à grands pas vers une ferme voisine, afin
de bander sa blessure qui saignait abondamment. C'était là
le plus pressé. Cette perte de sang l'obligerait sans doute à
prendre un jour ou deux de repos, mais l'homme au masque
savait où trouver ses frères. Il se promit d'en envoyer immédiatement quelques-uns dans l'endroit où la lutte avait
commencé, afin de s'assurer si le domestique interrogé avait
dit vrai et si vraiment la princesse s'était hasardée hors du
château. En attendant la litière resta seule à la place où ses
deux porteurs l'avaient laissée, sans que l'infortunée qu'elle
contenait put parvenir à rompre ses liens et à s'échapper.

## Chapitre XIX.

### En cage.

Ce matin même, tandis que l'aube blanchissait à l'horizon, deux buveurs attardés quittaient l'auberge des Vautours et prenaient d'un pas chancelant le chemin de la ville. L'un d'eux surtout, vêtu d'un pourpoint à crevés blancs, tel qu'en portaient habituellement les domestiques du château, paraissait avoir bu plus que de raison, tandis que le camarade qui le soutenait par le bras était encore en état de se conduire.

— Y a-t-il rien au-dessus du vin de Filippo, criait l'ivrogne — rien au-dessus de la belle Finetta? Mille diables — comme elle danse! As-tu vu ses pieds, Hassan — et ses bras?

— C'est une belle fille, il n'y a rien à dire, répondit le Maure. Tu n'as pas mauvais goût, Pedro!

— Vois-tu, fit Pedro en s'arrêtant tout à coup comme pour donner plus d'importance à ses paroles — j'aurais bien lâché vingt scudis pour un baiser de cette belle créature!

— Peut-être — mais elle ne les prodigue pas ses baisers, ricana le Maure, et quand aux vingt scudis, tu ne les avais pas!

— Qu'est-ce à dire? s'écria Pedro en éclatant et en fouillant dans sa poche, tu m'insultes, je crois — tu prétends que je n'ai pas même vingt scudis!

— Viens toujours, frère!

— Je ne bougerai pas de la place avant de t'avoir montré si j'ai vingt scudis ou non —

— Laisse faire — nous attraperons plus que ça dans les palais de Naples!

— J'y compte bien — mais il faut d'abord que tu voies mes vingt scudis, répéta Pedro avec l'entêtement particulier à l'ivresse. — Regarde, Maure, continua-t-il en montrant triomphalement quelques pièces crasseuses, regarde, que te disais-je?

— Eh bien, je ne vois que six scudis!

— Six scudis? Tu m'auras volé, alors, cria Pedro. J'en avais au moins vingt-cinq — oui, vingt-cinq, te dis-je, si ce n'est trente!

— Mais, depuis lors, tu as bu et payé plus d'une demi cruche de vin, ivrogne!

— Tiens, tiens, tu as raison, fit Pedro en se grattant la tête, je n'y pensais pas — six scudis, pas plus — foin de cette misère, nous aurons mieux que ça! — Et tout en parlant, l'ex-valet faisait voltiger avec mépris les pièces de monnaie qui avaient fait l'objet de la contestation.

— Te voilà bien, dit Hassan en haussant les épaules, tu es toujours aussi vantard et aussi prodigue qu'au temps où nous étions tous deux domestiques au château!

— Un chien de temps! hurla Pedro en s'emparant de cette nouvelle idée. Un chien de métier! Dire qu'on ne pouvait pas seulement avaler une pauvre goutte de vin sans que le maître d'hôtel, l'intendant ou le premier officier venu fît la grosse voix et vous menaçât malhonnêtement du fouet ou de la prison! Le diable emporte le service et toute cette séquelle de là-haut! Haha, nous avons été les plus avisés, nous deux; nous avons su nous mettre à temps du côté du peuple — là, il y a encore quelque chose à gagner!

— Je l'espère! Il nous faut rassembler de nouveau ma bande et nous nous mettrons à l'œuvre!

— Tu as raison — mais il s'agit de dormir, pour le moment!

— Rien ne t'en empêche! Tu pourras faire un somme

sous les arbres à l'entrée de la ville, quant à moi, je ne veux pas tarder plus longtemps — —

— Comment, tu ne veux pas dormir ?

— Non, je n'ai pas sommeil ! Il me tarde de réunir mon monde !

— Eh bien, je ne dormirai pas non plus ! Me crois-tu fatigué, par hasard ?

— Il faut que je mette à la recherche de ce qui reste des gens de Cesare. Je veux les réunir aux miens !

— Ce n'est pas de cela qu'il s'agit, grommela Pedro. Je te demande si je suis fatigué ?

— Comment le saurais-je, mon fils ? Je ne suis pas dans ta peau !

— Je vois sur ta figure que tu me crois fatigué ! s'écria l'ex-valet en se campant devant le Maure et en le regardant de ses yeux avinés. Aurais-tu par hasard envie de te débarrasser de moi ?

— Tu ferais mieux de dormir ton saoûl que de dire tant de sottises, fit Hassan d'un air de mépris.

— Ne répète pas chose pareille ! hurla Pedro. C'est un conseil d'ami que je te donne là ! Je ne suis pas fatigué, c'est moi qui te le dis, et nous allons nous mettre ensemble à la besogne, sans cela, les autres nous prendrons tout sous le nez ! Il me faut de l'argent — et beaucoup, Maure !

— A moi aussi !

— Oui, il m'en faut ! répéta l'ivrogne — Filippo ne donne point de vin sans argent et il en faut aussi pour faire danser la belle Serafina !

— Hum, elle est aussi avisée que d'autres !

— Bien plus, te dis-je, bien plus ! Vois-tu, si jamais je me mariais, ce ne serait qu'avec elle ! Parlez-moi de ce beau brin de fille — ça vous réjouit les yeux de la regarder ! Mais, tiens, qu'est-ce que je vois là-bas ?

— C'est une des portes de la ville !

— Et n'entends-tu rien? reprit Pedro qui s'était arrêté tout à coup et qui semblait écouter.

— Je crois qu'on se bat dans le voisinage!

— C'est peut-être la garde?

— Qu'elle aille au diable! Mais non, ce n'est rien, le bruit s'éloigne de plus en plus!

— Où allons-nous, Hassan?

— Là-bas vers le mur!

— Et qu'as-tu à y faire?

Le Maure tourna la tête vers son interlocuteur et le regarda en riant. Ses traits avaient pris une expression de joie féroce qui faisait mal à voir.

— Tu verras, mon fils, répondit-il en clignant de l'œil, tu verras! Je pourrais te laisser la surprise, mais je suis bon diable et j'aime mieux te dire où nous allons! Nous ferons, tout d'abord, une visite à une de nos anciennes connaissances, ensuite nous longerons le mur jusqu'à l'endroit où je puis entrer le plus facilement en ville sans être vu!

— Une ancienne connaissance? fit Pedro intrigué.

— Eh oui! Quelqu'un que tu connais aussi bien que moi!

— Et qui est-ce?

— Tu vas voir! Nous arrivons!

— Je ne vois rien encore!

— Moi non plus! Que veux-tu voir dans cette demi-obscurité?

— Et comment trouveras-tu ce quelqu'un que tu cherches?

— Il n'y a pas besoin de chercher, je connais sa demeure!

— Une demeure — ici — —

— Certainement, mon fils!

Pedro regarda autour de lui aussi distinctement que le lui permettait son état. L'air pur et frais de cette heure matinale avait d'ailleurs un peu dissipé les fumées du vin, et l'allure de Pedro devenait peu à peu plus correcte.

— Tu as beau dire! fit-il après mûr examen, je ne vois pas l'ombre d'une maison par ici! Il n'y a rien, mais rien que les arbres, la porte et le mur!

— Et cependant notre connaissance demeure ici, répéta le Maure.

Pedro avait repris son air menaçant.

— Sur mon âme, je crois que tu veux me mystifier, s'é-cria-t-il avec humeur. Tu te figures, peut-être, que je suis ivre, hein? Ne te mets pas de pareilles idées en tête si tu ne veux pas sentir les effets de ma colère!

— Imbécile! murmura Hassan à part lui. Voyons, con-tinua-t-il plus haut d'un air narquois, crois-tu que je me permettrais de mystifier un aussi digne, un aussi respectable ami?

— Tu ris, je crois!

— Pourquoi rirais-je?

— Oui, tu ris parce que tu me crois ivre! Je ne suis pas dupe de tes histoires, et je veux savoir où nous allons!

— Je te l'ai déjà dit! Nous allons trouver ici une ancienne connaissance; il fait bien encore un peu sombre, mais le jour paraît peu à peu; tu ouvriras les yeux, d'ailleurs. Je ne plai-sante pas! Je puis même affirmer que ce revoir te causera un sensible plaisir!

— Nous verrons ça!

— Eh bien, suis-moi. Il nous faut aller jusque vers les arbres qui ombragent la porte!

Hassan avait pris son compagnon par le bras et l'attirait vers l'antique mur d'enceinte où l'on apercevait un peu au-dessus du sol quelques ouvertures grillées. Ces jours éclai-raient d'affreux trous pratiqués dans l'épaisseur de la muraille et destinés à recevoir de redoutables criminels. On y arrivait de l'intérieur de la porte. Ces cachots, humides et puants, in-festés de rats et de vermine, étaient si bas et si étroits qu'un homme ne pouvait ni s'y tenir debout ni s'y étendre, et que leur solidité empêchait toute tentative de fuite. Les malheureux qui y gémissaient se tenaient collés aux barreaux, autant pour respirer plus facilement que pour implorer la charité des passants auxquels ils servaient d'exemple et d'avertissement.

C'était vers l'une de ces ouvertures grillées que le Maure conduisait l'ex-domestique du duc.

Un pâle crépuscule éclairait l'ouverture et les barreaux de fer contre lesquels on apercevait une masse informe dont il était impossible, au premier coup-d'œil, de reconnaître la nature. En regardant plus attentivement on distinguait enfin une tête qui devait appartenir à quelque animal enfermé dans cette cage.

La tête monstrueuse avait deux cornes. Le corps était recouvert d'une peau de bœuf non tannée à laquelle on avait attaché des sonnettes qui carillonnaient au moindre mouvement. Chose horrible, ces cornes et cette peau brute recouvraient un être humain, un homme, que cette effroyable enveloppe et cette cage réduisaient à l'état d'animal.

L'infortuné, ne pouvant goûter ni repos ni sommeil, s'était assis contre les barreaux pour aspirer l'air frais du matin et pour se soustraire autant que possible aux attaques des rats, des insectes et des reptiles qui fourmillaient dans son cachot. La tête appuyée à la grille, il regardait au-dehors et respirait avidement la brise matinale qui lui faisait oublier l'air empesté de sa prison.

Le séjour de cette cage était assurément pire que la mort. Réservé aux grands criminels, la cruauté la plus raffinée avait seule pu l'assigner au marquis Riperda. Don Miguel — car c'était lui qui gémissait dans ce trou — y expiait cruellement les crimes commis par les Espagnols sur le peuple de Naples. Son supplice se prolongeait, et le malheureux avait eu le temps de réfléchir à l'instabilité des choses humaines. L'avait-il mis à profit pour se repentir de ses erreurs passées et pour implorer la miséricorde divine ?

Hassan avait attiré Pedro vers l'ouverture et lui montrait la tête informe appuyée contre les barreaux.

Pedro recula avec épouvante.

— Tu as peur, ricana Hassan. Ne reconnais-tu donc pas ce personnage ?

— Une bête fauve! cria l'ex-valet prêt à prendre ses jambes à son cou.

— Tu plaisantes; approche seulement! fit le Maure en riant. Ça ne mord ni ne griffe, je te le jure! Regarde d'un peu près et tu reconnaîtras une de nos anciennes et bonnes connaissances!

Pedro fit un pas en avant, mais repoussé par l'odeur infecte qui sortait du cachot il recula de nouveau en se prenant le nez.

— Allons-nous en! fit-il avec humeur. Avais-tu besoin de m'amener ici?

Hassan ne répondit pas. Il s'était approché de la grille.

— Salut à votre Grâce, dit-il en s'adressant au prisonnier dont la figure apparaissait plus distincte sous sa peau de bœuf. Votre Grâce a-t-elle bien reposé?

Pedro écoutait avec stupéfaction, et regardait fixement l'être informe qu'il avait sous les yeux.

— Sainte Vierge! cria-t-il tout à coup, n'est-ce pas le marquis Riperda?

— Tu l'as dit, frère! C'est don Miguel! Fais-lui ta révérence; oublies-tu le respect que tu dois à ce gracieux seigneur?

La terreur de Pedro avait fait place à un accès d'horrible gaîté. L'ex-valet, pris d'un rire inextinguible, saluait tout bas au risque de rouler par terre, prononçait quelques compliments, et recommençait à rire à la grande joie du Maure, tout heureux et tout fier de l'effet que produisait son prisonnier.

— Ne t'avais-je pas dit que tu jouirais de ce revoir, fit-il en s'associant à la gaîté de Pedro et en regardant sa victime

qui restait muette et immobile contre ses barreaux. — Qu'y
a-t-il à votre service, beau prince, continua-t-il d'un air
humble et soumis. Votre Grâce désire-t-elle du vin ou du
chocolat? Préférerait-elle, peut-être, un coup de poing ou un
coup de pied à la don Miguel? Commandez, seigneur, tout
est prêt — —

Pedro riait à s'en tenir les côtes. — Ah, la bonne farce!
dit-il enfin lorsqu'il fut en état de parler, la bonne farce!
Les cornes lui vont-elles assez bien! On dirait, sur mon âme,
qu'il les a toujours portées! Et cette belle peau, ces clochettes
— non, c'est trop joli! Mais à tout seigneur tout honneur!
Nul n'a mieux mérité cette parure que le gracieux marquis!

— Hé, Maure! fit tout à coup une voix sourde.

— Doucement! cria Hassan en imposant silence à son
compagnon qui riait toujours; doucement, je crois que sa
Grâce parle! M'appelez-vous, prisonnier?

— Oui. Tout ce que tu m'as fait, et ce que tu fais encore, je consens à te le pardonner si — — —

— Quelle générosité, seigneur!

— Si tu en fais autant aux autres qui m'oublient et ne
font rien pour me délivrer, cria le marquis ivre de colère.
Oui, oui, continua-t-il en secouant ses barreaux avec rage,
oui, je te récompenserai, et richement, si tu les fais souffrir
comme moi; oui, tous, ce duc, ce Tito Silvestre, tous, tous!

— Parce qu'ils n'essaient pas de vous délivrer, je comprends!

— Le feras-tu?

— Certainement! Je le ferai même sans votre récompense,
car vous n'avez plus rien, mon gracieux maître, ce qui s'appelle rien! Vous êtes à l'heure qu'il est plus pauvre qu'un
rat d'église!

— Tu te trompes! Je possède encore une somme importante!

— Une somme volée! On sait bien que vous avez tous
pillé le pauvre peuple!

— Volée ou non, tu l'auras si tu me venges des ingrats qui m'oublient!

— Et où la tenez-vous, cette somme?

— Je te le dirai quand tu auras fait ce que je te demande. En attendant, je puis toujours te mettre quelque chose entre les mains, continua le marquis d'une voix creuse en montrant du doigt un bouquet d'arbres planté à quelque distance ; regarde là-bas, Maure!

— Tiens, qu'est-ce que c'est? Ma parole — on dirait une des litières du château? Que peut-elle bien faire là?

— Il y a peut-être quelqu'un dedans. Va regarder!

Hassan fit signe à son compagnon de le suivre, et tous deux coururent vers le bouquet d'arbres.

— C'est la litière de la princesse — je voudrais que la fière Elvira tombât entre les mains de ces limiers! murmura le marquis qui souhaitait à chacun de ses anciens amis un sort pareil au sien. Le malheureux se sentait perdu, irrévocablement perdu; il avait vainement espéré un secours quelconque — la délivrance n'était pas venue, et la soif de la vengeance subsistait seule dans le cœur de l'infortuné. Il eût pris son parti de sa misère, s'il avait vu les habitants du château souffrir autant que lui.

Le Maure et Pedro avaient atteint la litière qui se trouvait là sans porteurs et sans gardiens. Elle semblait abandonnée, et l'on eût dit, cependant, que quelque chose remuait à l'intérieur.

Hassan prêta l'oreille un instant, puis il souleva doucement le rideau et avança la tête.

Il se retira aussitôt, et se tourna vers son compagnon en se frottant les mains.

— La princesse! murmura-t-il à l'oreille de Pedro, la princesse — doucement. On dirait qu'elle dort!

— La princesse! répéta Pedro. Ce serait une fameuse prise! Mais pourquoi parles-tu si bas? As-tu peur de l'éveiller?

— Je ne veux pas brusquer son réveil, nous jouirions moins longtemps de sa surprise. Elle fera une drôle de mine en se trouvant en si agréable compagnie. Silence — elle bouge — mais, c'est drôle — on dirait qu'elle est liée? La princesse liée — il faut qu'il se soit passé quelque chose!

Hassan tira complétement le rideau et s'inclina cérémonieusement devant la femme voilée qui se serrait contre les coussins de la litière.

— C'est le Maure, dit-il en s'inclinant de nouveau, le Maure de don Alfonso, et le fidèle Pedro, un autre domestique de son Altesse le duc. Le Maure oserait-il se servir de ses mains noires pour venir en aide à sa gracieuse maîtresse?

Point de réponse! La forme voilée continuait cependant ses efforts pour se débarrasser de ses liens.

— Son Altesse ne daigne pas nous honorer d'une réponse, fit Hassan avec ironie, en se tournant vers Pedro.

— Et tu ne sais pas la forcer à descendre?

— On dirait qu'elle est attachée. Je n'y comprends plus rien!

— Eh bien, détachons-la!

Le Maure était à bout de patience. Il se pencha vers la femme qu'il supposait être la princesse et lui arracha brusquement son voile. Un cri de surprise lui échappa. Il venait de reconnaître la Muette de Portici arrangée tant bien que mal dans les vêtements d'Elvira et si solidement attachée qu'elle ne pouvait pas remuer un membre!

— Mille diables, cria-t-il en reculant d'un pas, c'est Fenella, la bien-aimée du duquecito!

— La Muette! exclama Pedro en se pressant à son tour vers la litière. Sang de la Madone, la belle fille! Il n'a pas mauvais goût le seigneur Alfonso!

— Je comprends toute l'affaire maintenant, ricana le Maure. La sœur de Masaniello a voulu faire une visite à son amant! Voilà bien longtemps qu'on ne s'était vu et embrassé, et comme le duquecito est enfermé dans le château, sa belle a essayé de s'y introduire en se faisant passer pour la princesse Elvira. Excellent, fameux! Il n'y a que l'amour pour vous donner de ces idées-là!

Fenella entendait avec désespoir les humiliantes suppositions du moricaud. La colère et l'indignation doublaient ses forces. Elle fit un effort désespéré et réussit enfin à briser les liens qui lui retenaient les pieds. Les deux drôles assistaient en riant à ce spectacle.

— Crois-tu qu'elle se remue? fit Pedro dont la gaîté allait croissant. Elle est adorable, ma parole! Attends, ma toute belle, attends, nous allons te détacher!

— Qui peut bien l'avoir liée ainsi?

Pedro dénoua d'abord les écharpes passées aux bras de la Muette et attachées derrière elle aux parties solides de la litière. Fenella le laissa faire. Libre enfin de ses mouvements, elle se leva et sortit de sa prison, mais l'ivrogne l'attendait là et comptait bien se faire payer sa peine. Il la saisit au passage, l'attira brusquement à lui, et ses lèvres allaient souiller la figure de la Muette lorsqu'un retentissant soufflet le rejeta en arrière.

— Oho, ma mie, s'écria Hassan tandis que Fenella s'efforçait de sortir des vêtements gênants de la princesse, tu ne t'en tireras pas à si bon marché. Tu paieras ça à mon ami Pedro!

— Et avec usure! cria l'ex-valet dont la joue en feu témoignait éloquemment en faveur du poignet de la Muette. Voyez-vous cette créature! Il ne lui faut plus que des princes! Elle ne fait pas tant la fière avec le duquecito, je pense!

Fenella pâlissait de colère. Elle se redressa de toute sa hauteur, jeta un regard de mépris aux misérables qui l'insultaient, et voulut fuir cet humiliant voisinage, mais les deux drôles ne l'entendaient pas ainsi. Hassan lui barra le passage.

— Tu ne bougeras pas de là, cria-t-il d'une voix tonnante. Nous t'avons prise et nous te garderons!

La Muette regarda avec angoisse autour d'elle comme pour chercher du secours contre les ignobles personnages entre les mains desquels elle se trouvait, mais tout était silencieux et désert. Désespérée, elle en vint aux prières et aux larmes, mais ses gestes suppliants n'eurent pas plus de succès que sa résistance.

— C'est bon, voilà assez de simagrées, fit Pedro en saisissant brutalement la Muette pour l'entraîner avec lui. Es-tu bien malheureuse de suivre deux jolis garçons?

L'ex-valet avait passé son bras antour de la taille de Fenella, et ne semblait nullement disposé à lâcher prise lorsque trois hommes vêtus de noir apparurent soudain sur la route.

C'étaient trois membres de la Compagnie de la mort.

Les hommes noirs aperçurent bien vite le groupe qui s'agitait à quelque distance. Ils comprirent immédiatement qu'il y avait là quelque violence à empêcher. L'un d'eux se sépara de ses compagnons, et accourut, l'épée haute, sur les deux bandits, qui, uniquement préoccupés de leur conquête, n'avaient pas encore aperçu les trois frères de la mort.

— Arrière! cria l'homme masqué. Qu'avez-vous à tourmenter cette fille?

Pedro lâcha subitement la Muette et se tourna avec étonnement vers ce nouveau venu, tandis que Fenella, heureuse de ce secours inespéré, se mettait précipitamment sous la protection de l'étranger et levait vers lui des mains suppliantes.

— Arrière, vagabonds, répéta impérieusement le mystérieux justicier. Osez-vous vous attaquer à une pauvre fille sans défense? Tu es libre, continua-t-il en se tournant vers Fenella qui le remercia du geste et s'enfuit en courant.

Pedro retint à grand' peine une imprécation en voyant sa conquête lui échapper ainsi au moment où il croyait la tenir. Il fit involontairement un pas pour se mettre à sa poursuite, mais la vue des deux hommes noirs debout sur la route et prêts à venir en aide à leur compagnon, arrêta l'élan du bandit. Hassan, peu soucieux de renouveler connaissance avec les frères de la mort, gagnait déjà le large en proférant de sourdes menaces. Pedro le suivit, et les deux coquins s'éloignèrent en toute hâte, mais non toutefois sans s'être emparés de la riche litière qu'ils emportèrent avec eux.

Pendant ce temps, la Muette, heureuse et émue, remerciait Dieu de sa délivrance et retournait en courant à Portici.

———

### Chapitre XX.

## La Muette demande grâce pour Alfonso.

Quelques heures plus tard, on voyait, au-dessus de l'escalier du port, un attroupement considérable et qui grossissait encore de minute en minute.

Pêcheurs, marchands, lazarones et écrivains publics se pressaient sur la place, et les cris, les exclamations et les appels qui sortaient de la foule trahissaient une agitation croissante.

Hassan et Pedro se trouvaient au centre du rassemblement avec la litière conquise par eux. Le Maure criait, gesticulait; sa voix aigüe dominait le bruit de la multitude et chacun se serrait pour mieux entendre ce que l'ex-domestique du prince Alfonso avait à dire. Hassan n'était plus le bandit mal famé des premiers jours de l'émeute; il était devenu subitement un personnage, un meneur; on l'écoutait, on l'approuvait bruyamment, et, d'emblée, il avait trouvé, comme toute étoile nouvelle, des partisans et des admirateurs passionnés.

Cinzio, Giovanni, Ludovico, Bertuccio et quelques autres pêcheurs se trouvaient au premier rang des auditeurs et se distinguaient par leur animation. Tous semblaient écouter avec un sensible plaisir les paroles du Maure, de cet être qu'ils méprisaient cependant et dont ils connaissaient fort bien la criminelle conduite.

— Voici la preuve de ce que j'ai à vous dire, criait Hassan en montrant la chaise à porteur sur laquelle Pedro s'était assis. Regardez, vous autres, connaissez-vous cette litière?

— Si nous la connaissons! crièrent cent voix dans la foule. C'est une litière ducale; il n'y a qu'à voir son écusson doré! A bas les armoiries, les insignes de la servitude — — à bas — — —

— Silence! interrompit Ludovico. Ecoutons d'abord ce que le Maure va nous dire!

— Oui, oui, écoutons-le — silence!

Hassan, gonflé de ses succès oratoires, ne se pressait pas de répondre. Il savourait son triomphe, et se ménageait des effets qui devaient l'augmenter encore.

— Qui sait, reprit-il lentement, si nous n'avions pas apporté la litière avec nous, vous n'auriez pas seulement écouté ce que j'ai à vous dire — en tout cas, vous n'y auriez pas ajouté foi, mais je sais m'y prendre. Les preuves d'abord — l'histoire ensuite!

D'unanimes acclamations accueillirent ces paroles. Cinzio, impatienté de ces longeurs, réclama aigrement le silence. Le bruit s'apaisa peu à peu, et le Maure qui s'était hissé sur une grosse pierre, recommença sa harangue.

— C'est une litière ducale, dites-vous? reprit-il avec emphase. Eh bien, ce matin, à l'aube, elle contenait un oiseau qui s'était paré de plumes étrangères. Ce matin, je longeais le mur avec mon ami Pedro que voici, quand nous avons découvert cette litière dont les porteurs s'étaient enfuis. Nous l'avons ouverte, et savez-vous qui nous y avons trouvé? Devinez! Je promets les diamants du duc à quiconque dira juste!

Cent voix s'élevèrent à la fois. Le Maure s'amusa un instant de cette agitation, puis il fit signe qu'il allait parler et le silence se rétablit comme par enchantement.

— Qui de vous a nommé la princesse? demanda Hassan.

— Moi — moi — moi! criait-on, et d'innombrables mains se levaient en même temps.

— C'est presque juste, reprit l'adroit orateur. Je dis presque; aucun de vous, d'ailleurs, n'aurait pu deviner l'exacte vérité. Ce n'était pas la princesse qui se trouvait dans la litière, mais c'était quelqu'un qui portait ses vêtements.

— Qui était-ce?

— La sœur de Masaniello, la Muette de Portici qui s'était déguisée en princesse pour sortir du château sans être reconnue!

— La sœur de Masaniello! répétèrent quelques voix. La Muette de Portici! Elle au château! Elle était dans la litière!

— Faites silence! cria impérieusement Cinzio. Laissez le Maure achever sa communication! C'est une nouvelle importante qu'il nous donne-là, et vous l'interrompez à chaque instant! Silence, vous dis-je! Et l'irritable Cinzio gesticulait vigoureusement pour faire cesser le bruit.

— C'était donc la sœur de Masaniello, reprit Cinzio lorsque le calme se fut un peu rétabli. La Muette dans une litière ducale, c'est étrange!

— Elle se sera introduite au château pendant la nuit, fit une voix, et son déguisement n'était qu'un moyen d'en ressortir incognito.

— Il faut interroger les gardes, dit Ludovico.

— Ne vous fatiguez pas à chercher le mot de l'énigme, amis, reprit le Maure. Je vais vous le dire. La Muette a voulu voir le duquecito!

De bruyantes exclamations retentirent.

— Elle l'aime! Elle va le voir! — —

— Hé, on visite volontiers celui qu'on aime, fit Hassan

en clignant de l'œil — on lui raconte volontiers ce qui se passe, on fait volontiers la paix avec lui!

Ces insidieuses paroles mirent le feu aux poudres. Un tumulte indescriptible éclata. On criait, on gesticulait. Les uns accusaient Masaniello de trahir le peuple, les autres réclamaient à grands cris la destruction de la citadelle. D'autres enfin juraient de s'opposer à toute paix avec le duc d'Arcos. On eût dit que la fureur s'emparait de nouveau de la foule et allait amener un nouveau soulèvement.

Cinzio se frottait les mains. Il voyait avec une satisfaction mal dissimulée le tour que prenaient les choses. La harangue du Maure avait considérablement nui au tribun. Masaniello n'était plus un chef; le peuple ne réclamait plus sa présence, et c'était sans lui qu'il voulait marcher de nouveau contre les Espagnols! C'était sans lui qu'il voulait donner libre cours à sa soif de vengeance! Les pêcheurs, gagnés par ce vertige, faisaient chorus avec la foule et reniaient le chef dont si longtemps ils avaient fait leur idole. La multitude houleuse s'accroissait d'instant en instant, et ses flots grondants se répandaient dans les rues voisines.

Hassan jouissait de son triomphe. Il touchait à son but. Ce qu'il voulait, c'était un nouveau soulèvement ramenant le désordre et l'anarchie des premiers jours de l'émeute. Il voulait réveiller l'effervescence populaire, pousser à la destruction de la citadelle, et conduire au pillage les hordes ameutées par ses discours.

Vers le soir, la foule s'était considérablement accrue. Des flots de curieux ou de mécontents accouraient de toutes parts et se joignaient à la populace bruyante serrée autour du nouvel orateur. L'agitation allait croissant et le Maure jugea le moment favorable pour imprimer à ce mouvement la direction qu'il voulait lui voir prendre.

— Hé, Pedro, dit-il en se tournant vers son compagnon, nous allons frapper un coup décisif. Aide-moi! Soulevons la litière pour la montrer à la foule!

Quelques secondes s'étaient à peine écoulées que la chaise à porteur se dressait sur les épaules des deux bandits qui hurlaient une chanson séditieuse. Un murmure passa dans la foule à cette vue, puis la tempête se déchaîna, terrible, furieuse. Cent bras se levèrent à la fois pour arracher la litière à ses possesseurs, et l'innocent véhicule fut bientôt réduit en pièces.

C'était là ce que voulait le Maure. Il saisit l'écusson doré qui peu d'instants auparavant décorait la chaise à porteurs, le fixa à une lance qu'on lui tendit, et éleva en l'air ce signe détesté.

Hassan connaissait son monde. De sauvages exclamations, des cris de rage et de vengeance saluèrent cet emblème de la domination étrangère. Il n'en fallait pas davantage pour rappeler à la foule que le vice-roi occupait encore la citadelle et pour tourner sa fureur de ce côté.

Cinzio avait quitté furtivement le groupe des pêcheurs et s'était éloigné peu à peu. Debout, à quelque distance, il observait attentivement ce qui se passait; il écoutait cette rumeur grandissante et les imprécations de la foule faisaient passer un sourire sur ses lèvres. Les menaces n'étaient pas dirigées uniquement contre les Espagnols, elles s'adressaient aussi à Masaniello, et ces cris de rage tombaient comme une rosée bienfaisante sur le cœur ulcéré de Cinzio. Le vindicatif pêcheur suivait d'un regard triomphant la foule houleuse qui s'ébranlait peu à peu, et qui prenait, à la suite du Maure, la direction de la citadelle. Cinzio contempla un instant cette colonne menaçante, mais au lieu de s'y joindre, il tourna d'un autre côté et prit en toute hâte le chemin de Portici.

Son premier soin en y arrivant, fut de s'assurer que Masaniello se trouvait encore dans sa chaumière. Un coup-d'œil furtif, jeté en passant dans la demeure du tribun, rassura complétement Cinzio. Le pêcheur de Portici, ignorant de ce qui se passait en ce moment à Naples, était tranquillement assis dans sa maisonnette, et Fenella, fatiguée des événements de la nuit précédente, s'était endormie sur le banc de pierre de la veranda.

Cinzio s'éloigna d'un air satisfait, puis il courut à la recherche de Pietro qu'il mit au courant de la situation et avec lequel il eut soin de se faire voir dans le village, comme pour montrer qu'il était bien à Portici et qu'il ne prenait nulle part aux troubles du moment.

Pendant ce temps, le flot populaire roulait vers le château et se grossissait en route de tout ce qu'il rencontrait sur son passage. Personne ne songeait plus au rôle joué par Hassan dans les premiers jours de l'émeute. On oubliait qu'il avait pillé, volé, tué sans relâche, et que ses méfaits sans nombre avaient répandu la terreur dans la ville et les faubourgs. On oubliait que, pris en flagrant délit par Masaniello, il avait été enfermé dans les cachots de l'Hôtel-de-Ville, d'où la fuite seule l'avait tiré. Le Maure s'était mis en tête, il appelait le peuple à l'achèvement de l'œuvre nationale, il le conduisait à l'assaut en agitant devant lui comme un emblème l'écusson brisé du duc d'Arcos! En fallait-il davantage pour éblouir la foule et pour lui faire acclamer cet audacieux bandit?

Pedro marchait triomphalement à côté du Maure. Il criait, gesticulait, et excitait incessamment la foule à des actes de violence. La horde sauvage avançait en hurlant vers la forteresse, et ses rangs pressés, formés en grande partie des pires éléments de la population, offraient un aspect hideux et repoussant.

La nuit venait. Quelques torches furent allumées. Des vivats saluèrent leur lumière rougeâtre et la colonne continua sa marche vers la porte principale du château.

Un poste d'une vingtaine de bourgeois armés gardait cette issue. A la première apparition de la menaçante cohorte, les gardes prirent les armes, et, fidèles à leur consigne, ils essayèrent de refuser le passage à ces combattants qui n'étaient point commandés par Masaniello. Le chef du poste s'avança dignement au-devant des émeutiers.

— Silence, au nom de la loi! cria-t-il. On ne passe pas! Dispersez-vous!

— Entendez-vous ce farceur? hurla le Maure. Il parle au nom de la loi! De quel droit s'oppose-t-il au peuple?

Le chef du poste allait répondre, mais des cris assourdissants couvrirent sa voix. Il se retourna vers ses hommes et leur ordonna de se ranger devant la porte.

— Nous voulons passer, cria impérieusement Hassan. Ouvre!

— Montre-moi un ordre! répondit le chef.

— Un ordre? Je n'en reçois de personne! Moi, Hassan, je t'ordonne, au nom des hommes qui me suivent, d'ouvrir immédiatement cette porte!

— Pas tant de façons, je t'en prie, hurla Pedro, et tout en parlant, l'ex-valet, brandissant une barre de fer, en asséna un coup si formidable au chef du poste, que l'infortuné, atteint au front, tomba pour ne plus se relever.

D'horribles acclamations partirent de la foule. La populace avait senti le sang et ce procédé sommaire réveillait ses plus féroces instincts.

— Bravo, bravo! criait-on. Mort à quiconque se mettra sur notre chemin! Vive Hassan, le Maure! Entrons, entrons! Il nous faut la citadelle! Nous voulons détruire ce nid d'oiseaux de proie!

La foule avançait, et les gardes effrayés par la mort de leur chef se dispersèrent de tous côtés laissant le passage libre. C'eût été folie, d'ailleurs, que de vouloir s'opposer à cette multitude. La porte fut enfoncée, et la hideuse colonne, Hassan et Pedro en tête, se précipita dans la grande cour du château. On n'y apercevait pas un être humain. Avertis par la rumeur grandissante, gardes, domestiques et trabans s'étaient retirés dans l'intérieur des bâtiments et en avaient fermé les portes dont la plupart étaient en fer et devaient offrir une certaine résistance.

L'attaque du château avait été si subite, si inattendue qu'au moment où on l'apprenait dans l'appartement du duc, la foule hurlante envahissait déjà les cours et se pressait de toutes parts vers les portes pour trouver une issue libre et pénétrer dans l'intérieur de l'antique demeure. Pedro, Hassan et beaucoup de leurs partisans étaient bien résolus à ne pas ressortir de la citadelle sans avoir abondamment puisé dans les caisses du vice-roi, et sans s'être pourvus de pierreries, de bijoux ou d'autres objets de moindre valeur. Tout devait être de bonne prise !

Une inexprimable confusion régnait dans le château. Ce soulèvement inattendu répandait d'ailleurs le trouble et la consternation dans toute la ville. Les partisans de Masaniello ne savaient quel parti prendre. Ceux qui occupaient quelque place abandonnèrent leur charge pour avoir la vie sauve. Les postes placés aux portes de la ville et du château se disper-sèrent, et quelques heures s'étaient à peine écoulées que Naples offrait le spectacle de l'anarchie la plus complète, tandis que beaucoup de ses habitants ignoraient encore ce qui s'était passé et ne comprenaient rien à cette situation nouvelle.

Les bourgeois paisibles et les femmes couraient dans leurs demeures et s'y barricadaient. Les pêcheurs, plus belliqueux, et mécontents de l'état des choses, penchaient, en général, pour un nouveau soulèvement, mais beaucoup se tinrent éloignés du véritable théâtre de la lutte pour ne pas se mê-ler aux bandes suspectes ralliées autour du Maure. La terreur retenait même les curieux et empêchait que les bourgeois étrangers à l'émeute fussent exactement informés de ce qui se passait dans la forteresse.

Tout était bruit, tumulte et confusion dans les cours du château. L'obscurité qui y régnait et qui n'était interrompue que de loin en loin par une torche fumeuse ne contribuait pas peu à mêler amis et ennemis. On courait de-ci de-là, on se mêlait, on se heurtait dans les ténèbres, et ces rencontres donnaient lieu à de sanglants conflits entre les assaillants eux-mêmes. Il n'y avait ni commandement ni discipline, et cette multitude sans frein se répandait comme un flot houleux dans le parc et dans les cours.

Pendant ce temps, Hassan et Pedro suivis de quelques privilégiés avaient enfoncé une petite porte de service qui ne pouvait leur offrir une longue résistance, et s'étaient introduits dans le château.

La nouvelle de cette irruption se répandit avec la rapidité de l'éclair dans les galeries et dans les appartements et y sema l'épouvante.

La terreur s'empara de la valetaille depuis le plus humble marmiton jusqu'aux chambellans. Domestiques, employés, chacun cherchait une retraite et ne pensait qu'à sa propre sûreté. On courait, on se bousculait. Le corpulent Gomez, pâle de frayeur et d'angoisse, abandonna sans remords son auguste maître, et fut l'un des premiers à se réfugier dans un caveau obscur et complétement isolé où il espérait échapper aux recherches du Maure.

Quelques trabans, postés dans les corridors, essayèrent cependant de fermer le passage aux redoutables visiteurs qui envahissaient le château, mais ils furent promptement repoussés. Hassan traversait en dominateur ces galeries, ces salles où tant de fois il avait été humilié, frappé même. Il avançait, la tête haute, l'insulte à la bouche, toujours suivi de Pedro, qui, par manière de passe-temps, promenait sa torche sur la figure d'un traban, ou asségait un coup de sa barre de fer à quelque employé ducal blotti dans quelque recoin.

Au moment où les émeutiers avaient pénétré dans le château, Selva s'était précipité dans la chambre de son maître.

— Fuyez, Altesse, fuyez, s'écria-t-il en pliant le genou

devant le duc qui portait encore le bras en écharpe. Fuyez, les rebelles assaillent le château!

— Les rebelles? C'est contre nos conventions!

— Masaniello en est parfaitement innocent. On ne l'aperçoit pas, lui. C'est le Maure qui a introduit dans le château une bande de pillards. La garde est impuissante à les retenir. Fuyez, Altesse, ne vous obstinez pas à rester ici!

— Si les cours sont déjà occupées, il est trop tard pour fuir, capitaine, répondit le vice-roi d'un ton froid et décidé. Vous savez aussi bien que moi que ce serait une tentative insensée!

— Mais vous ne pouvez rester ici, Altesse; vous seriez perdu! Cette bande furieuse ne reculerait devant aucun excès.

— Fuyez si vous le pouvez — moi, je reste!

— Comment — votre Altesse voudrait...

— Je veux recevoir les émeutiers!

— N'en faites rien, Altesse, je vous en conjure. Ecoutez ma prière!

— Où est don Tito?

— Il a disparu la nuit dernière, et depuis lors on ne l'a pas revu dans le château. Je crains qu'il ne lui soit arrivé quelque malheur. Peut-être est-il tombé entre les mains du Maure, ce tigre altéré de sang — — —

— C'est probable — mais il se peut aussi qu'il ait échappé à cette horde furieuse! J'attendrai Hassan — je veux voir jusqu'où ce moricaud poussera l'insolence!

— Alors je reste avec vous!

— Je vous le défends! Je veux être seul à recevoir ces rebelles! Laissez-moi, et pensez à votre propre sûreté!

Selva hésitait. Il voulut insister encore, mais le duc le prévint.

— Allez! Je vous l'ordonne, capitaine! s'écria-t-il du ton le plus impérieux.

Selva quitta la pièce —

Hassan, Pedro et leur suite arrivaient déjà dans la galerie. L'horrible bande hurlait, vociférait et proférait d'affreuses menaces.

— On dirait que nos frères ont tous détalé, cria Pedro ; le brave Gomez aura filé comme les autres, mais il faut que je le retrouve. J'ai besoin de lui donner quelque marque d'amitié. Toute cette racaille est rentrée subitement sous terre !

— Le duc et le prince en auront fait autant, grommela Hassan. Rendons-nous chez Tito !

La horde tourna sur ses talons, et se rendit dans l'appartement qu'occupait le favori. Toutes les pièces en étaient désertes, Tito ne se trouvait nulle part, mais les bandits assouvirent leur rage sur le riche mobilier dont ce fils adoptif du duc aimait à s'entourer. Objets d'art, vases précieux, miroirs de Venise, tout fut détruit et brisé en quelques minutes, puis, ce premier mouvement de colère assouvi, la cupidité reprit ses droits et les misérables fouillèrent minutieusement meubles et armoires pour s'emparer des bijoux et de l'or qui pouvaient s'y trouver.

— A la princesse, maintenant, cria Hassan lorsque ces fructueuses recherches furent terminées. En avant les torches ! Je veux raconter à l'auguste épouse du duquecito l'histoire de la litière. Il faut qu'elle sache que le prince la trahit !

Pedro se remit en marche en brandissant sa torche, et bientôt l'horrible bande envahit l'antichambre de la princesse où quelques cameristes effrayées cherchaient à se cacher derrière les meubles.

— Annoncez-moi à votre maîtresse, leur cria Hassan.

Les malheureuses tombèrent à genoux plus mortes que vives, et leur terreur s'accrût encore lorsque deux ou trois de ces affreux drôles s'approchèrent pour les caresser à leur manière.

Hassan et Pedro poussèrent plus avant. Ils pénétrèrent dans les appartements de la princesse, mais ils n'y trouvèrent que quelques dames d'honneur. Elvira avait disparu. Les bandits donnèrent libre carrière à leur soif de destruction et de pillage, puis ils se dirigèrent vers les caves afin d'y chercher ceux des habitants du château qui devaient s'y être cachés. Les caveaux à vin se trouvaient sur leur passage. Quelques-uns des compagnons du Maure, plus pressés de boire que de retrouver le personnel du château enfoncèrent les portes qui y conduisaient, et ces espaces souterrains furent bientôt le théâtre d'une monstrueuse bacchanale. Bientôt la troupe entière se vautra dans le vin qui coulait des tonneaux et inondait les dalles, ou s'établit sur les escaliers en compagnie d'innombrables bouteilles.

Hassan n'oublia pas la foule restée au dehors. Il fit porter une quantité de tonneaux dans les cours et sur la place, et l'orgie, commencée dans les caves, s'étendit au loin et prit rapidement d'incroyables proportions, le tout au grand détriment du vin de l'Espagnol.

Informée du danger qui menaçait le château, la princesse avait immédiatement songé à se cacher. Elle n'ignorait pas que Tito n'était pas revenu de sa dangereuse expédition de la nuit précédente, et son imagination surexcitée lui faisait tout craindre pour elle-même.

Elvira s'était résolue à ne pas prendre ses dames d'honneur avec elle. Elle se disait, non sans raison, que ces femmes éplorées et tremblantes ne pourraient que l'empêcher de fuir ou de se cacher.

Elle laissa donc les dames du palais, les dames d'atours et les caméristes dans le boudoir et dans les salons, et passa dans sa chambre à coucher où elle s'enveloppa en toute hâte d'un long manteau, se couvrit d'un voile épais et s'enfila dans le passage qui unissait son appartement à celui de son époux. Elle voulait gagner, de là, une partie écartée du château qu'elle supposait moins exposée aux attaques des émeutiers, puis y chercher quelque retraite sûre ou quelque issue, s'il en existait encore de libre.

Elle venait d'entrer dans le passage secret et éclairé d'en haut dont nous avons déjà eu occasion de parler, lorsque le duquecito parut à l'autre extrêmité avec don Lorenzo qui le pressait de fuir.

En apercevant la princesse, Lorenzo recula et laissa Alfonso s'approcher de son épouse.

Le prince ne douta pas qu'Elvira ne fût venue là pour lui demander aide et protection dans cette heure d'angoisse, et il se sentit pressé de la soustraire au danger que lui faisait courir une union malheureuse.

— Venez, Elvira, ne tardons pas une seconde, dit-il en tendant la main à la princesse qui le regardait avec étonnement; fuyons! Ici, je ne pourrais vous défendre contre les furieux qui ont envahi le château. J'allais justement vous chercher!

— Vite, vite, dit Lorenzo, tandis qu'Elvira se laissait entraîner par son époux. Venez vite. Suivez-moi!

— Où allons-nous? murmura la princesse.

— Don Lorenzo me dit que les pêcheurs et les bourgeois qui gardaient les portes ont tous abandonné leurs postes au moment de l'attaque, répondit Alfonso. Les nouveaux émeutiers n'ont pas encore occupé les portes de derrière, nous pouvons donc essayer de fuir par là!

— J'ai fait atteler une voiture fermée, dit Lorenzo, et je suis sûr qu'elle attend déjà au-dehors. Le cocher m'est sincèrement dévoué. Il bravera tout pour vous sauver!

— Tu as pensé à tout, Lorenzo — mais tu viens avec nous, je pense!

— Permettez-moi de rester ici!

— Comment? Tu nous presses de fuir, et toi-même, tu veux rester exposé à la fureur de ces bandits? C'est trop de générosité!

— Ne craignez rien pour moi, mon prince! Le peuple ne m'en veut pas. On me laissera la vie — et, si ce n'était pas le cas, je suis prêt à mourir en combattant! Laissez-moi

rester ici pour représenter et défendre vos intérêts! **Mais
venez vite!** J'entends déjà les émeutiers dans la galerie de
devant!

— Mon père, Lorenzo...

— Selva s'est rendu auprès de lui, soyez sans inquiétude
à son sujet, mon prince!

— Merci, mon fidèle Lorenzo! s'écria le duquecito ému en
embrassant son ami. Elvira avait tendu la main au jeune
Espagnol; Lorenzo la baisa respectueusement, puis il conduisit les deux époux vers l'une des portes de derrière du mur
d'enceinte.

Cette porte était libre en effet. Lorenzo l'ouvrit sans difficulté, fit un pas au-dehors et aperçut une voiture arrêtée à
l'ombre du mur.

Le duquecito et Elvira attendaient sur la porte. Sur un
signe de leur sauveur, ils coururent vers la voiture, y montèrent rapidement, et le cocher qui paraissait avoir déjà ses
ordres lança ses chevaux au galop.

Tandis que Lorenzo regagnait la citadelle, la voiture volait
sur le rivage.

C'était un premier succès. Cette fuite, si heureusement
commencée, devait-elle se continuer dans les mêmes conditions? —

Le duc, retiré dans son cabinet, n'avait pas été inquiété,
les émeutiers ayant préféré s'emparer de ses caves que de sa
royale personne, mais le danger n'en existait pas moins, et,
d'un instant à l'autre il pouvait fondre sur la tête du vice-
roi. Lorenzo se glissa auprès de lui pour lui apprendre la
fuite du duquecito et de la princesse, et pour lui proposer
de fuir lui-même, si la chose était encore possible, mais le
duc s'y refusa absolument. Il était résolu, disait-il, à ne pas
quitter la citadelle et à périr, s'il le fallait, sous ses dé-
combres. Il s'informa ensuite des événements du dehors. Lorenzo lui apprit alors que le nombre des émeutiers augmentait d'heure en heure, que des bandes armées se formaient

encore dans la ville et dans les faubourgs et qu'on pouvait tout craindre pour le lendemain s'il ne se présentait pas quelque secours inattendu.

Pendant ce temps, la voiture qui contenait les fugitifs dévorait l'espace. Elle allait sortir de Naples, lorsqu'une bande d'hommes armés déboucha en vociférant d'une rue voisine et se dirigea vers le rivage.

La voiture avait été vue. Les émeutiers poussèrent un cri de rage et se mirent à sa poursuite, mais le cocher ne les attendit pas. Il quitta immédiatement le rivage, lança ses chevaux à fond de train, et gagna les rues du faubourg. Quelques minutes plus tard, la voiture volait dans la direction de Portici, et la bande furieuse qui lui donnait la chasse se voyait forcée de renoncer à une poursuite inutile.

Les fugitifs roulèrent un moment sans être inquiétés, mais ils n'étaient pas au bout de leurs angoisses. Au moment où la voiture arrivait dans le voisinage de Portici, cinq ou six hommes se présentèrent tout à coup sur la route et se jetèrent si vivement à la tête des chevaux que le cocher ne put passer outre.

Alfonso avait mis la tête à la portière. Il vit le danger, et tandis que les agresseurs avaient encore à faire avec les chevaux et leur cocher, le duquecito réussit à sortir de la voiture avec Elvira et à atteindre d'épais buissons qui longeaient le chemin.

Le cocher se défendait vaillamment, mais, vaincu par le nombre, il fut enfin jeté à bas de son siège et terrassé. Les chevaux, effrayés par cette attaque imprévue, se cabraient et menaçaient de s'emporter. Ce ne fut qu'après de vigoureux efforts que les émeutiers parvinrent à s'en rendre maître, et qu'ils purent songer à visiter l'intérieur de la voiture.

Elle était vide! Un cri de fureur salua cette découverte!

— Personne! Les oiseaux se sont envolés! criait-on. C'était du beau monde, paraît-il. Il faut les retrouver; il est impossible qu'ils soient bien loin!

— De quel côté se sont-ils tournés?

— Fouillons d'abord les buissons, ensuite nous nous partagerons en deux bandes. Les uns iront ici, les autres là, et nous ne les manquerons pas!

Alfonso avait utilisé ce moment de répit pour prendre quelque avance. Il avait entraîné Elvira le long des buissons dans la direction de Portici, mais les menaces des agresseurs arrivaient encore à ses oreilles, et le duquecito pressait la fuite de sa tremblante compagne. Il voulait sauver Elvira! Seul, il eût fondu l'épée à la main sur ses persécuteurs, mais il ne pouvait pas abandonner la princesse. Il fallait fuir, et gagner, si possible, quelque retraite écartée où l'on ne vînt pas les chercher.

Le danger croissait de minute en minute. La bande s'était partagée. Deux ou trois des hommes qui la composaient s'étaient dirigés vers Naples tandis que les autres battaient les buissons et s'avançaient du côté de Portici. Les fugitifs entendaient déjà leurs cris et leurs menaces, et la princesse, folle de terreur et d'angoisse, sentait ses forces l'abandonner. Elle se cramponnait à Alfonso qui l'entraînait rapidement et s'efforçait de lui rendre un peu d'assurance.

Ils atteignirent enfin les arbres de Portici et se blottirent à leur ombre pour reprendre haleine un instant. Le jour commençait à paraître. Sa pâle clarté permettait aux fugitifs de chercher l'endroit le plus propre à s'y cacher, mais elle devait faciliter aussi les perquisitions de leurs ennemis. Les émeutiers approchaient, leurs cris devenaient plus distincts. Elvira se releva éperdue. Elle allait se jeter au plus épais du fourré qui les abritait lorsque ses regards désespérés lui montrèrent une chaumière à quelque distance.

— Venez, venez! dit-elle en saisissant la main d'Alfonso. Ici nous serions infailliblement découverts...

— Où voulez-vous aller, Elvira?

— Là-bas! Venez toujours — venez! N'entendez-vous pas ces vociférations? Les misérables vont nous tuer!

Alfonso céda aux sollicitations de son épouse, bien qu'il eût reconnu avec effroi la chaumière qu'elle lui montrait et dans laquelle elle voulait aller chercher aide et protection. C'était la chaumière de Masaniello — — la chaumière de Fenella!

La Muette s'y trouvait, sans doute! Cette pensée traversa comme un éclair l'esprit d'Alfonso et fit passer un frisson dans ses veines. Il recula involontairement — mais un regard désespéré d'Elvira le rappela à lui-même. Ce n'était pas le moment de réfléchir ou d'hésiter. Alfonso ne craignait pas la mort, mais il fallait sauver la princesse, empêcher à tout prix qu'elle ne tombât entre les mains des forcenés qui les poursuivaient.

Les cris de rage des émeutiers avaient attiré Fenella audehors. La Muette, debout à l'entrée de sa veranda, fouillait du regard les alentours lorsque ses yeux inquiets tombèrent tout à coup sur les deux fugitifs qui approchaient en toute hâte. Fenella tressaillit — le sang s'arrêta dans ses veines — cet homme, c'était Alfonso! Et près de lui, cette femme à peine capable de se soutenir — c'était la princesse! Ils étaient poursuivis! Le malheur s'était abattu sur eux — et tous deux venaient chercher aide et protection à Portici! Tous deux allaient réclamer son assistance!

Tous deux étaient donc au pouvoir de la Muette! Elle pouvait les perdre — leur faire expier enfin les indicibles tortures qu'ils lui avaient fait éprouver — elle pouvait se venger —

Mais quoi — se venger de malheureux venus à elle dans leur détresse — se venger de deux infortunés que le sort accablait de ses coups — — —

Fenella joignit les mains. Un violent combat se livrait dans son âme tandis que les fugitifs approchaient —

Tout à coup, Masaniello parut derrière elle. Le tribun, attiré par le bruit, venait voir de quoi s'agissait, mais il eut à peine aperçu le prince qu'il sortit son pistolet de sa ceinture et voulut arrêter le duquecito.

— Rendez-vous ou vous êtes morts, cria-t-il. J'ai fait garder la citadelle afin que personne n'en sorte, et vous avez bravé mes ordres. Vous êtes prisonniers! Votre épée!

Masaniello voulait désarmer le prince; une lutte semblait inévitable lorsque Fenella se jeta devant son frère et demanda grâce pour Alfonso —

L'amour avait remporté la victoire! L'amour brûlait encore, immortel, impérissable, dans le cœur brisé de la pauvre enfant; il en chassait l'amertume et la haine et n'y laissait subsister qu'une pitié céleste —

Jamais Fenella n'avait paru plus belle. La flamme du sacrifice illuminait ses traits et leur donnait une expression sublime. Elle avait levé ses mains suppliantes vers son frère et le repoussait doucement, tout en lui montrant les forcenés qui accouraient vers la chaumière. Elle implorait pour les fugitifs la protection du tribun, tandis qu'Alfonso immobile et incapable de prononcer une parole, contemplait avec une émotion croissante cette femme qu'il avait trahie et qui demandait grâce pour lui !

Masaniello parut vouloir céder aux muettes supplications de sa sœur.

— C'est bon, c'est bon, retire-toi, enfant, dit-il d'un ton de brusquerie qui dissimulait mal une émotion réelle, je sais ce que j'ai à faire. Arrière, vous autres, continua-t-il impérieusement en s'adressant aux émeutiers qui arrivaient en hurlant et se préparaient à fondre sur le duquecito et son épouse, arrière! Ceux que vous poursuivez sont entre mes mains et ils y resteront!

Un murmure de mécontentement accueillit cette déclaration.

— Que leur arrivera-t-il? Ils ont voulu fuir! crièrent les plus hardis de la bande en approchant toujours.

— Je déciderai de leur sort, répondit fermement Masaniello. En tout cas, ils ne fuiront pas; je vais les ramener sur l'heure au château! Venez, dit-il en se tournant vers les deux fugitifs; il faut que vous retourniez à Naples, mais vous y retournerez sous ma protection. Je mettrai fin à l'émeute qui vous en a chassés! Venez!

Et sans plus attendre, il se mit en marche avec don Alfonso et la princesse. Tandis qu'il s'éloignait, suivi à distance par les révoltés qui murmuraient de sourdes menaces, tandis que Fenella, assaillie par un monde de sentiments, regardait s'éloigner celui qu'elle aimait plus que sa vie, Cinzio et Pietro, cachés derrière les arbres, observaient attentivement cette scène.

— Il le protège! murmura Pietro.

— Tu le vois, dit tout bas Cinzio. Es-tu convaincu, maintenant? Tu ne voulais pas croire ce que disait le Maure — tu voulais des preuves, toujours des preuves! Hassan a raison!

## Chapitre XXI.

### Un insensé.

Le jour avait paru et sa lumière éclairait les scènes de pillage et l'orgie qui se continuaient au château, dans les cours et jusque sur la place. Le vin avait coulé à flots pendant toute la nuit, les tonneaux défoncés et vides roulaient ci et là ou servaient d'abri à quelque buveur ivre-mort, qui y dormait au risque d'être écrasé sans que ni le bruit ni les bourrades parvinssent à le réveiller.

Hassan, poussé par son insatiable cupidité, avait su garder sa raison. Le matin venu, il quitta furtivement la citadelle, gagna la porte de la ville, et se dirigea vers le mur d'enceinte où la tête informe du malheureux Riperda apparaissait encore derrière ses barreaux.

— Hé, don Miguel, cria le Maure lorsqu'il fut arrivé près de l'ouverture, qu'en dites-vous? Etes-vous content de moi?

— Que veux-tu dire? demanda le prisonnier.

— Comment, vous ne savez pas ce qui s'est passé la nuit dernière? Vous n'avez rien entendu? Alors vous dormez joliment bien dans votre peau de bœuf! La citadelle est prise! J'ai moi-même conduit le peuple à l'assaut!

— Et ses habitants sont tous en ton pouvoir?

— Patience, patience; il vous faut tout à la fois! Chaque chose aura son tour. Pour le moment, je puis vous dire que le château est entre mes mains et que ceux qui y sont ne peuvent m'échapper!

— Si au moins tu disais vrai!

— Doutez-vous de ma parole, don Miguel?

— Mon unique désir, maintenant, c'est que tous soient comme moi en ta puissance, que tous souffrent comme moi, et que tous soient punis pour m'avoir abandonné !

— Vous avez raison, don Miguel. Je comprends ce désir ! Vous souhaitez aux autres le même sort qu'à vous ! Soyez tranquille, je suis l'homme qu'il faut pour réaliser votre souhait. Il l'est déjà à moitié ! Mais vous parliez d'une récompense, don Miguel —

— Après ouvrage fait !

— Tiens, vous êtes rusé, vous ! Mais Hassan n'est pas non plus un imbécile ! L'ouvrage fait, votre désir serait réalisé, et vous pourriez m'envoyer promener quand je vous rappellerais votre promesse ! Les choses ne se passent pas ainsi ! La moitié de la besogne est faite puisque j'ai pris la citadelle, donnez-moi mon salaire, et je passerai à la seconde partie de l'ouvrage !

— Prouve-moi que tu dis vrai et que la citadelle est prise !

— Prise et à moitié détruite, don Miguel, et vers le matin j'en ai fait occuper toutes les issues afin qu'aucun de ceux qui sont dedans ne puisse s'échapper. Donnez-moi là somme dont vous m'avez parlé et je vous amène le duc, le duquecito et les autres à la file. Vous les verrez tous passer enchaînés ou solidement liés, afin que vous ayez aussi votre petite fête et que vous puissiez leur dire votre mot !

— Oui, oui, c'est là ce qu'il me faut ! murmura le malheureux prisonnier. Ce sera un baume pour moi que de les voir dans les fers — mais je veux être sûr qu'on ne me trompe pas ! Prouve-moi ce que tu avances, et tu auras l'argent dont je t'ai parlé !

— Comment voulez-vous que je vous le prouve puisque vous ne pouvez pas me suivre, grommela Hassan mécontent de la prudence de son prisonnier. Je vous dis que c'est vrai — mais attendez — le Maure s'était levé, il lui semblait qu'on l'appelait — il regarda autour de lui et aperçut Pedro qui accourait haletant et qui paraissait l'avoir longtemps cherché. — Tenez, voilà un témoin! reprit le Maure. Viens ici, Pedro, et dis au prisonnier ce qui s'est passé cette nuit. Dis-lui ce que j'ai fait!

— Nous avons pris la citadelle — mais...

— Vous l'entendez, don Miguel. La preuve vous suffit, je pense!

Pedro ouvrait la bouche pour achever son dire lorsque le Maure, devinant quelque nouvelle fâcheuse, lui fit un signe de l'œil et le poussa à l'écart pour s'occuper avant tout de sa négociation avec le prisonnier.

— Le château est pris! répétait don Miguel avec une joie haineuse.

— Oui, et tous ceux qui s'y trouvent seront punis comme vous! Tous expieront leurs forfaits!

— Et tu promets de les faire passer ici?

— Tous y passeront couverts de chaînes!

— Ne me fais pas attendre trop longtemps ce spectacle. J'en ai soif!

— Soyez tranquille! Vous verrez que je ne fais pas les choses à demi. Et maintenant que vous avez eu la preuve que vous demandiez, dites-moi où je trouverai l'argent promis. Mes gens ne se paient pas de belles paroles! Il leur faut du sonnant!

— Ecoute donc ce que j'ai à te dire, Hassan! s'écria Pedro impatienté. Tu ne sais pas ce qui se passe...

Le Maure poussa violemment l'importun.

— C'est bon, c'est bon, dit-il, tu as le temps d'attendre! Pour le moment j'ai une affaire à terminer ici!

— Mais tu ne sais pas...

— C'est bon, te dis-je! cria le Maure en jetant un regard furieux à l'entêté compagnon. Pas un mot de plus si tu ne veux pas que je t'en fasse repentir!

Pedro comprit qu'il ne lui restait qu'à attendre. Il resta à l'écart d'un air ennuyé tandis que le Maure, dévoré de convoitise, se retournait vers le mur et reprenait sa conversation avec son prisonnier.

— Parlez bas, don Miguel, dit-il d'une voix contenue. On pourrait vous entendre! Vous alliez me dire où vous cachiez votre argent lorsque cet imbécile nous a interrompus!

— Tu me jures d'achever l'œuvre de vengeance que je réclame?

— Bien, plus, je vous promets encore de vous libérer et de faciliter votre fuite en Espagne. Je suis maître de Naples, maintenant, et je puis faire tout ce que je veux!

— Eh bien, connais-tu le Juif Eli Lévy?

— Le changeur de la rue des Juifs?

— Oui! Le connais-tu?

— Si je le connais! Je suis allé plus d'une fois chez lui pour les seigneurs de la cour! Ces beaux Messieurs ont souvent besoin d'argent!

— J'ai chez lui un dépôt de deux mille ducats d'or!

— Deux mille ducats d'or, répéta le Maure dont les yeux étincelaient de convoitise. Et si le coquin allait nier cette dette? Vous connaissez les Juifs, don Miguel. Leur unique préoccupation, c'est de s'approprier l'argent d'autrui!

— S'il fait des difficultés, menace-le de la torture! Il ne pourra pas nier, d'ailleurs, si tu lui présentes son reçu!

— Où est-il ce reçu?

— Tu es maître du château, dis-tu?

— Oui, je le suis, don Miguel!

— Eh bien, tu connais la pièce où je me tenais habituellement, une grande pièce à côté de l'appartement de don Tito? Tu verras, au-dessus de l'ottomane, un tableau représentant un cerf poursuivi par des chiens. Le reçu du Juif se trouve derrière ce tableau; il est enchâssé dans le cadre! Prends-le et fais-toi payer! Les deux mille ducats t'appartiendront!

— Merci, don Miguel!

— Mais tu me vengeras, drôle!

— Je vous vengerai et vous délivrerai !

Hassan avait obtenu ce qu'il désirait. Il quitta son prisonnier, et rejoignit Pedro dont l'impatience allait croissant.

— Me voilà, fit-il. Que me veux-tu ?

— Je t'apporte de mauvaises nouvelles ! Viens vite !

— Qu'y a-t-il ?

— Il y a que tout est perdu si tu ne te hâtes pas !

— Perdu ?

— Oui. Masaniello est à Naples !

— Que le diable l'emporte ! Mais le peuple l'a mal reçu, je pense !

— Ah bien oui ! Compte sur le peuple ! Aussi, qu'avais-tu à quitter la place ? Ne pouvais-tu pas remettre à plus tard ton affaire avec le prisonnier ? Il y avait une demi-heure que tu t'étais éloigné quand le pêcheur est arrivé au château ramenant triomphalement don Alfonso et la princesse qui s'étaient enfuis, paraît-il, et qu'il a rattrapé quelque part. Il a de suite harangué le peuple, et tu aurais dû l'entendre crier, commander, et s'étonner que les portes ne fussent plus gardées ! Sur mon âme, il se croit encore maître et seigneur à Naples ! — Où sont les bourgeois et les pêcheurs qui devaient garder la citadelle ? criait-il. Je ne vois ici que la lie du peuple !

— Il a dit ça ?

— Je te répète ses propres paroles ! Il a ordonné à la foule de vider le château sur l'heure; naturellement personne n'a bougé. Hassan est notre chef, criait-on. C'est lui qui commande ! Qu'as tu à faire ici, toi ? N'es-tu pas Masaniello, le frère de cette créature qui passe ses nuits au château pour consoler le prince ? Débarrassez-nous de ce pêcheur de Portici ! Tuez-le !

— Bravo ! Bien parlé ! Et c'est fait, je pense !

— Personne n'a levé la main sur lui !

— Personne ?

— C'était à qui crierait le plus fort — mais de là à

s'attaquer à lui il y a loin! Masaniello n'a pas eu peur. Il a tiré son pistolet! — Le premier qui répète de semblables paroles ou qui me refuse obéissance est mort! a-t-il crié. Masaniello ne se borne pas à de vaines menaces, souvenez-vous-en! Hors d'ici, rôdeurs, vagabonds, lâches coquins! Hors d'ici, et n'essayez pas de recommencer vos attroupements dans les rues. J'entends qu'on se disperse, et quiconque n'aura pas quitté la cour d'ici à trois minutes tombera de ma main.

— Et vous l'avez laissé parler? cria le Maure dont le poing fermé semblait menacer un ennemi invisible. Vous avez entendu ces fanfaronades et pas un de vous ne s'est levé pour réduire cette bouche au silence — pas un?

— Personne n'a voulu risquer sa vie! répondit tranquillement l'ex-valet. Pourquoi n'étais-tu pas là? C'était à toi à le faire!

— Après, après!

— Eh bien, après — la foule s'est dispersée!

— Et personne n'a fait de résistance?

— Personne! Le peuple a murmuré, grogné — mais il s'est prudemment dispersé!

— Ils ont murmuré, ces lâches — c'est bien heureux, hurla Hassan qui étouffait de colère. Quels poltrons! Quels pauvres sires! Il aurait mieux valu qu'ils se tûssent, et que l'un d'eux, un seul, eût le courage de s'approcher de ce damné pêcheur et de lui plonger son poignard dans le cœur! Quelle honte! Et dire que tout ce que nous avons fait est inutile!

— Pourquoi as-tu quitté le château, je te le répète? Il ne fallait pas en bouger et tu aurais pu faire toi-même ce que tu nous reproches de n'avoir pas fait. Masaniello n'est pas resté inactif! Il a reformé, sur l'heure, des postes de pêcheurs et de bourgeois qui ont pris la garde des portes; il a envoyé dans la ville de nombreuses patrouilles chargées de dissiper les attroupements, il s'est tant démené, enfin qu'au bout d'une demi-heure les cours étaient désertes, et que tes hommes s'étaient dispersés aux quatre vents des cieux !

— Où sont-ils allés ?

— Partout !

— On les retrouvera ! Masaniello n'a pas pu les avaler, j'imagine !

— Il te sera facile de les réunir de nouveau, mais le pêcheur a bien fait ce qu'il a pu pour te discréditer auprès d'eux ! Il a juré ta mort !

— J'en ai fait autant pour lui !

— C'est à qui tuera l'autre, alors, fit Pedro en riant. En attendant, Masaniello prétend que tu as déjà tenté de l'assassiner. Est-ce vrai ?

— Sans doute. Malheureusement je l'ai manqué — mais ce n'est que partie remise ! Nous nous retrouverons, j'espère !

— Je le désire pour toi ! Ce diable d'homme a encore une certaine influence et peut te nuire considérablement. Il t'a gratifié des noms les plus gracieux : bandit, assassin ; je ne sais quoi encore. Il a enfin terminé sa harangue en déclarant qu'il te pardonnait tout ce que tu lui avais fait à lui personnellement, mais qu'il ne te pardonnerait jamais d'avoir provoqué cette nouvelle émeute, et d'avoir compromis ainsi la cause de Naples. Le Maure est hors la loi, a-t-il crié. Que le premier qui le trouve le tue comme un chien ! Je l'y autorise !

Hassan écoutait avec une attention et une fureur croissantes. Ses yeux roulaient dans leur orbite et ses poings se fermaient convulsivement.

— Le misérable m'a prévenu ! fit-il avec une explosion de colère. Nous verrons qui de nous deux sera le plus fort, Masaniello ! — Continue, reprit-il en se retournant vers Pedro. Que s'est-il passé ensuite ?

— Tes gens se sont dispersés !

— Mets-toi à leur recherche !

— Merci ! Ça ne m'amuse pas, moi ! On dirait qu'ils sont

rentrés sous terre ! En attendant, les pêcheurs et les bourgeois ont occupé de nouveau la citadelle et les portes de la
ville, et Masaniello est rentré triomphalement à l'Hôtel-de-
Ville ! Il s'est de suite trouvé quelques imbéciles pour l'entourer, l'acclamer de nouveau et lui faire cortège, comme s'il
venait de sauver Naples une seconde fois !

— Il est rentré à l'Hôtel-de-Ville ?

— Sans doute — en traînant toute une suite après lui !
Il fallait entendre ce vacarme. Masaniello par-ci, Masaniello
par-là ! On n'en aurait pas fait plus pour un véritable souverain, et ce damné pêcheur avait l'air de trouver ça tout
naturel ! Il est monté majestueusement les degrés de l'Hôtel-
de-Ville, et arrivé au haut, il s'est retourné pour remercier
et saluer le peuple. Ma parole, il est aussi fier que le roi
d'Espagne !

— Et pas une escopette n'est partie ? Il ne s'est pas
trouvé une main pour l'abattre tandis qu'il faisait ainsi la
roue ?

— Bien sûr que non ! Le peuple s'était retourné comme
un gant ! Les trois quarts des individus qui se trouvaient là
acclamaient le tribun comme dans ses plus beaux jours ! Le
reste se taisait ou murmurait tout bas !

— Et tu dis que la citadelle est de nouveau occupée ?

— Personne ne peut plus ni y entrer ni en sortir !

Hassán laissa échapper une horrible imprécation. Il croyait
déjà tenir les deux mille ducats. Il comptait retourner immédiatement au château où il avait hâte de chercher le
précieux reçu qui lui permettrait de faire rendre gorge au
Juif, et Pedro, vrai messager de malheur, renversait d'un
coup ces belles espérances en lui annonçant que la citadelle
était de nouveau gardée et qu'on n'y pénétrait plus sans l'au-
torisation du tribun.

— Eh bien, à quoi te décides-tu ? fit Pedro en interrompant les pénibles réflexions du Maure. Il me semble que
notre affaire est passablement compromise !

— Compromise? cria Hassan exaspéré; c'est ce qu'il faudra voir! Rira bien qui rira le dernier!

— En attendant, tu n'as qu'à te tenir sur tes gardes, mon petit! Le pêcheur de Portici n'aura pas de repos avant de s'être débarrassé de toi!

— Et moi, je n'en aurai pas avant de m'être débarrassé de lui! C'est une guerre à mort entre nous deux, mais une guerre où je compte bien rester vainqueur. Mon poignard ou mon pistolet atteindront Masaniello avant qu'il m'attrape, lui!

En cet instant, la haute taille de Salvator Rosa apparut sur la route à quelques pas de l'endroit où conféraient les deux bandits. Le jeune peintre, vêtu de noir des pieds à la tête et l'épée au côté, avait un air résolu qui devait en imposer aux plus braves. Il sortait de la ville, et le rouleau qu'il tenait à la main semblait indiquer chez lui l'intention d'aller chercher dans la campagne quelque sujet de tableau.

Les préoccupations artistiques du peintre ne nuisaient point au courage et à la résolution du patriote. Salvator Rosa eût à peine aperçu les deux drôles arrêtés à quelque distance, et dont l'un, du moins, ne lui était que trop connu, qu'il alla droit à eux.

— Tiens, tiens, fit Pedro en poussant son camarade et en lui montrant le nouvel arrivant, qu'est-ce qu'il nous veut celui-là? Le connais-tu? Je n'aime pas sa mine, allons-nous-en!

— C'est Salvator Rosa, répondit Hassan. Que peut-il nous vouloir, nous n'avons rien à débattre avec lui?

Cette réponse était à peine achevée qu'une exclamation du peintre éclairait les deux bandits sur les intentions du nouveau venu.

— Rends-toi, vilain drôle, criait Salvator Rosa en tirant son épée et en accourant sur le Maure. Ne bouge pas de là, noir coquin!

— Que me voulez-vous? A moi, Pedro! fit Hassan. Ce peintre veut m'assassiner!

Salvatoriello allait fondre sur le moricaud, mais ni Pedro ni le Maure ne se souciaient de batailler avec un personnage aussi résolu et aussi entreprenant, et tous deux, prenant leurs jambes à leur cou, eurent bientôt mis une honnête distance entre eux et ce terrible agresseur.

Le peintre leur donna la chasse un instant, mais les deux drôles s'étaient réfugiés dans un petit bois situé à quelque distance ; ils disparurent dans le fourré et Salvator Rosa fut forcé de renoncer à sa poursuite.

Pendant ce temps, Masaniello avait réellement mis fin à l'émeute suscitée par le Maure. Ainsi que Pedro l'avait raconté, son apparition avait suffi pour intimider cette plèbe dépourvue de courage, et pour lui ôter l'envie de passer à d'autres méfaits. Les bandits réunis par le Maure s'étaient subitement dissipés. Pedro, lui-même, inquiet de l'absence de son noir compagnon, avait prudemment filé, autant pour se mettre à la recherche d'Hassan que pour éviter toute collision avec le tribun ou avec les bourgeois et les pêcheurs qui s'étaient ralliés autour de lui.

L'ordre avait été promptement rétabli. Masaniello avait pris immédiatement des mesures énergiques pour rassurer la partie saine de la population, puis, comprenant combien sa présence était nécessaire pour empêcher le retour de pareils abus, il s'était rendu à l'Hôtel-de-Ville, où la foule l'avait accompagné avec force acclamations.

Ce triomphal retour enivrait l'orgueilleux tribun. Il avait montré de nouveau ce dont il était capable ; il avait de nouveau sauvé Naples — et de nouveau le peuple le proclamait son libérateur et son dieu !

— Vive Masaniello ! Vive le pêcheur de Portici ! Salut au sauveur de Naples, à notre invincible héros !

L'âme du tribun se dilatait à ces cris. Debout sur les marches de l'Hôtel-de-Ville, il saluait du geste et de la voix cette multitude en délire qui se reprenait à l'acclamer. Une orgueilleuse ivresse illuminait ses traits et prêtait à toute sa personne une majesté souveraine. Masaniello était roi, roi par la grâce du peuple! Qu'avait-il à faire à Portici? L'événement n'avait-il pas prouvé de la façon la plus éclatante que sa présence à Naples était nécessaire? Il fallait un guide, un chef à cette foule qui se pressait autour de son héros retrouvé! Masaniello pouvait seul être ce guide-là! Sa retraite momentanée n'avait fait surgir aucune personnalité assez marquante pour l'éclipser. N'était-ce pas un signe, et un signe évident que le pêcheur de Portici était seul capable de gouverner dans les circonstances où se trouvait le peuple!

Tout à coup, la foule rassemblée devant l'Hôtel-de-Ville s'entr'ouvrit lentement et livra passage à un cortège formé par un certain nombre de pêcheurs et de bourgeois. Moreno, Ludovico, le baigneur Nicolo et deux bourgeois marchaient en tête portant un coffre richement orné qui devait contenir quelque précieuse offrande. En même temps, Pietro et Cinzio apparaissaient sur la place.

Masaniello se trouvait encore au haut de l'escalier, lorsque le petit cortège s'arrêta devant l'Hôtel-de-Ville. Les cinq personnages qui en formaient la tête gravirent lentement les marches qui les séparaient du tribun, puis ils firent halte, déposèrent le coffre aux pieds de Masaniello et se retirèrent respectueusement à l'écart tandis que l'un d'eux ouvrait la boîte, en montrait le contenu au pêcheur de Portici, et le lui offrait au nom du peuple.

Masaniello avait baissé la tête et ses yeux éblouis contemplaient un manteau de pourpre! C'était à lui, bien à lui, qu'on offrait cette parure royale, ce signe de puissance et de grandeur! On lui présentait la pourpre — voulait-on le faire roi?

Ce spectacle inattendu avait précipité le sang dans les veines du tribun! Ses tempes battaient avec force — ses yeux plongeaient avidement dans les plis de l'élégante parure et semblaient les forcer à s'ouvrir devant lui. Sa main se dirigeait instinctivement vers ce manteau réservé jusque-là aux

seuls monarques et destiné cette fois à un humble pêcheur!
Fallait-il le refuser, repousser cette haute distinction, au
risque de froisser le peuple qui lui en faisait hommage?

C'était trop demander! L'âme du tribun n'était pas assez
haute, assez pure pour résister victorieusement à de pareilles
séductions! Il l'avait fait une première fois; il avait refusé
la couronne d'or qu'on lui offrait et n'avait pris que le laurier, mais cette offre séduisante, c'était aux premiers jours
de sa gloire qu'on la lui avait faite et depuis lors Masaniello
avait succombé devant l'appât grossier que lui présentait le
duc d'Arcos. Depuis lors il avait roulé d'abîme en abîme, il
s'était livré sans défense aux démons de l'orgueil et de la
vanité! Ces hôtes perfides avaient envahi son âme et avaient
étouffé peu à peu les nobles et belles qualités qui avaient
fait de lui un héros! Le héros n'existait plus; l'homme seul
subsistait encore, mais un homme vaniteux et faible, incapable
de résister à la tentation.

La pourpre fatale était là, étalant aux yeux du tribun sa
garniture d'or et d'hermine, et cachant le poison qu'elle re-
celait dans ses plis. Il eût fallu la repousser avec horreur,
mais déjà Masaniello se penchait vers le coffret — ses mains
caressaient déjà la royale parure — l'orgueil et l'ambition
allaient compter une victime de plus!

Pendant ce temps, le peuple, rassemblé sur la place, contemplait silencieusement ce spectacle et attendait avec une
secrète angoisse ce qui allait se passer —

Masaniello avait saisi le manteau de pourpre. Il le garda
un instant dans ses mains frémissantes, parut hésiter, puis
tout à coup, cédant à la fascination qu'exerçait sur lui ce
royal vêtement, il se le jeta brusquement sur les épaules et
le ferma sur sa poitrine que sa chemise de pêcheur avait
laissé jusque-là demi-nue — — —

Un long cri d'admiration salua ce geste. Masaniello, ainsi
paré, offrait un imposant spectacle! La pourpre lui seyait

admirablement et semblait faite pour ce buste athlétique !
Le tribun le pensait ainsi, sans doute. Il se drapait dans ce
manteau royal et se tournait de tous côtés pour remercier de
la voix et du geste le peuple auquel il croyait devoir cette
suprême distinction.

L'enthousiasme touchait au délire ! On criait, on applau-
dissait, et ce tumulte retentissait comme une musique céleste
aux oreilles de Masaniello. La foule contenait cependant bon
nombre de gens sensés qui hochaient la tête et murmuraient
à ce singulier spectacle, mais leurs observations se perdaient
dans le bruit, et les figures soucieuses étaient effacées par
celles plus agitées des manifestants.

Tout à coup, il sembla qu'un frisson secouait la haute
taille du tribun. Ses yeux devenaient ternes et fixes, ses
traits s'assombrissaient — ses mains qui tout à l'heure saluaient encore la foule, étaient retombées tremblantes à ses
côtés . . .

Masaniello, attribuant ce malaise subit à l'émotion du moment, entra dans l'Hôtel-de-Ville où il se fit apporter un
gobelet de vin. Une soif dévorante l'avait saisi — il vida la
coupe d'un trait.

Ranimé par ce breuvage, il passa dans la grande salle du
conseil pour donner quelques ordres et s'occuper des mesures
pressantes que nécessitait l'état des choses, mais au bout de
quelques minutes il se sentit pris de vertige. Il fit en chancelant un ou deux pas et se laissa tomber dans un des fauteuils à haut dossier que contenait l'antique pièce. Là, il
demanda encore du vin. On lui en apporta un second gobelet
qu'il but avec autant d'avidité que le premier.

L'instant d'après, Nicolo, Pietro, Ludovico et Cinzio entrèrent dans la salle du conseil et trouvèrent Masaniello assis
comme un dictateur dans le large fauteuil. Il était pâle. Ses
yeux brillaient d'un éclat sauvage et roulaient convulsivement

dans leurs orbites. Quelques minutes avaient suffi pour opérer en lui un changement soudain et inexplicable — inexplicable au moins pour lui-même et pour le vieux Pietro, peut-être, mais non pour les trois autres témoins de cette scène.

Masaniello jeta sur les nouveaux venus des regards furieux et inquiets.

— Qui êtes-vous ? s'écria-t-il en se renversant encore plus sur son siège et en ramenant sur ses genoux le manteau de pourpre dont il était toujours enveloppé. Comment osez-vous pénétrer dans ce palais impérial ?

Pietro tressaillit et regarda le tribun avec épouvante tandis que Nicolo et Ludovico se poussaient du coude et qu'un sourire satanique éclairait furtivement les traits de Cinzio. L'irascible pêcheur reconnaissait les premiers effets de la pourpre empoisonnée — — Masaniello était fou !

— Que venez-vous faire ici, misérables valets ? reprit le tribun, ne voyez-vous pas en quel lieu vous vous aventurez ? A genoux devant sa Majesté Impériale ! Ici, esclaves, continua-t-il en tournant la tête et en s'adressant à des personnages qui n'existaient que dans son esprit halluciné ; approchez, et emparez-vous de ces insolents qui bravent leur souverain ! Saisissez-les ! Vite ; commencez par le plus petit — un rusé compère, un sournois qu'on appelle Cinzio ! N'oubliez pas non plus ce vieux à barbe grise — c'est Pietro ! Chargez-les de chaînes ! Ils en veulent à ma vie — à ma couronne — qu'ils meurent ! L'échafaud les attend ! Enmenez-les — je l'ordonne !

Pietro avait joint les mains et reculait avec épouvante.

— Qu'est-ce que cela signifie ? murmura-t-il.

— L'ambition l'a rendu fou ! répondit tout bas Nicolo, fou à lier ! Partons avant qu'il ne nous assassine !

— Arrêtez-les ! cria Masaniello en étendant impérieusement son bras nu. Prenez garde, ils vont fuir ! Traînez-les à l'échafaud — c'est mon ordre — ils mourront tous, oui tous !

Les insensés! Ils veulent attenter à la majesté de l'empereur! Ne voyez-vous pas la couronne, l'étincelante couronne qui ceint ma tête? Ne voyez-vous pas la pourpre royale? A genoux, vous dis-je! Qu'on emmène aussi les hommes noirs! Qu'ils meurent, qu'ils tombent tous! Aiguisez vos sabres et tuez-les! Il me faut du sang!

Pietro s'était avancé d'un pas. — Sainte mère de Dieu, murmura-t-il avec désespoir tandis que Cinzio l'observait attentivement, tout est perdu! — — Reviens à toi, Masaniello! cria-t-il à haute voix en étendant les bras comme pour essayer de sauver l'infortuné, reviens!

Masaniello tressaillit à cet appel et jeta autour de lui des regards irrités.

— Hahaha — je connais cette voix, s'écria-t-il avec un rire sauvage — oui, je l'ai entendue! Enmenez-moi ces hommes! A l'échafaud — à l'échafaud! Je veux voir tomber leurs têtes! Ils s'opposent à mon pouvoir! Débarrassez-moi aussi des hommes noirs, de ces hommes masqués qui rôdent partout le poignard à la ceinture — — —

— Allons-nous-en! fit Nicolo qui commençait à trouver ce voisinage peu rassurant. Laissons-le seul ici, et enfermons-le pour qu'il ne fasse pas quelque malheur.

— Jésus Maria! sanglota Pietro en cachant sa tête dans ses mains pour donner libre cours à sa douleur.

Cinzio se tourna vers le vieux pêcheur et lui prit le bras.

— Viens, dit-il en l'entraînant, viens — il est fou — tu as entendu qu'il nous condamnait tous à mort. Il vaut mieux le laisser seul!

Pietro se laissa emmener. Il s'éloigna la mort dans l'âme, tandis que la voix creuse de Masaniello retentissait encore derrière eux et les poursuivait de ses menaces de mort.

— Enmenez-les! criait l'insensé. Traînez-les à l'échafaud. Qu'ils meurent — Cinzio et Pietro les premiers — hahaha — ils sauront qu'on n'attente pas impunément à la majesté de l'empereur! — — —

— Il se croit l'empereur en personne, dit Ludovico en suivant ses compagnons. Tous sortirent précipitamment de la salle du conseil où Masaniello resta seul, donnant à haute voix des ordres bizarres, et se promenant avec agitation dans la pièce en traînant derrière lui la pourpre fatale — —

Chapitre XXII.

## La vengeance du supplicié.

Revenons, une fois encore, à cette nuit où Tito et Ruiz quittaient le château en emportant la litière de la princesse et où les pêcheurs de Portici se réunissaient secrètement dans la demeure du vieux Pietro.

Il se faisait tard et l'obscurité s'étendait rapidement sur la terre lorsqu'un homme masqué et vêtu de noir traversa la place du port à Naples et s'approcha du môle. Le mystérieux personnage avait rabattu son chapeau sur ses yeux et rejeté sur l'épaule un des pans de son manteau. Il avança vers l'escalier du port et constata qu'il était encore très-animé. Des barques de pêcheurs y abordaient encore, et des groupes nombreux de vendeurs et d'acheteurs y stationnaient, causant et gesticulant en vrais Napolitains.

L'homme masqué se détourna et fit quelques pas le long du môle, puis il se pencha sur l'eau. On apercevait un bateau à une faible distance.

— Marcos! fit l'homme noir d'une voix contenue.

— Et Ancillo! répondit une voix sourde qui semblait monter de la mer.

Ces deux mots semblaient être les mots de passe de la nuit ou le signe de ralliement des membres de la Compagnie de la mort. Ils étaient à peine échangés que quelque chose remuait dans le bateau qui attendait à l'ombre, et, l'instant d'après, un second homme masqué grimpait avec une étonnante agilité sur le bastion et rejoignait le confrère qui l'avait hélé.

Les deux personnages se saluèrent.

— Est-ce toi, Luigi? demanda le dernier venu.

— C'est moi, Francesco !

— Je t'apporte l'ordre pour la nuit! Es-tu seul?

— Il y a une heure que j'ai relevé Giorgio ici! Il croise dans le port avec Vittore et Matteo !

— Tu vas les rejoindre immédiatement avec ton bateau, Luigi! Tu prendras Vittore et Matteo, et Giorgio reviendra seul ici !

— Qu'y a-t-il pour la nuit, Francesco?

— Tu le sauras plus tard! Dès que tu auras trouvé Vittore et Matteo, vous vous rendrez vers le petit canal, là-bas, en dehors de la ville!

— Autrement dit vers le domaine du bourreau?

— Oui. Vous laisserez là votre bateau et vous vous mettrez en sentinelle à l'entrée du domaine!

— C'est entendu, Francesco !

— Faites attention que personne ne vous aperçoive!

— On y veillera !

— Vous trouverez Leonardo vers la palissade. Demandez-lui ce qu'il a vu et ce qu'il a à dire, et ordonnez-lui de se rendre à votre place dans le canot que vous aurez quitté. Il restera vers le canal jusqu'à nouvel ordre. Hâte-toi!

Les deux hommes se séparèrent. Tandis que Francesco quittait le môle et disparaissait dans les rues de la ville qui formaient alors de véritables labyrinthes, Luigi regagnait son canot arrêté au pied du bastion. Une chaîne solide attachait l'embarcation à un anneau scellé dans la pierre. Luigi décrocha la chaîne, la mit au fond de son bateau et saisit les rames dont quelques coups vigoureux l'eurent bientôt éloigné du môle, de l'escalier du port et des nombreuses barques qui y stationnaient.

L'eau était calme et unie. Une brise légère en ridait à peine la surface. Le bateau volait sur l'onde, tandis que le rameur qui le conduisait promenait incessamment les yeux autour de lui sans que ses regards parussent nullement gênés par l'obscurité.

Tout à coup, il parut avoir découvert ce qu'il cherchait, car il changea de direction et imprima une allure plus rapide à son bateau.

Bientôt il s'approcha d'une embarcation montée par trois hommes dont il ne tarda pas à être aperçu.

— Qui va là? cria une voix impérieuse.

— Luigi! répondit le rameur.

Les deux bateaux se rapprochèrent.

— Qu'y a-t-il, Luigi?

— Je viens de voir Francesco. Il m'a chargé d'une besogne à faire avec Vittore et Matteo!

— Et moi? demanda Giorgio.

— Il faut que tu retournes à ton poste vers le môle!

Vittore et Matteo se levèrent et passèrent dans le bateau de Luigi. Tout cela se fit sans bruit et sans confusion.

— Adieu! cria Giorgio en se dirigeant vers la ville.

Luigi et ses deux compagnons avaient pris les rames.

— Où allons-nous? demanda Matteo.

— Là-bas, vers le petit canal!

— Oho, vers le domaine du bourreau? fit Vittore. Je comprends maintenant le mot de passe de cette nuit : Marcos et Ancillo !

— Tant mieux, exclama Matteo. Je pense que le bourreau espagnol qui a fait tant de victimes aura son tour cette nuit. A-t-il assez torturé de Napolitains, le misérable !

— Je ne sais pas ce qui doit se passer, répondit Luigi. Le port était encore très-animé, et Francesco ne m'a dit que le strict nécessaire. Il est prudent!

Le bateau volait dans la direction du canal. La distance était assez forte, mais les trois rameurs étaient vigoureux et habiles et la barque atteignit en moins d'une heure le but de sa course nocturne. Les trois hommes mirent pied à terre dans le voisinage du canal et amarrèrent le bateau aux pierres du rivage.

La nuit enveloppait tout de son ombre. Le domaine et la plaine sablonneuse qui l'entourait étaient également silencieux et déserts. Rien ne troublait le repos et le calme de cette heure, rien ne remuait au loin et au près.

Les trois hommes quittèrent le rivage et gagnèrent à pas de loup la palissade noire qui enfermait le domaine. Luigi marchait en avant. Il s'approcha des arbres qui se trouvaient dans le voisinage du portail.

— Leonardo! fit-il tout bas.

— Qui va là ? répondit une voix contenue.

— Marcos! dit Luigi.

— Et Ancillo! fit Leonardo en complétant le mot de passe et en approchant rapidement des nouveaux venus.

— Nous venons te relever! As-tu fait quelque observation ?

— Il y a une heure environ que quelques-uns des valets du bourreau ont quitté le domaine, répondit Leonardo. Ils avaient avec eux deux ou trois mulets chargés de sacs de bagage. Plus tard, Juan et Pablo, les deux âmes damnées de Marcos, ont passé à leur tour. Il n'y a pas un quart d'heure qu'ils sont partis.

— Où allaient-ils ?

— Il m'a semblé qu'ils prenaient le chemin de la campagne. Ils ne se dirigeaient pas du côté de Naples!

— C'est quelque chose comme une fuite!

— Je le crois!

— Et Marcos? demanda Luigi.

— Je ne l'ai pas vu!

— Tu penses qu'il est encore dans sa demeure?

— Je n'en doute pas!

— As-tu déjà vu Francesco ce soir?

— Non!

— Eh bien, j'ai ordre de t'envoyer dans notre bateau. Tu le trouveras là-bas vers le canal et tu nous attendras. C'est nous qui prenons la garde ici!

Leonardo salua ses compagnons et s'éloigna tandis que les trois hommes masqués se retiraient à l'ombre des arbres.

Minuit approchait, lorsque des pas retentirent à l'intérieur de l'enclos. Quelqu'un approchait du portail.

Luigi et ses deux compagnons étaient armés. Chacun d'eux souleva son escopette et se tint prêt à faire feu. En même temps, un bruit sourd se fit entendre. On eût dit que quelques cavaliers arrivaient au galop de la ville.

Tandis que les trois hommes prêtaient l'oreille et se disaient, non sans raison, que ce bruit annonçait quelques-uns de leurs frères, la porte de la palissade s'ouvrit et livra passage au bourreau espagnol.

Marcos était à peine sorti de son domaine qu'il s'arrêtait pour écouter. Le galop des chevaux se rapprochait d'instant en instant. Le bourreau parut hésiter, puis se ravisant tout à coup, il referma la porte derrière lui et prit la direction que ses valets avaient suivie.

Il ne put aller loin. Au moment où il longeait les arbres, une ombre se dressa sur son chemin et lui barra le passage.

Marcos recula avec effroi —

— Qui va là — que me veut-on? fit-il d'une voix sourde.

— Arrière! Pas un pas de plus, Marcos! s'écria Luigi. Le bourreau espagnol veut s'enfuir, paraît-il, mais il est surveillé!

— Surveillé? De quel droit veut-on le surveiller et le retenir? s'écria Marcos avec colère. Passez votre chemin, drôle, et laissez-moi aller le mien!

— Rentre chez-toi ! fit impérieusement Luigi. Ne vois-tu pas celui qui te donne cet ordre ?

— Je le vois suffisamment pour le reconnaître, cria Marcos en sortant de dessous son manteau une étincelante épée. Assez de cette stupide farce ! Croyez-vous me faire peur avec vos masques et vos singeries ? Les morts que j'ai tués ne reviennent pas !

Pendant ce dialogue, les cavaliers s'étaient approchés. Ils arrivaient bride abattue et Marcos frissonna malgré lui en les apercevant. Ils étaient trois, tous trois montés sur des chevaux dont la robe noire se confondait avec le manteau du cavalier. On eût dit trois fontômes. Tandis qu'ils approchaient, Vittore et Matteo sortaient de l'ombre et venaient se placer silencieusement derrière Luigi pour donner plus de poids à ses paroles.

Les trois cavaliers s'arrêtèrent brusquement devant le groupe formé par le bourreau et par les hommes masqués qui l'avaient retenu. L'un d'eux sauta à bas de sa monture, ôta son manteau, son chapeau et son masque, remit ces différents objets à Matteo et vint se placer en face du bourreau qui n'essayait plus de se défendre.

— Me reconnais-tu, Marcos ? demanda-t-il.

C'était le peintre Ancillo Falcone, le patient que Marcos et ses valets avaient torturé des mois auparavant et qu'ils avaient jeté dans le canal pour l'achever. Ancillo Falcone — c'était lui — Marcos le reconnut et pâlit de terreur. Les morts qu'il avait tués revenaient donc !

— Le patient ... balbutia-t-il enfin d'une voix éteinte.

— Oui, le patient qui vient réclamer sa vengeance, dit solennellement Ancillo Falcone ; le patriote, qui vient te payer les innombrables méfaits que tu as commis sur de malheureux Napolitains. Tu voulais fuir pour échapper à la punition de tes crimes, mais tu étais surveillé. Ton domaine était gardé de jour et de nuit et la fuite était impossible !

Les deux autres cavaliers avaient mis pied à terre et s'é-taient avancés à côté du peintre.

— Saisissez ce coupable venu d'Espagne pour verser le sang napolitain, ordonna Ancillo Falcone. Ramenez-le dans sa demeure !

Luigi et Vittore désarmèrent le bourreau et le saisirent chacun par un bras. Marcos avait compris que toute résistance était inutile, mais il voulut au moins protester contre l'arrestation dont il était l'objet.

— De quel droit me condamnes-tu ? s'écria-t-il en se tournant vers Falcone. Je n'ai fait qu'exécuter les ordres de mon maître !

— Assez, misérable ! s'écria le peintre, tu as été l'instrument et le complice du meurtrier espagnol dont nous subissions le joug ! C'est par tes mains maudites que se consommaient les crimes innombrables qui ont soulevé le peuple ! C'est toi, assassin à gages, qui faisais disparaître les malheureux qu'on n'osait pas exécuter publiquement ; c'est toi qui les clouais sur le chevalet de torture pour leur arracher de faux aveux ! Ton glaive fumait de sang napolitain, tes cachots regorgeaient de victimes que tes valets et toi vous tourmentiez à plaisir jusqu'au moment fatal où elles expiraient entre vos mains. Faut-il te dénombrer tes crimes ? Ils se comptent par centaines et tu demandes de quel droit nous te jugeons ? Insensé ! C'est moi, Ancillo Falcone, moi qui te connais, et qui ai passé par tes mains, c'est moi qui te condamne à mourir cette nuit même ! Enmenez ce grand coupable ; il devrait subir mille morts pour que sa punition fût juste et équitable !

Luigi et Vittore rouvrirent le portail et firent rentrer le bourreau dans son domaine, tandis que Matteo restait au-dehors en sentinelle et gardait les trois chevaux des cavaliers.

Les deux hommes noirs se retrouvèrent bientôt dans la cour avec leur prisonnier. Ancillo Falcone avait suivi avec ses deux compagnons toujours masqués. Il fit arrêter le petit cortège, et ordonna à Luigi d'aller chercher des torches. Luigi, qui paraissait connaître passablement les localités se rendit dans l'un des hangars et revint bientôt avec deux flambeaux allumés dont il remit l'un à Vittore et garda l'autre.

— Emmenez le condamné dans le hangar! ordonna Ancillo Falcone. Il subira immédiatement sa peine !

— C'est un meurtre, un meurtre comme jamais je n'en commis! s'écria Marcos dont la voix tremblait légèrement. Je repousse toutes tes accusations! Jamais je n'ai fait mourir un prisonnier sans en avoir reçu l'ordre formel!

Le bourreau comprenait enfin qu'il touchait à son heure dernière. Il s'efforçait cependant de dissimuler son angoisse et de garder en face de la mort un maintien calme et fier, mais la lueur des torches faisait ressortir sa pâleur. Ancillo Falcone, debout, les bras croisés sur la poitrine, considérait silencieusement son prisonnier et se retournait parfois pour échanger un regard avec les deux hommes masqués qui s'étaient placés derrière lui. L'aspect de cette scène était lugubre, et les sinistres constructions qui servaient de cadre à ce tableau n'étaient pas de nature à l'égayer.

— Ta sentence est prononcée! dit gravement le peintre après un moment de pénible silence. Tes forfaits crient vengeance, mais ils ne trouveront pas ici la punition qui leur est due. Nous ne voulons pas t'imiter et tes tourments seront courts — mais crains le jugement qui t'attend là-haut!

Tout en parlant, Ancillo Falcone avait étendu le bras et montrait impérieusement le hangar voisin.

Luigi et Vittore comprirent cet ordre muet. Ils entraînèrent Marcos vers l'endroit désigné, ouvrirent la porte du vaste et sombre hangar et y entrèrent avec leur prisonnier.

Une grosse lanterne accrochée au toit de ce sinistre réduit pendait au-dessus d'un billot qui paraissait solidement fiché en terre. Ancillo ordonna à ses hommes de l'allumer, et bientôt une lumière blafarde se mêla à la lueur des torches. Marcos, debout entre ses deux gardiens, assistait en silence à ces apprêts et songeait à mourir en homme.

— Va me chercher ton glaive, lui dit le peintre. Je le vois briller là-bas!

— Il est émoussé!

— Tu l'aiguiseras!

Marcos se dirigea vers le fond du hangar. Son glaive s'y trouvait en effet. C'était un véritable glaive de bourreau à la lame large et plate, un instrument de mort qui semblait fumer encore du sang de mainte victime.

Ancillo Falcone attendait près du billot; ses deux compagnons, toujours masqués, s'étaient placés à quelques pas derrière lui comme pour servir de témoins à cette scène tandis que Luigi et Vittore s'étaient mis en sentinelle devant la porte pour empêcher toute tentative de fuite de la part du prisonnier.

Le bourreau avait pris le glaive et semblait le considérer. La lumière incertaine que répandaient les deux torches et la lanterne n'éclairait que faiblement le fond du hangar et ne permettait pas aux sombres justiciers de suivre tous les mouvements du condamné — ils crurent remarquer, cependant, qu'il tremblait.

— Hâte-toi, cria Falcone, nous n'avons pas de temps à perdre!

Marcos se laissa tomber sur ses genoux et parut creuser la terre avec la pointe du glaive.

— Qu'est-ce que tu fais là-bas? reprit le peintre.

— Je prie!

Falcone ne répondit pas —

Quelques minutes se passèrent. Un silence de mort régnait dans le sinistre hangar — tout à coup, Marcos se releva; ses mains ne tenaient plus le glaive — au même instant, il se jeta en avant avec une violence extraordinaire — puis il s'affaissa sur le sol.

— Qu'y a-t-il ? s'écria Falcone. Allez voir ce qu'il fait !

Luigi et Vittore se précipitèrent à l'endroit où le bourreau espagnol était tombé et où son corps s'agitait encore dans une dernière convulsion.

— Marcos s'est précipité sur son glaive, s'écria Luigi. La lame doit avoir pénétré bien avant dans le cœur ou dans la poitrine ; il râle déjà !

— Il a donc exécuté lui-même sa sentence, dit solennellement Ancillo Falcone. Que Dieu ait pitié de son âme ! Naples est vengée ! Son bourreau s'est puni lui-même !

Luigi s'était penché sur Marcos et retirait le glaive resté dans la blessure. Un flot de sang s'en échappa. Le moribond exhala un dernier soupir et rendit l'esprit. Décidé à se tuer lui-même, il avait planté la poignée du glaive en terre, en avait dirigé la pointe contre son cœur et s'était précipité sur cette pointe menaçante — il avait ainsi péri de sa propre main et non de la main d'un juge.

— C'est fini, dit Vittore.

— Apportez son cadavre ici ! ordonna Ancillo.

Vittore et Luigi obéirent avec la promptitude qui semblait distinguer les membres de cette association où régnait une discipline modèle, et bientôt le corps du bourreau fut étendu à côté du billot.

Le redoutable Marcos avait cessé de vivre. Ce monstre couvert de sang n'était plus, lui-même, qu'un cadavre. Ces mains qui avaient torturé tant de malheureux, qui avaient donné le coup de mort à d'innombrables victimes, ces mains criminelles ne brandiraient plus le glaive. Le duc d'Arcos avait perdu là un serviteur fidèle ; un complice discret et sûr qu'il aurait peine à remplacer.

Il y eût une pause solennelle.

— Prenez ces flambeaux, mes amis, dit Ancillo en se tournant vers ses deux compagnons et passez les premiers. Vous, continua-t-il en s'adressant à Luigi et à Vittore, prenez le cadavre du bourreau et portez-le vers le pont. Il faut lui rendre le dernier office!

Les deux hommes masqués, portant chacun une torche, sortirent les premiers du hangar. Luigi et Vittore suivaient avec le corps du bourreau. Ancillo Falcone fermait la marche.

Ce sinistre cortège atteignit bientôt le pont.

C'était l'heure de la marée montante, et l'eau envahissait bruyamment le canal qui avait englouti tant de victimes.

— Priez! dit Ancillo Falcone.

Les assistants baissèrent la tête; ils prononcèrent une courte prière, puis la voix de Falcone s'éleva de nouveau et domina un instant le grondement des flots.

— Marcos, le bourreau espagnol, est jugé! disait cette voix grave et redoutable. Jetez son cadavre à l'eau, et que la mer le reçoive comme elle recevait ses victimes!

Luigi et Vittore poussèrent du pied le corps inanimé du bourreau —

Un bruit sourd retentit — puis tout redevint tranquille —

— Notre vengeance est accomplie, dit lentement Falcone. Marcos n'est plus, et Naples est délivrée de son bourreau, mais il nous reste encore quelque chose à faire. Le lieu où se commettaient tant de crimes doit disparaître de la terre. Il faut que les Napolitains apprennent, cette nuit même, qu'ils n'ont plus à redouter le monstre qui les opprimait. Allons, mes amis, mettez le feu à cette maison, faites flamber ces hangars, ces granges et ces écuries; détruisez cette tour où s'amoncelaient les instruments de torture! Brûlez tout! La flamme purifiera ce lieu souillé! Qu'il ne reste pas un vestige de cet odieux domaine! Il ne faut pas que ses restes racontent aux siècles futurs la honte et l'oppression de Naples!

D'enthousiastes acclamations saluèrent ces paroles. Les hommes noirs se mirent à l'œuvre et bientôt les hangars et les écuries commencèrent à brûler. La maison et la veranda flambèrent bientôt de compagnie. La tour seule était encore intacte, mais les frères de la mort n'entendaient pas qu'elle restât debout. Ils amoncelèrent tout autour du bois, des planches et des poutres, et mirent le feu à ce colossal bûcher. L'incendie gagna bientôt la toiture de la tour; le feu se communiqua rapidement aux cellules des étages supérieurs, puis à la chambre de torture, et d'épouvantables craquements annoncèrent que les murs lézardés ne tarderaient pas à s'écrouler.

Les flammes montaient joyeusement vers le ciel, annonçant à chacun la destruction de l'horrible demeure. Les noirs justiciers mirent même le feu à la palissade qui l'entourait, afin que, les jours suivants, des débris fumants et noircis rappelassent seuls l'endroit où tant de Napolitains avaient été sacrifiés à la tyrannie espagnole.

Vers le matin, trois cavaliers quittèrent le théâtre de l'incendie et reprirent au galop le chemin de la ville, tandis que quatre hommes masqués remontaient dans un bateau et s'éloignaient à force de rames du sinistre canal. Ancilo Falcone était vengé. Le bourreau espagnol n'existait plus, et les flammes détruisaient à jamais son domaine dont il ne resta bientôt plus que des ruines fumantes!

### Chapitre XXII.

### Lorenzo.

— Vous avez raison, don Lorenzo, je suis de votre avis, disait Selva, le jour où Masaniello, revenu à Naples, avait chassé du château la populace qui s'y était réunie et en avait fait occuper de nouveau toutes les issues; vous avez parfaitement raison, il faut faire quelque chose!

— Il faut, à tout prix, provoquer une décision. Cette incertitude n'est pas tolérable!

— Vous dites vrai, don Lorenzo, mais que faire?

— Il faudrait, ou obtenir une libre sortie...

— Abandonner le château? Y pensez-vous? Ce serait renoncer à tous nos droits sur cette province.

— Ou avertir la flotte, faire arriver du renfort et rétablir les choses sur leur ancien pied. Je ne vois pas d'autre alternative!

— C'est la seule chose à faire — mais aussi la plus difficile! Pensez à Attenuado!

— J'y pense, don Selva, mais la triste fin du secrétaire d'état ne doit pas nous retenir. Un Espagnol doit savoir mourir pour son roi!

— C'est si bien mon opinion que je suis décidé à faire une tentative pour arriver jusqu'à la flotte!

— Nous avons eu la même idée, alors! C'est pour moi chose arrêtée, et je compte partir ce soir même!

— Je ne vous laisserai pas ce privilège, don Lorenzo!

— Comment ferez-vous pour me l'enlever?

— Si nous tirions au sort à qui de nous deux partira?

— Soit. J'y consens !

— Faisons-le sur l'heure ! Je brûle de désir de montrer que je ne redoute pas la mort ! Ainsi — mais auparavant, don Lorenzo, il est bien entendu que nous nous soumettrons à la décision du sort quelle qu'elle soit !

— Soyez sans crainte, don Selva. Chacun de nous, j'en suis sûr, acceptera son lot sans récriminations.

— Comment nous y prenons-nous ?

— J'ai une idée ! Vous êtes bon tireur, don Selva ?

— Je manque rarement le but !

— Eh bien, nous avons chacun notre pistolet. Mettons-y chacun une balle ordinaire, et tirons l'un après l'autre sur ce point noir, là, au plafond ! Le voyez-vous ?

— Sans doute ! C'est quelque balle venue du dehors qui l'aura produit !

— Cela se peut ! Celui d'entre nous qui frappera le point noir aura gagné. Il sera l'élu !

— Tôpe là ! Une singulière façon de tirer au sort, ma parole, mais elle me plaît. Attendez — qui commence ?

— Je vous cède le pas, don Selva !

— Grand merci ! Vous êtes toujours aimable don Lorenzo ! Mettons-nous à l'œuvre !

Les deux Espagnols qui se disputaient ainsi une dangereuse entreprise se trouvaient en ce moment dans une tourelle écartée où tous deux s'étaient retirés pour discuter à l'aise sur la situation. Le plafond voûté de la pièce où ils s'entretenaient portait en effet la trace d'une balle et le point noir produit par ce projectile allait leur servir de but.

Selva devait tirer le premier. Il visa longuement et fit feu.

Le coup pârtit, mais la balle n'atteignit pas le but. Elle s'en éloigna d'un bon pouce, et alla former un second point noir au plafond.

Le capitaine de la garde frappa du pied avec humeur et maudit la malheureuse inspiration qui l'avait poussé à viser longuement quoiqu'il sût fort bien qu'il réussissait beaucoup mieux en tirant à la légère.

Don Lorenzo leva son pistolet à son tour, le dirigea vers le point noir et tira —

La vapeur de la poudre était à peine dissipée que deux éclats de rire partaient en même temps.

La balle avait également frappé à un pouce du point noir, mais de l'autre côté. Aucun des deux tireurs n'avait gagné.

— Parfait! s'écria joyeusement Selva, c'est comme si nous n'avions rien fait, don Lorenzo. Je recommence!

Le capitaine chargea son pistolet et pressa la détente —

Le coup partit, et Selva en salua le résultat par un cri de triomphe. La balle avait atteint le point noir et l'avait un peu élargi.

Lorenzo tira à son tour —

— Voyez, voyez, s'écria Selva, vous avez atteint le but, vous aussi!

Le capitaine disait vrai. Cette seconde balle avait également frappé le point noir et avait continué à l'agrandir.

— Qu'allons-nous faire? demanda Lorenzo.

— Nous partirons tous deux. Le sort le veut ainsi, il me semble!

— Soit! Il est cependant toujours plus difficile de s'en sortir à deux.

— Ne dites pas cela! Nous sommes tous deux résolus, tous deux également bons tireurs, tous deux prêts à sacrifier notre vie pour notre cause! Nous chercherons en commun notre salut, et nous jouerons de malheur si l'un de nous, du moins, n'atteint pas heureusement le but!

— Vous avez peut-être raison. A l'œuvre, don Selva!

— Le plus difficile sera de sortir de la citadelle. Comment nous y prendrons-nous?

— Ce n'est pas là ce qui m'embarrasse, répondit Lorenzo. Je connais un chemin parfaitement sûr qui nous mènera sans encombre au dehors du château. Laissez-moi le soin de vous conduire, don Selva. Cachez un pistolet dans votre ceinture et bouclez votre épée ; il ne nous faut pas autre chose !

— Pas même des manteaux ?

— Nous en trouverons en route !

— Vous parlez par énigmes, don Lorenzo !

— Ecoutez donc ! Lorsque le soulèvement eut éclaté et que je songeai à quitter la citadelle, le vieil intendant des caves m'apprit qu'il connaissait un chemin qui me permettrait d'en sortir sans être inquiété. Il s'offrait à me le montrer sur l'heure. J'acceptai. Le bon vieux me conduisit alors dans une partie écartée des vastes caves dont il faisait son domaine, puis dans un long passage aboutissant à une vieille porte à moitié enfoncée. Là, il me donna une petite lanterne sourde et me dit de m'engager sans crainte dans le souterrain qui s'ouvrait derrière la porte. Je suivis son conseil et m'en trouvai bien — le chemin était aussi sûr que commode.

— Et ce chemin, où vous conduisit-il, don Lorenzo ?

— Vous le verrez vous-même, don Selva. Etes-vous prêt ?

— Je vous suis !

— Partons ? Le duquecito connaît-il votre projet ?

— Le duc en est informé !

— Le prince est également informé de mon intention, ajouta Lorenzo. Je suis pourvu d'argent, le jour baisse — c'est l'heure ! En avant, don Selva !

Les deux Espagnols prirent chacun leur pistolet, assujettirent leur épée et se rendirent dans les caves qui s'étendaient sous la citadelle entière et dans lesquelles régnait une effroyable confusion.

Les compagnons du Maure avaient passé par là. Leur victoire avait été de courte durée, mais elle avait laissé de nombreuses traces. Les caveaux à vin étaient changés en lacs. Des tonneaux défoncés gisaient çà et là, en compagnie de bouteilles brisées, de paniers, de lanternes et d'ustensiles de tous genres. Tout portait l'empreinte de la dévastation ; tout attestait la fureur des émeutiers et rappelait l'horrible orgie à laquelle ils s'étaient livrés.

Le personnel des caves avait disparu. Le vieil intendant avait été grièvement blessé; quelques-uns de ses employés, surpris dans leurs cachettes, avaient été tués, les autres, plus heureux, avaient réussi à se soustraire aux regards des envahisseurs. La place nettoyée, ils avaient timidement reparu dans le château, mais le danger était encore trop récent pour que personne eût songé à porter une main réparatrice au milieu de ce désordre. Tout était encore tel que les émeutiers l'avaient laissé.

Lorenzo se rendit avec Selva dans la demeure de l'intendant. Le vieillard, étendu sur son lit, souffrait cruellement de sa blessure. Il montra du doigt à ses visiteurs une petite lanterne. Ceux-ci la prirent, l'allumèrent, et, munis de ce précieux ustensile, ils se dirigèrent vers le passage qui devait les faire sortir du château.

Les deux Espagnols ne tardèrent pas à trouver la porte vermoulue qu'ils cherchaient. Ils l'ouvrirent, et se trouvèrent à l'entrée d'un passage souterrain qui paraissait se prolonger fort loin.

— Je n'avais jamais entendu parler de cette communication avec le monde extérieur, dit Selva, mais elle nous sera d'une grande utilité, si, grâce à elle, nous esquivons les postes placés aux portes du château!

— Les postes? Ils doivent se trouver à peu près au-dessus de nos têtes, fit Lorenzo. Ce chemin souterrain était, paraît-il, tombé en oubli ces dernières années!

— Est-il encore long?

— Mais oui, passablement!

— Il n'aboutit pas en dehors du mur de la ville?

— Non!

— Nous aurons donc toujours les gardes des portes à berner?

— Sans doute!

Les voix résonnaient sourdement dans ces profondeurs. L'air y était lourd, la petite lanterne brûlait péniblement et n'éclairait qu'à une fort petite distance. Le passage se prolongeait ; il courait longuement sous terre. Ces communications secrètes existaient alors dans la plupart des châteaux, des couvents et des forteresses, mais on s'en servait de moins en moins et plusieurs étaient déjà tombées dans l'oubli le plus complet.

— On n'entend rien dans ce tombeau, fit Selva après un moment de marche silencieuse. Je me demande s'il fait déjà nuit ?

— A peu près, si mon calcul est juste, répondit Lorenzo. Nous saurons bientôt à quoi nous en tenir là-dessus ! Quelques minutes encore et nous arrivons !

— Ne vois-je pas déjà des murs à côté de nous ?

— Oui. Nous approchons du but de notre course !

Le passage se rétrécissait. Il était enfermé par de vieux murs humides dont les pierres laissaient couler de nombreuses gouttes d'eau.

Lorenzo fit quelques pas encore, et s'arrêta enfin devant une vieille porte qu'il ouvrit sans difficulté.

— Suivez-moi, don Selva, dit-il en s'effaçant un peu pour montrer le chemin à son compagnon.

— N'y a-t-il pas quelques marches, là, devant nous, dit Selva ?

— Oui, c'est un escalier de pierre. Refermez cette vieille porte derrière vous et suivez-moi !

Selva fit ce qu'on lui demandait. Les deux Espagnols montèrent lentement les marches humides du vieil escalier et se trouvèrent dans un vaste caveau. Ils enfilèrent alors une espèce de corridor qui semblait avoir des chambres à droite et à gauche.

Ils passèrent enfin dans une allée latérale au bout de laquelle ils aperçurent un moine portant une lanterne et un énorme trousseau de clefs. L'habitant de céans s'était arrêté court en entendant marcher dans son domaine, et ses yeux fixes contemplaient avec stupéfaction les nouveaux venus.

— Un moine — murmura Selva.

— Silence! C'est le frère cellérier, si je ne me trompe! fit tout bas Lorenzo.

Le moine était singulièrement obèse. Son gros corps était enfermé dans une robe d'un gris brun qu'une corde serrait à la taille, et dont la cape était rejetée en arrière. Il tenait d'une main sa lanterne, de l'autre ses clefs, et restait debout et immobile au milieu de l'allée. La frayeur le fixait au sol.

— Hé, c'est vous, frère cellérier? cria de tout loin Lorenzo. Que tous les saints en soient loués!

— Sainte Vierge, qui êtes-vous donc? Est-ce encore le seigneur espagnol de l'autre fois? balbutia le gros moine.

— Eh oui, et je suis heureux de vous rencontrer, mon frère, dit Lorenzo en approchant avec Selva. Voulez-vous nous conduire vers le prieur?

— C'est vous, sur mon âme; je vous reconnais maintenant, mais vous m'avez fait peur! Je ne me sens plus en sécurité dans ces caves depuis que vous êtes venu m'y surprendre!

— Bah, il ne faut pas s'effrayer pour si peu, mon frère, fit Selva. Vous veniez remplir quelques cruches, hé?

— Vous le ferez plus tard. Conduisez-nous tout d'abord auprès du prieur, dit Lorenzo.

— Vous goûterez bien de notre crû en passant. La cave du couvent n'est pas à dédaigner!

— Nous n'en doutons pas, mais nous sommes pressés.

— Tenez, j'ai là plus de vin que vous n'en voudrez, fit le moine en prenant une cruche posée à côté de lui. Buvez! C'est une fine goutte!

Les deux Espagnols firent honneur au vin du couvent qui méritait en effet toute leur approbation, puis ils rendirent la cruche au capucin.

— Allons, maintenant, pieux frère, dit Lorenzo. La nuit approche, sans doute, et nous n'avons pas de temps à perdre !

Le moine prit les devants et conduisit ses singuliers hôtes au travers des caves. Ils gagnèrent bientôt l'escalier, puis la porte de sortie et se trouvèrent enfin dans la vaste cour du couvent.

Le frère cellérier se dirigea alors vers un petit bâtiment où logeait le prieur.

— Restez ici, don Selva, et attendez-moi, dit Lorenzo en se tournant vers son compagnon ; le prieur est quelque peu singulier ; c'est assez que l'un de nous deux s'adresse à lui !

— Comme vous voudrez !

Selva s'assit sur un vieux banc qu'ombrageait un énorme chataîgnier, tandis que Lorenzo se rendait avec le frère cellérier vers la maisonnette tapissée de vigne et adossée au couvent où logeait le prieur. La communauté devait être assez nombreuse. Toutes les cellules semblaient occupées, et quelques moines se promenaient encore dans le jardin dont Selva apercevait de sa place les contours sinueux et ombragés. Tout respirait un air de paix et de contentement, et cette atmosphère sereine semblait indiquer que la règle du couvent n'était point trop sévère.

Le frère cellérier conduisit don Lorenzo dans la maisonnette et le remit à un frère convers, puis il retourna sur ses pas, reprit sa lanterne et regagna son obscur domaine.

Quelques minutes plus tard, Lorenzo était introduit dans le cabinet du prieur. Ce dernier était un homme d'une cinquantaine d'années, dont les traits, nettement dessinés, avaient la dureté et la froideur du marbre. Il était issu d'une ancienne et puissante famille romaine, et l'on racontait qu'un amour malheureux l'avait poussé, bien jeune encore, à quitter le monde pour entrer dans les ordres.

Au moment où Lorenzo entra dans le cabinet plus que modeste du prieur, celui-ci se leva d'un air peu engageant.

— Don Lorenzo del Anguila? répéta-t-il après le frère-convers, oui, oui, c'est cela! Vous êtes ce gentilhomme espagnol qui parut ici il y a quelques semaines, et que j'aidai à mes périls et risques?

— C'est bien cela, vénérable père, et je vous serai éternellement reconnaissant de votre bonté. Le ciel m'a ramené heureusement à Naples, mais ma mission n'a pas réussi, et je veux essayer encore une fois avec un de mes camarades — —

— Comment. Vous remerciez le ciel de votre heureux retour, et vous déclarez du même trait que vous voulez tenter encore une fois la Providence? interrompit le prieur.

— Il le faut, vénérable père! Un devoir sacré nous y oblige!

— Qu'appelez-vous un devoir sacré? Je n'en connais qu'un — servir Dieu! Tenez-vous, peut-être, pour un devoir sacré de servir votre cause? Je vous ferai remarquer alors que les Napolitains tiennent, eux aussi, leur cause pour sacrée! De plus, le frère convers m'apprend que vous avez pénétré de nouveau dans le cloître par le passage souterrain! Je ne puis laisser ce passage ouvert plus longtemps sans exposer la communauté et moi-même à de véritables dangers!

— Dois-je inférer de vos paroles, vénérable père que vous pensez à nous livrer à nos ennemis?

— Non. Je veux seulement vous renvoyer par le chemin qui vous a conduit ici et le faire fermer derrière vous, dit sévèrement le prieur. Ce n'est pas à moi à favoriser les partis, et je n'entends pas que notre sainte maison serve de canal à des intrigues politiques.

— Ne vous méprenez pas sur nos intentions, mon père, répondit Lorenzo que l'inquiétude commençait à gagner. Nous ne voulons ni abuser de votre hospitalité, ni chercher une retraite dans votre couvent. Tout ce que je vous demande, c'est de m'accorder, une fois encore, la grâce que vous m'avez accordée une première fois!

— Une fois n'est pas coutume, mon noble seigneur! C'est péché que de faire servir le costume monacal à des déguisements, et de l'employer à des usages qui n'ont rien de religieux. Je vous l'ai permis une fois parce que vous étiez en danger — c'était un cas exceptionnel — je le refuse aujourd'hui parce que la chose menace de devenir une règle! Qui vous dit que demain d'autres ne feraient pas comme vous et ne m'adresseraient pas la même requête? Je ne veux pas m'exposer au mécontentement du peuple et attirer sa colère sur mon couvent! Où en serions-nous si l'on venait à vous découvrir et à apprendre que je vous ai prêté mon aide?

Lorenzo écoutait avec stupéfaction.

— Ainsi, vous repoussez ma demande? fit-il d'une voix sourde. Vous refusez absolument de me prêter deux robes de capucin?

— Je le refuse, certainement! Je vous somme, de plus, de retourner dans la forteresse par le chemin qui vous a amené, et je vous défends de l'employer de nouveau! Dès demain j'en ferai murer la porte!

— Voilà une dure parole, vénérable père! dit Lorenzo troublé et ému. Nous venions ici avec les meilleures espérances, et ni mon compagnon ni moi nous n'avions supposé une pareille réception!

— C'est possible — mais je m'en tiens à ma décision! Je ne puis pas vous livrer les deux costumes religieux que vous demandez. Ma conscience s'y oppose. Je l'ai fait une fois pour vous tirer de peine, et je vous ai prouvé ainsi que mon cœur n'est ni si dur ni si desséché que vous semblez le croire — mais vous renouvelez votre demande, bien plus vous venez à deux; il vous faut à chacun un déguisement — je suis forcé de vous les refuser! C'est un devoir qui m'est aussi sacré que le vôtre peut l'être pour vous!

— Rien ne peut-il changer cette décision, mon père? demanda Lorenzo.

— Rien! Elle est immuable. Le frère convers qui vous a introduit vous reconduira dans les caves, et, de là, dans le passage secret où vous retrouverez facilement votre route. Ce passage sera muré dès demain; veuillez en prendre note! Croyez, d'ailleurs, qu'en me plaçant au point de vue mondain, je sais apprécier votre dessein et la ferme volonté que vous avez de servir votre cause!

Le prieur sonna sans plus attendre et le frère convers parut.

— Reconduis ce noble seigneur et son compagnon dans les caves et mène-les jusqu'à l'entrée du passage secret qui aboutit au bas de l'escalier, ordonna le prieur en saluant Lorenzo avec une froide politesse.

Que faire? C'était là un cruel contre-temps. Comment y remédier? Où trouver une autre issue pour sortir de la citadelle?

Don Lorenzo salua le prieur et s'éloigna à pas lents. Tout en causant avec le jeune homme qui le conduisait, il se demandait ce qu'il allait faire pour n'être pas réduit à la cruelle extrêmité dont l'avait menacé le pieux père. Il lui fallait deux robes de capucins! Serait-il forcé de quitter le couvent sans avoir pu se les procurer?

Il se retrouva bientôt dans la cour avec son guide. Selva se leva en l'apercevant et vint au-devant de lui d'un air joyeux et préoccupé à la fois. Lorenzo lui fit part, en deux mots, de ce qui venait de se passer.

— Eh bien, qu'allons-nous faire? demanda le capitaine de la garde.

— Je dois vous prier de me suivre, nobles seigneurs! dit le jeune moine qui portait ainsi que le frère cellérier une robe brune dont le capuchon était rejeté en arrière.

— Venez, don Selva, dit tout bas Lorenzo.

— Retourner dans la citadelle? Jamais!

Lorenzo mit son doigt sur sa bouche comme pour engager son compagnon à ne pas se répandre en récriminations inutiles, puis, profitant d'une minute où le jeune moine s'était tourné, il fit comprendre à Selva qu'il méditait déjà quelque moyen de se sortir d'affaire.

Le capitaine se soumit, mais non sans murmures. Il emboîta le pas à côté de son compagnon et tous deux suivirent leur guide, jeune et aimable novice dont la physionomie enjouée contrastait avec les traits sévères et durs de son supérieur. Les trois hommes se retrouvèrent bientôt dans les caves. Lorenzo y retrouva la petite lanterne sourde qu'il avait placée à l'écart. Il la prit et la remit au moine qui la tint devant lui pour éclairer sa route.

Ils avaient fait ainsi quelques pas lorsque le frère cellérier parut. Les pas des nouveaux venus l'avaient fait sortir de l'endroit où il se tenait habituellement. Il se campa sur leur passage et les attendit de pied ferme.

— Eh bien, vous voilà de nouveau, mes seigneurs! fit-il de l'air le plus agréable. Le vin vous a-t-il paru si bon que vous reveniez en boire? Je suis prêt à vous en verser!

— Comme vous voudrez, frère cellérier, répondit Lorenzo, le vin n'était point mauvais, et si vous voulez nous en offrir une petite cruche, nous ne le prendrons point à mal!

— Eh eh, je vous crois! Si le cœur vous en dit, approchez sans crainte — à supposer toutefois que le frère Antonio ait le temps de s'attarder quelque peu?

— Non, frère Bernardo, il faut que je retourne auprès de notre vénérable père, répondit le jeune homme. Si ces seigneurs restent un moment avec toi, tu les conduiras jusqu'à l'entrée du passage.

— Tu n'es pas si pressé, frère Antonio, dit en riant le gros moine. Notre père n'a pas constamment besoin de tes services; reste ici un instant!

— Allons, ne refusez pas, dit à son tour Lorenzo en s'adressant au frère convers; ne nous laissez pas boire seuls le bon vin du frère cellérier.

— Je ne bois jamais de vin!

— Quel novice! ricana Bernardo.

— Eh bien, il en boira aujourd'hui pour la première fois, dit Lorenzo. Nous ne vous retiendrons pas longtemps. Vous allez nous faire raison, puis vous nous accompagnerez vous-même jusqu'au passage. Le vénérable prieur vous l'a ordonné, il pourrait être fâché si vous remettiez ce soin à d'autres!

— Pas tant de façons, frère Antonio, dit Bernardo avec une joyeuse grimace. Il faut bien tâter une fois de mon vin pour savoir quel goût il a! Tu y reviendras, sois tranquille!

Le gros frère cellérier dont le teint violacé et la démarche indécise indiquaient un usage immodéré du vin que contenaient ses caves, avait pris les devants. Il conduisit ses visiteurs dans un caveau où brûlait une lanterne et les fit asseoir sur un banc adossé à un énorme tonneau. Ce reposoir semblait plaire particulièrement au gardien de céans.

Le jeune frère convers céda, autant par égard pour les deux étrangers que par fausse honte. Il suivit ses compagnons et s'installa avec eux dans la vaste cave qui abritait les provisions de vin du couvent.

Le frère Bernardo était là dans son domaine. Il apporta lestement quatre gobelets, les remplit d'un vin généreux et les passa à ses hôtes.

Cette première rasade fut suivie de beaucoup d'autres. Le premier moment ne fut pas du reste, particulièrement gai. Don Selva, furieux du contre-temps qui les arrêtait ainsi dès le début de leur entreprise, se montrait fort taciturne; le jeune frère convers semblait sur des charbons ardents; il essaya plus d'une fois de lever la séance, mais son gros et joyeux collègue le retenait toujours; Lorenzo veillait à ce que son gobelet ne fut jamais vide; il trinquait si assidûment avec lui qu'au bout d'une demi-heure le jeune novice, étourdi par les fumées du vin, se sentait cloué sur son siège et cherchait un appui pour sa tête alourdie.

Le frère cellérier, plus habitué à la boisson, faisait bravement raison aux deux convives. Il avait absorbé déjà une telle quantité de liquide que Selva et Lorenzo se regardaient en souriant, mais, tout en s'étonnant des capacités du bon frère, ils le poussaient à boire, et Bernardo ne se faisait point prier pour répondre, en vidant son gobelet, aux nombreuses santés que lui proposaient les deux gentilshommes.

— Parlez-moi de convives tels que ceux-là! s'écria-t-il enfin avec l'attendrissement hébété que procure l'ivresse. Voilà d'aimables seigneurs! Sur mon âme, je serais fâché de n'avoir pas fait leur connaissance! A votre santé, mes beaux messieurs, et grand merci de l'honneur que vous me faites!

Les cruches furent de nouveau remplies.

Lorenzo poussa le capitaine de la garde et lui montra du doigt le novice qui s'était appuyé contre un tonneau et dormait du plus profond sommeil. Le sévère prieur était oublié! Plus de service, plus de règle! Le naïf jeune homme avait promptement donné dans le piège qu'on lui tendait. Il avait touché au fruit défendu, et, comme le premier homme, il allait payer cher sa faiblesse.

Selva comprit tout à coup ce que méditait Lorenzo. Il échangea avec lui un signe d'intelligence et redoubla d'efforts pour faire boire le frère cellérier. Quelques rasades encore, et le gras personnage serait vaincu. L'ivresse le gagnait peu à peu. Il souleva une dernière fois son gobelet, considéra avec amour la liqueur dorée dont il était rempli et le vida d'un trait. Il n'en fallait pas davantage pour l'achever; quelques minutes plus tard il dormait à côté de son camarade et ronflait à faire trembler les voûtes de son domaine.

— Paix leur soit! fit Lorenzo en riant. Puissent-ils dormir assez longtemps pour que la colère du prieur ait le temps de se calmer! Vite, don Selva! Le temps presse! Débarrassez le novice de sa robe et enfilez-la. Je prendrai celle de ce gros ivrogne. Nous leur laisserons nos deux chapeaux en échange!

Selva et Lorenzo se mirent immédiatement en devoir de dépouiller les deux moines de leur longue robe. Tous deux dormaient si lourdement qu'ils ne s'aperçurent pas qu'on les déshabillait. Le chapeau pointu remplaça bientôt le froc sur la tête du frère cellérier qui continua à ronfler sous cette fantastique coiffure, et l'absence de robe ne troubla pas davantage le sommeil du jeune novice, toujours étendu entre les tonneaux.

Les deux gentilshommes s'enveloppèrent alors des vêtements de leurs victimes et quittèrent promptement l'endroit où ils se trouvaient.

Ils montèrent l'escalier qui conduisait dans la cour, et se blottirent à l'ombre du mur d'enceinte pour réfléchir à ce qu'ils avaient à faire. Leur farce ne pouvait rester longtemps secrète ; il fallait fuir au plus tôt, mais la chose n'était point facile. Impossible de sortir simplement par la porte. Le frère portier n'eût point été dupe de leur déguisement ; il eût demandé des explications sur cette sortie tardive, et ces voix inconnues lui auraient bien vite appris qu'il y avait là quelque chose de louche.

Lorenzo, habile à profiter des plus petites circonstances, avait remarqué en traversant la cour une échelle accrochée le long du mur. Il se glissa prudemment jusqu'à l'endroit où il l'avait aperçue. L'échelle était toujours là ! Lorenzo la dressa contre le mur, puis il fit signe à son compagnon de le suivre et tous deux grimpèrent avec précaution d'échelon en échelon. Cette escalade offrait bien quelque danger, mais elle réussit, cependant. Le mur était très large. Lorsque les deux Espagnols en eurent atteint le sommet, ils s'y étendirent de tout leur long de peur de perdre l'équilibre, puis ils tirèrent à eux l'échelle, la firent descendre de l'autre côté de la muraille où ils l'assujettirent de leur mieux, et s'en servirent pour gagner le large. Au bout de quelque minutes, les deux Espagnols, enveloppés de leur froc, se trouvaient dans une rue écartée et sombre longeant le mur d'enceinte du couvent. Tous deux échangèrent à demi-voix quelques exclamations satisfaites, puis ils s'éloignèrent rapidement.

Pendant ce temps, le prieur, inquiet de l'absence prolongée du novice, songeait à se mettre à sa recherche. Les deux Espagnols étaient capables de tout, se disait-il, et son impatience allait croissant. Il se reprochait d'avoir exposé le jeune homme à quelque danger! Enfin il n'y tint plus. Il quitta sa table de travail, appela quelques frères convers et se dirigea avec eux vers la cave.

Tout y était désert. Les chercheurs s'étaient munis de lanternes. Ils s'enfilèrent dans le passage voûté et pénétrèrent passablement avant dans ces profondeurs, mais ils n'y trouvèrent rien. Ils revinrent sur leurs pas, et déjà ils allaient remonter dans la cour, lorsqu'un des frères convers aperçut à quelques pas un rayon de lumière. Il courut dans cette direction et s'arrêta à l'entrée du caveau à vin dont la porte était ouverte.

Un cri de surprise lui échappa. Le spectacle qui s'offrait à ses yeux était en effet aussi étrange qu'inattendu.

Le frère cellérier, le chapeau pointu sur la tête, ronflait contre un tonneau — et près de lui, Antonio, le jeune et candide novice, dormait du plus profond sommeil. Il était également sans froc, et paré, comme son confrère, de l'élégant chapeau espagnol.

Le prieur, attiré par l'exclamation du moine, s'était approché à son tour et considérait avec stupéfaction le tableau qu'offraient les deux dormeurs.

— Sainte Vierge! fit-il en joignant les mains avec désespoir, quel spectacle! Quelle indignité! Quelle honte pour notre sainte maison! Portez ces deux insensés dans les cellules destinées aux récalcitrants. Je leur parlerai dès qu'ils seront en état de m'entendre! Quand aux deux Espagnols qui leur ont joué ce vilain tour, j'espère bien qu'ils seront reconnus et arrêtés aux portes de la ville. Leur déguisement n'est pas assez complet pour les mener loin!

Le gros frère cellérier et le jeune novice, furent emportés dans deux cellules voisines et jetés sur la paille où tous deux continuèrent à dormir sans se douter qu'ils avaient changé de résidence. Le lendemain leur réservait de tristes et humiliantes surprises. Ce transport achevé, les frères convers rétablirent l'ordre dans la cave, puis ils la quittèrent en en fermant soigneusement toutes les issues, tandis que le prieur regagnait tristement sa maisonnette et maudissait les deux Espagnols cause première de ce scandale. —

## Chapitre XXIV.

### Dans la caverne de la sorcière.

Tandis que Tito et Ruiz s'adonnaient à l'aventureuse équipée qui devait se terminer par l'abandon de la litière ducale et la fuite de Ruiz, puis enfin par le duel du favori avec l'un des hommes noirs, la vieille Corvia quittait son antre avec l'intention d'employer sa nuit à recueillir des simples.

La lune brillait au ciel ; toutes les conditions nécessaires à une bonne cueillette se trouvaient réunies, et la sorcière, voulant profiter de circonstances aussi favorables, avait poussé assez loin ses recherches. Certaines plantes voulaient être cueillies à la clarté de la lune, d'autres ne devaient l'être qu'après avoir absorbé la rosée matinale dont elles recevaient, dans la pensée de la vieille, des vertus toutes particulières. La sorcière continua donc son travail jusqu'à l'aube, et le soleil commençait à paraître, lorsqu'elle prit le chemin du retour, chargée de deux bottes d'herbes qu'elle portait suspendues à son cou afin d'avoir les mains libres.

Elle longeait le petit bois situé à peu de distance du mur d'enceinte, lorsqu'un gémissement sourd frappa son oreille ; on eût dit le râle d'un mourant.

La sorcière s'arrêta et attendit — —

Les sons plaintifs ne se succédaient qu'à de longs intervalles, mais la vieille en reconnut immédiatement la direction. Elle s'approcha du bois, regardant de tous côtés autour d'elle, fouillant les pierres et les buissons —

Ses recherches ne furent pas longues. Elle découvrit bientôt le malheureux qui gémissait ainsi. C'était un des laquais du duc. Il gisait à terre au pied d'un arbre et tout autour de lui la mousse était teinte de sang.

— Encore un qui va passer de vie à trépas! murmura la vieille en approchant du blessé. Il me paraît en avoir son compte! Je vais...

Elle s'interrompit tout à coup. Ses yeux tombant sur la pâle figure du laquais lui avaient fait reconnaître Tito Silvestre, le favori du duc. La sorcière joignit les mains d'un air consterné.

— Tito Silvestre! Tito blessé — mort, peut-être ! s'écria-t-elle avec désespoir. Ils me l'ont tué! Ah, si je connaissais le misérable qui m'a fait ce coup-là je l'égorgerais de mes mains! Malédiction! Je n'avais plus que lui — il fallait qu'on me l'enlevât! Le malheureux voulait fuir sans doute et on l'aura reconnu, on l'aura pourchassé et abattu comme un chien — — mais chut! Il respire encore! Il faut que j'examine sa blessure!

La sorcière ouvrit avec précaution le pourpoint du favori et secoua douloureusement la tête. La blessure était grave. L'épée avait pénétré fort avant dans les chairs et pouvait avoir atteint quelque partie vitale. Tito avait encore une blessure à la tête, mais celle-ci n'offrait aucun danger, et la vieille ne s'arrêta pas à la considérer longtemps. Elle passa derrière le blessé, le souleva légèrement par les épaules, et s'efforça de le tirer plus avant dans le fourré afin de le soustraire à tous les regards. Elle ramassa ensuite de la mousse et des herbes dont elle forma une espèce d'oreiller qu'elle lui glissa sous la tête, puis elle alla chercher de l'eau dans une grande feuille, lava soigneusement la blessure et la banda avec quelques chiffons mouillés.

Ces premiers soins réussirent et semblèrent rendre quelque espoir à la vieille. Le blessé n'avait pas repris connaissance, mais ses gémissements étaient moins douloureux. La sorcière le contempla un instant d'un air plus satisfait, puis elle ramassa ses bottes d'herbes, les suspendit de nouveau à son cou et reprit le chemin de sa caverne. Le soleil dardait ses rayons de feu sur le Vésuve, la chaleur était étouffante, mais la vieille Corvia y paraissait insensible. Son vieux mouchoir sur sa tête, elle montait bravement vers son antre, prenant sans hésiter les sentiers les plus raides; grimpant et avançant toujours sans qu'aucun obstacle pût ralentir sa marche.

Elle atteignit enfin sa caverne, mais au lieu de songer à prendre un repos nécessaire, elle tria immédiatement quelques simples dont elle prépara une boisson destinée au blessé. Elle en remplit une fiole, versa un peu de vin dans une seconde bouteille, rassembla à la hâte quelques morceaux de vieux linge, et quitta de nouveau sa retraite en emportant ces utiles provisions.

Elle refit ainsi, sans s'arrêter, le chemin qu'elle venait de parcourir avec tant de hâte, mais, quelque diligence qu'elle eût mise à ces courses, le soir approchait lorsqu'elle se retrouva dans l'endroit où gisait le favori. Tito n'avait pas bougé. Il reposait encore, immobile, à la place où l'avait couché la sorcière, et gémissait toujours. Ses yeux s'étaient ouverts, mais leur regard morne et vitreux semblait indiquer que la mort était proche. La vieille se pencha sur le blessé qui ne s'apercevait pas même de sa présence, l'examina longuement, et parut peu satisfaite du résultat de son examen. Ses traits se rembrunirent. L'état du blessé était grave. Il nécessitait les plus prompts secours. Quelques heures encore, et toute tentative pour le sauver eût été inutile !

Il n'y avait pas un instant à perdre. La sorcière s'agenouilla auprès du favori, lava ses blessures avec le breuvage qu'elle avait préparé, et dont elle lui fit avaler quelques gouttes, puis elle en fit des compresses qu'elle posa sur les blessures et qu'elle renouvela d'instant en instant jusqu'à ce que le sang eût cessé de couler et que l'inflammation qui commençait à paraître eût arrêté sa marche. Les mains décharnées de la vieille se faisaient légères et douces pour panser le blessé, et celui-ci semblait éprouver déjà quelque soulagement de ces soins.

La nuit tombait. La vieille Corvia se sentait accablée de lassitude. Elle insinua de nouveau quelques gouttes du bienfaisant breuvage entre les lèvres de Tito, puis elle s'étendit à côté de lui et ne tarda pas à s'endormir d'un sommeil réparateur.

Elle dormait depuis quelques heures lorsque de violents mouvements du blessé la reveillèrent.

La fièvre faisait son apparition. Tito murmurait d'incohérentes paroles, et se montrait fort agité. La sorcière recommença les compresses, puis elle alla chercher de l'eau fraîche, et baigna patiemment le front brûlant du favori. Vers le matin la fièvre parut céder. Le blessé se calma peu à peu et finit par retomber dans ce sommeil à la fois invincible et léger que donne la maladie.

Le jour reparut enfin. Sa clarté permit à la sorcière de visiter de nouveau la blessure, et cette fois, l'examen fut satisfaisant. Les compresses avaient vaincu l'inflammation, le mieux était sensible, mais la vieille ne se relâcha pas dans ses soins. Elle ne se dissimulait pas l'extrême danger que courait encore Tito.

La journée passa tranquillement; le blessé ne sortit qu'une fois de la somnolence dans laquelle il était plongé, et la sorcière en profita pour lui faire avaler quelques gouttes de son breuvage. La fièvre reparut vers le soir, mais elle semblait avoir déjà perdu quelque chose de sa force, et lorsque Tito revint à lui le matin, il reconnut enfin celle qui l'avait soigné avec un dévouement sans bornes. La vieille tressaillit de plaisir.

— Courage, mon fils, courage, dit-elle d'une voix rassurante, tout va bien!

Quelques sons voilés furent la seule réponse du blessé.

— La vieille mère Corvia est auprès de toi, reprit la sorcière. Elle ne te laissera pas mourir! Il faut que tu vives. Ta mort lui serait trop cruelle!

Tito avait refermé les yeux. La vieille renouvela les compresses et prit enfin une heure de repos.

Le jour suivant, le blessé reprit tout à fait connaissance et put raconter en peu de mots à sa fidèle gardienne ce qui s'était passé.

— Si seulement je t'avais là-haut dans ma caverne, soupira la sorcière. Tu serais bientôt guéri, mais comment t'y faire arriver? Je ne puis pas te porter à moi seule et je ne veux appeler personne!

— Je pourrai bientôt faire quelques pas, dit Tito.

— Je l'espère, mon fils! En attendant, bois quelques gouttes de vin pour te réconforter. L'inflammation est suffisamment dissipée pour que je puisse te le permettre! Tout ira bien, sois tranquille, mais tu as du bonheur que la vieille Corvia ait passé par là et t'ait trouvé. Tu n'en serais pas revenu sans elle!

Les compresses semblaient faire un bien singulier au malade. Lui-même les réclamait, et la vieille était empressée à les renouveler. Cette infusion de plantes n'était pas moins salutaire comme boisson. Tito le sentait, et si sa gardienne l'eût laissé faire il eût absorbé d'un jour toute la provision. La vieille Corvia y veillait. Elle n'abandonnait pas son poste et ses soins assidus devaient trouver enfin leur récompense. Tito dormit enfin toute une nuit d'un sommeil tranquille et le lendemain il se déclara prêt à se mettre en route. C'était encore un peu tôt. Il se leva après avoir bu quelques gouttes de vin, mais il avait trop présumé de ses forces, ses membres engourdis lui refusèrent bientôt leur service et il fut obligé de s'étendre de nouveau sur la mousse. Il y passa la journée, et le soir venu, il renouvela sa tentative qui fut plus heureuse que celle du matin.

C'etait une constitution vigoureuse que celle du favori, et les remèdes de Corvia devaient avoir merveilleusement aidé à cette rapide guérison. Tito se mit lentement en route. Soutenu par la vieille, il gagna d'abord le pied du Vésuve, puis la région des cendres, et après maintes haltes, maints encouragements et maints efforts, tous deux atteignirent enfin la caverne de la sorcière.

— Tu es en sûreté, maintenant, mon fils, s'écria joyeusement la vieille en conduisant le blessé vers sa couche où il se laissa tomber épuisé. Tu es sauvé maintenant, Tito, fils de mon cœur, et tes blessures seront promptement guéries !

Tout en parlant, la sorcière inspectait du regard sa demeure. Elle fit taire la tourterelle dont le ricanement sinistre eut impatienté le blessé, puis elle poussa les serpents dans le voisinage du foyer et s'occupa à arranger commodément la couche de Tito. Ces préparatifs achevés, elle pansa de nouveau les blessures de son malade, et le vit avec satisfaction s'endormir du plus doux sommeil.

Libre enfin de penser à elle, la sorcière, longtemps privée de nourriture et de sommeil, fit un léger repas de pain de maïs et de fruits, but un peu de vin, et s'occupa alors à se préparer un lit de mousse à côté de celui sur lequel reposait Tito ! Cette besogne achevée, elle considéra un instant le blessé, s'assura que sa respiration était calme et régulière, puis elle se coucha et s'endormit profondément.

Tous deux avaient reposé de longues heures lorsque la vieille Corvia se réveilla. Elle quitta sa couche et se mit à préparer une boisson salutaire pour Tito ! Ce dernier ne tarda pas à se réveiller aussi. La sorcière lui fit avaler son breuvage, puis elle pansa ses blessures qui se fermaient peu à peu. Tito, lui-même, se sentait singulièrement fortifié et se trouvait fort bien dans cette sûre retraite. Il lui semblait être chez lui.

— Tout va bien, mon fils, tout va bien maintenant! s'é-
criait joyeusement la vieille. Te voilà sauvé!

Tito considérait attentivement l'étrange créature et semblait s'efforcer de résoudre quelque problème qui s'agitait
dans son esprit.

— Je te dois la vie, dit-il enfin après un moment de silence. Tu m'as soigné avec un dévouement qui réveille en
moi une question que je me suis souvent posée et que je
veux voir résolue. Qu'est-ce qui t'attire vers moi? Il y a
là-dessous quelque mystère que je veux connaître enfin. Tu
t'es mêlée à ma vie, et peu à peu je t'ai donné ma confiance,
sans savoir moi-même comment cela s'était fait, et sans pouvoir deviner comment tu avais été instruite de maints événements qui me concernent.

— Que t'importe, mon fils, répondit la sorcière en levant
les mains comme pour couper court à toute autre question.

— Je veux être au clair cette fois, reprit Tito. Ta destinée a quelque rapport avec la mienne, j'en suis certain,
maintenant! Il me faut une réponse! Qu'est-ce qui t'attache
à moi?

— Mon affection pour toi, pas autre chose, mon fils! Je
t'aime bien, voilà tout!

— C'est bon, c'est bon! Tu as souvent refusé l'argent que
je t'offrais pour tes services, et telle que je te connais, tu ne
l'aurais pas fait sans quelque motif particulier. J'ai souvent
remarqué aussi l'intérêt singulier que tu prenais à tout ce
qui me concerne!

— Qu'y a-t-il de singulier à s'intéresser aux personnes
qu'on aime?

— Pas de faux-fuyants, la vieille! s'écria impérieusement
Tito. Il me faut une certitude. Je me suis fréquemment
aperçu que tu en savais long sur mon compte, et je veux
apprendre aujourd'hui même tout ce que tu sais de plus que
moi! Je suis un enfant trouvé; nul ne connaît le secret de
ma naissance. Moi-même, je l'ignore, j'ai appris seulement

que le duc d'Arcos m'avait trouvé dans son château un soir
de Sylvestre, et que, poussé par les instances de la duchesse,
et peut-être aussi par quelque autre motif secret, il avait
fait de moi son fils adoptif. Je n'en sais pas davantage, mais
une voix intérieure me dit que tu es mieux informée et que
tu peux me révéler le mystère qui m'environne. Il me faut
une explication; je l'exige, et tu n'as pas le droit de me la
refuser!

La sorcière écoutait tête baissée et semblait réfléchir.

— Tu as raison, Tito, dit-elle enfin d'un air qui semblait
indiquer une subite résolution. Tu es certes en âge d'apprendre
ce qui te concerne et puisque tes blessures te retiennent auprès de moi le temps ne nous manquera pas pour revenir
sur le passé! Tu le veux, mon fils — soit! Tu entendras
l'histoire de la vieille Corvia!

— Ton histoire? C'est la mienne que je voudrais connaître!

La vieille fit entendre un petit ricanement sec.

— La tienne et la mienne, murmura-t-elle. Tu les entendras toutes deux.

— Je savais bien que quelque lien secret nous rattachait
l'un à l'autre, fit Tito.

— Quelque lien secret — c'est bien cela, mon fils. Attends — je veux encore changer tes compresses — et maintenant tiens-toi tranquille, tu as besoin de repos. Je vais
m'asseoir là, près du foyer, et, tout en attisant le feu sous
mon chaudron, je te raconterai ce que tu veux savoir. Il me
sera dur de rappeler un à un d'aussi pénibles souvenirs, mais
il faut que cela se fasse. Ecoute donc cette longue et triste
histoire — une vieille histoire aussi puisqu'elle remonte déjà
à trente ans en arrière. A cette époque, une veuve nommée
Juana vivait avec sa fille dans un des faubourgs d'Aranjuez.
Elle possédait une chétive maisonnette avec un jardin, et
tout juste de quoi suffire à leur modeste existence, mais elle
avait dans Mercedes, sa fille, un trésor inestimable et que de

plus riches qu'elle eussent pu lui envier. Depuis la mort de
son mari, Juana ne vivait plus que pour son enfant bien-
aimée et Mercedes payait de la plus vive tendresse l'amour
et le dévouement constant de sa mère. C'était une adorable
créature, aimée et admirée de chacun et qu'on tenait pour la
plus belle fille du quartier. Elle était bien belle, en effet !
A l'époque dont je parle, elle avait quinze ans à peine. Sa
chevelure d'un rouge doré tombait en tresses opulentes sur
ses épaules, ses grands yeux bleus souriaient à chacun et regardaient joyeusement l'avenir — avec cela, grande, élancée,
un port de reine, et un teint — un teint si pur et si frais
que les gens s'arrêtaient parfois lorsqu'ils la voyaient travailler dans le jardin et regardaient avec étonnement ces
joues que le soleil le plus ardent ne parvenait pas à brunir !
— Elle était bien belle — et bien bonne aussi, la pauvre
enfant. C'était un cœur d'or, une âme tendre, vivant
uniquement pour sa mère, qui, de son côté, adorait Cedilla.
Ah l'heureux temps ! Il était trop beau pour durer, paraît-il !
Un jour, un beau cavalier passa le long du jardin de la veuve
et aperçut Mercedes. C'était un jeune comte dont le père
habitait un antique château près d'Aranjuez. Il avait connu
Mercedes enfant, mais, envoyé de bonne heure à Madrid pour
y fréquenter les écoles, il y avait passé de longues années
et naturellement il avait oublié ses anciennes connaissances.
Rappelé chez lui pour assister aux derniers jours de son
père. il allait retrouver dans la petite fille d'Aranjuez une
jeune fille adorable, un frais bouton de rose qui devait s'ouvrir pour lui. Le jeune comte avait alors vingt-huit ans. En
apercevant Mercedes, il sauta à bas de sa monture, lança les
rênes à l'écuyer qui le suivait à quelque distance, et pénétra
dans le jardin. Il salua Juana, puis il s'adressa à Mercedes,
refit quelque peu connaissance avec elle et lui raconta mainte
chose. Ils causèrent ainsi une bonne heure, puis le jeune
homme prit congé après avoir demandé à la mère la per-
mission de revenir. Elle le permit — pouvait-elle deviner ce

qui résulterait de cette première visite, — puis le beau cavalier s'éloigna au galop!

— Comment s'appelait-il? demanda Tito.

— Il te faut des noms, mon fils, reprit la vieille. Eh bien tu l'appelleras, si tu veux, le jeune comte Mennoz. Il revint. Il s'entretenait volontiers avec la belle et gracieuse Cedilla, et l'imprudente mère voyait avec plaisir ces visites. Elle les encourageait, même! Le jeune comte se promenait en long et en large dans le petit jardin tandis que Cedilla l'écoutait les yeux baissés. Peu à peu, elle changea; elle devint silencieuse et renfermée; il fallait la présence du jeune homme pour lui rendre sa gaîté — une gaîté qu'il remportait avec lui! Enfin le vieux comte mourut et l'héritier entra en possession du château et des richesses de son père. Cedilla tressa une couronne de laurier pour en orner le sarcophage du défunt; elle la porta au château, et le jeune comte l'en remercia en la baisant au front en présence de toute sa maison. Il donna quelques jours à sa douleur et aux mesures que nécessitait son changement de position, puis il revint. Sa nouvelle fortune n'avait donc pas changé ses sentiments — il aimait Cedilla, le désir et la passion l'avaient envahi et parlaient en maîtres — les autres gens s'en étaient aperçus depuis longtemps, mais la mère aveuglée se refusait à y croire et ne faisait rien pour rompre ces relations. Le lien qui unissait les deux jeunes gens se resserrait de plus en plus, et Mercedes avoua enfin à sa mère qu'elle aimait indiciblement le comte. Juana essaya de faire entendre raison à sa fille; elle lui représenta l'impossibilité d'une union entre elle et celui qu'elle aimait et la supplia de combattre cet amour — autant de paroles inutiles — le jeune comte se montrait toujours assidu, et la mère, trop faible, n'eut pas le courage d'interdire des visites qui seules ramenaient un sourire sur les lèvres pâlies de Mercedes.

Les choses allaient ainsi depuis six mois environ lorsque

la veuve fut obligée de se rendre pour quelques jours à Madrid. Il lui était pénible de se séparer de son enfant, mais la nécessité l'y forçait. Elle exhorta Cedilla à la prudence et à la vigilance, puis elle partit. L'inquiétude la suivait cependant. A peine arrivée à Madrid, elle y expédia promptement ses petites affaires et en repartit le plus tôt possible. Une angoisse indicible l'avait saisie. Il lui semblait que quelque malheur avait dû fondre sur sa demeure en son absence, les plus tristes pressentiments l'accablaient et le voyage lui parut interminable.

Elle arriva cependant, et plus tôt qu'elle ne l'avait annoncé. Cedilla parut très-surprise de ce prompt retour et répondit avec quelque embarras aux nombreuses questions de sa mère, mais tout était dans le meilleur ordre, et la veuve, heureuse de retrouver sa maison comme elle l'avait laissée, n'en demanda pas davantage.

Bientôt les visites du jeune comte devinrent plus rares. Cedilla allait s'asseoir dans le petit jardin et passait là de longues heures d'attente et de désespoir. Sa mère la consolait; elle s'efforçait de relever son courage et de lui faire comprendre que ces relations devaient finir tôt ou tard. Cedilla ne répondait pas; elle retenait ses larmes en présence de sa mère, mais ses nuits se passaient à pleurer. Elle pâlissait de jour en jour et ses traits amaigris révélaient clairement le chagrin qui la consumait.

Tout à coup, le bruit se répandit que le jeune comte avait quitté Aranjuez pour se rendre à Madrid où il resterait quelques mois. Il était parti sans en avertir Cedilla, sans même chercher à la revoir et à lui dire adieu! La veuve, surprise de ce procédé, s'informa si quelque querelle en était la cause. Cedilla répondit négativement et s'abandonna à la plus violente douleur.

Tandis qu'elle se désespérait ainsi, un messager arrivait de la ville avec une lettre adressée à la mère de Cedilla. Le comte lui écrivait qu'il était sur le point de se fiancer et qu'il devait en conséquence reprendre les promesses faites à Cedilla et retirer ses serments. Il engageait la veuve à consoler sa fille et terminait en la priant d'accepter l'argent qui accompagnait cette communication.

Juana parcourut en frissonnant cette lettre, puis elle la tendit à Cedilla. Que s'était-il passé? Que signifiait cet argent? Y avait-il eu des promesses échangées?

La veuve interrogea du regard sa fille, mais la malheureuse enfant n'était pas en état de répondre. Ses yeux, arrêtés un instant sur la lettre fatale, se fermèrent tout à coup et Cedilla s'affaissa sur le sol en poussant un cri perçant — elle avait été trompée — le misérable avait abusé de son innocence, et les promesses solennelles faites à l'heure de la séduction, il croyait les racheter à prix d'argent!

La veuve comprit tout. Sa fille était vouée à la honte, au désespoir — il n'était plus de bonheur pour elle! La malheureuse enfant gisait à terre, écrasée sous ces lignes brutales qu'une âme vile avait seule pu dicter. Elles ne contenaient pas un mot de regret, de repentir ou de chagrin; pas un mot de pitié pour l'être dont elles brisaient la vie. La pauvre Cedilla était perdue. Elle avoua tout à sa mère, et les deux malheureuses femmes menèrent deuil ensemble sur leur bonheur détruit.

Ce n'était là que le commencement de leurs misères. Les propos les plus malveillants circulèrent bientôt sur la veuve et sur la pauvre délaissée. La calomnie s'acharnait sur elles; les voisins, si bien disposés jusque-là, accablèrent la mère et la fille de leur mépris, et lorsque Mercedes eut mis au monde un petit garçon, chacun se crut permis d'outrager ouvertement les deux pauvres femmes.

La veuve était au désespoir. Elle soignait de son mieux la malheureuse Cedilla et l'innocent petit être, mais elle se

sentait mourir de honte et de chagrin. Elle sortait à peine
de sa maison, et fuyait les hommes dont elle redoutait la
malveillance et le mépris.

Un jour enfin, elle se décida à se rendre au château. Elle
n'avait pas répondu à la lettre du comte, et s'était bornée à
lui renvoyer son argent, mais elle voulait le voir, et lui re-
procher son infamie. Elle n'espérait rien de cette visite, mais
le désespoir la poussait ; il lui fallait une certitude pour elle
et pour sa fille. Elle se rendit sans hésiter au château et
trouva le comte au milieu d'une nombreuse société de jeunes
fous qui festoyaient et se divertissaient avec lui. La triste
veuve se présenta hardiment dans ce cercle, somma le comte
de l'entendre et dit tout ce qu'elle avait à dire, mais ces
plaintes n'excitèrent que railleries et dédains. Les misérables !
Que leur importait une victime de plus ! La mère exaspérée
oubliant toute crainte, maudit le séducteur parjure ; elle appela
sur lui la colère divine — — — et sais-tu ce qui arriva ?
C'est à peine croyable ! Eh bien, l'infâme appela ses chiens,
d'énormes chiens de chasse, et les lança sur la malheureuse
femme — — —

— Le misérable ! murmura Tito.

— Les féroces animaux se jetèrent sur la veuve, reprit la
sorcière. On eût dit qu'ils allaient la mettre en pièces, mais
ils se montrèrent moins cruels que le monstre qui les excitait. Tandis que Juana gagnait la porte de la salle deux des
chiens lui mordirent les pieds, puis ils la laissèrent aller, et
la malheureuse regagna péniblement sa demeure. Cedilla l'attendait dans l'angoisse et l'agitation. Elle devinait que sa
mère s'était rendue au château, mais lorsqu'elle la vit revenir les pieds ensanglantés, lorsqu'elle apprit enfin ce qui
s'était passé, ce fut le dernier coup. Elle retomba sur sa
couche, cacha sa figure dans ses mains, et resta de longues
heures immobile et muette, sans qu'une larme vint la sou-
lager dans cette agonie — — —

Le reste se devine. Cedilla disparut un soir de la maison — et le lendemain matin, les domestiques du comte la trouvèrent noyée dans un étang à quelques pas du château! Ils tirèrent la pauvre Cedilla sur le rivage, mais il était trop tard — elle était bien morte. Son beau corps était déjà raide et froid, et ses cheveux — ces beaux cheveux qui semblaient autant de fils d'or ruisselaient sur ses épaules. Le comte la vit, lui aussi, il reconnut sa victime, et une heure après, il quittait sa demeure et partait pour un long voyage.

Cedilla fut ensevelie d'après ses ordres dans le caveau de famille du château. La veuve ne put l'empêcher. Elle avait bien changé, la pauvre mère; le chagrin l'accablait, et quelques semaines suffirent pour faire d'elle une vieille femme. Privée de ce qu'elle avait de plus cher, la haine, l'amertume et la colère, s'amassaient dans son cœur et y éteignaient tout sentiment humain. Elle garda cependant le petit garçon qui n'avait plus alors ni père ni mère; elle le soigna, mais avec l'espoir de lui inculquer un jour son mépris de l'humanité, avec l'ardent désir d'en faire un jour un instrument de vengeance.

— Et ce fils du comte et de Cedilla, c'est moi? demanda Tito.

— J'arrive au bout de mon récit, enfant. Le comte vendit son château et ses terres au duc Leon d'Arcos qui s'y établit un peu plus tard, et comme je — — —?

— Comment, toi? s'écria Tito.

— Comme la mère de Cedilla, voulais-je dire, ne pouvait garder plus longtemps le petit garçon, et qu'elle tenait à le faire bien élever, elle l'emporta au château où elle le posa secrètement devant la chambre du duc. La veuve connaissait son monde; tout se passa comme elle l'avait prévu. Le duc prit le pauvre petit être, le nomma Tito Sylvestre parce qu'il avait été trouvé une nuit de Sylvestre, et le fit élever! Plus tard, le duc fut envoyé ici en qualité de vice-roi; la veuve, se sentant méprisée à Aranjuez, vint à son tour en Espagne. Elle se sépara des hommes qu'elle haïssait, et devint la sorcière du Vésuve! Tu sais tout, maintenant, mon fils, tu connais le mystère qui m'entoure! Mon plus ardent désir aujourd'hui, c'est que tu venges Cedilla et sa mère; c'est que Tito Silvestre, l'enfant trouvé, devienne duquecito, et qu'il atteigne aux plus grands honneurs!

— C'est sur mon père que je devrais te venger! fit Tito. Où est-il dans ce moment?

— Je l'ignore! Il est mort depuis longtemps, sans doute, mais tu nous vengeras de toute l'humanité! Venge la pauvre Cedilla qu'on montrait au doigt! Venge-toi, toi-même de ce que tu es un enfant trouvé, un bâtard! Tu y réussiras, mon fils, c'est moi qui te le dis, tu mèneras à bien tes projets et tes rêves et la sorcière du Vésuve s'en réjouira, hihihi!...

## Chapitre XXV.

### Les deux Espagnols.

Nous avons laissé Lorenzo et Selva escaladant le mur du couvent et fuyant avec les deux frocs dérobés au frère cellérier et au jeune novice. L'escalade réussit pleinement. Les deux Espagnols se trouvèrent bientôt de l'autre côté du mur dans une ruelle écartée où ils ne couraient pas grand risque d'être surpris. Ils se secouèrent un peu, s'enveloppèrent de leur robe et se dirigèrent à grands pas vers l'une des portes de la ville. Ils comptaient sur leur déguisement pour obtenir libre sortie, et pour passer sans être reconnus.

Tout à coup, Selva s'arrêta.

— Miguel Riperda languit dans un des cachots de la porte, dit-il; si nous faisions une tentative pour le délivrer?

— Don Miguel n'a jamais été mon ami, répondit Lorenzo. J'ai toujours désapprouvé sa conduite vis-à-vis des Napolitains — il est vrai qu'il en est cruellement puni!

— On l'a traité comme le plus vil criminel. Vous figurez-vous ce malheureux cousu dans une peau de bœuf et enfermé dans un de ces hideux cachots pratiqués dans le mur d'enceinte? Je frissonne rien que d'y penser!

— Je vous comprends, don Selva. Essayons d'arriver jusqu'à lui, si vous le voulez, mais n'oublions pas le véritable but de notre mission.

— Nous ne hasarderons rien. Si la chose présente quelques difficultés, nous y renoncerons.

— Soit! Venez, et laissez-moi faire, dit tout bas Lorenzo.

Il n'y a qu'un moyen d'arriver jusqu'a Riperda. S'il échoue, nous continuerons notre chemin.

Les deux moins ôtèrent leurs bottes de voyage qui s'harmonisaient peu avec le froc, et tous deux avancèrent pieds nus vers la porte de la ville où se trouvait la cage du malheureux Riperda.

La porte était occupée par un poste de pêcheurs et de bourgeois. Deux sentinelles allaient et venaient devant leurs guérites. Les autres hommes du poste étaient assis ou couchés dans le corps de garde dont portes et fenêtres étaient ouvertes.

Une brusque interpellation arrêta les deux moines à quelques pas du poste.

— Qui va là? cria l'une des sentinelles.

— Deux frères du couvent, comme vous voyez, répondit Lorenzo.

— Que demandez-vous?

— Nous désirons voir le prisonnier de la porte!

— Le prisonnier? Et que lui voulez-vous?

— Nous désirons lui porter de pieuses consolations. C'est le prieur qui nous envoie!

— Eh bien, allez dire à votre supérieur que don Miguel Riperda peut prier seul et qu'il n'a pas besoin de consolations! Il nous est défendu de laisser entrer qui que ce soit dans sa cellule.

— Vous lui refusez donc jusqu'aux secours de la religion?

— Je vous ai déjà dit qu'il n'avait pas besoin de votre assistance.

— Soit. Nous transmettrons votre réponse au vénérable prieur, fit Lorenzo du ton le plus naturel. Veuillez nous laisser sortir!

— Où voulez-vous aller?

— Nous nous rendons auprès d'un mourant qui réclame notre saint ministère.

— Je ne veux pas vous en empêcher, mes frères; allez avec Dieu!

La sentinelle ouvrit la porte —

Les deux moines passèrent lentement, et la porte se referma sur eux. Ils étaient sauvés! L'obscurité était moins profonde en dehors du mur d'enceinte et l'on distinguait aisément son chemin. Lorenzo et Selva se regardèrent en poussant un soupir de satisfaction, puis ils s'assurèrent qu'ils n'étaient point observés, et se dirigèrent à pas de loup vers l'ouverture grillée qui éclairait la cage de Riperda.

— Don Miguel, fit doucement Selva.

— Qui m'appelle? répondit une voix sourde.

— Vous vous tenez donc toujours là, à la grille, dit Selva sans répondre à la question du malheureux Riperda. Je pensais que vous dormiez au fond de votre cage!

— Dormir! fit amèrement le prisonnier. Venez-vous insulter à mes souffrances? Regardez et entendez!

Il fit un mouvement, et toutes les sonnettes attachées à la peau de bœuf carillonnèrent à la fois.

— Ne pouvons-nous rien pour vous, don Miguel? demanda tristement le capitaine.

— Qui êtes-vous? Deux moines?

— Don Lorenzo et Selva!

— Enfin! Vous avez enfin daigné vous souvenir de moi, cria le prisonnier dont la voix tremblait de colère. Partez! Est-ce le moment de venir à moi quand je suis perdu, perdu sans ressources! Partez, vous dis-je! Retournez à vos plaisirs, et laissez-moi ...

— Calmez-vous, Riperda, interrompit le capitaine. Nous ne vous avons pas oublié, mais aucun de nous n'aurait pu parvenir jusqu'à vous. C'est au péril de notre vie et grâce à ce déguisement que nous avons réussi à sortir de la ville.

— Où voulez-vous aller?

— Nous voulions essayer de vous délivrer, mais on a refusé de nous ouvrir votre cachot.

— A quoi bon? Je suis perdu — je le sais!

— Ne désespérez pas! Nous allons chercher du secours!

— Du secours? Où en trouverez-vous?

— Nous ramènerons la flotille!

— La nuit avance, don Selva, dit Lorenzo; il faut partir, le temps presse!

Le capitaine murmura encore quelques paroles de consolation, puis il prit congé du malheureux Riperda et suivit son compagnon.

— Le jour ne va pas tarder à paraître, dit-il; que pensez-vous faire, don Lorenzo? Si nous louions une barque?

— Nous sommes encore trop près de la ville. Ce serait nous trahir! J'ai un autre plan!

— Songez qu'une fois sur l'eau nous laisserions derrière nous tous les dangers qui nous entourent sur terre ferme. Nous louerions ensuite à Sorrente ou à Capri quelque embarcation suffisante pour aller à la recherche de la flotille!

— Oubliez-vous Atenuado? Pensez aux hommes noirs qui croisent jour et nuit dans le port!

— Vous avez raison. Ils nous reconnaîtraient certainement!

Tout en parlant, Lorenzo et son compagnon s'éloignaient de la ville, et s'approchaient de quelques fermes dont les jardins s'étendaient jusque près du rivage, escarpé et rocheux en cet endroit.

— Mon plan est autre, reprit Lorenzo. Si vous m'en croyez, nous irons à pied jusqu'à Sorrente d'où nous nous ferons conduire à Capri. De cette façon nous échapperons aux hommes noirs.

— C'est juste! Vous avez toujours raison, don Lorenzo! En route pour Sorrente! Quel dommage que nous ne soyons pas à l'entrée de la nuit. Notre course en serait moins pénible!

— Que voulez-vous? Nous ne pouvons pas perdre la journée entière. Il nous faudrait deux mulets. Qui sait si nous n'en trouverions pas à acheter dans quelqu'une de ces fermes?

— Essayons! Tenez, cette ferme là-bas, dans le voisinage des rochers, elle est assez considérable pour qu'il s'y trouve plusieurs mulets!

— Les habitants en sont déjà levés, paraît-il; voyez-vous cet homme devant sa porte?

— Sans doute! Allons lui demander s'il a quelque monture à nous vendre!

Les deux moines se dirigèrent vers la ferme désignée par Selva. Le propriétaire avait quitté le seuil de sa porte. Il allait et venait dans sa cour, préparant les outils nécessaires pour se rendre au travail lorsqu'un bruit de pas attira son attention. Il releva la tête et aperçut les deux moines qui approchaient en grande hâte. Cette vue le surprit. Que s'était-il passé pour que deux frères du couvent fussent de si bonne heure sur pied?

— Hé l'ami, fit Lorenzo qui se trouvait en avant, comment vous appelez-vous?

— Fanalo, mon frère, répondit le campagnard, mais comment se fait-il que vous soyez debout avant le lever du soleil?

— Notre vénérable prieur nous envoie à Sorrente pour une affaire pressée, mais la journée sera chaude; et nous ne sommes guère marcheurs, dit Lorenzo en soupirant. Croyez-vous que nous trouverions deux mulets dans le voisinage?

— Deux mulets — hem — —

Fanalo réfléchissait. Ces deux moines, soigneusement enveloppés dans leur froc, lui paraissaient suspects.

— Qu'en pensez-vous, signor Fanalo? reprit Lorenzo, nous sommes pressés et si vous vouliez nous céder deux de vos bêtes, nous les paierions raisonnablement.

En cet instant, le capitaine de la garde se tourna pour examiner la contrée, et Fanalo qui le considérait aperçut tout à coup une pointe d'épée dépassant légèrement le froc. Cette pointe indiscrète confirma les soupçons du campagnard. Il comprit immédiatement qu'il avait à faire à de faux moines, mais il était trop prudent pour se trahir, et pour s'attirer quelque affaire avec ses interlocuteurs en leur montrant qu'il n'était pas dupe de leur déguisement. Fanalo était, d'autre part, trop bon Napolitain pour ne pas chercher à retenir ces deux hommes dans lesquels il devinait des Espagnols fugitifs. Il se rappela immédiatement que les hommes noirs plaçaient chaque nuit quelques sentinelles dans le voisinage du mur d'enceinte. Peut-être s'y trouvaient-elles encore?

— N'avez-vous donc pas deux mulets que vous puissiez nous vendre? dit à son tour Selva. Nous vous paierons bien!

— Je n'en ai aucun de disponible, répondit Fanalo, mais je réfléchis justement au moyen de vous en procurer. Tenez, il me vient une idée; un de mes voisins a quelques jeunes et vigoureuses bêtes, peut-être consentirait-il à vous en vendre deux. Attendez-moi un instant, je vais aller le chercher, vous vous arrangerez avec lui!

— C'est cela, mais faites vite, dit Lorenzo, nous avons hâte de continuer notre route!

— Ce ne sera pas long. Entrez ici, mes frères. Vous pourrez vous asseoir là derrière la maison en attendant!

Selva et Lorenzo obéirent à l'invitation du campagnard. Ils traversèrent la cour encore silencieuse de la ferme et passèrent derrière la maison pour y attendre Fanalo qui s'éloignait à pas précipités et disparaissait bientôt entre les arbres.

— Ce Fanalo avait un drôle d'air, dit tout bas Lorenzo; il vous examinait de tous les côtés et semblait réfléchir; pourvu qu'il n'ait pas de soupçons!

— Bah; pourquoi nous soupçonnerait-il? répondit Selva. S'il réfléchissait, c'était au moyen de nous procurer des mulets et de gagner du même coup une petite commission!

— C'est possible, mais nous ne perdrons rien à nous tenir sur nos gardes. La prudence est toujours utile, elle m'a sauvé de plus d'un mauvais pas dans mon premier voyage! Si vous m'en croyez, don Selva, nous irons derrière ce mur que vous voyez là-bas; nous pourrons de là surveiller les environs. Nous serons toujours à temps pour quitter cet observatoire quand nous verrons venir nos hommes et nos mulets!

— Cette précaution me paraît bien superflue!

— Qui sait! Venez au moins pour me faire plaisir! Et Lorenzo, sans plus attendre, traversa lestement le domaine, et gagna le mur qui séparait la ferme des propriétés voisines.

Selva le suivit avec répugnance.

— Nous n'aurons rien négligé, dit Lorenzo à voix basse. Allons jusqu'à ce coin là-bas!

Les deux moines longèrent un instant le mur, puis ils l'escaladèrent et s'arrêtèrent dans un endroit d'où ils dominaient la campagne et voyaient assez loin dans la direction que Fanalo avait prise.

Selva s'appuya nonchalamment contre le mur tandis que son compagnon inspectait la contrée.

Tout à coup, Lorenzo se baissa.

— Qu'y a-t-il? fit Selva.

— Silence! Fanalo vient d'apparaître là-bas entre les buissons, murmura Lorenzo. Il a l'air de se cacher — qu'est-ce que cela signifie! Il fait signe de la main à quelqu'un qui le suit — sainte Vierge — c'est un des hommes noirs!

— Comment?...

— Le misérable! Au lieu d'un voisin, c'est l'ennemi qu'il est allé chercher!

— Il le paiera cher, je le jure!

— Voulez-vous en venir à une lutte? Ce serait insensé, don Selva; Fanalo a certainement quelques valets qui viendraient au secours de leur maître!

— Que faire, alors?

Lorenzo s'était retourné et examinait la contrée.

— Voyez-vous ces rochers là-bas? dit il tout à coup. Allons nous y cacher! Vite, don Selva; ils approchent, mais ils ne peuvent pas nous voir ici, la ferme nous cache! Venez vite! Tout est perdu si nous ne parvenons pas à nous mettre en lieu sûr!

Les deux moines traversèrent en courant le champ désert et semé de grosses pierres qui les séparait des rochers.

Le danger était grave. Fanalo et son compagnon allaient atteindre la ferme, et ne trouvant pas les deux fugitifs, ils devaient nécessairement se mettre à leur poursuite.

Lorenzo atteignit le premier les roches abruptes et crevassées qui dominaient le rivage et s'étendaient fort loin.

— Il faut nous cacher ici, fit-il d'une voix contenue. Venez, Selva, jetons-nous dans cette crevasse, suivez-moi!

— Nous y serons bien vite découverts!

— Nous n'avons pas le choix. Venez vite, et baissez-vous pour qu'on ne vous voie pas!

La crevasse s'ouvrait à quelques pieds au-dessus de l'endroit où se trouvaient les deux Espagnols, mais de grands blocs de pierre, détachés quelque jour de la masse principale, permettaient de grimper jusqu'à l'entrée. Des fougères et des mousses y croissaient en abondance et en garnissaient les parois et le fond.

Lorenzo grimpait déjà de pierre en pierre; il allait se glisser dans une fente du rocher lorsque Selva l'appela, et lui montra de la main une ouverture étroite dont l'accès présentait peu de difficultés.

— Venez, venez, dit-il d'une voix sourde, j'ai trouvé ce qu'il nous faut — on dirait une caverne!

Lorenzo redescendit promptement de sa pierre, et rejoignit son compagnon.

— Vous avez raison, dit-il. C'est bien une caverne; l'entrée en est commode et trop étroite, cependant, pour qu'il puisse s'y introduire plus d'un homme à la fois. Nous pourrons nous défendre si l'on nous trouve là-dedans.

Selva pénétra le premier dans la caverne dont l'intérieur était sombre mais spacieux. Lorenzo le suivit. Un faible rayon de lumière frappant en droite ligne la paroi opposée à l'entrée, rendait l'obscurité plus complète dans les côtés. Ce filet lumineux éclairait un tas de mousse et d'herbes sèches qui semblait avoir servi de couche. La caverne n'était donc pas inconnue, et les deux fugitifs n'étaient pas les premiers à y faire leur retraite?

— Attention, dit Lorenzo, l'endroit est bon, malheureusement il n'a qu'une issue. Nous ne pourrions plus en sortir si cette entrée était occupée. Il s'agira de veiller et d'empêcher l'approche de nos persécuteurs!

— Qu'ils viennent, et, sur mon âme, ils mourront de ma main l'un après l'autre, répondit Selva en se plaçant près de l'entrée.

Lorenzo écoutait. On n'entendait d'autre bruit que le murmure des flots venant se briser incessamment contre les roches. Fanalo et ses compagnons avaient probablement dirigé leurs recherches de quelque autre côté; les heures se suivaient du moins sans les amener. S'étaient-ils mis en embuscade quelque part?

Pendant ce temps, les deux Espagnols à l'abri dans leur retraite sentaient la lassitude les gagner.

— Ils ne viennent pas, dit enfin Selva en quittant son poste à l'entrée de la caverne. Que le diable les emporte! Tenez, don Lorenzo, j'ai beau faire, ce tas de mousse m'attire irrésistiblement, je ne vois plus autre chose! Si nous profitions de ce loisir forcé pour prendre quelque repos et pour nous préparer aux fatigues qui nous attendent?

— Vous avez raison, don Selva. La chaleur est intense, et nous ne pouvons songer à quitter notre retraite avant la nuit. Etendez-vous de tout votre long et dormez à votre aise jusqu'à ce soir!

— Et vous, don Lorenzo?

— Moi, je me coucherai à l'entrée et je veillerai!

— La position horizontale et la veille sont choses incompatibles, fit Selva en riant. Vous êtes aussi fatigué, vous!

— Il faut cependant que l'un de nous veille!

— Et vous voulez vous charger de ce rôle? Ce n'est pas juste, don Lorenzo; nous veillerons tous deux!

— Quelle folie! Couchez-vous tranquillement!

— Je n'en ferai rien! Ecoutez plutôt ma proposition. Vous allez dormir quelques heures pendant lesquelles je ferai bonne garde, après quoi je vous éveillerai, et ce sera à vous à prendre mon poste! Cela vous va-t-il?

— Parfaitement! Seulement couchez-vous le premier. Je vous réveillerai dans une heure ou deux!

— Soit! Mais ne me faites pas pas trop grasse mesure, don Lorenzo. Il s'agit de partager également les heures de jour qui nous restent!

Tout en parlant, Selva s'était jeté sur la mousse et s'y étendait avec délices, tandis que Lorenzo s'asseyait sur les herbes amoncelées à l'entrée de la caverne et se préparait à monter la garde.

Quelques minutes s'étaient à peine écoulées que Selva dormait du plus profond sommeil.

Au dehors, le soleil dardait ses rayons brûlants sur les roches! rien ne remuait dans les environs, et la plainte monotone des vagues troublait seule le silence de cette solitude.

Lorenzo, assis à l'entrée de la caverne, réfléchissait aux dangers de la situation, et cherchait le moyen de continuer un voyage commencé sous de si fâcheux auspices. Il s'était appuyé contre le rocher — peu à peu, ses paupières s'alourdirent, sa tête se pencha sur sa poitrine, le pistolet qu'il tenait à la main tomba à côté de lui, et bientôt il fut plongé dans un sommeil aussi profond que l'était celui de Selva. Des coups de canon, tirés à l'entrée de la grotte, n'eussent pas réveillé les deux dormeurs.

Revenons à Fanalo. Le rusé campagnard avait en effet trouvé un des hommes noirs près du mur d'enceinte; il lui avait fait part de ses soupçons, et le mystérieux personnage avait immédiatement abandonné son poste pour aller voir de

quoi il s'agissait. Il reprit avec Fanalo le chemin de la
ferme. Tous deux approchèrent avec précaution pour ne pas
effrayer les deux moines, mais tant de prudence était inutile — les fugitifs avaient disparu. Sans doute, ils avaient
flairé un piége et tous deux s'étaient esquivés.

Ils ne pouvaient être loin, cependant. Fanalo réunit immédiatement ses valets et se mit avec eux à la recherche des
faux moines. La bande battit avec rage les chemins et les
buissons environnants — peine inutile! Les fuyards étaient
loin. On eût dit qu'ils étaient subitement rentrés sous terre.
La chaleur intense de la journée mit enfin un terme à cette
chasse. Fanalo et ses gens regagnèrent en maugréant la ferme
tandis que l'homme noir s'en retournait assez déçu auprès de
ses camarades.

Le soleil commençait à baisser lorsque Minetto, le berger,
et sa jeune femme Giacinta quittèrent la ferme en poussant
devant eux les chèvres de Fanalo. Les capricieuses bêtes affec-
tionnaient les rochers. Elles broutaient avidement les fougères
et les plantes parfumées qui croissaient dans les interstices,
et choisissaient volontiers comme lieu de repos quelque cor-
niche ardue et difficile à atteindre. Elles prirent, ce jour-là,
leur route favorite et gagnèrent bientôt l'immense ravin où
se trouvait la grotte, ravin dont elles faisaient leur retraite
de prédilection.

Tandis que Minetto, resté en arrière, taillait une flûte dans
une branche sèche, Giacinta poussait plus avant avec une
partie du troupeau. Le soleil dardait ses rayons jusque dans
la crevasse, et la jeune femme, désireuse de les éviter, se
dirigea tranquillement vers la caverne où maintes fois déjà,
elle avait cherché un refuge contre le mauvais temps et contre
la chaleur. Elle jeta un coup-d'œil à ses chèvres groupées
ou assises dans les poses les plus pittoresques, puis elle
grimpa jusqu'à l'entrée de la grotte. Elle allait y pénétrer,
lorsqu'elle s'arrêta tout à coup en poussant une exclamation
de surprise. Elle avait aperçu un froc, puis une tête, et enfin

un moine tout entier couché à l'entrée de la grotte et plongé
dans le plus profond sommeil.

Lorenzo, d'abord assis contre le rocher, avait peu à peu
glissé jusque sur le sol et avait fini par s'y étendre tout à
fait. Ce mouvement avait relevé sa robe et Giacinta remarqua
bien vite que le soi-disant moine portait sous le froc un
pourpoint de velours qui n'avait rien de religieux. Elle se
baissa pour examiner de plus près cet hôte inaccoutumé de
la caverne, et ses yeux de lynx lui montrèrent bientôt un
second moine aussi peu authentique que le premier, et dormant comme lui d'un sommeil de plomb.

La jeune femme se retira doucement pour ne pas éveiller
les dormeurs et rejoignit son mari toujours occupé à tailler
sa flûte.

— Minetto! cria-t-elle du plus loin qu'elle l'aperçut; Minetto, je les ai trouvés!

Le berger regarda sa femme avec étonnement.

— Qu'as-tu trouvé? demanda-t-il sans remuer d'un pas.

— Les deux moines que signor Fanalo cherchait ce matin.
Ce ne sont pas des moines, Fanalo a raison! ce sont des
Espagnols, des seigneurs de la cour, j'en suis sûre! Ils ont
des pistolets, des épées, et j'ai vu un pourpoint de velours
sous leur froc!

Minetto approcha d'un bond.

— Comment — tu as trouvé les moines? cria-t-il.

— Oui. Il faut avertir signor Fanalo!

— Où sont-ils?

— Là-haut, dans la caverne!

— Dans notre caverne?

— Hé oui! Ils dorment sur leurs deux oreilles!

— Tant mieux, tant mieux!

— Reste ici en sentinelle, je vais appeler signor Fanalo!

— Rester ici — hum — —

— As-tu peur?

— Pas précisément — mais enfin que ferais-je à moi seul

contre ces deux Espagnols s'ils venaient m'attaquer avec leurs épées et leurs pistolets?

— Ils ne bougeront pas, sois tranquille, ils dorment comme des marmottes; je ne m'arrête pas, d'ailleurs, et signor Fanalo sera bien vite là!

Et la bergère prit en courant la direction de la ferme, laissant Minetto en sentinelle. Celui-ci paraissait médiocrement charmé de son rôle. Il resta debout dans le fond du ravin, l'œil fixé sur la place où les deux Espagnols devaient apparaître s'ils venaient à se réveiller et à sortir de leur retraite.

Pendant ce temps, Giacinta annonçait à son maître la précieuse trouvaille qu'elle venait de faire.

— Tu les as vus — ils dorment tous deux? s'écria Fanalo en se frottant joyeusement les mains.

— Oui, tous les deux. Ils sont là, comme des morts, dans la grotte. Ils ont chacun un pistolet!

— Il s'agit de les surprendre. Minetto garde-t-il le passage?

— Sans doute! Impossible qu'ils échappent!

Fanalo courut appeler ses valets, et leur ordonna de s'armer de fourches, puis il retourna en toute hâte à l'endroit où les hommes noirs avaient chaque nuit un poste. Il faisait encore jour, et l'on n'apercevait pas encore de sentinelle. Fanalo ne voulait ni attendre ni courir à la recherche de quelque membre de la mystérieuse confrérie, il se décida donc à se passer des hommes noirs et à opérer seulement avec l'aide de ses valets l'importante capture qui s'offrait à lui.

Il revint en courant à la ferme, où ses domestiques, trois vigoureux compagnons, l'attendaient avec impatience et brandissaient leurs fourches d'un air menaçant. Fanalo se munit de cordes, puis il prit une vieille escopette, la chargea, et la petite bande se mit lestement en route.

Giacinta avait déjà regagné le ravin et attendait avec son mari l'arrivée des quatre hommes.

— Faut-il vous conduire à la caverne, signor, demanda-t-elle à son maître.

— C'est inutile, nous la connaissons, crièrent d'une commune voix les trois valets en se dirigeant vers la grotte où Minetto, rassuré par leur présence, les suivit bravement avec sa femme.

La petite bande atteignit bientôt l'entrée de la caverne.

Fanalo y entra avec précaution, s'empara des pistolets, et fit signe à ses gens de le suivre.

Les deux Espagnols n'avaient pas bougé. Tous deux dormaient encore du sommeil le plus profond. C'était le moment de s'emparer d'eux.

Fanalo se jeta sur Lorenzo avec l'un des valets, tandis que les deux autres fondaient à l'improviste sur Selva.

L'attaque avait été si subite, et les deux Espagnols, surpris dans leur sommeil, étaient tellement étourdis qu'ils ne firent aucune résistance. Lorsqu'ils furent assez réveillés pour se rendre compte de leur position, ils étaient déjà liés de cordes que Minetto et sa femme nouaient avec le plus grand soin. Ils étaient de plus sans armes; le premier soin des valets ayant été de s'approprier les pistolots et les épées de prix dont les fugitifs étaient pourvus.

Les deux Espagnols, incapables de résister, furent alors entraînés hors de la caverne et conduits à la ferme. Là, ils furent enfermés dans un étroit réduit pourvu seulement d'une ouverture pratiquée dans l'un des murs et d'une porte. On leur jeta de la paille, puis on les débarrassa de leurs cordes, on leur apporta quelque nourriture, et tous deux restèrent seuls dans cette prison provisoire gardée par un ou deux des valets.

## Chapitre XXVI.

### Salvator Rosa.

Lucia Falcone s'était retirée, ainsi que nous l'avons vu, dans la demeure de son frère Ancillo et y avait trouvé une sûre retraite. Les Falcone étaient riches, mais leurs biens ayant été confisqués après l'arrestation du peintre, il ne leur était resté que le riche mobilier de la maison et quelques bijoux de prix dont Lucia se défit immédiatement pour subvenir à ses premiers besoins.

Elle n'avait retrouvé aucune trace de son enfant. Le pauvre petit être était perdu pour elle et cette certitude lui déchirait le cœur. Elle s'épuisait en conjectures sur son sort et s'abandonnait sans relâche aux plus désolantes suppositions. Son sommeil même en était troublé. La malheureuse Lucia s'endormait le plus souvent dans les larmes et se réveillait en criant au milieu de quelque rêve sinistre.

Elle vivait solitaire, pleurant le frère qu'elle croyait mort, l'enfant qui lui avait été ravi, et gémissant sur l'heure fatale où elle avait prêté l'oreille aux paroles séductrices de Tito. Les heures passaient lentes, cruelles, pesant de tout leur poids sur la pauvre abandonnée. Peu de choses l'intéressaient. Sa pensée ne s'arrêtait qu'avec un regret douloureux sur le peintre dont elle avait dédaigné l'amour enthousiaste et pur, et dont elle se sentait devenue indigne. Elle chassait son image et s'efforçait d'oublier ses paroles de tendresse. Elle, la femme tombée, pouvait-elle être aimée encore de Salvator Rosa?

Elle n'avait pas oublié la Muette de Portici. Fenella lui inspirait toujours une profonde sympathie, et Lucia ne pouvait

penser sans attendrissement à tout ce que la Muette avait
souffert. Elle se tenait autant que possible au courant de ce
qui concernait Masaniello et sa sœur, mais les nouvelles n'é-
taient pas toujours faciles à obtenir, et parfois elles semblaient
si contradictoires que Lucia ne savait à laquelle se fier.

Un soir pourtant, quelques voisins lui firent part d'événements si étranges qu'elle quitta précipitamment sa demeure.

Lucia portait comme à l'ordinaire des vêtements noirs. Un
voile épais, serré autour de sa tête, cachait ses traits pâlis.
Elle traversa rapidement quelques rues. Les passants s'accos-
taient, échangeaient quelques paroles et se séparaient d'un
air soucieux; des groupes de pêcheurs et de bourgeois en-
combraient les places, on causait, on gesticulait, l'agitation
était dans l'air; quelque événement important se préparait
sans doute. La nuit allait-elle apporter enfin une solution
aux questions qui agitaient Naples et menaçaient son existence?

L'inquiétude et l'attente étaient peintes sur tous les visages.
Que se passait-il? Craignait-on quelque nouvelle éruption du
Vésuve ou quelque émeute populaire? Cette ville si visitée
devait-elle redouter quelque nouvelle catastrophe?

Lucia gagna en toute hâte la porte la plus voisine, sortit
de la ville et prit la route de Portici. Quelques pêcheurs
émus et agités passèrent en courant auprès d'elle. Cette bande
pouvait être suivie de beaucoup d'autres, mais Lucia ne se
laissa pas arrêter par la crainte de ces rencontres. Elle continua rapidement son chemin. On eût dit qu'un devoir sacré
la poussait à Portici. La route était longue; Lucia ne se permit cependant qu'une courte halte, puis elle reprit sa marche
et atteignit enfin le village des pêcheurs.

Elle courut vers la chaumière de Masaniello et appela
vivement la Muette. Celle-ci ne tarda pas à paraître sur le
seuil de sa porte. Son premier mouvement fut de se jeter
au cou de son amie, et de lui exprimer la joie qu'elle avait
à la revoir, mais elle recula effrayée. Les traits et le maintien

… cia annonçaient si clairement quelque fatale nouvelle que la Muette joignit involontairement les mains et attendit.

— Toi ici, Fenella? Tu ne sais donc pas ce qui se passe? s'écria Lucia.

L'air étonné de la Muette répondait clairement à cette question.

— As-tu vu Masaniello? reprit Lucia.

Fenella répondit, par signes, qu'elle n'avait pas revu son frère depuis le matin.

— Malheureuse — tu ne sais pas ce qui t'attend! s'écria Lucia en cachant sa figure dans ses mains.

Fenella se jeta sur son amie, lui prit les deux mains et l'interrogea avidement du regard.

— Masaniello était-il en bonne santé ce matin, n'avait-il rien d'extraordinaire lorsqu'il t'a quittée? demanda Lucia.

— Rien, répondit Fenella dans son langage expressif et animé, rien! Il reconduisait le duquecito et la princesse au château, et n'avait rien de particulier. Que s'est-il passé? Je tremble! Ses anciens amis se sont conjurés contre lui! Ont-ils voulu le renverser?

— Si ce n'était que cela! Masaniello n'a plus d'amis, je le sais, mais ce qui lui est arrivé est bien plus terrible encore. Ton frère, ton malheureux frère déraisonne! Il est fou

La Muette recula épouvantée — elle pâlit affreusement — et ses yeux grands ouverts s'attachèrent avec une horrible fixité sur la messagère de malheur qui lui apportait cette incroyable nouvelle. Elle resta un instant comme foudroyée, puis le tremblement la saisit et elle tomba à genoux devant son amie. On eût dit qu'elle implorait sa pitié et la suppliait de retirer les paroles cruelles qu'elle venait de prononcer.

— Ce n'est que trop vrai, ma pauvre enfant, fit doulou- reusement Lucia en relevant la Muette et en l'attirant dans ses bras. Vers midi, ton frère se trouvait à l'Hôtel-de-Ville, et on venait de lui offrir un manteau de pourpre, lorsque les personnes qui le lui avaient présenté, s'aperçurent tout à coup qu'il déraisonnait. Il se croyait empereur, prononçait des sentences de mort contre tous ses amis qui, disait-il, attentaient à sa majesté, il faisait folie sur folie!...

Fenella cacha son visage dans ses mains.

— Je ne sais ce qui s'est passé depuis, continua Lucia. Quelques personnes prétendaient que le cardinal avait conduit Masaniello à l'église des Carmélites pour essayer de le ramener à la raison, mais je n'ai pas pris le temps de m'assurer si ces personnes disaient vrai. J'avais hâte de t'avertir. Il faut que tu viennes à Naples et que tu voies ton frère. Peut-être pourras-tu le décider à revenir ici. Qui sait si le calme et la tranquillité de votre chaumière ne suffiraient pas pour le guérir?

— Oui, oui, tu as raison, disaient les gestes de Fenella. Je veux le voir — et le sauver, si possible!

— Peut-être réussiras-tu à le calmer. Il te reconnaîtra, sans doute!

Fenella s'était arrachée des bras qui la retenaient captive. Elle saisit Lucia par la main, sortit avec elle de la chaumière et l'entraîna vers l'endroit du rivage où la barque du pêcheur de Portici était ordinairement amarrée.

— C'est une bonne idée que tu as là, s'écria Lucia en voyant la direction que prenait la Muette. La mer est calme, nous arriverons plus rapidement à Naples. Courons!

Les deux amies atteignirent promptement le bateau, y montèrent en toute hâte, et bientôt le rapide esquif glissa sur l'onde. Fenella, assise au gouvernail, semblait changée en statue de marbre. Sa main serrait convulsivement la corde de la voile, tandis que ses yeux, grands ouverts, regardaient fixement au loin et semblaient contempler quelque sinistre vision. La pauvre enfant croyait avoir épuisé la coupe des souffrances et le malheur s'abattait de nouveau sur elle. Masaniello privé de raison — fou — mieux eût valu qu'il fût mort en combattant pour sa patrie!

Lucia restait également muette et immobile; elle comprenait trop bien la douleur et l'impatience de Fenella pour l'importuner de vaines consolations. Où trouver des paroles en face d'un tel malheur!

La traversée fut silencieuse. Les deux femmes n'avaient pas échangé un signe, pas fait un mouvement lorsque la barque atteignit l'escalier du port. Toutes deux se levèrent en même temps.

— Sois forte, Fenella! essaie de sauver ce qu'on peut sauver, murmura Lucia tandis qu'elles abordaient. Ne te laisse pas écraser par ce coup, et confie-toi en Dieu! Masaniello aura besoin de toi, garde pour lui tes forces et ton courage!

La Muette ne répondit qu'en levant les yeux vers le ciel. Elle amarra promptement son bateau, puis elle saisit la main de Lucia, la pressa vivement, et s'élança en avant sans plus s'inquiéter de sa compagne. Celle-ci la suivit, mais lorsqu'elle atteignit le haut de l'escalier, Fenella avait disparu.

Lucia regarda autour d'elle, et s'arrêta épouvantée — on eût dit qu'un nouvel orage allait fondre sur Naples et que d'infernales puissances se déchaînaient sur la malheureuse ville.

Tout était bruit, confusion et tumulte! Des bandes avinées parcouraient en hurlant les rues et les places; des groupes confus s'agitaient dans l'obscurité ou se serraient autour de quelque orateur éclairé par une torche rougeâtre. Des femmes et des enfants couraient çi et là, cherchant à regagner leurs demeures. On se bousculait, on se pressait, de furieuses clameurs retentissaient dans les rues voisines, et sur plus d'un point l'agitation avait déjà dégénéré en rixe.

La folie qui s'était emparée de Masaniello avait-elle gagné la ville entière? La guerre civile avait-elle éclaté parmi les Napolitains? Cette populace, armée de lances, de perches, d'épées et de couteaux allait-elle se ruer sur la bourgeoisie?

Le peuple s'était-il formé en partis ennemis à la grande satisfaction du duc et de ses créatures? — —

Lucia frissonna. Le spectacle qu'elle avait sous les yeux était horrible — on eût dit qu'il n'était plus de sécurité pour personne, qu'une fureur bestiale s'était emparée de la foule et que chacun devait redouter son voisin —

Tout à coup, le tocsin retentit. Ses sons résonnaient, lugubres, dans la nuit; ils accompagnaient les clameurs et le bruit de la populace et augmentaient la confusion générale — —

Où fuir? Où se réfugier? Lucia paralysée par l'effroi n'avait pas fait un mouvement. Elle était toujours debout près de l'escalier du port. Sa demeure était au cœur de cette ville en démence — comment l'atteindre sans se mêler à la foule houleuse qui grossissait d'instant en instant et dont l'agitation allait croissant?

Tout à coup, une forme sombre apparut à côté d'elle.

— Est-ce bien vous, signora? dit une voix mâle et pleine, vous, Lucia, seule ici?

Un homme en manteau noir venait d'apparaître au haut de l'escalier et s'avançait en saluant. Son chapeau à large bord recouvrait une abondante chevelure noire, ses traits nobles et virils étaient encadrés par une barbe bien fournie, et toute sa personne offrait l'image de la force et de la vigueur.

— Salvatoriello — — murmura Lucia en reconnaissant le nouveau venu.

— Oui, Salvatoriello, répéta celui que Lucia désignait ainsi; Salvatoriello, privé depuis longtemps du bonheur de vous voir, et qui bénit le hasard qui l'a conduit ici à cette heure — —

— Au nom du ciel, que se passe-t-il ici, signor, interrompit Lucia.

— La ville entière est dans l'agitation, signora, répondit le peintre. Masaniello est dans l'église des Carmélites; je ne

sais ce qui s'y passe. Le peuple s'est divisé en partis hostiles; les uns veulent voir Masaniello et se refusent à croire
qu'il soit devenu fou, les autres jurent sa mort et celle de
ses partisans; d'autres enfin profitent de la confusion générale
pour s'emparer du pouvoir et pour se placer à la tête de la
populace — on dirait que Naples veut consommer sa propre
ruine! Laissez-moi vous reconduire chez vous, signora, vous
ne pouvez y retourner seule.

— C'est vrai. J'accepte votre protection, signor, répondit Lucia
en prenant le bras que lui offrait Salvator Rosa. Venez, la
nuit sera terrible et ce tumulte m'épouvante. Nous prendrons
les ruelles qui seront certainement plus tranquilles!

— Que je suis heureux de vous avoir rencontrée et de
pouvoir vous accompagner, Lucia, dit le jeune peintre en se
dirigeant avec sa compagne vers une rue écartée où l'agitation se faisait moins sentir. Appuyez-vous sur mon bras —
ne craignez pas de me lasser — ô si vous pouviez sentir
mon cœur battre sous l'émotion de ce revoir!

Un léger tremblement fut la seule réponse de la jeune
femme.

— Tout est bruit et tempête autour de nous, reprit Salvator Rosa, et pourtant je suis heureux, bien heureux, maintenant que vous êtes auprès de moi! Le bonheur que vous
procurez à l'homme adoucit les peines du patriote! Vous
vous êtes renfermée chez vous, Lucia, vous vous êtes tenue cachée
et je n'ai pas osé troubler votre retraite, mais mon cœur
vivait avec vous! Je ne pensais qu'à vous — et vous ne
le saviez pas — vous ne le deviniez pas!

— Je sais que vous êtes mon ami, Salvatoriello. Je connais
votre générosité — vous avez pitié de moi!

— Ne parlez pas de pitié, Lucia. Vous donnez un faux
nom à mes sentiments. C'est de l'amour que j'éprouve, un
amour pur et fort, que je ne puis plus cacher! Ne vous détournez pas de moi, ne me repoussez pas, Lucia — laissez-
moi vous avouer ce qui remplit mon cœur —

— Pas un mot de plus, Salvatoriello, je vous en conjure! murmura Lucia d'une voix basse et tremblante. Ne me parlez pas ainsi; je suis une malheureuse, indigne de votre amour! Ne vous liez pas à mon triste sort!

— C'est justement ce sort que je veux partager, Lucia! dit le jeune peintre en pressant le bras de sa tremblante compagne. Je veux dissiper votre tristesse et vous ramener à un bonheur que je demande au ciel pour vous — m'en ôterez-vous le droit? Je ne puis vous oublier, — vous le comprendriez si vous pouviez lire dans mon âme, et savoir enfin ce que vous êtes pour moi, Lucia! Mon cœur bat pour vous — ne le sentez-vous pas — une voix intérieure ne vous dit-elle pas ce que j'espère. Ne devinez-vous pas ce que je ne sais pas dire?

— Vous m'accablez, Salvatoriello — à quoi bon deviner ce qui n'est pas fait pour moi — ce que je ne puis accepter? Je ne suis pas digne d'un pareil amour!

— Ne parlez pas ainsi, Lucia; vos paroles me révoltent — je ne veux pas les entendre!

Lucia tremblait.

— Oubliez-vous le passé? dit-elle d'une voix qui n'était plus qu'un souffle; je ne l'oublie pas, moi —

— Mais vous l'oublierez, interrompit impétueusement Salvator. Laissons-là le passé! Qu'il soit mort pour vous et pour moi! Mon unique, mon plus ardent désir, c'est de vous conduire au bonheur; au bonheur que vous méritez si bien. Vous êtes dure pour vous, Lucia — dure pour moi!

— Il le faut, Salvatoriello. C'est parce que je vous aime que je veux vous sauver!

— Vous m'aimez, Lucia? Répétez-le, ma bien-aimée! s'écria le jeune homme avec ivresse. Vous m'entendez enfin — vous m'aimez!...

— Je vous aime trop pour vous enchaîner à ma vie — une vie brisée, perdue...

— Assez, Lucia, assez, je ne veux pas vous entendre parler ainsi! dit gravement le peintre. Ecoutez-moi, mon amie, continua-t-il d'une voix solennelle, écoutez-moi, et croyez-moi, surtout! Jamais ma bouche ne vous rappellera le passé, jamais je n'y penserai, je le jure! Jamais vous n'entendrez un reproche ou une allusion qui puisse vous y ramener, et mon unique souci sera de vous rendre heureuse et de vous prouver mon amour!

— Noble et généreux Salvator! murmura Lucia entraînée —

— Tu es à moi! Je savais bien que tu finirais par m'entendre, s'écria Salvatoriello en s'arrêtant pour baiser la main tremblante qui reposait sur son bras. A moi — bien à moi . . .

— A toi pour toujours — mais à une condition!

— Tout est accordé d'avance, ma bien-aimée!

— Laisse-moi d'abord le temps de guérir et d'oublier — laisse-moi me faire peu à peu à ce bonheur immérité, Salvatoriello — il me faut un temps d'épreuve pour que je puisse goûter ensuite à la félicité que tu rêves . . .

— Soit! Je ne me trompais pas — mon cœur me disait bien que tu méritais tout mon amour! J'accepte cette condition, Lucia, moi aussi je veux m'abituer à mon bonheur, je veux vivre d'espérance, d'attente et de renoncement jusqu'au jour bienheureux qui nous réunira . . .

— Laisse-moi d'abord faire ma paix avec moi-même, Salvator, dit humblement Lucia, laisse-moi d'abord retrouver le calme et la tranquillité! Je t'aime! Ne m'en demande pas davantage pour le moment; ne cherche pas même à me voir — laisse-moi à moi-même, jusqu'au jour où je pourrai être heureuse, où je pourrai jouir pleinement du bonheur que tu m'offres!

L'heureux couple approchait de la maison Falcone.

Tout à coup, quelques figures sinistres apparurent à l'angle de la rue. Le Maure, accompagné de Pedro qui portait une torche, promenait sa bande au travers de la ville et tenait toutes les rues pour recruter son personnel. Cette horde sauvage avançait en hurlant et vociférant. Salvator Rosa, brusquement arraché à son ivresse, comprit immédiatement à qui il avait à faire. Il entraîna Lucia vers sa demeure, l'y fit entrer en toute hâte, et referma vivement la porte sur elle après un adieu plus rapide qu'il ne l'eût désiré.

Hassan et Pedro approchaient. Le peintre voulut retourner sur ses pas, mais il avait été vu, et déjà Pedro marchait droit à lui en brandissant sa torche.

— Tiens, tiens, s'écria l'ex-valet, n'est-ce pas ce Salvator Rosa qui nous a menacés dernièrement?

— C'est lui, sur mon âme, répondit Hassan, nous allons lui régler son compte!

— Bravo. Tue-le, cet insolent!

— Sois tranquille, il ne mourra que de ma main! C'est encore un de mes ennemis — mais je vais m'en défaire...

Tout en parlant, le Maure soulevait sa lance et se préparait à en frapper Salvator Rosa.

Celui-ci avait dégaîné. Il attendait son adversaire et comptait en avoir facilement raison, mais Hassan n'était pas seul. Sa bande l'avait rejoint et allait lui prêter main forte. La partie n'était plus égale. Salvator Rosa comprit qu'il serait écrasé par le nombre avant même d'avoir essayé de se défendre, et, prudemment, il battit en retraite. C'était le moment. Une minute encore, et le fiancé de Lucia tombait entre les mains des furieux qui le menaçaient. Un bond inattendu le porta à quelque distance, et mettant adroitement à profit cette avance, il réussit à s'esquiver.

Hassan poussa de sauvages imprécations en voyant sa proie lui échapper. C'eût été une noble victime à joindre au marquis Riperda!

— Va, va, tu m'échappes aujourd'hui, mais tu ne m'échapperas pas toujours — cria-t-il de sa voix stridente. Ce n'est que partie remise! Nous nous retrouverons! Il faut s'en défaire, de ce damné peintre, continua-t-il en se tournant vers sa bande. Que le premier d'entre vous qui le trouve le tue comme un chien! Nous voulons être les maîtres, et nous y arriverons — c'est moi qui vous le dis! Nous purgerons la ville de tous ces personnages riches et considérés qui nous sont hostiles et qui acaparent tout pour eux!...

— Bravo, bravo — mort au peintre! Mort à tous les Na_ politains qui ne sont pas des nôtres!

Vingt voix répétèrent ces menaces. La horde criait, vociférait et acclamait son chef, tandis que Salvator Rosa, heureux d'en être quitte à si bon marché, s'éloignait à toutes jambes et que le Maure, fier de sa popularité de mauvais aloi, continuait à haranguer ses ignobles partisans.

— Mort aux riches! criait-il en brandissant son arme. C'est là ce que vous voulez, mes amis, et moi aussi! Je vous conduirai à la victoire! Vos ennemis seront les miens, et mes ennemis seront les vôtres. Eh bien, ce damné peintre est du nombre — il a juré ma mort et la vôtre, le misérable! Poursuivez-le, cherchez-le, et, où que ce soit que vous le trouviez, abattez-le en mon nom! A l'œuvre! En avant, frères! Hassan vous conduit — Hassan vous fera maîtres et seigneurs de Naples...

## Chapitre XXVII.

### En prison.

Avant de voir ce qui se passait à Naples durant cette soirée fatale, revenons aux deux Espagnols dont Fanalo et ses valets s'étaient emparés, et qu'ils avaient enfermés dans une espèce d'écurie au rez-de-chaussée de la maison.

Don Lorenzo et son compagnon se trouvaient dans une position fort critique. Ils avaient été reconnus et arrêtés. On leur avait bien ôté leurs liens, mais en même temps on leur avait pris leurs armes, et tous deux étaient absolument au pouvoir de leurs ennemis. Tous deux pouvaient s'attendre à être livrés sous peu aux hommes noirs, et l'exemple d'Atenuado était là pour leur montrer ce qu'ils avaient à craindre.

Selva s'était accroupi sur le sol, et contemplait silencieusement l'étroit et bas réduit qui leur servait de prison et que Lorenzo arpentait fiévreusement en long et en large.

La porte, solide, était gardée au dehors par deux valets armés qui s'entretenaient à haute voix, et s'amusaient aux dépens des prisonniers. Selva ne perdait pas une de leurs paroles, et ces railleries achevaient de l'exaspérer. Il inspectait du regard sa prison, mais cet examen n'avait rien de satisfaisant; le réduit n'avait d'autre issue que la porte, et ne recevait de jour que par une étroite ouverture pratiquée au haut d'un des murs.

— Malédiction! murmura le capitaine de la garde. Nous n'avons pas été loin, don Lorenzo! Nous avons à peine dépassé la banlieue!

— Et c'est ma faute! C'est moi seul qui suis coupable! s'écria Lorenzo désespéré.

— Ne prenez pas tout sur vous!

— Moi seul, vous dis-je! Vous êtes trop généreux pour en convenir, mais je ne me fais pas d'illusion là-dessus. Si je n'avais pas cédé au sommeil...

— Bah, nous n'en serions pas moins tombés entre les mains de nos ennemis. Ils nous cherchaient depuis le matin, sans doute.

— Nous aurions au moins pu nous défendre —

— Combien de temps? Nous étions perdus d'avance, infailliblement perdus. A quoi sert d'ailleurs de récriminer. Il ne nous reste qu'à nous résigner à notre sort!

— Ne me parlez pas de résignation, don Selva!

— Avez-vous autre chose à me proposer, alors? dit le capitaine avec une nuance d'ironie.

— Il faut que nous prenions une décision!

— C'est fort bien, mais à quoi nous serviraient les plus héroïques résolutions, don Lorenzo? Nous sommes incapables de les exécuter. Inutile de songer à la fuite. On ne peut pas s'esquiver d'un trou pareil!

— Je ne dis pas le contraire, mais nous pouvons au moins tirer au clair la situation...

— Je l'ai fait pour ma part.

— Et tenir conseil sur ce qu'il y a à faire!

— Si notre sort dépendait de nous, don Lorenzo, la chose serait facile, mais notre volonté n'a pour le moment aucune importance quelconque. Nous sommes parfaitement impuissants, c'est ce dont il faut nous persuader. Vous avez raison, cependant, continua Selva en s'efforçant de prendre un ton plus gai, la résignation ne vaut rien. Ne perdons pas courage, quoique, à vrai dire, le courage ne soit guère de mise ici. Voulez-vous que nous tentions quand même une fuite, don Lorenzo? Les murs sont épais, la porte est solide

et bien gardée — mais, tenez, si l'on pouvait creuser ce sol
argileux — il n'y a que le dessus qui soit dur! Essayons-
nous?

Lorenzo ne put s'empêcher de sourire.

— Creuser — et avec quoi, don Selva? fit-il en frappant
du pied le sol, comme pour en reconnaître la nature. Avec
vos mains délicates, vos ongles soignés? Je nous vois grattant et creusant pour nous faire une issue souterraine! Cher-
chons autre chose, Selva, ce projet ne me paraît pas heureux!

— Eh bien, si nous forcions la porte lorsque la nuit sera
là? Un duel avec ces valets ne me fait pas peur, ni à vous
non plus, je pense?

— La partie ne serait pas égale, puisque nous n'avons
pas d'armes; au surplus, je ne pense pas qu'on nous laisse
ici cette nuit!

— Le croyez-vous vraiment?

— Mais oui! J'imagine que le signor Fanalo se hâtera
de se débarrasser de nous en nous livrant aux hommes
noirs!

Don Selva fit la grimace.

— Aux hommes noirs? Ce serait fatal, dit-il.

— C'est pourtant ce qui arrivera.

— Alors, nous sommes mûrs pour le gibet!

— Je le crains! Qui sait, pourtant, si l'un de nous, en se
sacrifiant, ne procurerait pas à l'autre le moyen d'échapper à
ces damnés hommes noirs?

— Je comprends, don Lorenzo, dit Selva avec émotion.
Vous pensez que l'un de nous pourrait occuper assez les
frères de la mort pour que l'autre trouvât le temps et l'occasion
de s'échapper...

— Et de continuer sa route! C'est bien ce que je pense,
don Selva, et je suis prêt à me sacrifier pour que vous puissiez aller plus loin!

— Tenez, nous en sommes au même point qu'au moment où nous nous disputions l'honneur de partir, fit Selva avec un triste sourire; il y a une différence cependant, c'est qu'alors nous avions nos pistolets et qu'aujourd'hui ils nous manquent cruellement! Croyez-vous vraiment, don Lorenzo, que j'accepterais votre sacrifice?

— Pas plus que je n'accepterais le vôtre, cela va sans dire, mais on peut tout arranger. J'ai pour cela un moyen aussi simple que naturel!

— Voyons-le!

— C'est de nous en remettre au hasard, à l'occasion. S'il se présente un instant favorable pour fuir et pour mettre à exécution nos projets, saisissez-le! C'est peu chevaleresque, je l'avoue, mais la situation ne nous laisse pas le choix!

— Vous avez raison, don Lorenzo! J'accepte votre proposition, mais je souhaite sincèrement que nous trouvions tous deux l'occasion désirée!

— Il est plus que probable qu'aucun de nous ne la trouvera, don Selva, dit gravement Lorenzo; néanmoins ne perdez pas ma proposition de vue. Il y va du maintien de la domination espagnole à Naples. C'est cela seul qui m'a inspiré l'idée que je viens de vous soumettre!

— Je l'ai compris, don Lorenzo. Je vous connais!

— Il eût mieux valu que vous m'eussiez laissé partir seul; je ne vous aurais pas exposé à périr avec moi, mais il est trop tard pour y rien changer. Il ne nous reste qu'à essayer de sauver ce qu'on peut sauver! Avez-vous quelque désir, quelque volonté, quelque dernière disposition à m'indiquer pour le cas où vous n'en reviendrez pas?

Selva n'était pas moins sérieux que son compagnon.

— Non, Lorenzo, je n'ai pas de disposition à prendre, répondit-il gravement. Je suis seul au monde. Parents, amis, tout est mort, personne n'a besoin de moi et je n'ai pas un être pour lequel je voudrais vivre! Vous voyez donc que si je meurs ce ne sera pas une grande perte.

— Nous sommes alors exactement dans le même cas, dit
tristement Lorenzo. J'ai bien un frère en Espagne, mais nous
sommes séparés depuis si longtemps que nous nous connaissons à peine. A part lui, je n'ai, comme vous, ni parents ni
amis, et depuis la mort du seul être que j'aie aimé, il n'est
personne au monde qui me tienne particulièrement au cœur !
Vous vous souvenez, sans doute, de la jeune marquise
Pianella ?

— Cette ravissante Romaine qui fit un séjour à Naples
il y a quelques années ? Je la vois encore !

— Nous étions fiancés !

— Que dites-vous ? C'est la première fois que j'en entends
parler, don Lorenzo ;

— Peut-être bien ! Nous avions décidé de tenir la chose
absolument secrète. Le monde a-t-il besoin de savoir tout ce
qui se passe !

— Je me souviens maintenant qu'à cette époque vous
preniez de fréquents congés !

— C'est vrai ! Vous avez bonne mémoire, don Selva. Ce
fut un beau temps, mais il ne dura guère. Nous fûmes ar-
rachés l'un à l'autre !

— La pauvre jeune marquise mourut !

— Oui ! La maladie l'emporta en quelques jours et depuis le moment où elle me fut ravie, mon cœur est resté
mort à tout amour. Je me consacrai uniquement à mon service — et je suis prêt à me sacrifier joyeusement pour l'Espagne et pour le duquecito ! Vous n'avez aucune disposition
dernière à prendre, don Selva ; je n'en ai pas davantage —
nous pourrons au moins mourir tranquillement !

En cet instant, un bruit confus s'éleva à quelque distance.
Des voix et des pas approchaient. Les deux prisonniers dis-
tinguèrent bientôt la voix de Fanalo.

— Ils se trouvent ici ; nous les avons mis en lieu sûr,
signor, disait le campagnard. Je vous avais bien dit qu'ils

ne m'échapperaient pas ! Les voilà, maintenant ! Ils sont pris
et bien pris !

— Qui sont les prisonniers ? demanda une autre voix.

— Deux seigneurs espagnols qui se sont déguisés en moines
pour faire quelque coup !

— Deux espions, disais-tu, Gustavo ? fit une autre voix en
s'adressant à une troisième personne.

— C'était du moins ce que pensait le signor Fanalo lorsqu'il est venu ce matin m'appeler à mon poste, répondit
celui qu'on avait appelé Gustavo. Je n'ai pas vu les prisonniers, Micco !

— Ils viennent ! fit Selva en se penchant vers son compagnon. Ce sont les hommes noirs ! Ce Fanalo que le ciel
confonde a été les chercher ! Il va nous livrer à eux !

— Je m'y attendais, murmura Lorenzo.

— Nous allons voir immédiatement à qui nous avons à
faire, dit alors l'homme qu'on avait appelé Micco et que nous
connaissons déjà pour un membre actif et important de la
Compagnie de la mort. Approche avec la torche, Matteo ! Le
signor Fanalo va nous ouvrir !

Lorenzo, les bras croisés sur la poitrine, regardait d'un
air sombre la porte qui allait livrer passage aux nouveaux
venus.

Selva s'était adossé contre la muraille.

Une lueur rougeâtre éclaira tout à coup l'étroit réduit.
Matteo venait d'entrer avec Micco, tandis que Luigi et Gustavo se plaçaient en sentinelle des deux côtés de la porte.
Les quatre membres de la mystérieuse confrérie étaient masqués. Tous portaient des chapeaux et des manteaux noirs ;
tous rappelaient Almaviva !

— Je vous remets notre capture, signor, dit alors Fanalo
qui venait d'entrer à son tour dans l'étroite pièce. Deux
moines, comme vous voyez, mais deux moines qui n'ont de
religieux que le froc et qui l'ont pris sans doute pour abriter

quelque mauvais dessein. Je vous ai remis les armes que
nous leur avons enlevées.

— La capture n'est pas sans importance, et vous avez
bien mérité de la patrie, signor Fanalo. Je vous remercie
au nom du peuple, répondit Micco. Ce sont certainement des
espions, et de plus des seigneurs de la cour !

— Des seigneurs de la cour, s'écria joyeusement Fanalo.
Les connaissez-vous ?

Micco s'était approché des prisonniers et les considérait
attentivement.

— Celui-ci est don Selva, le capitaine de la garde du
corps, et celui-là don Lorenzo, le confident et l'ami du duquecito, dit-il.

— Voyez-vous ça, de si hauts personnages ! Il en valait
la peine, au moins, s'écria Fanalo qui dévisageait les deux
Espagnols. Prenez-les, signor, emmenez-les et mettez-les en
lieu sûr avant qu'ils ne vous échappent. Ils sont dangereux
j'en réponds ! Ce n'est pas pour rien qu'ils se sont ainsi
déguisés. Dieu sait ce qu'ils avaient en tête !

— Leur intention n'est pas difficile à deviner, repartit
Micco. Ces deux seigneurs cherchaient tout simplement à
sortir de Naples pour aller avertir la flotille espagnole et la
faire arriver ici. Ce n'est pas la première tentative de ce
genre !

— Sainte-Vierge, que dites-vous là, s'écria Fanalo en
ouvrant de grands yeux; ils allaient chercher du secours !
Que serait-il advenu si nous ne les avions pas arrêtés !

Lorenzo et Selva assistaient d'un air indifférent à la scène
qui se jouait devant eux. Ils étaient reconnus, leur intention
était devinée — tous deux savaient d'avance ce qui les attendait et tous deux en prenaient bravement leur parti.

— Loué soit le ciel; continua le loquace Fanalo; je veux
planter une croix dans le ravin et y élever un petit autel
à Saint-Augustin en souvenir de ce jour. Nous avons eu du

bonheur! Naples courrait de terribles dangers si je n'avais pas été là pour arrêter ces deux beaux sires!...

Tandis que Fanalo continuait son monologue et se frottait les mains d'un air important et satisfait, Micco s'était avancé vers les deux prisonniers toujours immobiles contre le mur.

— Au nom de la Compagnie de la mort, je vous somme...

— La Compagnie de la mort? Connaissez vous ça? fit ironiquement Selva en se tournant vers Lorenzo.

— Je vous somme de vous constituer prisonniers et de me suivre sans résistance, continua Micco sans se laisser arrêter par cette interruption. Je suis disposé à avoir pour vous tous les égards que comporte la haute position que vous occupiez à la cour, signori. Je ne vous ferai pas lier; vous aurez les membres libres, et je vous épargnerai toute humiliation, mais n'essayez pas d'abuser de cette faveur. Au moindre signe de résistance vous tomberiez sous les balles de mes compagnons. Vous êtes avertis, maintenant. Veuillez me suivre, signori!

— Où voulez-vous nous conduire? demanda Lorenzo.

— Vous le verrez tout à l'heure!

— Et qui êtes vous pour nous arrêter ainsi? dit à son tour le capitaine de la garde.

— Mon nom ne fait rien à l'affaire, don Selva!

— Ce n'est pas mon avis. J'exige que vous vous fassiez connaître! Nous avons le droit de savoir de qui nous sommes prisonniers!

— De la Compagnie de la mort; je vous l'ai déjà dit!

— Qu'est-ce donc que cette compagnie?

— Une association secrète ayant pour mission le maintien de l'ordre, la punition des tyrans qui oppriment Naples, et la répression de tous crimes et abus! Suivez-moi!

Et sans plus attendre, Micco sortit de la pièce suivi de Matteo qui portait une torche. Lorenzo et Selva, comprenant que toute résistance était inutile, quittèrent silencieusement leur prison et se mirent en marche à la suite de l'inconnu.

Luigi et Gustavo, l'escopette chargée à l'épaule, emboîtèrent le pas derrière les deux Espagnols.

Tandis que cette petite troupe traversait la maison, Selva, qui marchait les yeux à terre, se baissa tout à coup et parut ramasser quelque chose. Luigi avança immédiatement pour regarder ce que c'était, mais il n'aperçut rien de suspect et croyant à quelque mouvement involontaire, il reprit sa place en ordonnant à Selva de prendre garde à son chemin.

Fanalo, debout sur le seuil de sa porte, attendait le passage des prisonniers.

Selva se trouvait de son côté. Il le salua en passant avec une politesse affectée.

— Mille grâces pour le service que vous nous avez rendu, signor Fanalo, lui dit-il à demi-voix. Vous le regretterez, je vous le jure, et le capitaine Selva n'a jamais manqué de parole!

— Vous n'en pourrez plus dire autant, ricana Fanalo en suivant du regard les prisonniers. Un mort est bien forcé de manquer à sa parole! Bon voyage, mes nobles seigneurs, bon voyage!

Et le plaisant compère riait à gorge déployée en saluant tout bas.

Les valets, présents à cette scène, firent chorus avec leur maître. Minetto le berger ne riait pas lui; sa figure s'était singulièrement rembrunie.

— As-tu entendu? dit-il tout bas à Giacinta qui se trouvait auprès de lui. As-tu entendu ces menaces? L'Espagnol jurait de se venger!

— Qu'il jure si ça lui plait, répondit Giacinta. Il ne nous fera pas grand mal puisqu'on va le tuer!

Minetto ne paraissait nullement convaincu.

— C'est possible, dit-il enfin en hochant la tête, mais en attendant qu'avons-nous de plus de notre découverte? Quel avantage en avons-nous tiré? Je n'en vois aucun, moi! Montre-le-moi, s'il y en a un, je suis trop bête pour l'apercevoir tout seul!

— Ça ne m'étonne pas, murmura la petite femme qui semblait très-convaincue de la bêtise de son mari. Ecoutez signor Fanalo, continua-t-elle en haussant la voix, voilà Minetto qui ne comprend pas pourquoi nous avons arrêté et livré les Espagnols!

Fanalo ne répondit pas tout d'abord. On eût dit qu'il commençait, lui aussi, à regretter son zèle.

— Tu ne comprends pas, dit-il enfin après un silence embarrassé, en se tournant vers l'obstiné Minetto; c'est pour Naples, imbécile! Si nous n'avions pas arrêté les deux Espagnols, ils auraient été avertir la flotille.

— C'est possible, répéta le berger de l'air de doute qui lui était habituel, c'est possible. Vous avez peut-être raison, signor Fanalo, mais en attendant vous vous êtes fait deux ennemis!

— Allons, s'écria Giacinta avec humeur, si chacun pensait comme toi, on n'oserait plus dénoncer ni voleur ni brigand de peur de s'attirer sa haine. Où en serait-on, Seigneur, si tout le monde était comme toi?

— Je n'en sais rien, sur mon âme, murmura le berger qui semblait se parler à lui même, mais ce que je sais bien, continua-t-il plus haut, c'est que l'affaire d'aujourd'hui nous portera malheur! Qu'avions-nous besoin de nous en mêler? Il faut laisser la police aux hommes noirs! Ils savent s'en tirer, eux! Et puis, ils ne sont pas bêtes; ils vont masqués et déguisés de sorte que personne ne les reconnaît et ne peut se venger d'eux! Nous n'avons pas fait comme eux, nous, et nous avons eu tort, voilà tout! J'ai bien vu les regards menaçants de l'Espagnol; s'il en réchappait il mettrait le feu chez vous, signor Fanalo, et vous réduirait à la misère.

Minetto faisait rarement d'aussi longs discours. Sa femme l'écoutait tête baissée et semblait se demander si son simple mari ne pourrait pas avoir raison.

— Ce serait un grand malheur si ce capitaine en réchappait,

murmura-t-elle tout bas. La sainte mère de Dieu ne le permettra pas!

Fanalo écoutait avec impatience.

— C'est bon, c'est bon, dit-il enfin en terminant l'entretien, j'ai fait ce que je devais faire et ce que tout bon Napolitain eût fait à ma place, ainsi n'en parlons plus! Allez vous coucher, il se fait tard!

Tandis que l'on causait ainsi à la ferme, les hommes noirs emmenaient leurs prisonniers vers la route éloignée qui longeait le mur du vieux parc.

Lorenzo et Selva avançaient sans résistance. Tous deux semblaient parfaitement résignés à leur sort.

La petite troupe approchait des rochers qui dominaient la mer; elle allait atteindre l'anse qui servait de port aux hommes noirs, lorsque Micco qui marchait en avant fut accosté soudain par un homme masqué comme lui.

— Est-ce toi, Francesco? demanda Micco.

— C'est moi! Je t'apporte la réponse du capitaine!

— Lui as-tu dit quelle capture nous venions de faire?

— Sans doute.

— Et quelle sentence a-t-il prononcée?

— La voici: les deux prisonniers subiront la mort cette nuit même. La sentence doit s'exécuter dans ton bateau, et les deux cadavres seront suspendus aux rochers comme celui d'Atenuado, pour servir d'avertissement aux Espagnols. Tu sais tout, Micco; il faut maintenant que je retourne en ville; il s'y passe des choses importantes.

— Qu'est-ce donc?

Francesco se pencha vers son confrère et murmura à son oreille quelques mots qui parurent l'effrayer ou le surprendre vivement.

— Le capitaine et les autres sont tous dans le voisinage de la ville, ajouta Francesco, puis il s'éloigna en toute hâte, tandis que Micco descendait vers la baie avec sa petite troupe.

Une grande barque, montée par trois rameurs et prête à gagner le large attendait dans le port. C'était un vaste bateau dont l'aspect indiquait de longs et nombreux services. Micco s'assit au gouvernail; ses compagnons armés prirent place à ses côtés, et les deux prisonniers s'installèrent sur le banc du milieu tandis que les trois rameurs passaient sur le devant du bateau.

L'ordre du départ fut donné — c'était assez avant dans le port que devait avoir lieu l'exécution — et la barque se mit en mouvement.

Tout était silencieux et sombre sur la plaine liquide. Seuls, quelques bateaux isolés filaient encore avec la rapidité de l'éclair vers l'escalier du port, mais de sourdes rumeurs, mêlées au son lugubre des cloches, arrivaient de la ville.

Selva et Lorenzo échangèrent un regard — tous deux devinaient qu'il se passait quelque chose à Naples — mais déjà le bruit devenait plus faible. La barque s'éloignait de plus en plus de la ville et gagnait le large au milieu de l'obscurité. Pas un bruit ne s'y faisait entendre. Les sombres justiciers, froids et immobiles sur leurs bancs, semblaient autant de noirs fantômes, et les deux prisonniers ne pouvaient ni se parler, ni risquer la moindre tentative pour échapper à la mort qui les attendait.

On atteignait la distance voulue. Déjà l'on voyait briller au loin le fanal d'Ischia, dont la lumière guidait jadis bateliers et marins dans le golfe de Naples.

— Posez les rames! ordonna Micco, les rameurs passeront ici et les deux prisonniers se rendront à l'avant du bateau! Vous, Matteo, Luigi et Gustavo, tenez-vous prêts!

Ces ordres furent silencieusement exécutés.

Lorenzo et Selva se trouvèrent alors seuls à la proue.

— Jetez-vous à l'eau, don Lorenzo, murmura précipitamment Selva, peut-être vous en tirerez-vous. Pour moi, j'ai trouvé un poignard dans la maison de ce gredin de Fanalo, et je veux essayer d'en percer la barque pour la faire couler!

— Faites-le, don Selva, faites-le, mais je reste.

— Nous mourrons tous deux alors!...

La voix impérieuse de Micco mit fin à cet entretien.

— Priez! dit gravement le chef de l'expédition; votre dernière heure est venue, don Lorenzo et don Selva! La Compagnie de la mort vous condamne à être fusillés comme traîtres au pays!

— C'est un meurtre, un assassinat! cria Selva. Vous nous emmenez ici pour nous faire périr sans témoins!

— La sentence a été prononcée, il faut qu'elle s'exécute, répondit froidement Micco. Mettez-vous à genoux et faites votre prière!

Les deux Espagnols obéirent. Selva avait tiré le poignard trouvé en route, et, à peine agenouillé, il l'enfonça de toute sa force entre deux planches, dans un endroit où le bois vieux et pourri ne pouvait lui offrir grande résistance. Le fer y pénétra aisément. Selva redoubla d'efforts, et tout en faisant semblant de prier, il travaillait si vigoureusement à agrandir le trou pratiqué dans la barque qu'il ne tarda pas à sentir l'eau y entrer. Il retira alors son poignard et se hâta de percer un second trou à un pouce du premier, puis il fendit le morceau de bois qui les séparait. Bientôt les deux ouvertures furent réunies et formèrent une voie d'eau suffisante pour submerger promptement une embarcation.

— Levez-vous, don Lorenzo, et découvrez-vous la poitrine, commanda Micco.

On entendit armer les pistolets. Matteo, Luigi et Gustavo étaient prêts à tirer.

Lorenzo se leva à côté de Selva agenouillé dans l'eau, et toujours occupé à agrandir le trou pratiqué dans le fond de la barque.

Trois coups de feu retentirent. Lorenzo, mortellement frappé, tomba dans les bras de son compagnon qui s'était soulevé pour le recevoir.

Les tireurs rechargeaient leurs armes. C'était le tour du capitaine, et Micco allait commander le feu lorsqu'un des rameurs se leva brusquement.

— De l'eau! cria-t-il, la barque fait eau!

— Le bateau s'enfonce! cria un second rameur.

Une inexprimable confusion suivit ces paroles. Le capitaine seul restait calme. Il tenait encore Lorenzo dans ses bras et jetait sur ses ennemis des regards de triomphe.

— Nous mourrons ensemble! Craignez-vous la mort? s'écria-t-il avec une joie féroce.

Les hommes noirs avaient bien entendu craquer le bois qui se fendait sous les efforts de Selva, mais ce bruit ne leur avait pas paru suspect; ils l'avaient attribué à la rupture de quelque siège. Micco se souvint tout à coup de cet incident et en comprit immédiatement la signification. Pâle de colère, il souleva son pistolet pour le décharger sur Selva...

Au même instant, le capitaine laissa tomber le corps de son compagnon, enjamba le bord du bateau et disparut dans les flots — —

Le coup partit, mais la balle ne rencontra que le vide.

Pendant ce temps l'eau montait, et si rapidement qu'il eût été inutile de songer à l'épuiser. La barque enfonçait peu à peu; déjà les bancs et les objets détachés qui s'y trouvaient avaient été soulevés par l'onde et surnageaient aux alentours.

— Sauve qui peut! cria Micco en se précipitant dans la mer.

Ses compagnons l'imitèrent. Quelques-uns d'entre eux se raccrochèrent à la barque qui ne portait plus que le cadavre de Lorenzo et qui semblait devoir se soutenir encore sur l'eau. Elle enfonçait peu à peu, cependant. Bientôt elle disparut tout à fait, et ce fut alors une étrange confusion. Huit hommes, privés de tout point d'appui, nageaient vigoureusement et s'efforçaient de lutter avec les vagues. Tous étaient bon nageurs, mais la côte était bien éloignée — il semblait peu probable qu'aucun d'eux pût l'atteindre.

En ce moment, Selva reparut à la surface à quelque distance des autres naufragés. Il semblait avoir saisi un morceau de bois qui lui servait de soutien, mais ce ne fut qu'un éclair. Il disparut aussi, et l'agitation de l'eau prouva seule que quelques êtres humains luttaient encore en désespérés contre la mort — —

---

## Chapitre XXVIII.

### L'exécution.

— Hé, la nuit sera gaie! criait Hassan tandis qu'il parcourait la ville toujours escorté de Pedro, et suivi d'une horde de chenapans qui hurlaient, vociféraient et répandaient la terreur sur leur passage; la nuit sera gaie, amis, profitons-en! Tiens, n'est-ce pas Cinzio, le pêcheur de Portici, qui s'avance là-bas? C'est bien lui. Il est avec Ludovico et quelques autres! Montrons-nous, les amis, faites chorus avec moi et crions: „A bas les tyrans!"

La bande ne se le fit pas dire deux fois.

— Mort aux tyrans! Mort aux Espagnols! Mort à Masaniello! Mort aux hommes noirs qui veulent nous gouverner!

Ces exclamations se mêlaient et formaient un tumulte assourdissant. Elles cessèrent enfin, et le Maure s'approcha de Cinzio qui se trouvait dans la rue avec quelques camarades.

— Hé, hé, c'est toi, Cinzio, fit Hassan en abordant le pêcheur. Je suis content de te rencontrer, tu es mon homme, toi.

Tu as au moins les yeux ouverts et tu sàis à qui l'on peut se fier!

Un ricanement sinistre fut la seule réponse de Cinzio.

— Il faut te joindre à nous, vois-tu, reprit le Maure, et toi aussi, Ludovico, à moins que tu ne sois trop fier pour ça, comme cet autre pêcheur de Portici qui porte le chapeau ducal et la pourpre!

Ludovico hésitait à répondre.

— Mort aux deux ducs, hurla Pedro en brandissant sa torche. Mort aux partisans de Masaniello! Mort aux hommes noirs!

— J'en suis, fit Cinzio avec un sourire haineux, faisons place nette une fois pour toutes; voilà trop longtemps qu'on hésite!

— Bravo, frère, bravo! s'écria Hassan en frappant sur l'épaule de ce nouvel allié, nous sommes du même avis! A nous deux, nous ferons de la besogne! A l'œuvre, enfants! Par où commençons-nous?

— Par le prisonnier de la porte, cria une voix. A bas ce damné Riperda!

— Mort à ce chien d'Espagnol! Pourquoi nourrir plus longtemps pareille vermine! hurla un autre des assistants.

— Vous avez raison, sur mon âme, fit Cinzio de sa voix stridente. Riperda n'a-t-il pas causé la mort du comte Almaviva, n'a-t-il pas blessé Pietro et tué de sa main le vieux Gaëtano?

— Et dire qu'il vit encore!

— Et aux dépens du peuple!

— C'est la faute de Masaniello si ce chien d'Espagnol n'a pas déjà expié ses crimes!

— Oui, oui, on sait bien que Masaniello protège les Espagnols!

Les exclamations se croisaient. C'était à qui hurlerait le plus fort, et le Maure se frottait joyeusement les mains en voyant le succès de ses excitations.

— Nous avons gagné la partie, frère, dit-il à Cinzio toujours debout à côté de lui.

— Et sans trop de peine, ricana le pêcheur, il n'y a plus qu'à commander! Le peuple fera maintenant tout ce que nous voudrons!

De nouveaux cris vinrent confirmer ces paroles.

— Qu'attendez-vous? cria une voix dans la foule. Il faut juger le prisonnier!

— Et l'exécuter séance tenante!

— Bravo! Nous l'avons assez vu dans sa peau de bœuf! Il nous faut un peu de changement! Quelle figure fera-t-il sur l'échafaud ce beau sire!

L'excitation générale avait peu à peu gagné Ludovico.

— C'est bien vrai, s'écria-t-il enfin, à quoi bon garder éternellement cet orgueilleux marquis? Ce n'est qu'un embarras de plus! Il faut s'en défaire au plus vite!

— Cette nuit même! hurla Pedro. Nous aurons nous aussi notre petit spectacle!

— Certainement! cria à son tour Cinzio, qui voulait se faire bien venir de la populace. Il faut nous débarasser de cet Espagnol avant qu'il ne nous échappe! Mort à l'assassin de Gaëtano, au meurtrier d'Almaviva!

D'effroyables hurlements répondirent à ces paroles. La foule réclamait une victime. Il lui fallait son spectacle, et toutes ces figures s'éclairaient d'une joie hideuse à la pensée des tourments qu'allait endurer le malheureux prisonnier.

Hassan jubilait. Ce tumulte, ces cris lui paraissaient préférables à la plus douce musique. Il se sentait là dans son élément. Que lui importait Riperda. Il savait où trouver l'or du marquis, c'était l'important; quand à la promesse faite par lui au prisonnier, il s'en souciait fort peu. Il fallait bien sacrifier quelque chose pour gagner la faveur du peuple.

— Viens Cinzio, s'écria-t-il; venez tous! Le peuple a prononcé la sentence de mort du marquis, nous la mettrons à exécution. Venez!

Cent voix s'élevèrent à la fois pour acclamer l'adroit personnage qui promettait ainsi satisfaction aux féroces instincts de la populace.

— Hourrah pour Hassan! Le Maure est notre chef. Hassan est l'homme du peuple! Il ne nous prive pas de notre vengeance, lui!

— Le peuple a commandé, j'obéis! s'écria le Maure. Vous voulez la mort de l'Espagnol, je la veux avec vous, et puisque le bourreau n'est plus, c'est moi qui ferai son office. J'expédierai mon homme aussi bien que lui!

De frénétiques acclamations saluèrent ces paroles. On n'entendait que cris et vociférations. Le tumulte s'apaisa peu à peu, cependant, et quelques groupes de forcenés se précipitèrent sur la place de Justice où se trouvait encore l'échafaud. C'était à l'endroit même où la tête d'Almaviva était tombée que Miguel Riperda devait subir la mort.

— Allons chercher l'Espagnol, dit le Maure en s'adressant à Cinzio et à Ludovico; ils sont assez nombreux là-bas; pendant qu'ils préparent l'échafaud nous nous rendrons auprès du prisonnier pour lui faire connaître sa sentence!

— Je m'en charge, s'écria Cinzio; à chacun son rôle! N'as-tu pas assez de ton office de bourreau! Il ne faut pas tout vouloir pour soi!

Pedro et Ludovico s'étaient déjà mis en marche. Le Maure et Cinzio les suivirent, et les quatre hommes, accompagnés d'un flot de curieux, se dirigèrent vers la prison de Riperda, tandis que le reste des assistants envahissait la place de Justice où quelques individus zélés préparaient déjà l'échafaud.

Le sinistre cortège arriva promptement vers le mur d'enceinte. Un poste de pêcheurs et de bourgeois gardait encore la porte. Les sentinelles voulurent s'opposer au passage de la bande, mais Cinzio qui avait pris la tête en sa qualité d'orateur et d'accusateur public, déclara que le peuple exigeait hautement la mort du marquis Riperda. Toute résistance eût été d'ailleurs impossible ; le poste céda, et livra les clefs qu'on lui demandait.

Cinzio les reçut d'un air important et digne.

— Eclaire-nous ! dit-il impérieusement à Pedro,

L'ex-valet prit les devants et s'enfila le premier dans l'étroit passage conduisant aux cachots pratiqués dans l'épaisseur du mur.

Cinzio, Hassan et Ludovico suivirent, tandis que la foule se pressait en dehors et en dedans de la porte et donnait libre cours à son humeur tapageuse.

Une porte de fer étroite et basse séparait le prisonnier du monde des vivants. Pedro l'ouvrit et recula involontairement tant l'odeur qui s'échappait de ce lieu était infecte. Les quatre hommes s'arrêtèrent suffoqués. Ce n'était pas un cachot, mais une misérable niche qu'ils avaient devant eux ; un trou semé d'un peu de paille pourrie. L'air en était absolument empesté ! Le prisonnier s'était accroupi près de l'ouverture ; il appuyait contre les barreaux sa tête alourdie et cherchait vainement à échapper aux exhalaisons fétides qui l'entouraient.

Le malheureux se retourna en entendant ouvrir la porte de son cachot. Son aspect était horrible ! Miguel Riperda avait été bien coupable, mais il expiait cruellement ses méfaits. Tout ce que la cruauté humaine peut inventer pour torturer un malheureux se trouvait réuni sur sa personne. Cette peau de bœuf qui lui couvrait le corps, ces chaînes aux pieds et aux mains, ces cornes pesantes, cette prison, c'était plus qu'il n'en fallait pour que le marquis appelât la mort de ses vœux.

La vie lui était à charge, et pourtant un rayon d'espoir illuminât ses yeux lorsqu'il aperçut Hassan. Le Maure s'était rappelé sa promesse, sans doute — il venait le délivrer !

Don Miguel se reprit à désirer de vivre — il était jeune, son cachot allait s'ouvrir, et le bonheur d'être libre lui ferait bientôt oublier tout ce qu'il avait souffert! Libre! Cette pensée le ranima, et malgré le poids intolérable de ses chaînes il se leva vivement pour être plus tôt hors de cet horrible lieu.

Cinzio et Pedro surmontèrent les premiers leur dégoût et pénétrèrent plus avant dans la cage du prisonnier tandis que leurs compagnons les suivaient et que la foule envahissait de plus en plus les abords de la porte.

— Es-tu bien Miguel Riperda? dit Cinzio en s'adressant au prisonnier dont l'aspect n'avait plus rien d'humain.

— Oui, oui, c'est lui, nous le connaissons bien, crièrent Hassan et Pedro.

— C'est donc toi ce Miguel Riperda qui causa la mort du comte Almaviva, reprit Cinzio, ce Riperda qui blessa le pêcheur Pietro et tua le vieux Gaëtano?

Un silence de mort suivit ces paroles.

— Que me voulez-vous? Que signifient ces questions? dit enfin le prisonnier d'une voix creuse.

— Réponds! C'est bien toi, ce Miguel Riperda?

— C'est moi; vous le savez de reste, murmura le malheureux. Voilà le Maure. Vient-il me délivrer? continua-t-il plus bas encore.

— Je viens t'annoncer ta sentence, s'écria brutalement Cinzio. Le peuple veut ta mort! Il la lui faut! Tu mourras cette nuit même! L'échafaud t'attend!

Riperda poussa un cri d'horreur.

— L'échafaud — — la mort — — murmura-t-il en retombant sur sa paille.

— Il le faut! Le peuple exige ta mort en expiation de tes crimes!

Le marquis redevint promptement maître de lui.

— Mourir — soit! La mort me sera une délivrance! Le plus tôt sera le mieux! dit-il d'une voix assurée.

— Lève-toi et suis-nous! fit impérieusement Cinzio. Le peuple s'assemble déjà sur la place pour assister à ton exécution. En route!

Pedro, heureux d'échapper enfin à cette athmosphère empestée, sortit promptement de la cellule et fit reculer le peuple.

Riperda n'essaya pas de résister. Il se releva et suivit en chancelant le porteur de torche. Hassan se joignit à eux. On eût dit qu'il prenait déjà possession du malheureux sur lequel il allait exercer l'office de bourreau. Ludovico et Cinzio suivaient de près le Maure.

Le prisonnier respira longuement en se retrouvant au dehors. L'air frais de la nuit dilatait sa poitrine opressée; il le buvait avec délices et en oubliait presque sa position, malgré la foule qui s'ameutait de tous côtés et se pressait sur son passage comme s'il se fût agi de quelque bête curieuse. Et de fait, il en était presque ainsi. L'infortuné, toujours cousu dans sa peau de bœuf, avançait péniblement, traînant après lui les chaînes dont il avait peine à supporter le poids, et laisant carillonner à chaque mouvement les sonnettes dont une cruauté raffinée avait agrémenté son épaisse enveloppe. On eût dit quelque animal fabuleux, exhibé par de cupides gardiens.

— C'est lui, c'est l'Espagnol! hurlait la foule. C'est l'assassin de Gaëtano! C'est l'orgueilleux seigneur qui foulait aux pieds le peuple! Il aura son tour ce beau sire! L'échafaud l'attend, et le Maure aura bientôt fait de l'envoyer dans l'autre monde!

Le sinistre cortège grossissait de minute en minute. Les curieux arrivaient de toutes parts et suivaient le flot à la grande joie d'Hassan qui se sentait devenir un personnage. Le noir démon, gonflé d'orgueil et de vanité, avançait fièrement à côté de sa victime et jouissait d'avance du rôle qu'il allait jouer.

La place de Justice regorgeait déjà de spectateurs. Hommes et femmes se pressaient autour de l'échafaud arrosé jadis par le sang d'Almaviva, et préparé ce jour là pour l'un des meurtriers du noble comte. Six torches l'éclairaient. Leur lumière vacillante permettait à la foule de suivre les mouvements de quelques hommes réunis sur l'échafaud et occupés à assujettir le billot fatal. Cette besogne achevée, l'un d'eux, hercule aux membres demi-nus, saisit la hache apportée pour Hassan et la fit tourner en l'air avec d'horribles hurlements. Ce fut le signal d'un effroyable tumulte. La foule, entraînée par l'exemple de cet énergumène, éclata en vociférations et en menaces dont l'écho dut parvenir jusque dans la forteresse et y répandre l'alarme.

Le cortège débouchait en cet instant à l'entrée de la place. Cent voix l'annoncèrent et réclamèrent un passage pour les nouveaux arrivants.

De sauvages acclamations les saluèrent. Pedro, toujours en avant-garde, brandissait sa torche pour faire reculer la foule. Hassan, Ludovico et Cinzio suivaient avec le prisonnier qu'ils ne protégeaient qu'avec peine contre la fureur du peuple.

Le cortège atteignit enfin l'échafaud où il fut reçu avec force démonstrations par les hommes qui s'étaient chargés des préparatifs de l'exécution. L'herculéen lazarone avait repris la hache dont il semblait décidé à ne pas se défaire. Il la brandissait en insensé et menaçait de fendre la tête à quiconque essaierait de la lui enlever. Hassan s'inquiétait déjà de cette rivalité subite, lorsque deux des hommes qui se trouvaient sur l'échafaud fondirent à l'improviste sur le géant, lui arrachèrent la hache, et le repoussèrent lui-même si violemment qu'il perdit l'équilibre et alla rouler sur ceux des spectateurs qui se trouvaient le plus près de l'estrade.

L'incident était terminé. Tandis que le géant se ramassait de son mieux, et se perdait dans la foule pour se soustraire aux malédictions de ceux qu'il avait écrasés dans sa chute, ses vainqueurs remettaient triomphalement la hache à Hassan.

qui debout près du billot, retroussait les manches de sa veste et montrait à la populace ses bras nus et nerveux.

Cinzio, fidèle à son rôle d'orateur, voulut profiter du moment pour haranguer la foule, mais sa voix se perdit dans le tumulte général.

Pedro s'était placé à côté de son compagnon, et la lueur sinistre de sa torche éclairait en plein la noire figure du Maure. Le prisonnier, debout devant le billot, semblait résigné à son sort. La mort lui paraissait une délivrance. Il attendait, immobile, le moment fatal. Son attente ne fut pas longue. Trois hommes se jetèrent tout à coup sur lui, arrachèrent la peau de bœuf qui l'enveloppait, lui découvrirent la nuque et le jetèrent brutalement sur le billot où ils le lièrent — —

Un tonnerre d'applaudissements salua ce haut fait — —

Hassan entrait en scène. Il se tourna, la hache à la main, vers le peuple, puis il montra du doigt le prisonnier, comme pour présenter à chacun et le bourreau et la victime.

Il jeta ensuite un regard sur ce cou qu'il allait frapper, souleva sa hache, et la laissa retomber avec une telle violence que ce premier coup suffit à détacher complètement la tête du tronc. Marcos, lui-même, n'eût pas fait mieux!

Don Miguel Riperda avait cessé de vivre. Il avait cruellement expié ses méfaits —

Un flot de sang jaillit du tronc — la tête roula sur l'échafaud et alla tomber parmi les spectateurs qui la retinrent par les cheveux. La fureur du peuple n'était pas encore assouvie. Un groupe de forcenés escalada l'échafaud, s'empara du cadavre, et l'en fit redescendre en le traînant par les chaînes restées aux pieds et aux mains du malheureux Riperda. La foule se rua sur ce corps à peine refroidi et sur cette tête sanglante, se les disputa au milieu des plus ignobles plaisanteries, et ces restes mutilés ne furent bientôt plus que d'informes débris.

En cet instant, Nicolo, le baigneur, qui s'efforçait de se frayer un chemin au travers de la foule, atteignit enfin l'échafaud où le Maure, Cinzio, Ludovico et Pedro se trouvaient encore réunis.

L'agile bossu grimpa lestement les degrés de l'estrade fatale et courut à Cinzio.

— Victoire! Je vous apporte une nouvelle, mais une nouvelle importante que vous ne pourriez me payer à sa valeur, fit-il d'un air mystérieux et important à la fois. Le voile est enfin levé. J'ai trouvé le mot de l'énigme!

— Qu'y a-t-il? demanda vivement Cinzio.

— Bah, laisse-nous tranquille! cria Ludovico que le bavardage du baigneur agaçait singulièrement.

— Laisse-le donc parler, grommela Hassan. Qu'as-tu à nous apprendre, Nicolo?

— Je vous défie de le deviner, mes amis; c'est quelque chose d'important, je vous en avertis, et si vous aviez déjà des ordres, nul mieux que moi ne mériterait une décoration. J'ai découvert un secret — mais un secret que vous cherchez depuis longtemps, et que vous chercheriez encore si je ne l'avais pas trouvé pour vous! Haha, on ne me trompe pas moi, et je ne me fiais pas plus que vous aux hommes noirs!

— Les hommes noirs? Est-ce d'eux qu'il s'agit? s'écria Hassan. Mais ce sont nos plus mortels ennemis.

— Tu as raison. Je les surveillais depuis longtemps sans venir à bout de percer le mystère dont ils s'enveloppent et qui fait toute leur force; aujourd'hui un heureux hasard m'a appris quelque chose d'important, le reste viendra tout seul. Oui, mes frères, j'ai vu le capitaine des hommes noirs!

— C'est tout! Nous aussi, nous l'avons vu! fit dédaigneusement Cinzio.

— Sans masque? Vous avez vu sa figure? Alors dites-moi qui il est, hé! Quel air a-t-il?

— Ils n'en savent rien! Laisse-les parler, Nicolo,

Hassan en se tournant familièrement vers le baigneur. Tu as vu le chef des hommes noirs, dis-tu? L'as-tu reconnu?

— Certainement! Je m'étais rendu vers l'escalier du port, et j'étais encore il y a une heure à peine lorsque j'entendis une voix sur le môle. Je me blottis contre le mur et j'écoutai.

— Hé, criait-on, Lorenzo! — Et Selva! répondit une autre. Je compris immédiatement que c'était un mot de passe ou quelque chose de ce genre, et tu peux croire si je dressai l'oreille. — Est-ce toi, Leonardo? reprit le personnage qui se trouvait sur le bastion. Au lieu de répondre, l'individu ainsi interpelé sauta d'une barque, grimpa lestement le talus du bastion et rejoignit celui qui l'attendait et qu'il nomma capitaine. Je me penchai en avant et je reconnus le personnage qui grimpait ainsi pour un membre de la Compagnie de la mort.

— Et l'autre? demanda Hassan.

— L'autre, c'était le chef des hommes noirs, puisqu'on l'appelait capitaine. Les deux hommes se sont mis à causer, mais trop bas pour que je pusse entendre tout ce qu'ils disaient. J'ai compris, cependant, qu'il s'agissait d'un certain Turco qui se trouvait dans le port et auquel Leonardo devait porter un ordre quelconque. Le capitaine expliquait tout cela d'un air mystérieux. Il baissait la voix et je ne saisissais qu'un mot par ci par là, mais, en revanche, je l'ai vu, de mes yeux vu! Il n'avait pas de masque!

— Pas de masque! Et l'as-tu reconnu?

— Certainement! Et si vous voulez le savoir, mes maîtres, le capitaine, ce chef des hommes noirs n'est autre que Salvator Rosa!

— Mort et damnation — le peintre! s'écria Hassan.

— Lui-même! Je l'ai parfaitement reconnu! C'était bien Salvator Rosa. Je m'en suis bien assuré, puis j'ai profité d'un instant favorable pour m'esquiver. Je tenais à vous apporter au plus tôt cette nouvelle!

— Où le trouver, maintenant, ce capitaine?

— Il est resté sur le bastion. Ou je me trompe fort ou il attend là le retour de Leonardo!

— C'est le moment de l'attraper alors, s'écria Hassan. Il nous le faut, ce capitaine! Commençons par nous emparer de lui, et nous ferons aisément façon de sa bande! Je n'avais d'ailleurs, pas attendu cette découverte pour jurer la mort de ce peintre! Il ne m'échappera pas, je le jure!

— Mort aux hommes noirs! hurla Nicolo.

Quelques voix avinées firent chorus avec le baigneur.

— En avant, Cinzio, Ludovico; en avant! cria le Maure. Suivez moi! Nous allons purger la ville de ces hommes noirs du diable! Voilà trop longtemps qu'ils nous tyrannisent!

— Mort au capitaine! Mort à Salvator Rosa! Mort à tous nos ennemis! cria Nicolo en redescendant les marches de l'échafaud sur lequel s'était tenu cet entretien. Hassan, Pedro et Cinzio le suivirent. Un attroupement se formait déjà autour du baigneur qui continuait à crier. Le Maure choisit quelques compagnons déterminés, se mit à leur tête avec Cinzio et Pedro, et l'ignoble bande prit en hurlant la direction du port où elle espérait bien trouver encore le chef de la Compagnie de la mort. Il fallait s'en emparer au plus tôt, et s'en défaire! C'était là la récompense des services nombreux rendus par la mystérieuse association à la ville de Naples!...

## Chapitre XXIX.

### Selva échappe à la mort.

La barque des hommes noirs venait de sombrer à quelque distance de l'île d'Ischia. Tous ceux qu'elle contenait peu d'instants auparavant s'étaient jetés à la mer et luttaient vaillamment contre les flots. Le capitaine de la garde était du nombre. Selva, revenu sur l'eau, nageait en désespéré ; l'instinct de la vie se doublait chez lui du désir ardent de mener à bonne fin la mission pour laquelle Lorenzo venait de périr ; il voulait vivre — mais déjà ses forces le trahissaient. Quelques minutes encore et le capitaine allait disparaître sous les flots lorsqu'il rencontra tout à coup une planche flottante à laquelle il réussit à se cramponner.

Selva était bon nageur, mais le froc dont il était encore revêtu avait acquis dans l'eau un poids considérable et paralysait tous ses mouvements. Sans le morceau de bois qu'il venait de saisir, Selva était infailliblement perdu. Le hasard l'avait sauvé. Le capitaine s'accrocha convulsivement à la planche de salut qui s'offrait à lui, puis, soutenu par ce point d'appui, il réussit à se débarrasser du lourd vêtement qui l'entraînait au fond de l'eau.

Ce succès lui rendit un peu d'espoir. Il recommençait à nager avec l'aide de sa planche lorsqu'un bras sortit de l'eau et se tendit avidement vers l'épave qui soutenait Selva — un des rameurs tentait un suprême effort pour échapper à une mort certaine — Selva se cramponna plus solidement à son point d'appui, et repoussa dans les flots le malheureux qui cherchait à lui disputer sa conquête.

Le rameur disparut. Redevenu maître incontesté de sa planche, le capitaine de la garde résolut de se diriger vers le phare d'Ischia dont le fanal l'attirait invinciblement. Construit sur une langue de terre avancée, le phare était d'ailleurs l'endroit du rivage le plus rapproché, le seul, peut-être, que Selva pût songer à atteindre.

Il y avait loin, cependant, jusque-là, plus loin que ne le faisait supposer l'étincelante lumière du fanal, mais Selva n'avait pas le choix. Il continua à nager sur cette mer enveloppée d'obscurité, s'appuyant et se reposant de temps en temps sur sa planche, et toujours l'œil attaché sur le lointain mirage qui lui montrait le port.

Il n'apercevait plus rien des autres naufragés. Tous, pensait-il, devaient avoir trouvé la mort dans les flots s'ils n'avaient eu, comme lui, la chance de rencontrer quelque épave. Il se pouvait aussi qu'ils eussent été recueillis par quelque embarcation, mais rien ne l'indiquait. La plaine liquide était silencieuse et déserte, et Selva n'entendait pas le moindre bruit qui put lui faire supposer que les hommes noirs eussent été sauvés.

Le phare d'Ischia, élevé sur une langue de terre avancée et toujours battue des flots, était habité de jour et de nuit par un gardien qui logeait dans une petite pièce du bas de la tour, pièce que les vagues et la tempête, ne respectaient pas toujours. Ce gardien, chargé d'entretenir le fanal, ne recevait d'autre paie que celle produite par une taxe légère imposée aux embarcations qui naviguaient dans le golfe de Naples. Cette paie était insuffisante pour le faire vivre. Le gardien, relégué dans sa solitude et journellement exposé aux plus grands dangers, devait chercher dans la pêche sa principale subsistance. Il vivait ainsi en ermite, sans regrets ni besoins, et satisfait de son sort qu'il n'eût pas échangé contre la plus brillante destinée. Lorsque la mer était calme, les vagues venaient mourir doucement au pied de la tour, mais il suffisait d'un coup de vent pour les précipiter contre l'é-

difice qu'elles ébranlaient jusque dans ses fondements. Le
phare que rien ne protégeait contre les flots en courroux
avait maintes fois risqué d'être détruit de fond en comble,
et nulle bourrasque ne soufflait sans lui causer de notables
avaries.

Malgré ces dangers sans cesse renaissants, Julio, le vieux
gardien du phare, se sentait singulièrement heureux dans sa
solitude. Il voyait les navires entrer dans le port ou en sortir
pour quelque lointaine expédition et, le soir venu, il allumait
pour eux son fanal indicateur. Parfois il passait de longues
heures à contempler la mer, cette vaste mer toujours la même
et toujours différente, ou bien encore, il montait dans son
canot et allait jeter à quelque distance le filet ou l'hameçon
qui devait lui procurer sa nourriture. Il n'avait ni regrets
ni désirs. La grande voix de la mer lui tenait lieu de musique,
et nul concert ne lui eût paru préférable à celui des flots
écumants qui venaient battre sa retraite; des poissons de toute
nature lui fournissaient un menu aussi sain que varié; une
source abondante et pure sortait du rocher à cent pas de sa
demeure — que fallait-il de plus à un vieux solitaire?

Julio dormait peu, mais il passait habituellement la nuit
dans la pièce d'en bas, et s'étendait sur sa couche qu'il quittait
fréquemment pour s'assurer que rien ne manquait au fanal.
Selva avait visité jadis avec le duc l'île d'Ischia et son phare.
Il connaissait les habitudes du vieux gardien, mais il savait
aussi que Julio était l'implacable ennemi des Espagnols; il se
souvenait que lors de la visite mentionnée, le vieux Napolitain
n'avait pu cacher sa haine et son ressentiment contre les
dominateurs étrangers qui gouvernaient son pays.

Il y avait là danger, et danger véritable. Le capitaine de
la garde ne se le dissimulait pas, mais il espérait pouvoir
aborder sans être entendu. Il comptait s'emparer du canot de
Julio et s'en servir pour gagner au plus tôt quelque endroit
moins dangereux pour lui. Il n'avait plus de froc, et son
pourpoint et sa fraise l'eussent immédiatement fait reconnaître

pour un Espagnol. C'était là ce qu'il fallait éviter. Une fois muni d'un bateau, Selva comptait s'éloigner facilement et gagner quelque point de la côte où il ne fut pas dangereux de porter un costume espagnol et où il pût se procurer une embarcation suffisante pour aller à la recherche de la flotille.

Ce projet offrait encore de nombreuses difficultés, mais l'une d'elles, au moins, était écartée. Selva avait réussi à se débarrasser des hommes noirs; il n'avait plus à les craindre; ces mystérieux personnages ne se mettraient plus sur son chemin. Il pourrait s'occuper librement de l'exécution de son plan, ce plan qui avait couté la vie à Lorenzo.

Lorenzo mort! Cette pensée attristait le capitaine de la garde, mais il savait que le noble jeune homme était mort joyeusement pour sa cause. Lorenzo était mort comme il avait vécu, sans qu'une pensée égoïste se fut fait jour dans son âme. C'était une noble nature dont Selva lui même avait maintes fois admiré la bonté, la grandeur et la pureté.

Jamais ce confident du prince n'avait abusé de son rang et de son influence; il s'était toujours efforcé, au contraire, de tout faire tourner, au bien, et maintes fois, ses efforts avaient été couronnés de succès. Sa vie entière était là comme un livre ouvert dont chaque page offrait quelque beau trait. Nul remords, nul regret n'avait troublé son heure dernière. Il était mort en paix — et le prince perdait en lui l'ami le plus dévoué et le conseiller le plus sincère.

Selva se sentait douloureusement ému en pensant à Lorenzo dont le corps ballotté par les vagues aborderait peut-être sur quelque lointain rivage et ne reposerait pas même dans une terre consacrée. Cette pensée lui causait un poignant regret, mais un regret inutile. Le capitaine ne pouvait rien faire pour procurer une sépulture au corps de son noble compagnon, il lui fallait penser avant tout à sa propre délivrance d'où dépendait le succès de l'entreprise à laquelle Lorenzo s'était sacrifié.

Selva nageait toujours. Il approchait de plus en plus de la pointe avancée d'Ischia. La tour du phare était parfaitement visible, on eut dit un noir géant portant un énorme flambeau sur la tête.

Le capitaine touchait au but. Quelques efforts encore et il était sauvé! La vue de la terre lui rendit force et courage, et quelques mouvements vigoureux le portèrent près du bord. Déjà ses pieds touchaient un sable humide et fin, mais qui se dérobait sous lui. Il fallait arriver sur terre ferme. Selva fit un violent effort pour atteindre le rivage qui consistait sur ce point en pierres amoncelées autour de la base du phare.

Il allait s'accrocher à l'une de ces pierres et gravir cette espèce de berge, lorsqu'un bruit de pas se fit entendre tout près de là.

Un homme venait de quitter l'ombre épaisse qui environnait la tour et s'avançait sur le rivage — c'était Julio, le vieux gardien du phare! Selva le reconnut à sa haute et mâle stature.

— Hé, que se passe-t-il! cria Julio. Quelqu'un lutte ici avec l'eau! Qui êtes-vous et d'où venez vous?

Le gardien ne parut pas se douter tout d'abord que celui qui troublait ainsi sa retraite y arrivait à la nage après avoir couru les plus grands dangers. Il approcha vivement du bord et s'aperçut alors que le nouveau venu n'était pas dans un bateau.

— Sainte Vierge, un naufragé! cria-t-il.

Selva ne répondit pas. Il redoublait d'efforts pour atteindre les pierres.

Le gardien fit un pas en avant pour lui venir en aide et recula tout à coup comme s'il eut aperçu quelque monstre effroyable.

— Un Espagnol! fit-il d'une voix sourde. Je ne me trompe pas — un Espagnol!

Toujours même silence. Selva ne songeait qu'à prendre pied, mais les vagues le repoussaient impitoyablement en arrière au moment où il croyait atteindre la berge.

— Le capitaine de la garde! s'écria tout à coup le vieux gardien. Je vous reconnais maintenant! Vous êtes Espagnol — et vous venez chercher du secours ici! Jamais, jamais! Mort aux Espagnols! Il ne sera pas dit que j'aurai prêté assistance aux ennemis de Naples! Arrière! N'essayez pas d'aborder ici! Ce rivage n'est pas pour vous!

Et le vieux gardien se penchant sur l'une des pierres repoussa violemment Selva.

Le malheureux nageur, rejeté au milieu des vagues, fit un effort désespéré pour aller aborder à quelques pas, mais le vieux gardien ne l'entendait pas ainsi. Le capitaine avait à peine manifesté son intention que son ennemi se retrouvait devant lui, menaçant, terrible, et prêt à le pousser de nouveau dans les flots.

— Grâce! cria Selva en ressemblant ses dernières forces pour se soutenir encore sur l'eau, grâce! Serez-vous assez impitoyable pour refuser tout secours à un malheureux qui se noie? Vous me livrerez à Naples, si vous voulez, vous ferez de moi ce qui vous semblera bon, mais, pour Dieu, ne me repoussez pas! Aidez-moi à aborder!

Le vieux gardien se sentit ému! Sa haine l'avait entraîné, mais la pitié se réveillait peu à peu dans son âme. N'était-ce pas un crime que de refuser terre à ce malheureux qui luttait contre les vagues et se croyait presque sauvé? Espagnol ou non, c'était un homme, et un homme en danger de mort! L'humanité ordonnait qu'on lui vînt en aide.

— Fi, Julio, qu'allais-tu faire? murmura à part lui le vieux gardien. Repousser un malheureux dans les vagues? Ce serait une infamie, qui te troublerait un jour à ton heure dernière! Venez, tout Espagnol que vous voyez, continua-t-il plus haut en se baissant pour atteindre Selva. Je ne veux pas avoir votre mort sur la conscience!

Le capitaine saisit avidement la main qui lui était offerte — il était temps; repoussé une fois encore, il eût été infailliblement perdu — mais le secours arrivait. Le vieux Julio s'était accroupi pour ne pas perdre l'équilibre, et tandis qu'il se retenait d'une main à un quartier de roc, de l'autre il attirait Selva et lui aidait à grimper sur les pierres glissantes qui formaient un enrochement au pied de la tour.

Ce sauvetage ne s'opéra pas sans danger. Le vieux Napolitain faillit être entraîné lui-même dans les flots, mais il se raccrocha à temps à la pierre qui lui servait de point d'appui, et réunissant toutes ses forces, il amena enfin Selva sur terre ferme.

Le capitaine était sauvé! Il se laissa tomber plutôt qu'il ne s'assit sur une pierre et respira longuement. Julio, debout devant lui, le regardait d'un air morne. Tout danger avait disparu et la pitié cédait la place à la haine. Ce n'était plus un homme en détresse que le vieux gardien voyait devant lui, c'était un Espagnol et par conséquent un ennemi!

— Vous êtes bien le capitaine Selva! dit-il enfin après un silence pénible. Je vous reconnais! Vous êtes en sûreté, maintenant, mais vous ne vous éloignerez pas. Je vous considère comme mon prisonnier!

Selva se leva d'un bond.

— Votre prisonnier? s'écria-t-il avec colère. Avez-vous perdu l'esprit? Je m'éloignerai quand cela me plaira!

— Je vous le défends! Vous ne bougerez pas d'ici! Je n'ai pas voulu vous laisser périr, bien que rien ne fût plus facile; je ne veux pas non plus vous juger, mais vous êtes Espagnol — vous êtes mon ennemi! Je hais tous ce qui est Espagnol — sachez-le une fois pour toutes — aussi je vous retiens ici, et à la première occasion, je vous livrerai aux hommes noirs qui passent souvent au pied du phare!

Selva ne répondit pas tout d'abord. Il mesurait de l'œil le vieux gardien debout à côté de lui.

— Est-ce là votre dernier mot? dit-il d'une voix sourde en faisant quelques pas du côté de la tour.

— Je n'ai pas deux paroles! Rendez-vous! soumettez-vous volontairement à ce que j'exige de vous, sinon j'emploierai la force.

Selva tremblait de colère, ses mains se crispaient involontairement — mais il se contint cependant.

— Vous ne gagnerez rien à m'empêcher de fuir, dit-il lentement; c'est un mauvais calcul que vous faites là. Donnez moi plutôt votre barque — ça vous voudra quelques beaux ducats d'or!

— De l'or — de l'or espagnol! cria le vieux patriote. Vous voulez m'acheter, me corrompre — et vous croyez y réussir, misérable! Prenez garde! On ne m'insulte pas impunément! — Vous êtes en mon pouvoir! Rendez-vous!

— Jamais!

— Comment — vous osez me résister?

— Vous l'aurez voulu! — Tout en parlant, Selva se précipitait avec une telle impétuosité sur le vieux gardien, que celui-ci, quoique plus fort et plus robuste que son ennemi, chancela et recula d'un pas. Il se remit pourtant assez promptement et fondant à son tour sur l'Espagnol il le saisit à la poitrine pour le jeter sur le sol. Au même instant, les deux mains de Selva s'accrochèrent au cou du vieux Julio et le serrèrent avec tant de violence, que le malheureux poussa un cri étouffé. La lutte s'engagea, sourde, terrible! Julio se défendait en désespéré, mais son agresseur ne voulait pas lâcher prise — deux crampons de fer étraignaient le cou du gardien — déjà ses yeux sortaient de leur orbite, le sang coulait déjà sur ses lèvres et inondait les mains de Selva, mais ces mains serraient encore, serraient de plus en plus — —

Le malheureux se débattait toujours. Il roula sur les pierres avec son meurtrier et perdit enfin connaissance. Ses bras, crispés dans un suprême effort, retombèrent inertes à ses côtés tandis que des mouvements convulsifs agitaient le corps —

Le vieux gardien avait cessé de vivre. Selva le lâcha, se convainquit, par un dernier regard, que tout était bien fini, puis il se releva et s'éloigna précipitamment. La vue de sa victime lui faisait mal.

— Il le fallait! murmura-t-il d'une voix sourde. Lui-même l'a voulu ainsi! Lui ou moi!

Le vieux gardien ne remuait plus. Le sang lui coulait à flots du nez et de la bouche.

Selva se rendit en toute hâte au pied de la tour et chercha des yeux la barque du vieux Julio. Il ne tarda pas à l'apercevoir, amarrée à quelque distance. C'était une solide embarcation, pourvue d'une voile. Le capitaine allait en prendre possession lorsqu'un léger frisson lui rappela ses vêtements mouillés. Il revint sur ses pas, entra dans le réduit qu'occupait le gardien, et finit par trouver dans un coin un vieux pourpoint, un manteau et un chapeau. C'était ce qu'il lui fallait. Il se déshabilla, jeta dans l'eau les vêtements qu'il venait d'ôter, et revêtit ceux du vieux Julio, puis il retourna précipitamment vers la barque. Il avait hâte de se soustraire au voisinage de sa victime.

Ce déguisement, cette embarcation, allaient permettre à Selva de continuer sa route et de gagner quelque port éloigné d'où il pût commencer ses recherches. Il monta lestement dans le bateau, le détacha, tendit la voile, et disparut bientôt dans l'obscurité.

## Chapitre XXX.

### Le phare.

— Tenez, le voilà! murmura Nicolo, le baigneur, en approchant avec Hassan du bastion sur lequel se tenait le chef de la Compagnie de la mort, ce chef dans lequel Nicolo avait reconnu Salvator Rosa.

— Pedro, fit tout bas le Maure, fais un coude et prends l'autre côté afin qu'il ne nous échappe pas!

L'ex-valet se détacha de la bande avec Ludovico, et alla se poster à quelque distance de façon à couper la retraite à celui qu'ils poursuivaient.

— Toi, Cinzio, cours là-bas vers l'escalier du port avec un ou deux des nôtres, dit le Maure. Toutes les issues seront gardées, et notre homme ne nous glissera pas entre les doigts.

Cet ordre fut promptement exécuté.

La bande, qui se composait d'une quinzaine d'hommes environ, était formée en trois détachements. Tous trois se mouvaient dans l'ombre; tous trois convergeaient vers un même point, tous trois avaient un but unique: s'emparer et se défaire de l'homme qui se trouvait sur le bastion, de cet homme dont toutes les actions tendaient au seul bien de Naples!

Cette agression jetait un jour effrayant sur l'état des esprits. La Compagnie de la mort avait rendu à Naples les services les plus signalés. Elle avait gardé le port, veillé au maintien de l'ordre, empêché le départ des émissaires du duc, et puni maints coupables; ses membres s'étaient acquis les droits les plus éternels à la reconnaissance des Napolitains, et pour toute récompense ils étaient menacés de mort par la populace.

Tout ce qu'avaient fait les hommes noirs était oublié! Les haines et les rancunes personelles faisaient explosion, elles régnaient en souveraines, excitaient pour se satisfaire les plus sauvages passions, et menaçaient la ville des plus effroyables malheurs. Le peuple semblait pris de vertige. Tout était confusion, anarchie, et les bourgeois sensés et paisibles, effrayés de cet état de choses, se retiraient dans leurs demeures, laissant le champ libre aux fauteurs de désorde.

Naples semblait abandonnée à elle-même. L'absence d'autorité, de direction s'y faisait cruellement sentir, et les hommes noirs, à eux seuls, eussent été impuissants à contenir cette multitude affolée. Tout était à craindre en pareil moment. La partie saine de la population semblait avoir disparu tout à coup pour faire place à la lie du peuple, et l'on pouvait tout redouter de la part de ces hordes sauvages, ennemies de tout joug, de tout frein et de toute loi.

Le Maure avait habilement exploité les passions de la populace, et pour servir sa propre vengeance il avait soulevé ses partisans contre les hommes noirs. Il s'agissait d'exterminer cette confrèrie maudite. Hassan se souvenait qu'il avait été laissé pour mort sur les marches qui conduisaient au pavillon du bord de la mer; il n'oubliait point que ce n'était pas la faute des hommes noirs s'il vivait encore, et le vindicatif personnage avait juré de tirer vengeance de cette association secrète toujours sur le qui-vive et toujours à l'affût de coupables à punir. Une occasion se présentait de s'emparer de son chef. Il fallait se hâter, et porter ainsi un premier coup à cette compagnie de justiciers.

Les trois petits détachements approchaient sans bruit du bastion. Le personnage qu'ils cherchaient s'y trouvaient encore. Salvator Rosa avait remis son masque. Il s'était enveloppé de son manteau et regardait au loin d'un air soucieux et distrait. Il se trouvait, d'ailleurs, dans un endroit du bastion d'où il dominait les alentours, et ses yeux habitués à l'obscurité lui montrèrent bientôt les groupes qui s'approchaient de lui de trois côtés à la fois. Cette vue ne l'émut point. Il supposa tout d'abord que ces hommes se rendaient vers l'escalier du port où plusieurs barques se trouvaient encore attachées. Un mouvement instinctif lui fit cependant baisser la tête pour s'assurer que son bateau se trouvait toujours au-dessous de lui et lui offrait toujours une retraite. Le frêle esquif était bien là, amarré au pied du bastion, et Salvator Rosa, rassuré par cette vue, resta immobile à sa place, suivant de l'oeil chaque mouvement des hommes qui s'approchaient.

Tous avançaient tranquillement sans que rien pût faire supposer leurs intentions belliqueuses — ils n'étaient plus qu'à quelques pas lorsque le chef des hommes noirs reconnut Hassan !

En cet instant, Pedro, le Maure et Ludovico s'élancèrent subitement sur le peintre. Hassan brandissait déjà le poignard dont il comptait frapper sa victime — il se croyait sûr du succès, et poussait déjà un cri de triomphe —

Tout à coup Salvator Rosa disparut à ses regards. Le peintre, doué d'une agilité et d'une force peu communes, s'était élancé dans le canot qui se trouvait au-dessous de lui, et le détachait lestement.

La figure du Maure se contracta. Une horrible imprécation s'échappa de ses lèvres et fut répétée par ses deux compagnons. Cet homme noir maudit que tous croyaient déjà tenir allait-il leur échapper encore ?

— Poursuivons-le ! hurla Nicolo.

— Poursuivons-le ! répéta Ludovico. Jetons-nous dans les barques. Nous l'aurons bientôt rattrapé !

Hassan, pris d'une fureur indicible, suivait des yeux le bateau qui s'éloignait rapidement du bastion en emmenant le capitaine. La colère l'étouffait. Il balbutia quelques paroles incohérentes, puis, revenant à lui, il leva le bras et lança vivement son poignard après le fugitif. Le moricaud pratiquait admirablement cette façon, fort usitée autrefois en Italie, d'employer le stylet. Il savait le jeter à distance, et manquait rarement son but, mais, cette fois-ci, la colère et le dépit faisaient trembler sa main, et la lame affilée alla tomber dans l'eau à quelques pas de celui qu'elle devait atteindre.

— Donnons-lui la chasse! hurla Hassan exaspéré. Venez! Il nous le faut! Je le suivrai jusqu'au bout du monde!

Les trois hommes coururent vers l'escalier du port et se jetèrent dans une barque. Leurs compagnons suivirent leur exemple, mais il fallut un instant pour détacher les bateaux, les mettre en mouvement et arranger les rames, aussi lorsque cette espèce de flotille s'ébranla, le chef des hommes noirs avait déjà une avance considérable. Sa légère embarcation filait avec la rapidité de l'éclair. Il la dirigeait avec autant de force que d'adresse, et tout faisait prévoir que Salvator Rosa resterait vainqueur dans cette lutte.

Le Maure saisit les rames pour venir en aide à Pedro et à Nicolo assis avec lui dans la première des trois barques.

— En avant! cria-t-il, en avant, mes frères! Nous le rattraperons bien, ce drôle. Faisons force de rames! — Et joignant l'exemple au précepte, Hassan se démenait de son mieux, mais sans grand résultat. Pedro ramait fort mal, et Nicolo le bossu n'était pas assez fort pour que son concours se fît vraiment sentir.

Cinzio et Ludovico étaient montés avec un autre pêcheur dans la seconde des barques. Le reste de la bande se jeta dans la troisième.

Hassan maniait vigoureusement les rames, mais, mal secondé comme il l'était, il ne tarda pas à rester en arrière tandis que le chef des hommes noirs s'éloignait de plus en plus. La barque, conduite par Ludovico et Cinzio, devança bientôt les deux autres. Elle avançait rapidement, et le Maure se reprit à espérer que la poursuite aurait un plein succès. Salvator Rosa parut le redouter aussi. Il comprit que les pêcheurs cherchaient à lui couper la retraite à gauche, et changeant de tactique, il quitta la direction qu'il avait suivie jusqu'alors et tourna son bateau vers Ischia.

La chasse continua ainsi sans changement et sans que la distance qui séparait les embarcations parut diminuer. Il semblait impossible que cette lutte se prolongeât longtemps encore. Le chef des hommes noirs, tout bon rameur qu'il était, devait tôt ou tard sentir la fatigue. Ce serait alors le moment de redoubler d'efforts. Il s'agissait, en attendant, de ne pas le perdre de vue. Le Maure y travaillait bravement, et pendant quelques instants, il fit de tels prodiges qu'il se retrouva bientôt sur la même ligne que Cinzio et Ludovico.

Jamais le moricaud n'avait fait si rude besogne. La sueur ruisselait sur son front et le long de ses tempes, ses veines se gonflaient, et ses yeux, obstinément fixés sur l'embarcation ennemie, semblaient prêts à sortir de leur orbite. Peu à peu, il lui parut que la distance augmentait entre le capitaine et lui, et que l'esquif monté par l'homme noir devenait moins distinct.

Une heure passa ainsi.

— Ou je me trompe fort, dit enfin Ludovico, ou ce gredin va nous échapper !

— Il est infatigable ! fit Cinzio. Il faut qu'il ait juré de nous mettre sur les dents !

Le Maure laissa tomber ses rames avec désespoir.

— Malédiction — tout est inutile ! cria-t-il. Il rame plus fort et plus vite que nous !

— Et son bateau ne pèse guère !

— Faut-il que j'aie eu avec moi deux fainéants de ce genre ! hurla Hassan en jetant un regard furieux sur ses compagnons. Si j'avais été mieux secondé nous aurions certainement rattrapé le fugitif !

— Deux fainéants ! répéta le bossu outré de colère. Tu retireras ce mot, Hassan, je n'ai certes pas épargné ma peine !

— Laisse-le dire, fit Pedro d'un ton conciliant. Le Maure est un peu vif, mais il est bon diable au fond. D'ici à cinq minutes, nous serons redevenus ses frères et amis!

Hassan n'écoutait pas ces palinodies. Debout, l'œil au guet, il s'efforçait de percer l'obscurité et de retrouver le bateau que montait Salvator Rosa.

— Plus rien — on ne l'aperçoit plus! fit-il avec rage.

— Il n'a pas disparu, cependant, s'écria Cinzio en étendant le bras. Regardez là-bas! Ne voyez-vous pas ce point noir?

— C'est bien ça, dit à son tour Ludovico. Il file vers Ischia!

— Vers le phare, dit un autre pêcheur. J'ai bien remarqué qu'il avait changé de direction et qu'il allait droit sur la pointe de l'île.

— Allons-y; nous l'y trouverons, s'écria le Maure, et se levant brusquement, il sauta dans le bateau où se trouvaient Ludovico et Cinzio.

— Me voilà, frères, continua-t-il en prenant place à côté des deux pêcheurs. Le bossu et Pedro s'en tireront comme ils pourront. Impossible d'aller plus loin avec de pareils aides. Lâchons-les, et filons! En avant!

Nicolo et Pedro protestèrent vivement contre cet abandon, mais leurs récriminations ne furent guère entendues. Les pêcheurs avaient repris les rames, et leur barque filait avec la rapidité de l'éclair dans la direction d'Ischia, laissant bien loin derrière elle les deux autres embarcations.

Le bateau fugitif avait de nouveau disparu. Cinzio le chercha longtemps, mais ses yeux d'aigle fouillèrent en vain les ténèbres. Tout était silencieux et immobile au loin et au près. Qu'était devenu Salvator Rosa?

— Il nous le faut, cependant, disait le Maure en excitant le zèle de ses compagnons. Masaniello n'est plus à craindre, c'est un homme fini — aux hommes noirs à présent! Nous n'aurons pas la paix avant d'en être débarrassés. Nous serions irrévocablement perdus si nous venions à tomber entre leurs mains — changeons les rôles et détruisons cette noire vermine avant qu'elle ne nous attrape !

— Je ne demande pas mieux, fit Ludovico.

— Ils veulent devenir maitres et seigneurs à Naples, reprit Hassan qui avait saisi des rames et les maniait vigoureusement. Malheur à nous s'ils y réussissaient. Ils n'y vont pas de main morte ces messieurs, et je vous réponds qu'ils ne se gêneraient guère pour se débarrasser de quiconque les ennuierait. On les a vus à l'œuvre. Ça n'irait pas mieux qu'avec Masaniello !

— Ne disait-on pas dans les rues que Masaniello était mort ? demanda Ludovico.

— Possible, répondit Cinzio d'un air de parfaite indifférence. Il se peut qu'il soit mort, mais je n'en crois rien, cependant, il a la vie dure !

— N'avait-il pas ordonné qu'on te mit à mort, toi, dit le troisième rameur en se tournant vers Cinzio.

— Certainement. Pietro et moi nous devions être exécutés sans délai. Il appelait ses esclaves et leur ordonnait de s'emparer de nous ! Vous jugez si les esclaves obéissaient ! Il parlait de la majesté impériale à laquelle il nous accusait d'attenter — une vraie farce, quoi !

— Une farce qui montre à nu ses véritables sentiments, dit l'un des pêcheurs. S'il est devenu fou, c'est tout simplement à force d'orgueil et de vanité !

— Il pourrait bien causer quelque malheur dit Ludovico. Un homme dans cet état est capable de tout !

— Bah, il n'en a plus pour longtemps, répondit Cinzio.

— On lui aidera, s'il le faut, cria Hassan. Nous ferons place nette ! Masaniello d'abord — les hommes noirs ensuite, en commençant par leur chef dont nous allons nous emparer tout à l'heure.

La barque approchait du phare dont l'étincelant fanal illuminait les environs.

Cinzio épiait la rive.

— Un bateau ! dit-il tout à coup — mais un bateau vide !

— Probablement celui du gardien, fit un pêcheur.

— Non, la barque du vieux Julio est plus grande que celle-ci, dit Ludovico. Je la connais de reste. J'ai souvent marché de conserve avec le vieux gardien !

— Alors c'est le bateau de ce maudit peintre, s'écria Hassan ; comment se fait-il qu'il soit vide ? Cet homme noir du diable n'a pu aller loin, cherchons-le ! Nous allons le trouver dans le voisinage !

— Cherchons-le, répéta Cinzio. Tenez, l'endroit est commode ; nous allons aborder ici.

Quelques coups de rame portèrent la barque tout auprès du rivage. Hassan, Cinzio et Ludovico sautèrent par dessus bord, puis les deux autres rameurs attachèrent l'embarcation à un tronc d'arbre.

— C'est bien le bateau de l'homme noir ; dit Hassan, je le reconnais à cette raie blanche. Son possesseur n'est certainement pas loin d'ici ! Cherchons-le !

— Interrogeons le gardien, fit Cinzio. Il doit savoir ce qu'il en est !

— Il dort, peut-être ?

— Tiens, qu'y a-t-il donc là ? s'écria Ludovico en montrant, une masse noire étendue sur les pierres. On dirait quelqu'un de couché !

Tout en parlant, Ludovico s'approchait de l'endroit en question. Ses compagnons suivaient à quelques pas.

— Le gardien ! le gardien ! cria-t-il tout à coup. Le gardien baigné dans son sang — mort ! Il faut qu'on l'ait tué !

— Pardieu, c'est l'œuvre du signor capitaine, hurla Hassan. Julio aura voulu l'empêcher d'aborder, et le digne peintre s'en sera bravement défait de peur que le vieux ne le trahisse !

Cinzio s'était agenouillé auprès du cadavre et l'examinait attentivement.

— Il ne bouge plus, il est bien mort, dit-il tristement. Pauvre Julio. Il n'y a pas longtemps qu'il a expiré, ses membres sont encore tièdes ?

— Le peintre vient de faire le coup, sans doute ?

— Il faut alors qu'il soit dans le voisinage.

— C'est probable ! Qui sait s'il ne serait pas entré dans le phare ?

— Nous verrons. Il s'agit de fouiller partout, s'éria Hassan en courant vers l'entrée basse qui conduisait dans la chambrette du gardien.

Les deux embarcations laissées en arrière abordaient en cet instant. Pedro et Nicolo sautèrent à terre et joignirent leurs exclamations étonnées à celles des pêcheurs qui examinaient toujours le corps du vieux gardien.

— Hé, Pedro, il nous faut de la lumière, cria le Maure. Va prendre ta torche, et apporte-la ici. Nous l'allumerons au fanal !

Pedro courut vers la barque et en revint avec la torche demandée. Les pêcheurs le suivirent, et la troupe fut bientôt réunie tout entière dans la chambrette du gardien d'où partait un escalier tournant conduisant au haut de la tour.

— Restez en bas et gardez la sortie, dit Hassan en s'adressant à quelques-uns des pêcheurs. Cinzio, Ludovico et Pedro me suivront. Nous allons fouiller partout ! Attention ! Il fait sombre dans la tour et l'escalier est raide ! Un vrai casse-cou !

Le Maure prit les devants, et la petite troupe s'enfila avec précaution dans l'obscur escalier de pierre qui montait vers le fanal. L'ascension se fit lentement mais sans incident quelconque. Les quatre hommes arrivèrent à la file au sommet de la tour où Pedro alluma sa torche, et se regardèrent d'un air assez déconfit. Pas trace d'homme noir !

La chambre du fanal n'offrait guère d'endroits où l'on put se cacher. C'était une petite pièce où le gardien tenait ses provisions d'huile. Elle ne contenait que quelques cruches et divers utensiles que les chercheurs déplacèrent par aquit de conscience, mais sans succès.

Il fallait redescendre. Pedro se mit en tête avec sa torche. L'escalier faisait bien quelques coudes, mais l'ex-valet porta vainement la lumière dans ces angles. Rien, toujours rien ! Qu'était devenu le fugitif ?

La petite troupe se retrouva enfin dans la chambrette du rez-de-chaussée. Elle en fouilla tous les coins, et bouleversa la chétive couche du vieux Julio, mais ces perquisitions furent inutiles. Salvator Rosa n'était pas dans l'intérieur du phare.

On passa aux alentours. Hassan et ses hommes battirent les bouquets de roseaux et de joncs, qui croissaient dans le voisinage, explorèrent minutieusement la partie rocheuse de la rive où un homme se fut aisément caché — peine inutile ! Il fallait que ces maudits hommes noirs fussent bien adroits et bien fins pour déjouer ainsi toutes les recherches, et pour sortir sains et saufs de toutes les aventures auxquelles ils s'exposaient !

Hassan écumait de rage. Il courait de ci de là, cherchant toujours, lorsqu'une exclamation partie du bord de l'eau l'arrêta.

— Le drôle nous a échappé, criait l'un des pêcheurs ; en voici la preuve.

— Hassan revint lestement sur ses pas.

— Qu'y a-t-il ? As-tu découvert quelque chose ? demanda-t-il vivement.

— J'ai découvert que la barque du vieux Julio a disparu, répondit le pêcheur. Voici, en revanche, celle qui a dû servir au capitaine des hommes noirs. Ce vilain drôle aura débarqué et fait son coup, après quoi, pendant que nous arrivions de ce côté-ci de la pointe, il aura filé de l'autre avec la barque du gardien.

— Malédiction — faut-il jouer de malheur à ce point ! murmura sourdement le Maure que l'évidence de cette démonstration accablait. Il est loin — bien loin — inutile de chercher davantage !

— Si nous retournions à la ville ? fit Nicolo. C'est certainement de ce côté-là que le peintre se sera dirigé !

Cette proposition obtint immédiatement l'approbation générale. Déçus dans leurs espérances, les chercheurs avaient hâte de se retrouver à Naples où ils comptaient bien trouver l'occasion de venger leur insuccès sur l'un ou l'autre des membres de la Compagnie de la mort:

— En route! cria Cinzio; en route! Nous retrouverons tôt ou tard notre homme, et, j'en jure sur mon âme, il n'aura rien perdu pour attendre!

— Un moment, frères, dit Ludovico, nous n'allons pas abandonner ainsi le cadavre du gardien! Emportons-le pour qu'il repose en terre consacrée!

Quelques-uns des pêcheurs se rapprochèrent vivement, comme honteux de n'avoir pas songé à ce pieux devoir. Ils soulevèrent le corps du vieux Julio et aidèrent Ludovico à le porter dans une des barques, puis chacun remonta dans son bateau, et la petite flottille reprit la direction de Naples. Hassan et ses hommes disparurent bientôt dans l'obscurité, enmenant avec eux la frêle embarcation dont le chef des hommes noirs s'était servi.